W0374427

Sarah Saxx

Don't play with your Boss

SARAH Saxx
GESCHICHTEN, DIE DEIN HERZ BERÜHREN

FSC
www.fsc.org
MIX
Papier aus verantwortungsvollen Quellen
FSC® C083411

Impressum

1. Auflage, Januar 2022

Redaktion: Sabrina Cremer – textwerkstatt.org
Verwendete Fotos: © Sonulkaster – stock.adobe.com

Sarah Saxx | c/o A. Zwölfer
Linzerstraße 16 | 4283 Bad Zell | Österreich

Dieser Roman ist bereits im Februar 2021 als E-Book erschienen.

www.sarahsaxx.com

Herstellung und Druck über tolino media GmbH & Co. KG, München.
Printed in Germany

SARAH SAXX

DON'T *play* with your BOSS

Playlist

A Big World – Joel Adams
Fading Into Memories – Rasmus Hagen, iamsimon
Firework – Katy Perry
Sex Room – Ludacris, Trey Songz
We Belong Together – Mariah Carey
Catch My Breath – Kelly Clarkson
Sex Therapy – Robin Thicke
What A Man Gotta Do – Jonas Brothers
Sex With Me – Rihanna
Hold Tight (Single Version) – Justin Bieber
Next – Michele Morrone
Bed – J. Holiday
Your Side Of The Bed – Loote
Sucker – Jonas Brothers
Soul Sista (Album Version) – Bill

Diese Playlist findest du auf Spotify unter
Don't play with your Boss – by Sarah Saxx
und verspricht dir eine prickelnde musikalische
Untermalung deiner Lesestunden.

Vorsicht – lesen auf eigene Gefahr!

Kann zu Herzrasen, Schweißausbrüchen
und feuchten Schlüppis führen.

1

Harper

»Mein Gott, Alessa, ich komme zu spät!« Meine Stimme klang leicht hysterisch, was nicht verwunderlich war – immerhin war ich gerade unterwegs zu einem Vorstellungsgespräch, während ich meine beste Freundin zur Unterstützung und Beruhigung angerufen hatte. Ganz sicher war es ein Fehler gewesen, für so einen wichtigen Termin in einer Stadt wie New York *kein* Taxi zu nehmen und sich stattdessen mit dem eigenen Auto durch den Großstadtjungle zu kämpfen. Nicht nur, weil der Verkehr schrecklich war – ich hatte keine Ahnung, ob ich überhaupt in der Nähe von *Cunningham Solutions Inc.* einen Parkplatz finden würde.

»Tief ein- und ausatmen, Harper. Wie weit ist es noch, bis du dort bist?«

Ich warf einen Blick auf das Handy, das als Navi fungierte. »Eigentlich müsste ich in vier Minuten am Ziel sein. Aber hier ist einfach alles vollgeparkt. Es ist schrecklich. Ich komme mir total unvorbereitet vor und unfähig und …«

»Hey! Krieg dich wieder ein! Du hast erst heute Morgen den Anruf bekommen, weil jemand abgesprungen ist. Jetzt ist es nicht einmal zehn Uhr, wie hättest du dich groß vorbereiten sollen? Abgesehen davon bin ich ja schon überrascht, dass du dich überhaupt in so kurzer Zeit aufbrezeln konntest.«

»Ha ha.« Ich wusste, sie zog mich auf. Ja, ich legte viel Wert auf mein Äußeres, aber das bedeutete noch lange nicht, dass ich erst eine Stunde Make-up spachteln musste, um so auszusehen wie jetzt. Ich hatte einfach gute Gene.

»Du hast dich doch ordentlich zurechtgemacht, oder?«

Ich schnaubte auf. »Ja, *Mom*.«

Alessa ignorierte meine kleine Stichelei. »Ich frage mich sowieso, wie die so kurzfristig jemanden für dieses Vorstellungsgespräch einladen können. Ich meine, was denken die sich dabei?«

»Das ist ein Test. Ganz sicher. Die wollen herausfinden, wie flexibel und belastungsfähig ich bin. Einsatzbereitschaft hat in dieser Branche einen hohen Stellenwert.«

»Wow. Und *da* willst du wirklich arbeiten?«

Ich grinste, denn es war genau das, was ich wollte. Ich liebte Herausforderungen. »Natürlich! Trotzdem hätte ich einfach ein Taxi nehmen sollen«, gab ich zähneknirschend zu. Und als wäre der Vormittag nicht schon nervenaufreibend genug, öffnete in dem Moment der Himmel seine Schleusen. »Na großartig! Jetzt schüttet es auch noch.« Das war das Ende meines Traumes, bevor er überhaupt begonnen hatte. Selbst wenn ich nicht zu spät kam – was unwahrscheinlich war, da ich um zehn Uhr den Termin hatte – würde ich aussehen wie ein begossener Pudel.

»Du hast doch wohl einen Schirm in deinem Wagen«, versuchte mich Alessa weiter zu beruhigen.

Mein sarkastisches Lachen sollte ihre Frage beantworten.

Dieser Job, dessen Beschreibung genau auf das zutraf, was ich suchte, würde mir durch die Finger rutschen, noch bevor ich ihn zu greifen bekam. Dabei hatte ich schon in meiner vorherigen Anstellung bei Mister Baker bewiesen, dass ich unschlagbar als Assistentin der Geschäftsleitung war, besonders wenn es darum ging, als Schnittstelle zwischen meinem Vorgesetzten und dessen Geschäftspartnern zu fungieren. Zudem liebte ich es, Statistiken und Geschäftsberichte zu erstellen, und war außerdem unglaublich schnell auf meinem Gebiet. Ich erledigte die Aufgaben selbstständig und war gut darin, die Gedanken meines Bosses zu lesen – was bedeutete, dass ich oft schon die Arbeit ausgeführt hatte, bevor er mir sie aufgetragen hatte.

»Verdammt, Harper! Dann musst du improvisieren. Such dir einen Spiegel und versuche zu retten, was zu retten ist.«

»Falls ich einen Parkplatz finde«, erinnerte ich sie an mein Problem Nummer eins.

»Immer positiv bleiben. Und selbst wenn es mit diesem Job nicht klappt, bedeutet das nicht das Ende der Welt. Außerdem könntest du Mister Baker fragen, ob er dich bei einem seiner Geschäftspartner empfehlen kann.«

Ich verdrehte die Augen, musste jedoch schmunzeln. »Ja, das wäre eine Option, aber … nicht wirklich meine erste Wahl.« Noch nicht einmal meine zweite.

Mister Baker war echt ein großartiger Boss gewesen. Warum ich trotzdem nicht mehr für ihn arbeitete, lag daran, dass seine ehemalige Assistentin nun doch vorzeitig wieder zurück an ihren Platz wollte, nachdem sie vor etwas über einem Jahr eine Babypause eingelegt hatte. Im Grunde musste Emma gar nicht arbeiten, hatte sie mir bei meiner Einarbeitung verraten – ihr Mann verdiente mehr Geld, als sie ausgeben konnte. Aber schon nach zwei Wochen ohne Job verstand ich, dass ihr zu Hause die Decke auf den Kopf gefallen war.

»Na siehst du, das wird …«

Ich stieß einen Schrei aus und unterbrach damit meine Freundin.

»O Gott, was ist los?«

»Ein Parkplatz!« Ein letzter schneller Blick auf mein Navi sagte mir, dass ich nur noch wenige Meter bis zum Ziel hatte. Ich blinkte, schlug das Lenkrad ein und manövrierte meinen Honda Civic in einem Zug in die Parklücke parallel zum Gehweg. Wenn ich etwas in New York gelernt hatte, dann war es, meinen Wagen in jede freie Lücke zu zwängen, die ich finden konnte. Vorwärts, rückwärts und parallel einparken – ich war einfach gut darin.

Alessa stieß einen Jubelschrei aus. »Super, Honey, du wirst das Gespräch rocken! Ich drück dir die Daumen, muss jetzt aber los. Ich habe gleich eine Videokonferenz. Küsschen, bis später! Bericht wird erbeten.« Noch bevor ich etwas darauf hätte sagen können, hatte sie aufgelegt. Was jedoch okay war, ich war ebenfalls unter Zeitdruck. In Windeseile schmiss ich mein Handy in die Handtasche, warf einen kurzen Blick in den Rückspiegel und öffnete die Tür. Dabei fiel mir ein Sportwagen auf, der direkt neben meinem hielt, und dessen Scheibe auf der Beifahrerseite nach unten fuhr. Der Fahrer war höchstens dreißig und trug Hemd und Sakko. Seine modisch geschnittenen dunkelbraunen Haare und sein gepflegter Bart standen ihm verdammt gut, doch das alles konnte nicht verbergen, dass er mich wütend anfunkelte. Hatte ich eine Einfahrt zugeparkt? Es wäre nicht das erste Mal – und bei meinem Glück tatsächlich möglich. Aber nein, es war eine ganz normale Parklücke.

»Das war mein Parkplatz«, rief er mir zu, als ich Anstalten machte, auszusteigen.

»Wo steht das?«

»Ich hatte den Rückwärtsgang und den Blinker eingelegt, als du dich einfach frech in die Parklücke gezwängt hast.«

Ich runzelte die Stirn. »Dein Auto hätte hier niemals reingepasst.«

Hinter ihm hupte jemand genervt, doch er ignorierte den Fahrer, genau wie ich. »Mein Einparkassistent hatte diese Lücke erkannt«, meinte er, als würde das alles erklären.

»Dann hätte dein Assistent ein Reserviert-Schild aufstellen sollen. Abgesehen davon war ich schneller. *Und* ich bin spät dran, also viel Glück bei der Parkplatzsuche.« Ich hatte echt keine Nerven, mich länger mit diesem Kerl zu streiten. Da halfen auch seine vollen, geschwungenen Lippen und die intensiven Augen nicht darüber hinweg, oder die Tatsache, dass der Mann im Grunde absolut heiß war.

Ein letztes Mal warf ich einen Blick nach oben, aber es schüttete immer noch, und vermutlich würde sich das in den nächsten drei bis fünf Minuten auch nicht ändern. Also drückte ich die Tür ganz auf und eilte hinaus in den Regen.

Der Sportwagenfahrer hupte wie ein Irrer, doch ich schenkte dem keine Beachtung mehr. Er würde sicher woanders einen Parkplatz finden. Wenn er Glück hatte.

Ich atmete tief durch, als ich endlich den Wolkenkratzer erreichte, in dem *Cunningham Solutions Inc.* untergebracht war. Das Unternehmen selbst erstreckte sich über vier Ebenen und war einer der aktuell führenden Software-Hersteller. Es wurde von drei Geschäftsführern geleitet und hatte sich in den letzten sieben Jahren quasi aus dem Nichts zu dieser Größe entwickelt. Das allein war Anreiz genug, für diese Firma zu arbeiten. Es waren Leute, die anpackten. Erfolgsorientierte, zielstrebige Visionäre. Genau das, was mich beeindruckte und herausforderte. Wo ich auch mich in Zukunft sah.

Schon deshalb nahm ich mir Alessas Tipp zu Herzen und suchte die nächstbeste Toilette auf, um zu retten, was ging. Mein Make-up war minimal verschmiert und schnell ausgebessert. Von den mit dem Glätteisen geformten Wellen war nicht mehr viel zu sehen, aber ich ließ mich davon nicht unterkriegen. Stattdessen fuhr ich mir mit gespreizten Fingern durch die Haare, zupfte hier und dort ein wenig und war schlussendlich doch mit dem Ergebnis halbwegs zufrieden. Als ich mit gestrafften Schultern zurück in den großen Eingangsbereich ging, war ich zuversichtlich, trotz allem einen guten Eindruck zu hinterlassen. Ich war noch nicht einmal zu spät, als ich mich am Empfangstresen anmeldete.

Die Dame reichte mir eine Besucherkarte, die mir den Zugang zum vierunddreißigsten Stockwerk genehmigen würde.

Ich bedankte mich bei ihr und wartete vor den Aufzügen, die ohne Pause die Leute zu transportieren schienen. Als die nächste Kabine hielt und ich sie mit einem Schwall anderer Personen betrat, setzte die Nervosität wieder ein. Ich loggte mich mit der Besucherkarte ein und drückte auf die Vierunddreißig, dann stellte ich mich mit dem Gesicht zur Aufzugstür, die sich langsam schloss. Mein Herz raste wie irre und ich machte kurz die Augen zu, um tief ein- und auszuatmen.

Als ich die Lider wieder aufmachte, sah ich, wie jemand einen nassen Regenschirm und seinen Fuß zwischen die Aufzugtüren stemmte, um noch mit nach oben zu fahren. Sofort reagierte einer der Fahrgäste und drückte auf die Taste, die die Türen erneut öffnete. Doch meine Aufmerksamkeit galt voll und ganz dem Mann, der sich gehetzt atmend bei ihr bedankte und sich schließlich neben mich stellte – bis er seinen Blick auf mich richtete.

O Gott! Das war der Typ aus dem Sportwagen und natürlich hatte er mich erkannt …

»Hi!«, raunte er und lächelte dabei verführerisch. Oder angriffslustig. Oder beides.

Irritiert schaute ich mich um, doch er meinte ganz eindeutig mich und nicht den grauhaarigen Anzugträger hinter mir.

»Hi?«

Er kam näher zu mir, bis er meinen Oberarm mit seiner Brust berührte. Ich spürte die nasse Kälte durch den Stoff meines Blazers, der durch den Regen leider etwas in Mitleidenschaft gezogen worden war, genau wie seinen frischen Atem, der mein Ohr streifte. Und ich roch sein holziges Parfum mit leichter Zitrusnote, das mich augenblicklich dazu verleitete, gleich noch einmal tief einzuatmen.

»Das war *mein* Parkplatz«, murmelte er in mein Ohr und sorgte für ein Kribbeln auf meinem Rücken. Aber es war keines der unangenehmen Sorte …

»Das sagtest du bereits.« Mein Ton war nicht viel anders als seiner und ich legte noch eine Schippe drauf, als ich mich ihm zuwandte und ihm einen verführerischen Augenaufschlag schenkte. Außerdem reckte ich mein Kinn nach oben, um ihm zu zeigen, dass ich mich definitiv nicht entschuldigen würde. »Aber ich war schneller.« Ich konnte mir diesen Kommentar einfach nicht verkneifen, genauso wenig wie das siegessichere Grinsen.

Er lachte leise auf, ehe er noch näher kam. »Niemand nimmt mir weg, was mir gehört.« Vielleicht hätten seine Worte eine Drohung sein sollen, doch ich ließ mich nicht von ihm einschüchtern. Das war auch gar nicht möglich. Dafür war der Mann einfach zu heiß.

Ich konnte die Wärme spüren, die von seinem Körper ausging, und auch wenn er viel zu weit in meinen persönlichen Bereich eindrang, machte ich keine Anstalten, Abstand zu ihm zu bekommen. Im Gegenteil.

Der Aufzug hielt im neunzehnten Stock. Ein paar Leute stiegen aus, einige ein, doch ich bekam das nur am Rande mit. Alles war auf ihn fixiert, auf seine blaugrauen Augen, auf seinen Bart, auf seine Lippen, die mich lockten herauszufinden, wie sie schmeckten. Aber nicht hier.

Wären wir uns in einer Bar begegnet, würde ich noch mehr flirten, doch ich erinnerte mich daran, dass wir hier erstens nicht allein waren, und zweitens, dass ich gleich ein wichtiges Gespräch haben würde.

»Dazu musst du früher aufstehen. Und besser Autofahren lernen.« Ich schenkte ihm einen letzten intensiven Blick, dann hielt der Fahrstuhl erneut und die blecherne Stimme kündigte den vierunddreißigsten Stock an.

Also stieg ich aus und schaffte das sogar, ohne mich noch einmal nach Mister Hot umzudrehen. Ich hätte erleichtert sein sollen, Abstand zu ihm bekommen zu haben. Doch ich konnte weder seine markanten, blaugrauen Augen noch seine vollen Lippen, geschweige denn seinen Duft und das Gefühl seines Atems an meiner Haut vergessen.

2

Adrian

Atemlos schaute ich der Frau hinterher, die mich gleichermaßen aufregte, wie anturnte – die gefährlichste Sorte überhaupt. Bisher hatte ich sie hier noch nie gesehen, was grundsätzlich nichts heißen musste. Ich selbst ging erst seit drei Monaten bei *Cunningham Solutions Inc.* ein und aus. Meine Kumpels Mason, Kilian und Logan hatten es nach über einem Jahr Überzeugungsarbeit endlich geschafft, mich dazu zu bewegen, als Anwalt in deren Business einzusteigen. Zugesagt hatte ich erst, nachdem sie mir angeboten haben, als vierter Geschäftsführer zu agieren. Bis jetzt hatte ich es nicht bereut – und die drei auch nicht. Immerhin hatte ich mich gleich mit vollem Elan in die Arbeit gestürzt und mich schon in den ersten Wochen darum gekümmert, Plagiatoren aufzudecken und ihnen eine saftige Klage auf den Tisch zu knallen.

Ich nahm meinen Job ernst – hatte ich zuvor in der Anwaltskanzlei auch getan, wo ich mehrere Mandanten betreut hatte. Ich war knallhart, wenn es um Verhandlungen ging, und konnte jeden in Grund und Boden reden. Damit musste man klarkommen, wenn man mit mir zu tun hatte. Warum ich vorhin jedoch nicht die Oberhand behalten konnte – ja sogar mit ihr geflirtet hatte, als ich dieser Parkplatzdiebin gegenüberstand –, war mir ein Rätsel.

Wenn ich herausfand, in welcher Abteilung sie war, würde ich mich ab sofort dort öfter herumtreiben. Und sollte sie nicht für unsere Firma tätig sein, hatte sie für den Besucherausweis ebenfalls ihre Kontaktdaten hinterlassen müssen. Egal wie, ich würde ihre Identität lüften. Attraktive Frauen weckten meinen Jagdinstinkt. Und ich war ein verdammt guter Jäger …

Sie war auf jeden Fall mein Beuteschema – ich stand auf Wildkatzen, vor allem, wenn sie lange blonde Haare hatten, in die ich meine Finger vergraben konnte. Ich brauchte keine Ja-Sagerinnen, sondern Frauen, in denen ein Feuer loderte. Und bei dieser konnte ich mir gut vorstellen, dass es ein ganzes Inferno war. Immerhin kannten wir uns nicht und sie hatte mir so frech Kontra gegeben. Und das, obwohl ich eine einschüchternde Erscheinung war. Nicht umsonst hatte ich während meines Studiums als Türsteher vor einem Club gearbeitet. Ich trieb regelmäßig Kraftsport und Kerle legten sich selten mit mir an. Frauen hingegen waren eher fasziniert von meinem Körper und fühlten sich in meinen Armen sicher, aber kaum eine hatte mir Paroli geboten.

Ich stieg in der siebenunddreißigsten Etage aus und peilte Masons Büro an, das gleich neben meinem lag. Nach einem kurzen Klopfen und einem gebrummten »Herein« trat ich ein.

»Hey, kannst du mir die Personalliste mailen? Du weißt schon, die mit den Fotos.«

Er hob eine Augenbraue. »Wieso? Ist was vorgefallen?«

»Mir hat jemand den Parkplatz vor der Nase weggeschnappt und ich muss wissen, wie die Person heißt.«

»Die Person?« Er legte den Kopf schräg und grinste dreckig. »Nachdem du nicht *der Typ*, *der Drecksack* oder *der Wichser* gesagt hast, nehme ich an, dass es sich um eine Frau handelt. Verdammt, das hätte ich gern gesehen! Du musst mir unbedingt sagen, wer es war, wenn du es herausgefunden hast. Die muss ich mir krallen.« Mister Lustig hatte wohl einen besonders guten Tag.

Meine Antwort bestand aus einer gehobenen Augenbraue, dann schloss ich die Tür hinter mir. Trotzdem konnte ich ihn noch laut lachen hören, bis ich bei meinem Büro angekommen war. Arschloch …

Der große Empfangsbereich davor war leer. Aktuell hatte ich keine Assistentin, was sich hoffentlich bald wieder änderte. Es war eine Zumutung, dass sich Masons Sekretärin Joleen momentan durch zwei teilen musste, um mich bestmöglich zu unterstützen, und dennoch so viele Arbeiten an mir hängen blieben, für die ich eigentlich keine Zeit hatte.

Zwar hatten mir die drei bei meinem Start eine Sekretärin zur Seite gestellt gehabt, doch diese hatte aus unerklärlichen Gründen nach nicht einmal vier Wochen wieder gekündigt. Vielleicht war ich ihr zu herrisch gewesen. Aber um ehrlich zu sein, für Nettigkeiten fehlte mir die Zeit. Und als firmeninterner Anwalt hatte ich wichtigere Dinge zu erledigen. Mit Samthandschuhen führte man kein Imperium. Mein Tag begann normalerweise weit vor sieben Uhr morgens und endete selten vor halb neun.

Genau aus diesem Grund hatte Joleen mich heute auch angerufen – um sich zu versichern, dass mir nichts zugestoßen war. Ein Glück, denn nach einer Nacht intensivem Sex war ich in einen Tiefschlaf gefallen und hatte zuvor vergessen, den Wecker auf dem Handy zu stellen. Das war mir noch nie passiert, doch den wahren Grund für mein Verschlafen konnte ich ihr natürlich nicht sagen. Aber nun war ich ja hier.

Hinter mir schloss ich die Bürotür ab und drückte auf den Knopf, der die durchsichtigen Scheiben in Milchglas verwandelte. Ich liebte dieses Gimmick, genau wie den Rest meines Büros. Die große Glasfront, über die ich jeden Morgen den Sonnenaufgang genießen konnte, und den gewaltigen massiven Schreibtisch aus Holz mit der Rückwand mit den filigranen Schnitzereien. Ich hatte ihn von meinem Grandpa geerbt und er war mein absolutes Lieblingsstück. Dieses Möbelstück hierher zu bekommen war kein leichtes Unterfangen gewesen, doch ich liebte ihn und die Erinnerungen an eine schöne Kindheit und an den Mann, den ich über alles geschätzt hatte. Er hatte nicht unwesentlich dazu beigetragen, in seine Fußstapfen zu treten und ebenfalls Rechtswissenschaften zu studieren.

Außerdem hatte bei meinem Einzug ins Büro bereits ein gemütliches Ledersofa mit zwei passenden Sesseln hier gestanden, die ich behalten hatte. Und ich genoss den Luxus eines eigenen Badezimmers im Raum direkt hinter dem Schreibtisch.

Ich wählte Joleens Nummer, weil ich sie vorhin nicht an ihrem Platz gesehen hatte. »Ich bin jetzt da und in spätestens zehn Minuten unten. Informieren Sie bitte die Personalleiterin und sagen Sie ihr, dass sie auf mich warten soll. *Vor* dem Besprechungsraum!« Ohne ihre Antwort abzuwarten, hatte ich aufgelegt. Während des Telefonats hatte ich bereits die Schuhe abgestreift, genau wie das Sakko, das ich über die Lehne des Bürostuhls hängte. Ich knöpfte auch Hemd und Hose auf und stellte in dem Bad neben meinem Büro die Dusche an.

Der Tag hatte beschissen begonnen, als ich viel zu spät in einem fremden Bett aufgewacht war. Normalerweise räumte ich das Feld noch in der Nacht, und auch gestern hatte ich nicht vorgehabt, bei Susan … Sandra, Sally, oder wie verflucht nochmal sie hieß, einzuschlafen. Heute Morgen nach dem Weckruf hatte ich nur schnell die Klamotten vom Vortag angezogen und war aus dem Apartment gestürmt. Für einen Zwischenstopp bei mir zu Hause war keine Zeit gewesen, aber ich hatte zum Glück zwei komplette Garnituren Anzüge hier.

Außerdem war ich froh, seit Jahren einen Flacon meines Parfums im Handschuhfach zu haben. Schon beim Verlassen ihrer Wohnung hatte ich das Gefühl, noch immer ihren Geruch auf mir zu haben, den ich sofort mit meinem Lieblingsduft überdecken musste. Und zufällig hatte ich dort auch ein Mundspray für frischen Atem gefunden, über das ich nachträglich gesehen wirklich froh war.

In Windeseile war ich geduscht und fertig angezogen und eilte zum internen Aufzug, der nur unsere vier Stockwerke miteinander verband. Ein kurzer Blick auf meine Smartwatch verriet mir, dass es nur sieben Minuten nach zehn Uhr war. Gedanklich gab ich mir ein High five, weil ich so schnell war, und drückte den Knopf für den vierunddreißigsten Stock. Ich versuchte, mich an die Eckdaten der Frau von der Bewerbung zu erinnern, der ich gleich gegenübersitzen würde. Mitte vierzig, Mutter von zwei volljährigen Kindern, hatte bereits in einer Anwaltskanzlei gearbeitet – also würde sie mir hoffentlich lange erhalten bleiben, falls sie die Stelle bekam. Zu gerne hätte ich vorher schon ein Foto von ihr gesehen. Doch im Internet hatte ich nichts zu ihrem Namen gefunden – zumindest keine Bilder, die zu einer Mittvierzigerin gepasst hätten. In Momenten wie diesen verfluchte ich das Gesetz, das das Mitsenden von Fotos mit den Unterlagen verbot, um allen Bewerbern Chancengleichheit zu ermöglichen.

Als ich das Foyer des Empfangs von *Cunningham Solutions Inc.* betrat, erwartete mich eine etwas nervös wirkende Carolyn. Die Personalchefin begrüßte mich knapp und reichte mir eine Mappe. »Das sind die Unterlagen der neuen Bewerberin.«

»Was ist mit der Vorherigen passiert?«

Carolyn schaute sich um und nickte einem Typen in Jeans und Hemd zu, der an uns vorbeieilte. Bestimmt dauerte ihr das alles viel zu lange und ich war mir sicher, dass sie endlich das Gespräch beginnen wollte. »Sie hat letzte Nacht eine E-Mail geschickt, dass sie den Termin leider absagen muss, da sie woanders eine Zusage bekommen hat.«

Verflucht, sie wäre wirklich ideal für diese Stelle gewesen. Erneut überflog ich den Lebenslauf der Frau, die jetzt im Besprechungsraum nur wenige Meter von uns entfernt auf ihr Gespräch wartete.

»Können wir?«, drängte Carolyn.

Ich baute mich vor ihr auf. »Nein, verdammt! Auf die paar Minuten kommt es auch nicht an. Zuerst will ich wissen, mit wem ich es zu tun habe. Immerhin habe ich gerade eben erst von der Planänderung erfahren. Wer hat überhaupt entschieden, diese Frau einzuladen? Ihre Unterlagen sehe ich zum ersten Mal! Was ist mit den anderen Bewerberinnen und Bewerbern, die wir in die engere Auswahl genommen haben?« Dass ich durch meine Verspätung das Problem verursacht hatte, ließ ich geflissentlich unter den Tisch fallen.

Carolyns Kiefer mahlten aufeinander und bestimmt kochte sie innerlich. »Sie ist eine Empfehlung von Mister Baker.«

Scheiße, dann hatte ich keine andere Wahl. Ich musste sie einstellen.

Peter Baker kannte ich schon seit meiner Kindheit. Er war der Nachbar von Killians und Logans Eltern und wir hatten viele Wochenenden im Sommer im Garten verbracht, Zaun an Zaun mit diesem Mann, der sowas wie unser Mentor war. Vermutlich würde *Cunningham Solutions Inc.* nicht existieren, hätte es nicht die unzähligen spannenden Gespräche mit dem Unternehmer gegeben, der uns alle auf seine Weise geprägt hat.

Wenn Peter sie empfahl, war sie gut. Vielleicht nicht unbedingt in den Bereichen, in denen ich sie hier brauchte, doch sie würde alles Wichtige lernen. Und sie würde mit mir auskommen müssen. Denn Peter war ein freundlicher Mensch und auch wenn ich nicht wusste, wie er als Boss war, war er allgemein dafür bekannt, streng aber fair und herzlich zu führen.

»Ich erledige das allein. Immerhin soll sie für mich arbeiten«, entschied ich und steuerte, ohne eine Reaktion von ihr abzuwarten, den Besprechungsraum am Ende des Flurs an. Ich hatte keine Lust, dass sie das Gespräch führte und mich womöglich mit weiteren unliebsamen Überraschungen konfrontierte, die mich vor der Bewerberin dumm dastehen ließen.

Doch vor der Glaswand des Besprechungsraumes hielt ich abrupt inne. Denn dort saß eine Frau, die mir nicht unbekannt war. Lange blonde Haare, perfekt, um die Finger darin zu vergraben – auch wenn sie vom aktuellen Wetter etwas mitgenommen aussahen. Volle Lippen und stechend blaue Augen. Eine elegante weiße Bluse, die nicht bis oben zugeknöpft war und ein grauer Blazer darüber, dem man den Regenguss von eben ansehen konnte. Und ich hatte immer noch ihren verführerischen Lilienduft in der Nase.

Fuck, das würde eines der schwierigsten Gespräche werden, die ich führen musste. Denn einerseits sollte ich diese Bewerberin mit Professionalität für mich gewinnen. Andererseits sehnte sich ein nicht unwesentlicher Teil von mir danach, sie in mein Bett zu bekommen. Ich wollte sie dazu bringen, laut meinen Namen zu stöhnen – nachdem sie sich dafür entschuldigt hatte, ihre Karre auf *meinen* Parkplatz gestellt zu haben.

3

Harper

Meine Aufregung verflog mit jeder Minute, die verstrich, während mein Ärger zunahm. Warum genau hatte ich mich dermaßen gestresst, wenn ich nun hier saß, wie bestellt und nicht abgeholt? War ja nett von der Dame, die mich hierhergeführt hatte, dass sie mir Kaffee angeboten und mich mit Broschüren über die Firma versorgt hatte. War das ebenfalls ein Test? Wollte man einerseits herausfinden, wie geduldig ich war und gleichzeitig überprüfen, wie genau ich Texte las, bevor man prüfte, was hängengeblieben war?

Keine Ahnung.

Was ich jedoch wusste, war, dass ich mich zunehmend unwohler fühlte. Würde ich noch fünf Minuten länger warten müssen, würde ich meine Sachen packen und von hier verschwinden. Für solche Psychospielchen war ich nicht zu haben.

Der Raum, in dem ich saß, hatte eine breite Fensterfront, von der aus man auf die umliegenden Gebäude sehen konnte. Nach wie vor schüttete es, was das Zeug hielt, und mir graute schon davor, wieder raus in dieses miese Wetter zu müssen.

Um den runden Tisch standen zweiundzwanzig Stühle. Zudem gab es ein großes Whiteboard an einer Wand, von dem ich vermutete, dass es zusätzlich als Monitor fungierte – jedenfalls hatte es auch ein Bedienfeld an der Seite. So ein Teil hatte ich noch nie gesehen. Zumindest nicht im echten Leben, sondern nur im Fernsehen. Und da war ich immer davon ausgegangen, dass sie eine Erfindung der Filmindustrie seien. Ansonsten war der Raum bis auf mehrere Schränke leer.

Seufzend legte ich den Kopf in den Nacken. Die Kopfschmerzen, die ich gestern nach einer durchzechten Nacht von Samstag auf Sonntag hatte, waren zum Glück wieder verschwunden. Ich war mit Alessa durch die Clubs gezogen, weil ich zumindest für einen Abend verdrängen wollte, dass ich ohne Job war und meine Zukunft im Ungewissen lag. Einmal Schwäche zeigen, für ein paar Stunden das Gefühl des Versagens vergessen, das mir seit der Kündigung in den Knochen saß – auch wenn ich *wusste*, dass ich nichts dafür konnte. Mister Baker war in der Zwickmühle gewesen. Er war ein zu guter Mensch, als dass er Emma ihren alten Job nicht zurückgegeben hätte. Und mich zusätzlich zu behalten, wäre Unsinn gewesen. Die Arbeit bei ihm war für eine Person konzipiert, zu zweit hätten wir uns gelangweilt.

Aus dem Augenwinkel bemerkte ich durch die gläserne Wand, dass sich jemand dem Besprechungszimmer näherte. Sofort setzte ich mich aufrecht hin, ehe mein Puls neue Höhen anstrebte. Und Gott, das tat er nicht nur wegen des gleich stattfindenden Gesprächs.

Der Mann, der auf mich zukam, war *er*. Der Typ, dessen Parklücke ich vor seiner Nase belegt hatte. Derjenige, der mir im Fahrstuhl weiche Knie beschert hatte, weil er aus der Nähe noch besser aussah – von seinem verführerischen Duft mal ganz abgesehen.

Aber warum war er hier? Hatte er nach wie vor ein Problem damit, dass ich auf *seinem* Parkplatz stand? Und wie zur Hölle hatte er mich gefunden? War er mir etwa gefolgt und hatte sich durchgefragt, wo die durchnässte blonde Frau hingegangen war?

Als ich jedoch sah, dass er eine Mappe unter den Arm geklemmt hatte, dämmerte es mir langsam …

O Gott, das konnte jetzt nicht wahr sein, oder?

Der Mann, dem ich so frech den Parkplatz vor der Nase weggeschnappt hatte, würde gleich entscheiden, ob ich diesen Job bekam? Was für ein verdammt mieser Scherz des Schicksals war das denn?

Verhalten stöhnte ich auf, kurz bevor er den Raum betrat und meine Vermutung bestätigte. Am liebsten wollte ich mich in Luft auflösen. Doch das würde ich vor ihm nicht zugeben.

Niemals.

Ein professionelles Lächeln auf den Lippen stand ich auf und machte einen Schritt auf ihn zu. »Wer hätte gedacht, dass wir heute gleich dreimal das Vergnügen haben …«

Er lächelte matt, als er mir die Hand schüttelte. »Adrian Price. Wie ich sehe, haben Sie es im Gegensatz zu mir pünktlich zu unserem gemeinsamen Termin geschafft, Miss Mackenzie.« Er deutete auf den Stuhl, auf dem ich gerade gesessen hatte, und nahm auf dem neben mir Platz.

Für einen Augenblick versuchte ich noch, aus seinem Seitenhieb schlau zu werden. Doch schließlich entschied ich, nicht jedes seiner Worte auf die Waagschale zu legen und mich stattdessen auf den eigentlichen Grund zu besinnen, weshalb wir hier waren: mein Bewerbungsgespräch. »Pünktlichkeit ist nur eine meiner Stärken.«

Er lachte laut auf, aber es klang nicht nur amüsiert, sondern auch irgendwie … angepisst.

Oh, Mist.

»Nun … dann bin ich ja gespannt, was Ihre weiteren Qualifikationen sind. Warum sollte ich genau *Sie* einstellen und nicht einen der anderen, die zum Teil sogar juristisches Grundwissen vorweisen können? Die ihrem zukünftigen Boss nicht den Parkplatz vor der Nase wegschnappen.« Seine blaugrauen Augen musterten mich stechend.

»Sie sind ein schlechter Verlierer, hab ich recht?«

Ach. Du. Schande. Das hatte ich jetzt nicht laut gesagt …

Doch. Seinem Blick nach zu urteilen, hatte ich das. »Ich verliere nie. In meiner bisherigen Karriere habe ich bisher keinen einzigen Fall in den Sand gesetzt. Mag also sein, dass ich ein schlechter Verlierer bin, was die Parklücke betrifft. Berechtigt, würde ich sagen.«

Keinen einzigen *Fall*?

Moment …

»Ich würde bei Zusage für *Sie* arbeiten?«

Seine Lippen verzogen sich zu einem teuflischen Lächeln. »Schnelle Kombinationsgabe scheint nicht zu Ihren Stärken zu gehören.«

Ich kniff die Augen zusammen. »Es stand überall geschrieben, dass ich mich auf die Stelle der Assistentin der Geschäftsleitung bewerbe. Geschäftsführer von *Cunningham Solutions Inc.* sind die beiden Brüder Kilian und Logan Cunningham sowie Mason Collins. Von einem Adrian Price höre ich heute zum ersten Mal. Weder auf der Website noch in dieser Broschüre konnte ich Ihren Namen entdecken.«

Er runzelte die Stirn und beugte sich vor. »Genau *das* ist der Grund, weshalb ich eine Assistentin brauche.«

»Sehen Sie, das wäre eine meiner ersten Amtshandlungen, Versäumtes nachzuholen.« Ich reckte mein Kinn nach oben. So schnell ließ ich mich nicht von ihm verunsichern. »Wie lange sind Sie schon für *Cunningham Solutions Inc.* tätig?«

Er lehnte sich zurück, ohne den Blick von mir abzuwenden. »Seit knapp drei Monaten. Die vorherige Assistentin, die mir zugeteilt wurde, hat nur ein paar Wochen durchgehalten. Ich brauche jemanden, der belastungsfähig ist. Von mir können Sie weder Bauchpinseleien noch ein nettes Pläuschchen erwarten. Meine Anweisungen sind knapp und präzise. Sie kommen schnell und manchmal unerwartet. Ich verlange trotzdem, dass sie alle durchgeführt werden. Fehlerfrei.«

»Dann sind Sie bei mir richtig. In meinem alten Job war ich rasches, effizientes Arbeiten gewöhnt. Ich habe den Großteil der Aufgaben selbstständig ausgeführt, oft bevor mein Boss sie mir aufgetragen hatte. Ich liebe Herausforderungen und habe kein Problem mit Überstunden. Und ich bin auf der Suche nach einer langfristigen Stelle. Ich stürze mich mit vollem Einsatz in die Arbeit, bin wissbegierig, mache mich gerne mit neuen Themengebieten vertraut und habe keine Scheu vor Zusatzausbildungen, falls dies …«

»Ich verlange Erreichbarkeit rund um die Uhr«, fiel er mir ins Wort. »Selbst am Wochenende.«

»Kein Problem«, sagte ich schnell, auch wenn ich mir nicht sicher war, ob ich diese Antwort nicht später bereuen würde.

»Und ich habe das Vorrecht auf jeden verdammten Parkplatz hier in New York.«

Fast hatte ich losprusten müssen. »Selbstverständlich.« Ich nickte artig.

»Wann können Sie anfangen?«

Mir lag *heute* auf der Zunge, zum Glück aber besann ich mich im letzten Moment. Ich traute ihm zu, dass er mich sofort an den für mich vorgesehenen Schreibtisch setzen würde. »Morgen.«

Er nickte zufrieden. »Ich erwarte Sie um sieben Uhr im siebenunddreißigsten Stock. Mein Büro liegt den Gang runter links hinten, aber Sie werden es nicht verfehlen, weil es das einzige sein wird, in dem Licht brennt. Ich gebe unten am Empfang Bescheid, dass man Ihren Ausweis vorbereitet.«

»Ich werde da sein.« Mein Herz raste und in meinem Kopf schwirrten die Gedanken. Hatte ich tatsächlich gerade eine Jobzusage erhalten?

»Gut. Ich lasse den Arbeitsvertrag und die Verschwiegenheitserklärung vorbereiten, die Sie gleich morgen Früh unterzeichnen.«

Für den Bruchteil einer Sekunde fühlte ich mich von ihm völlig überfahren. Das hier ging mir eindeutig zu schnell und war viel zu einfach gewesen. Dennoch nickte ich. Der Mann kannte mich kaum und hatte sich auch nicht bemüht, diesen Zustand zu ändern. Das Gespräch hatte nicht länger als zehn Minuten gedauert. Aber ich würde einen Teufel tun und ihn darauf hinweisen.

Kurz klärten wir noch das Finanzielle, und ich war wirklich überrascht, wie gut dieser Job bezahlt wurde. Ein weiterer Grund, mich nicht darüber zu beschweren, dass er das Bewerbungsgespräch im Eilverfahren durchgezogen hatte.

Wir erhoben uns und mein Boss begleitete mich zum Aufzug. Mein *Boss*! O mein Gott, ich hatte einen Job! Und den verdammt heißesten Vorgesetzten, den ich mir je hätte vorstellen können … »Vielen Dank für die Chance, Mister Price. Ich garantiere Ihnen, dass Sie Ihre Entscheidung nicht bereuen werden.«

Seine rechte Augenbraue zuckte kurz nach oben. »Wir sehen uns morgen, Miss Mackenzie. Seien Sie pünktlich.«

»Sie können sich auf mich verlassen.«

Der Aufzug kündigte sich mit einem hellen *Pling* an und öffnete sich. Ich verabschiedete mich von ihm und betrat die halbvolle Kabine. Bevor die Türen wieder zugingen, beugte er sich nach vorne. »Und noch ein Tipp, so ganz im Vertrauen: Kommen Sie nicht mit dem eigenen Auto. Die Parkplatzsituation hier in der Gegend ist nicht die Beste. Ich spreche aus Erfahrung.«

Dann schlossen sich die Fahrstuhltüren und der Aufzug setzte sich in Bewegung. Und ich wusste nicht, ob ich beleidigt aufschnauben oder laut lachen sollte, weil er ständig auf dem Thema herumritt. Offensichtlich hatte ich seinem Ego einen gehörigen Arschtritt verpasst.

Es regnete immer noch, als ich nach draußen trat, aber das störte mich jetzt gar nicht mehr. Im Gegenteil, ich spürte nicht einmal, wie ich nass wurde. Dafür war ich viel zu gut gelaunt. Kaum dass ich im Auto saß und sich mein Handy mit der Freisprecheinrichtung verbunden hatte, wählte ich Alessas Nummer. Irgendwann würde ihr Boss ausrasten, weil sie ständig privat telefonierte, aber hey, das hier war ein Notfall! Außerdem hatte sie gesagt, ich solle sie nach dem Gespräch anrufen.

Ich wusste zwar nicht, ob ihre Videokonferenz schon vorbei war, hoffte jedoch inständig, dass sie, falls nicht, das Telefon auf lautlos gestellt hatte.

Tatsächlich ging sie nach dem dritten Klingeln ran. »Und?«, war ihre einzige Begrüßung. Die Konferenz war wohl schon zu Ende.

»Ich hab den Job!« Unmöglich konnte ich meine Begeisterung hinterm Zaun halten, auch wenn ich kurz überlegt hatte, sie reinzulegen, indem ich ihr verklickerte, eine Absage erhalten zu haben.

Ich reihte mich in den Verkehr ein und musste Mister Hot gedanklich zustimmen, dass es schlau wäre, nicht das eigene Auto zu nehmen. Aber das hatte ich ja bereits vor einer knappen halben Stunde selbst festgestellt.

»Ich wusste es! Du bist großartig und endlich hat sich wieder jemand gefunden, der dein Potenzial sieht. Wie ich dich kenne, hast du auf ganzer Linie gepunktet.«

»Na ja, nicht unbedingt, aber …«

»Hey, du hast eine Zusage! Alles andere ist egal. Du hast sie durch und durch von dir überzeugt, sonst hätten sie dich nicht genommen.«

»Ich hab gleich zu Beginn einen verdammt üblen Eindruck bei meinem neuen Boss hinterlassen.«

»Ach, komm, jetzt hör aber auf, dich schlechtzumachen, Harper! Ganz sicher hast du nicht …«

»Ich habe ihm den einzigen freien Parkplatz vor der Nase weggeschnappt.«

Mehrere Sekunden lauschte ich ihrem Schweigen, und hätte ich im Hintergrund nicht das leise Klingeln der Telefone gehört, hätte ich gedacht, dass die Verbindung unterbrochen worden wäre. »Wow. Und trotzdem hast du den Job bekommen? Ich bin schwer beeindruckt.«

So ganz konnte ich es mir noch immer nicht erklären, aber irgendwas musste ich getan haben, was ihn überzeugt hatte. »Egal, was es ist, ich werde ihn auf keinen Fall enttäuschen. Anscheinend ist er strenger als Mister Baker und verlangt auch mehr. Überstunden, ständige Erreichbarkeit.« Ich seufzte, als mir bewusst wurde, worauf ich mich da eben eingelassen hatte. »War also schön, dich gekannt zu haben. Wir sehen uns vermutlich wieder, wenn ich den Job doch irgendwann hinwerfe, oder spätestens, wenn ich alt und runzelig bin und meinen Ruhestand genieße.«

Sie lachte auf. »Doofe. Das wird schon. Du bist gut in deiner Arbeit und du bist schnell. Das darfst du nicht vergessen. Und am Wochenende stoßen wir auf die Zusage an.«

»Unbedingt!«

4

Adrian

Verärgert ging ich zurück in mein Büro. Ab morgen endlich eine Assistentin zu haben, die sich um all den ganzen Krempel kümmerte, war eigentlich eine positive Nachricht. Aber zum einen hatte ich das Gefühl, nicht meine erste Wahl bekommen zu haben, weil ich mich Peters Empfehlung beugen musste. Er war stiller Teilhaber und Investor bei *Cunningham Solutions Inc.* und sein Wort hatte immer noch großes Gewicht. Außerdem wurde mir klar, dass ich sie unmöglich in mein Bett bringen konnte, wenn sie für mich arbeitete. Ich hatte mich während des Studiums zu Genüge mit Fällen von sexueller Belästigung am Arbeitsplatz auseinandergesetzt, um zu wissen, dass ich absolut bescheuert sein musste, auch nur mit ihr zu flirten. Abgesehen davon fehlte mir für solche Spielereien in der Arbeit ohnehin die Zeit.

Eigentlich hätte ich mich freuen sollen, ab sofort jeden Tag den Blick auf eine attraktive Frau zu haben, zumal ich von meinem Schreibtisch aus auf ihren Platz sah. Das würde jedoch auch bedeuten, dass mich eine stundenlange Folter erwarten würde. Denn sie war heiß. Durch und durch.

Bestimmt war es, als würde man dem Hund einen Knochen vorsetzen, ihm aber nicht erlauben, auf ihm zu kauen.

Hin- und hergerissen von dieser neuen Erkenntnis, schrieb

ich eine E-Mail an Carolyn und informierte sie über meine Zusage. Außerdem wies ich sie an, alles für ihren ersten Tag morgen vorzubereiten und in der IT Bescheid zu geben, damit der Computer für Miss Mackenzie zugänglich und eine E-Mail-Adresse für sie eingerichtet war.

Danach rief ich bei Joleen an und bestellte sie in mein Büro.

Ungeduldig trommelte ich mit den Fingern auf dem Schreibtisch herum. Ich hasste es, zu warten, aber das war zum Glück ab morgen vorbei. Abgesehen davon war Joleen immer noch Masons Assistentin. Wäre ich an seiner Stelle, würde ich auch darauf bestehen, dass erst all meine Anliegen bearbeitet werden würden, bevor sie sich um die meines Kumpels kümmern durfte.

In der Zwischenzeit schaute ich in die Kalender von Kilian, Mason und Logan und legte eine Besprechung für heute Nachmittag fest. Nur wenige Sekunden später ploppte das Fenster unseres Gruppenchats auf.

Kilian: Kann zu der Zeit nicht, bei mir hat sich eben ein Termin ergeben.

Adrian: Okay, dann Mittagessen?

Mason: Ich bin auch für Essen.

Logan schickte nur einen nach oben gereckten Daumen, und Kilian bestätigte kurz darauf.

Wir kannten uns seit der Kindheit, waren als Nachbarn fast wie Brüder aufgewachsen. Ich konnte mich nicht erinnern, dass wir nicht zusammen abgehangen hatten – von meinem Studium und dem vorherigen Job in der Anwaltskanzlei mal abgesehen. In der Zeit hatten die drei nämlich bereits *Cunningham Solutions Inc.* gegründet. Seit meinem Abschluss hatten sie mich immer wieder bearbeitet, im Unternehmen einzusteigen. Lange hatte ich mich dagegen gewehrt, denn ich hatte befürchtet, dass ich in der Firma nicht gleichberechtigt sein würde – schließlich war das Softwareunternehmen ihr Baby. Doch meine Sorgen waren völlig unbegründet. Es fühlte sich an, als wäre mein

Platz schon immer hier gewesen. Die drei bezogen mich in alle Entscheidungen gleichermaßen ein und betrachteten mich als gleichwertigen Partner.

Der Computernerd Mason war heute das Softwaregenie der Firma. Er hatte bereits während der Junior High ständig irgendwas programmiert, sich in fremde Computer gehackt und weiß der Teufel was sonst noch angestellt.

Kilians Stärke hingegen war sein Verhandlungsgeschick. Er hatte schon als Kind ein unglaubliches Talent dafür gehabt, alle von seinen Theorien zu überzeugen. Zu seinen Geburtstagen und an Weihnachten hatte er immer bekommen, was er sich gewünscht hatte. Er hatte so lange und geschickt auf seine Eltern eingeredet, bis sie auch davon überzeugt waren, dass ihr Sohn nicht ohne dieses oder jenes leben konnte. Ich war mir sicher, er konnte einem Eskimo einen Kühlschrank verkaufen, weshalb er im Unternehmen für den Vertrieb und fürs Marketing zuständig war.

Und Logan war ein Organisationstalent und hatte zudem ein starkes Durchsetzungsvermögen. Schon von klein auf war er bei Gleichaltrigen unglaublich beliebt gewesen, was sehr nervig war, weil mein bester Freund so ständig im Mittelpunkt stand.

Endlich kam Joleen durch die Tür. Sie war unscheinbar, aber verdammt gut in ihrem Job. Wie immer trug sie ein Klemmbrett mit sich herum, auf dem sie mitschrieb, wenn ich ihr diktierte.

»Ab morgen sind Sie mich los, ich habe eine neue Assistentin. Nehmen Sie sich Zeit, um ihr alles zu erklären, woran Sie in der Zwischenzeit gearbeitet haben. Mit Mister Collins rede ich heute beim Mittagessen und informiere ihn darüber, dass Sie ihm zumindest am Vormittag nicht zur Verfügung stehen.«

Sie nickte und wirkte dabei erleichtert. Bestimmt waren die letzten Wochen hart für sie gewesen.

»Reservieren Sie einen Tisch für vier Personen im *Tony's Di Napoli* für heute Mittag.«

»Wird erledigt.« Sie kritzelte meine Anweisungen auf ihrem Klemmbrett.

»Danke, das war's.«

Ein Lächeln hob sich auf Ihr Gesicht. »Ich freue mich für Sie, dass Sie endlich eine Assistentin gefunden haben. Bestimmt wird das für Sie auch eine Entlastung. Ich konnte schließlich nur bedingt für Sie da sein.«

Ich nickte knapp und wandte mich dann meinem Computer zu – das Zeichen an sie, dass wir hier fertig waren.

Sie verstand und verließ mein Büro.

Und ich atmete tief durch.

Ab morgen würde alles anders werden. Besser.

Hoffentlich.

Das italienische Restaurant lag nur einen Block weiter, was für uns praktisch war, da wir auf dem Weg dorthin nicht viel Zeit vergeudeten. Mason hatte die anderen bereits unterwegs darüber informiert, dass man mich heute Morgen um meinen Parkplatz gebracht hatte. Was natürlich sofort die Spekulation ankurbelte, weshalb ich nicht wie sonst um sieben zur Arbeit erschienen war – und warum ich mit dem eigenen Auto gefahren war. Denn das tat ich normalerweise nur sehr selten.

Eine Weile lauschte ich ihren Vermutungen, die zum Glück abflauten, als wir das Restaurant betraten. Wir alle mochten die rustikale Stimmung im Lokal, die Backsteinbögen, die sich über die Decke zogen, und die Holzvertäfelungen, die ein gemütliches Ambiente zauberten. Außerdem war das Essen hier richtig gut.

Wir bestellten sofort, da jeder von uns bereits im Büro einen Blick in die Online-Karte geworfen hatte und wir somit Zeit sparen konnten – im Zubereiten der Speisen waren sie hier nämlich trotzdem sehr schnell.

»Also rückst du endlich damit raus, warum du heute zu spät

gekommen bist?«, griff Logan erneut das Thema auf, kaum dass wir allein am Tisch waren.

»Harte Nacht«, brummte ich genervt, was den dreien ein schmutziges Grinsen aufs Gesicht zauberte. »Aber das ist nicht der Grund für dieses Meeting. Ich habe ab morgen wieder eine Assistentin.« Dabei schaute ich Mason an, vor allem deshalb, damit er wusste, dass er ab sofort Joleen nicht mehr mit mir teilen musste.

Meine Kumpels gratulierten mir.

Mason seufzte erleichtert auf. »Gott sei Dank! Joleen bekommt einen fetten Bonus von mir, sie hat in den letzten Wochen, glaub ich, im Büro gewohnt.«

»Den solltest du ihr zahlen. Sie hat das großartig gemacht. Aber ich muss sie mir morgen noch einmal zur Einarbeitung leihen.«

»Klar. Bei mir steht nichts Wichtiges an, da brauche ich sie nicht zwingend.«

»Danke.«

Kurz lobten alle ihre Assistentinnen und wie froh sie waren, sich auf jemanden verlassen zu können.

»Hast du eigentlich schon rausgefunden, wer dir den Parkplatz weggeschnappt hat?«, wechselte Kilian schließlich das Thema.

Ich schenkte ihm einen angepissten Blick. Nicht nur, weil er erneut vom Thema abschweifte, sondern weil ihn diese Parkplatzsache nicht in Ruhe zu lassen schien.

Gut, mich auch nicht, aber das war was anderes.

»Hab ich«, antwortete ich knapp und hoffte, damit wieder zurück zu meiner neuen Assistentin zu kommen – wobei wir genau genommen ja eigentlich *noch immer* bei ihr waren. Nur wussten die drei nichts davon.

»Und? Ist sie eine unserer Angestellten?«

Ich trank einen großen Schluck von meinem Wasser. Dann nickte ich, während ich die Zähne aufeinanderpresste.

Unnötig zu erwähnen, dass mich drei Augenpaare abwartend musterten.

Zum Glück wurde uns in dem Moment das Essen serviert und ich bekam einen kurzen Aufschub. Mein Hühnchen auf Gemüsevariation sah echt lecker aus und auch das Steak von Killian, die Salatbowl von Logan und der Fisch von Mason waren unglaublich gut – ich hatte hier schon die ganze Karte durch. Vielleicht würden die drei ja sogar über dem Essen vergessen, was wir gerade gesprochen hatten. Aber das war natürlich Wunschdenken.

»Also? Wer war die Frau?«

»Harper Mackenzie«, sagte ich und hoffte, dass sie einfach nicht die Namen aller Angestellten wussten.

»Deine Assistentin?« Logan starrte mich an, und seinem Gesichtsausdruck nach zu urteilen, stand er kurz vor einem Lachflash.

Natürlich, er segnete die Zutrittsberechtigungen ab. Carolyn hatte ihn wohl schon informiert und er kannte deshalb ihren Namen.

»Whow, whow, whow, warte!« Mason beugte sich nach vorn und hatte durch seine kurze, dramaturgische Showeinlage die volle Aufmerksamkeit. Vermutlich sogar die von den umliegenden Tischen. »Du hast die Frau, die dir den Parkplatz vor der Nase weggeschnappt hat, eingestellt?« Er lachte auf und klatschte lautstark. »Die muss ich mir unbedingt anschauen.«

»Ich sehe schon, ich sollte morgen auch mal früher ins Büro kommen. Das darf ich mir nicht entgehen lassen.« Logan war normalerweise nur äußerst selten vor halb neun in der Firma.

»Ihr werdet euch ordentlich aufführen, haben wir uns verstanden? Ich will nicht, dass ihr Miss Mackenzie in Verlegenheit bringt und mir meine Assistentin schon am ersten Tag vergrault.«

»Keine Sorge, *das* ist dein Job.« Kilian hatte mir also noch immer nicht verziehen, dass meine vorherige Assistentin so schnell aufgegeben und gekündigt hatte.

»Hey, ich kann nichts dafür, dass sie so zart besaitet war und beim ersten schiefen Blick das Handtuch wirft.« Ich war mir wirklich keiner Schuld bewusst, oder zumindest hatte ich nichts absichtlich getan, was sie in die Flucht geschlagen hätte.

Kilian schnaubte nur.

Gottverdammt, ging mir das auf den Sack. Wenn sie ihm so wichtig war, warum hatte er sie nicht für sich arbeiten lassen?

Während ich mich also über Kilian ärgerte, verfolgte ich neben dem Essen die Diskussion von Logan und Mason über *meine Neue.*

»Bestimmt ist ihm einer abgegangen, als er gesehen hat, dass es eine Frau war, die sich seinen Parkplatz geschnappt hat«, war Mason überzeugt.

Logan lachte auf. »Stell dir nur mal das Bild vor. Adrian hält an, haut den Blinker rein, und noch während er den Rückwärtsgang einlegt, driftet eine heiße Blondine in die Parklücke.«

»Wie kommst du darauf, dass sie blond ist?«, brachte ich mich kauend ein.

»Weil du eine Schwäche für blonde Frauen hast«, erklärte Mason und handelte sich einen seltsam strengen Blick von Kilian ein.

»Ich hab eine *Assistentin* gesucht und keine Frau für heiße Nächte.« Fuck, ich sollte aufhören, auch nur darüber nachzudenken. Für ein gesundes Arbeitsverhältnis war das alles andere als förderlich.

Die drei amüsierten sich prächtig auf meine Kosten.

Genervt rollte ich mit den Augen. »Sie könnte aussehen wie Quasimodo – ich hätte sie trotzdem eingestellt. Einstellen müssen. Peter Baker hat sie empfohlen.«

»Oh«, war Logans Kommentar.

Auch die anderen verstummten und sahen sich betreten an.

»Sieht sie denn aus wie … du weißt schon?«, wollte Mason schließlich besorgt wissen.

»Nein. Und sie ist blond. Bestimmt ist sie gut, sonst hätte sie nicht über ein Jahr für Peter gearbeitet, aber sie … Na ja, es wird sicher nicht alles von Beginn an reibungslos laufen.«

Die drei schauten mich fragend an.

»Sie hat keine Erfahrung im juristischen Bereich. Und … sie hat eine ziemlich vorlaute Klappe«, gestand ich. Diese Tatsache hatte mich beim Gespräch einerseits amüsiert wie fasziniert, andererseits war ich mir auch dessen bewusst, dass es dadurch zu Reibereien zwischen uns kommen könnte. Sie war mutig und kratzbürstig – eine gefährliche Mischung, die in Kombination mit meiner Sturheit explosiv werden könnte.

Mason grinste, Logan lachte leise vor sich hin und sogar Kilians Mundwinkel zuckten nach oben.

»Verdammt, was würde ich dafür geben, in den nächsten Wochen meinen Schreibtisch in dein Büro stellen zu können, um das Spektakel zu verfolgen«, meinte Mason und trank von seinem Wasser.

»Das kannst du sowas von vergessen«, entschied ich bestimmt. »Ihr alle. Ich will euch weder beim Lauschen ertappen, noch will ich, dass ihr euch in meine Angelegenheiten einmischt. Sollte einer von euch dafür verantwortlich sein, dass Miss Mackenzie kündigt, bekomme ich von demjenigen die Assistentin so lange zur Verfügung gestellt, bis ich wieder eine gefunden habe.« Ich sagte es drohend und schien damit mein Ziel zu erreichen, denn augenblicklich wechselten sie das Thema und wir sprachen über Masons neueste Ideen, zu denen er gerade ein Konzept erstellt hatte.

5

Harper

»Ich halte dich auch sicher nicht lange auf, aber du musst mir *alles* über dein Gespräch heute Morgen erzählen.« Mit diesen Worten rauschte Alessa an mir vorbei in die Wohnung. Sie trug eine Jogginghose, ein Schlabbershirt und war ungeschminkt. Das Kurioseste jedoch waren ihre Flauschpantoffel mit pinken Hasenohren.

Meine beste Freundin wohnte direkt über mir. Als sie damals eingezogen war, hatte sie niemanden gehabt, der ihr beim Umzug half, weshalb ich kurzentschlossen eingesprungen war. Bis dahin hatte sie tatsächlich all ihre Kisten allein in das kleine Apartment hinaufgeschleppt. Im Anschluss hatten wir ihren Einzug mit zwei Flaschen Wein gefeiert und waren von da an ein Herz und eine Seele gewesen.

Ich hingegen trug nur einen Bademantel, da ich mir eben die Badewanne eingelassen hatte – der einzige Luxus in dieser winzigen Wohnung. »Stört es dich, wenn du es dir auf dem Klodeckel bequem machst? Ich wollte eigentlich gerade baden.«

»Kein Problem.« Sie grinste. »Geh schon mal vor, ich hole uns was zu trinken aus deiner Küche.«

Wenig später war ich eingehüllt von Schaum und hatte ein Weinglas in der Hand, in der süßer Sekt prickelte. Alessa prostete mir mit meinem letzten Sektglas zu. Alle anderen waren im Laufe der Jahre zu Bruch gegangen. »Ich hätte aber wirklich auch aus dem Weinglas trinken können.«

Entschlossen schüttelte ich den Kopf. »Kommt gar nicht infrage.«

Sie rollte mit den Augen, ein Lächeln auf den Lippen. »Na gut. Schieß los. Details, meine Liebe, ich brauche Details!«

Gedankenverloren drehte ich das Glas am Stiel zwischen den Fingern. Kurz nippte ich an dem Getränk, dann lehnte ich den Kopf zurück. »Also … im Grunde gibt es nicht viel zu sagen, abgesehen davon, dass ich meinem Boss gleich zu Beginn negativ aufgefallen bin und trotzdem den Job bekommen habe. Und ich frage mich immer noch, warum er mich eingestellt hat. Ich meine, das Gespräch hat keine zehn Minuten gedauert. Ich hatte nicht einmal die Chance, ihm zu erklären, was meine Stärken waren oder wie ich arbeite.«

»Aber das hast du ja alles in deinem Bewerbungsschreiben angeführt, oder?«

»Trotzdem. Ein ungutes Gefühl bleibt.«

Alessa wiegte ihren Kopf hin und her. »Warte ab. Morgen kannst du beweisen, was du draufhast.«

»Hm ja. Du hast recht.« Und doch machte es die Sache gerade nicht besser.

»Wie ist er denn so?«

Meine Mundwinkel zuckten, obwohl ich ernst bleiben wollte. »Heiß!«

»Heiß? Du meinst … er sieht gut aus?«

Nun lachte ich. »*Gut* ist kein Ausdruck. Alessa, ich sag's dir, der Kerl … Also wenn ich ihn in einer Bar kennenlernen würde, könnte ich für nichts garantieren?«

»Abschleppmaterial?«

»Aber so was von.«

Alessa prustete los. »O mein Gott, das nenne ich mal erschwerte Arbeitsbedingungen.«

»Vermutlich nicht. Ich glaube, er ist ein Arschloch.«

Geräuschvoll holte meine Freundin Luft. »So übel?«

Ich nippte am Sekt. »Genaueres kann ich noch nicht sagen, aber es macht den Anschein, ja.«

Nachdenklich trank sie ein paar Schlucke. »Auch gut. So besteht wenigstens nicht die Gefahr, dass da was zwischen euch entsteht. Das wäre sicher nicht gut für eure berufliche Beziehung.«

Damit hatte sie bestimmt recht.

Seufzend reichte ich ihr mein noch halbvolles Glas. Mir stieg der Alkohol in den Kopf. Garantiert war es nur die Hitze von der Wanne, aber womöglich machte sich auch die Aufregung wegen morgen bemerkbar. »Ich bleibe professionell. Doch eines kann ich dir garantieren: Wenn er denkt, er kann mir blöd kommen, mach ich das ebenfalls. Ich lasse mir nichts gefallen. Und nur weil ich seine Assistentin bin, gibt ihm das nicht das Recht, mich wie den letzten Dreck zu behandeln. Es soll ein Miteinander auf einer Ebene sein. Du weißt, ich habe kein Problem damit, alles für meinen Boss zu tun, wenn er sich im Gegenzug auch mir gegenüber ordentlich verhält. Ich bringe ihm gern seinen Kaffee, wenn ich dafür ein Danke bekomme.«

Alessa hob eine Augenbraue. »Das setze ich mal voraus.«

»Bildlich gesprochen – du weißt schon. Ich will einfach nicht das Gefühl haben, wie eine niedere Dienstmagd behandelt zu werden.«

Nun schnellte noch ihre zweite Augenbraue nach oben. »Denkst du denn, dass er *so* ist?«

Nachdenklich begann ich, meine Beine babypopoglatt zu rasieren. »Keine Ahnung. Wirklich. Er hat sich heute bereits ziemlich von oben herab verhalten. Aber das werde ich mir nicht bieten lassen. Ich werde ihn mir einfach noch erziehen.«

Alessa lachte auf und leerte erst ihr Glas, ehe sie meines austrank, ihre Häschenpantoffel dabei lustig hin- und herwippend.

Ich wusste schon, wer heute beschwipst ins Bett fallen würde …

Mein Herz klopfte aufgeregt, als ich am nächsten Morgen aus dem Taxi stieg. Noch war der Himmel schwarz, doch vom gestrigen Regen war nichts zu sehen. Ich war motiviert und fühlte mich gut. Die Haare fielen mir seidig und in großen Wellen über meine Schultern, und ich wusste, dass das Blau meiner Bluse die Farbe meiner Augen unterstrich. Dazu trug ich einen dunkelblauen Bleistiftrock und den farblich passenden Blazer – eine Kombination, die ich im Abverkauf ergattert hatte und mir unglaublich gut stand.

Beschwingt betrat ich das Gebäude und meldete mich am Empfang an, wo ich meine Karte bekam, die mir den Zutritt zu den vier Etagen von *Cunningham Solutions Inc.* ermöglichte. Dafür musste ich mehrere Bögen ausfüllen und unterschreiben, in denen unzählige Klauseln standen, was meine Rechte und Pflichten betraf. In der Zwischenzeit wurde mein Foto auf die Zutrittskarte gedruckt, das die Empfangsdame zuvor von mir gemacht hatte.

Als der Papierkram endlich abgeschlossen war, verstärkte sich meine Aufregung noch einmal. Mit mir betraten noch drei weitere Leute den Aufzug, der mich zu meinem neuen Arbeitsplatz bringen sollte. Meine Finger zitterten leicht, als ich mich mit der Schlüsselkarte in den siebenunddreißigsten Stock einloggte. Niemand sonst musste in eines der Stockwerke, die zu *Cunningham Solutions Inc.* gehörten, weshalb ich ihnen auch keine weitere Beachtung schenkte.

Als sich die Fahrstuhltüren öffneten, schluckte ich schwer. Der Empfangsbereich war spärlich beleuchtet, als hätte jemand vergessen, alle Lampen einzuschalten. Es war auf seltsame Weise beängstigend und vermutlich ein Vorgeschmack dessen, was mich erwarten würde. Ich bog nach links. Ein Lichtschein erhellte den Flur. Das musste dann wohl sein Büro sein.

Alles hier war ein großer Glaskomplex. Nur wenige holzvertäfelte Wände bildeten einen warmen Kontrast zu der Kühle des Stahls und Glases. Ein weicher cremefarbener Teppichboden schluckte meine Schritte, weshalb ich meinen neuen Boss in Gedanken versunken über einige Zettel gebeugt erreichte. Er stand hinter einem gewaltigen antik wirkenden Schreibtisch aus Holz, der an seiner Rückseite eine filigrane Holzschnitzerei hatte, die eine Kampfszene aus dem Bürgerkrieg nachstellte. Neben ihm war eine riesige Fensterfront, die einen traumhaften Blick auf den Sonnenaufgang bot. Hinter ihm gab es einen weiteren Raum, dessen Tür jedoch geschlossen war. Vermutlich war es ein Lagerraum oder Ähnliches …

In dem Moment, als ich die Hand hob, um an die geöffnete Glastür zu klopfen, richtete er überraschend das Wort an mich. »Sie sind zu spät, Miss Mackenzie.«

Stirnrunzelnd kam ich näher. »Ihnen auch einen guten Morgen, Mister Price. Eine Info, dass das Ausfüllen der Unterlagen für meine Zutrittskarte so viel Zeit in Anspruch nimmt, wäre nett gewesen. Dann hätte ich diese mit eingeplant und es pünktlich in Ihr Büro geschafft. Zudem ist es gerade mal drei Minuten nach sieben Uhr«, fügte ich nach einem Blick auf die große Wanduhr neben ihm hinzu.

Er hob den Kopf und schaute mich direkt an. Schweigend, aber so intensiv, dass es mir den Atem raubte. Sein blauschwarzer Anzug saß perfekt, das blassblaue Hemd und die schmale dunkle Krawatte sahen heiß aus. Also … er wirkte kompetent, das meinte ich damit. Kompetent und erfolgreich.

»Sind Sie fertig mit Ihrer peinlichen Rechtfertigung?«

Mit zusammengebissenen Zähnen nickte ich. Weil ich nicht wusste, was ich darauf hätte erwidern sollen. Er war kompetent, erfolgreich und ein Arschloch.

»Gut. Dann zeige ich Ihnen Ihren Arbeitsplatz.« Er legte die Papiere beiseite und kam auf mich zu.

Unfassbar, wie der Mann es mit einem Satz schaffte, mich so kleinzumachen. Wut brodelte in mir hoch. Wut auf ihn, aber vor allem auf mich selbst, weil er mich so von oben herab behandelte und ich mir fest vorgenommen hatte, das nicht zuzulassen.

Er ging zu dem Schreibtisch vor seinem Büro, der wirklich sehr ausladend war. Ein großer iMac stand darauf, eine weiße Tastatur davor. Außerdem lag ein schwarzes Klemmbrett daneben, mit einem kleinen Block, auf den das Logo von *Cunningham Solutions Inc.* gedruckt war, ebenso ein Bleistift und ein Kugelschreiber. Beide waren durchgehend schwarz und sehr edel, der Firmenschriftzug glänzte silbern.

»Setzen Sie sich.« Sein Befehl kam scharf und präzise, und auch wenn sich alles in mir sträubte, tat ich, worum er mich bat – nein, was er von mir verlangte – und wartete auf weitere Anweisungen. Meine Hand lag auf der Maus, und als ich sie bewegte, erschien das Anmeldefenster, über dem bereits mein Name stand.

»Noch können Sie sich mit *Mackenzie97?* mit großem M einloggen, aber heute wird im Laufe des Vormittags jemand aus der IT kommen und Ihnen zeigen, wie Sie ein neues, sicheres Passwort anlegen können. Überlegen Sie sich bis dahin eines. Es muss aus mindestens zehn Zeichen bestehen, Zahlen und Sonderzeichen, sowie Großbuchstaben enthalten.«

Nickend tippte ich das Passwort ein und machte mir die gedankliche Notiz, mir ein neues auszudenken, das ich mir auch merken würde.

Kaum dass ich eingeloggt war, erklärte er mir in knappen Worten, wo ich welche Dateien finden würde. Er zeigte mir im Kalender, wie ich Termine einzutragen hatte, die ihn ebenfalls betrafen. Außerdem wie das Telefon funktionierte und wo ich die Durchwahlliste für das Personal fand.

Die ganze Zeit stand er dicht hinter mir, über mich gebeugt. Einmal hatte er sogar seine Hand auf meine gelegt, um den

Mauszeiger auf den richtigen Ordner zu navigieren, als ich ihn für ihn nicht schnell genug entdeckte.

Mein Körper schien zu kribbeln und ich spürte seine Berührung noch nach, als ich aufstand, weil er mir die Teeküche zeigen wollte. »Ab morgen will ich, dass Sie mir einen großen Kaffee mit Milch ohne Zucker mitbringen, wenn Sie ins Büro kommen. Einen Block weiter gibt es einen Laden, der den besten Kaffee hat. Ansonsten trinke ich Espresso mit einem Glas Wasser dazu.« Er platzierte eine passende Tasse unter den Auslass der Kaffeemaschine, drückte drei Knöpfe und schon nahm das Mahlwerk seinen Dienst auf. Herrlicher Kaffeeduft hüllte uns ein, als er eine weiße Serviette auf ein silbernes Tablett legte und eine Untertasse daraufstellte. Er füllte ein kleines Glas mit Wasser aus dem Wasserspender und nahm einen Espressolöffel aus einer Schublade.

Mit gerunzelter Stirn verfolgte ich seine Bewegungen, da ich das nur aus Dokus über die Kaffeekultur der Europäer kannte.

»Joleen Turner kommt gleich und zeigt Ihnen alles, was Sie noch wissen müssen. Sie ist Mister Collins Assistentin, hat aber in den letzten Wochen auch für mich mitgearbeitet.«

»Okay. Kann ich bis dahin noch was für Sie tun?«

Sein Blick war so intensiv, dass sich mein Unterleib zusammenzog.

Verdammt, auch wenn er grimmig dreinschaute, war er immer noch heiß.

»Bringen Sie mir meinen Kaffee.« Damit drehte er sich um und ging.

Verdutzt sah ich ihm hinterher, schaute dann auf die Espressotasse, die nach wie vor unter dem Auslass stand, und auf das silberne Tablett.

Mir fielen die Worte ein, die ich gestern zu Alessa gesagt hatte – dass ich mich nicht von oben herab behandeln lassen und ich ihn schon noch erziehen würde.

Aber verdammt, ich wusste gerade nicht, wie. Wäre ich mir dieser Anstellung sicher, hätte ich das Tablett stehen lassen und hätte ihm hinterhergerufen, dass er sich seinen bescheuerten Kaffee selbst holen konnte. Doch ich war auf diesen Job angewiesen. Immerhin hatte ich meine Miete zu bezahlen, und ich konnte nicht von Luft und Liebe leben. Letzteres bekam ich auch nur von Alessa, und die fiel eindeutig unter Freundschaft und nicht unter heiße, wärmende Liebe.

Mehrfach atmete ich tief durch, ehe ich die Espressotasse so ruhig wie irgendwie möglich auf die Untertasse stellte und das Tablett schließlich erhobenen Hauptes in sein Büro trug.

Wäre ich nicht so wütend gewesen, hätte ich ihm den Kaffee einfach auf den Tisch gestellt. Doch ich musste noch *irgendwas* tun, um ihm für seine Art eins auszuwischen. Also bewegte ich mich auf ihn zu, bis ich neben ihm zu stehen kam. Wortlos stellte ich das Tablett ab, spürte seinen Blick auf mir. Ich wusste, er war irritiert, aber ich schaute ihn nicht an. Stattdessen ging ich hinter ihm vorbei, wieder in Richtung meines Schreibtisches – nicht ohne meine Hand wie zufällig über seine Schulter gleiten zu lassen und dabei mit dem Zeigefinger seinen Hals zu streifen.

Er versteifte sich unter der Berührung, doch ich tat so, als sei nichts passiert. Dafür legte ich noch einen drauf und schwang die Hüften besonders verführerisch, als ich sein Büro verließ.

Heftig atmend sank ich auf meinen Bürostuhl. Mein Herz raste wie irre und das nicht ausschließlich deshalb, weil ich gerade etwas gemacht hatte, was mich womöglich sofort den Job kosten könnte. Verdammt, ich hatte noch nicht einmal die Verträge unterschrieben!

Und doch fühlte ich mich nicht schlecht. Was ich getan hatte, gab mir das Gefühl, *ihm* den Wind aus den Segeln genommen zu haben. Ihn anzubaggern war sicher nicht die schlaueste Lösung, aber mir war im ersten Moment nichts

Besseres eingefallen. Und offensichtlich funktionierte es, denn als ich noch einmal zu ihm schaute, ertappte ich ihn dabei, wie er verhalten grinsend den Kopf schüttelte – ehe er natürlich sofort wieder eine grimmige Miene aufsetzte.

6

Adrian

Die Stelle, an der sie mich berührt hatte, prickelte noch lange nach. Verdammt, diese Frau war echt nicht zu unterschätzen!

Angestrengt versuchte ich, mich durch ihre Anwesenheit nicht zu sehr ablenken zu lassen, was wirklich nicht einfach war. Immer wieder ertappte ich mich dabei, dass ich zu ihr schaute, wie sie neben Joleen saß und dieser bei der Einweisung zuhörte. Sie machte sich Notizen und Screenshots und ich wurde darin bestärkt, dass sie nicht die schlechteste Wahl für diesen Job war.

Zu Mittag beschloss ich, mir was liefern zu lassen. Als ich meine Assistentin anrief, ging jedoch Joleen ans Telefon. Sie schenkte mir sofort einen entschuldigenden Blick – als hätte sie aus reiner Gewohnheit den Hörer genommen, obwohl es eigentlich Miss Mackenzies Aufgabe gewesen wäre.

»Gib mir deinen Trainee.«

Wortlos reichte sie das Telefon weiter.

»Mister Price, was kann ich für Sie tun?«

Gottverdammt, allein die Art, wie sie es sagte, jagte die wildesten, heißesten Bilder in meinen Kopf. Augenblicklich stellte ich mir vor, dass sie genau diese Worte zu mir sagen würde, in meinem Schlafzimmer, nur mit Dessous bekleidet …

Fuck, das Beste wäre, ich würde heute nicht mehr aufstehen.

Ich war den ganzen Vormittag schon hart und diese Gedanken machten es nicht besser.

»Bestellen Sie mir was vom Italiener. Joleen kennt die Adresse und weiß, was ich mag.« Dann legte ich auf.

Durch die Glasscheibe konnte ich sehen, dass sie erst den Hörer, schließlich mich anschaute. Fragend, vielleicht sogar leicht verärgert.

Bevor ich mich länger mit ihrer Mimik auseinandersetzen musste, drückte ich auf den Knopf, der die Scheiben in Milchglas verwandelte. Tatsächlich kam ich mit einem Mal besser voran als noch zuvor, als ich ständig den Blick auf meine Assistentin gerichtet gehabt hatte.

Keine Ahnung, wie viel Zeit vergangen war, als es an der Tür klopfte.

»Herein!«

Die Tür öffnete sich und Miss Mackenzie trat ein. Sie kam zu meinem Tisch, und kurz befürchtete ich, sie würde mich gleich ein weiteres Mal berühren. Oder ich hoffte es …

Als würde ihr noch etwas auf dem Herzen liegen, blieb sie stehen und schaute mich an, ehe sie tief Luft holte. »Wird das jetzt jeden Tag so laufen, dass ich für Sie das Mittagessen holen soll? Oder was ist der Grund, dass Sie Ihr Essen bei einem Laden bestellen, der keinen Lieferservice anbietet?«

Eine Weile begegnete ich schweigend ihrem Blick. »Sie haben schon verstanden, dass ich der Boss bin und Sie meine Assistentin, oder? Das bedeutet, wenn ich etwas brauche – egal was – werden Sie das für mich tun, ohne ständig meine Intentionen zu hinterfragen.«

»Genau. Ich bin Ihre Assistentin, um Ihnen bei der Arbeit für *Cunningham Solutions Inc.* zu assistieren. Ich bin aber nicht der neue Lieferant. Morgens Kaffee, mittags Essen …«

Nun war ich mit meiner Geduld am Ende. Wortlos stand ich auf und ging um den Schreibtisch herum. Die Scheiben waren noch immer undurchsichtig, aber die Tür hatte sie beim Betreten offen stehen lassen. Doch außer uns beiden war hier hinten niemand. Die Büros des Vertriebs lagen weiter vorne, genau wie jene von Mason, Kilian und Logan. Ich hatte mich extra für das hinterste Büro entschieden, das noch freistand, weil ich gern meine Ruhe hatte.

Direkt vor ihr blieb ich stehen. »Und wenn ich will, dass Sie mir auch das Abendessen servieren, werden Sie das tun, haben wir uns verstanden? Sogar dann, wenn ich will, dass Sie dafür einen Tisch in einem Besprechungszimmer decken, den Raum dekorieren und für romantische Musik sorgen, damit ich dort mein Date verführen kann. Völlig irrelevant, was ich von Ihnen verlange, Miss Mackenzie, Sie sind dazu da, dass Sie mir Arbeiten abnehmen, für die ich keine Zeit habe. Weil ich mich, verflucht noch eins, um wichtigere Dinge zu kümmern habe, als um so Banalitäten, wie mir mein Mittagessen zu organisieren.«

Inzwischen stand ich so dicht vor ihr, dass sie meinen Atem auf ihrem Gesicht spüren musste. Ich meine, ich nahm sogar ihre Körperwärme wahr und ihren zarten Duft nach Lilien. Ja, ich konnte die verdammten einzelnen Schimmerpartikel in ihrem Lidschatten erkennen, die im Sonnenlicht reflektierten.

Doch sie wich nicht vor mir zurück. Sie schlug nicht einmal ihre Lider nieder, sondern hielt meinem Blick stand. Mutig reckte sie ihr Kinn nach oben und ich konnte das Feuer in ihren Augen sehen, die Wut, die dahinter brodelte.

»Sie schulden mir noch siebenundzwanzig Dollar und zweiunddreißig Cent, Mister Price. Ich würde vorschlagen, sollte ich zukünftig öfter für Sie Kaffee und Essen holen, dass es die Handhabung des Ganzen vereinfachen würde, wenn Sie eine Kreditkarte dafür anschaffen. Dann muss ich Sie nicht ständig um Geld bitten. Wenn es für Sie in Ordnung ist, werde ich alles für die Anforderung einer neuen Karte vorbereiten.« Ihre Stimme zitterte leicht. Jedoch nicht vor Angst. Nein, vor Zorn.

Ihr schien es gewaltig gegen den Strich zu gehen, dass sie diese Arbeiten für mich zu erledigen hatte, aber das war ihr Problem.

Einen Moment zögerte ich, doch dann richtete ich nickend meine Krawatte. »Machen Sie das und bringen Sie mir die Papiere zum Unterschreiben.« Kurz erwiderte ich noch ihren feurigen Blick, ehe ich mich wieder an meinen Platz setzte und mich über die Unterlagen beugte, die ich gerade durchgesehen hatte. Doch sie machte keine Anstalten, mein Büro zu verlassen. Ich spürte ihre Anwesenheit, fühlte die Schwingungen, die von ihr ausgingen – ganz davon abgesehen, dass ich nach wie vor ihr Parfum in der Nase hatte.

Als sie bestimmt eine halbe Minute später noch immer vor meinem Schreibtisch stand, hob ich doch den Kopf. Ihr Gesicht spiegelte gespielte Lässigkeit wider, aber ihre Augen konnten nicht verbergen, wie es in ihr drin aussah. Sie war ein Vulkan kurz vor dem Ausbruch.

»Sie wissen, wo die Tür ist? Oder soll ich Sie zurück zu Ihrem Platz begleiten?«

»Sie schulden mir noch Geld.«

War das ihr verdammter Ernst? Sie beharrte auf die paar Dollar?

Ganz offensichtlich.

Seufzend griff ich in meine Brusttasche, in der ich noch einen Fünfzig-Dollar-Schein stecken hatte, und reichte ihn ihr. »Ich denke, der sollte die Kosten von heute und morgen abdecken. Falls es trotzdem zu wenig ist, sagen Sie Bescheid.«

»Danke.« Sie klang schnippisch und siegessicher zugleich.

Und verdammt, ich schaffte es nicht, den Blick von ihrem Hintern abzuwenden, als sie schon zum zweiten Mal an diesem Tag mit wiegenden Hüften aus meinem Büro verschwand …

In den nächsten Tagen besserte sich unser Verhältnis – zumindest in begrenztem Maße. Sie brachte mir widerstandslos morgens den Kaffee, und selbst das Abholen des Mittagessens hatte sie stillschweigend akzeptiert, wenn ich was von meinem Lieblingsitaliener wollte.

Zudem musste ich zugeben, dass sie wirklich gut und schnell war, was ihre Aufgaben betraf. Sogar wenn ich meine Anweisungen ohne Punkt und Komma rausschoss, hatte sie noch nie etwas vergessen oder falsch ausgeführt – und ich legte es richtiggehend darauf an, sie dazu zu bringen, einen Fehler zu begehen.

Es war wie ein Spiel, ein Machtkampf, in dem wir beide versuchten, die Oberhand zu behalten. Und sie spielte mit verdammt unfairen Karten.

Sie beugte sich mit weitem Ausschnitt über den Tisch zu mir, um das Tablett mit meinem geliebten Espresso vor mir abzustellen. Oder sie berührte mich wie zufällig, wenn wir im Archiv nach Unterlagen suchten. Sie tat es subtil und mit etwas mehr Naivität könnte man auch behaupten, ihr wäre nicht bewusst, dass sie ihre Reize einsetzte. Doch ich wusste es besser. Sie war ein Biest und wollte mich aus der Reserve locken. Ich hatte nur noch nicht verstanden, was genau ihr Ziel war.

Legte sie es darauf an, dass ich sie feuerte? Wohl kaum. Ich hatte erst ihre Adresse auf Google Maps gesucht – sie lebte zwar nicht in einer schlechten Gegend, aber als ich mir von einem Kumpel, der in der Stadtverwaltung arbeitete, die Pläne zum Gebäude besorgt hatte, wurde mir klar, dass in dem Wohnhaus ausschließlich kleine Apartments waren. Ich schlussfolgerte, dass sie nicht viel Geld hatte und dass sie es sich nicht leisten konnte, ihren Arbeitsplatz zu verlieren.

Ähnliches bestätigte mir Peter Baker gegen Ende der Woche, als ich mit ihm telefonierte und ihn informierte, dass ich Miss Mackenzie eingestellt hatte.

»Ah, das freut mich, Adrian. Du wirst sehen, sie ist verdammt gut in ihrem Job – wenn du das nicht bereits festgestellt hast.«

Ich brummte nur zustimmend.

»Du bist doch zufrieden mit ihr, oder?«

»Sie ist sehr … stur.«

Mein Freund lachte. »Du aber auch. Ah, jetzt wird mir klar, worauf du anspielst. Ihr zwei geratet immer wieder aneinander, richtig?«

»Es fühlt sich an wie ein Kräftemessen«, gab ich zu, was mich wunderte. Schnell schaute ich zur Tür, die jedoch geschlossen war. Die Scheiben waren durchsichtig und ich sah, dass sie gerade nicht an ihrem Platz saß. »Dabei ist das völlig verrückt. Ich meine, ich bin ihr Boss und sie meine Assistentin. Die Rollen sind ganz klar verteilt.«

Peter lachte nur leise. »Ihr werdet euch schon noch aneinander gewöhnen. Tu mir nur einen Gefallen und behalte sie. Ich verspreche dir, du wirst es nicht bereuen, auch wenn es vielleicht gerade in der Anfangszeit schwierig für dich ist. Sie braucht den Job. Und ich hätte sie dir nicht empfohlen, wenn sie nicht gut wäre.«

Ich knirschte mit den Zähnen. »Mag sein, allerdings kostet sie mich viel Kraft und Nerven.«

»Soll ich mit ihr reden?«, bot er mir an, doch ich verneinte.

»Danke, aber ich will verhindern, dass sie denkt, sie hat diesen Job nur bekommen, weil du sie empfohlen hast.«

»Du hast recht, das wäre für ihre Motivation nicht förderlich. Du bereust deine Entscheidung doch nicht, oder?«, wollte er wissen.

Wieder schaute ich durch die Scheiben. Gerade kam sie an ihren Platz zurück. Sie trug wie jeden Tag einen engen Rock und High Heels. Manchmal konnte ich die Strapse durch den Stoff erahnen. Und heute war ihre Bluse minimal durchsichtig, dass ich die Spitze ihres BHs sehen konnte. Oder vielleicht war ich auch nur am Durchdrehen.

»Nein, ich bin froh, mich für sie entschieden zu haben«,

beantwortete ich seine Frage, und selbst mir fiel auf, wie rau meine Stimme klang.

Ich räusperte mich, doch Peter ging nicht darauf ein. Wahrscheinlich hatte er die Veränderung auch nicht bemerkt.

»Das ist gut. Dann bin ich beruhigt. Ich hätte sie wirklich gern behalten, aber es hätte keinen Sinn gemacht. Und sie hat zu großes Potenzial, als sie an einem Arbeitsplatz versauern zu lassen, wo es nicht voll ausgeschöpft wird.«

Vermutlich hatte er damit nicht unrecht … Auch wenn mir noch einige weitere Dinge einfallen würden als diejenigen, an die er scheinbar gerade dachte.

7

Harper

»Du bist so ein Luder!« Alessa kugelte sich vor Lachen, als ich ihr am Samstag von meiner ersten Arbeitswoche erzählte. Wir saßen in einem Lokal in der Nähe des Union Square Park. Ich hasste es, so weit fahren zu müssen, aber ich mochte den Charme der Bar mit dem dunklen Holz, den alten Lampen, die an eine vergangene Zeit erinnerten *und* sie machten die besten Cocktails der Stadt.

Immer noch hatte sie mein Handy in der Hand, wo die Website von *Cunningham Solutions Inc.* geöffnet war. Sie hatte sich das Foto von Adrian Price herangezoomt, das dank mir endlich auf der Seite *Team* ergänzt war, und ihn ebenfalls als *total heiß* betitelt. »Das nächste Mal beugst du dich weit über den Tisch, wenn er gerade an dir vorbeigeht, und reckst ihm deinen Hintern entgegen.«

»Oh, das ist gut, das muss ich mir merken!« Keine Ahnung, ob ich es wirklich tun würde, aber mir war aufgefallen, dass ich Mister Price mehrfach aus dem Konzept gebracht hatte, was sich zumindest kurzfristig auf seine Laune ausgewirkt hatte. Deshalb war ich nach dem ersten Mal dabei geblieben. Immerhin hatte seine Stimme nicht mehr streng und mürrisch geklungen, sondern rau und unkonzentriert, wenn er kurz nach meinen provozierenden Momenten mit mir gesprochen hatte.

Noch hatte ich keine Ahnung, wo mich das Ganze hinführen würde. In sein Bett? Ich wusste nicht, ob ich das wollte. Nicht, weil ich es mir nicht vorstellen konnte, sondern weil er mein Boss war. Zurück in die Arbeitslosigkeit, weil ich den Bogen überspannte? Oder sogar in den Gerichtssaal, weil er mich wegen sexueller Belästigung am Arbeitsplatz verklagte? Möglich war es und bis auf meine erste Theorie klang alles schrecklich.

Tatsächlich ertappte ich mich regelmäßig dabei, dass sein Gesicht vor mir auftauchte, wenn ich es mir selbst besorgte. Und das hatte ich in dieser Woche so viel öfter als die letzten Monate zuvor getan … Da war es nur fair, wenn ich ihn ebenfalls reizte und scharf machte. Auch wenn er aktuell nichts dergleichen tat, als mich herrisch herumzukommandieren. Dabei wurde mein Höschen schon feucht, allein wenn ich sein Büro betrat und sein Parfum roch. Es genügte sogar, dass er mich durch die Glasscheiben anschaute, um dieses verlangende Beben zwischen meinen Beinen zu fühlen.

Gottverdammt, ich war dauergeil!

»Würdest du Nein sagen, wenn er mehr wollen würde?« Alessas Stimme drang zu mir durch und riss mich aus den Erinnerungen an meinen heißen Boss.

»Was? Bist du irre? Er ist mein Arbeitgeber! Stell dir mal vor, was das für unser Arbeitsverhältnis bedeuten würde.«

Alessa setzte ihren Besserwisserblick auf. »Denk bloß nicht, ihr wärt die Einzigen, zwischen denen es am Arbeitsplatz knistert. Ich hab da mal einen Artikel über dieses Thema gelesen … Du ahnst nicht, wie viele einer Office-Romanze zugetan sind. Wenn ich mich nicht irre, war es ein Viertel der Befragten!«

»Trotzdem«, murmelte ich und trank von meinem Gin Fizz, weil ich mir diese Sache schnellstmöglich wieder aus dem Kopf schlagen sollte. Ja, ich reizte ihn, weil ich herausgefunden hatte, dass ich dadurch seine Launen kontrollieren konnte. Aber mehr war für mich definitiv nicht drin.

Ich schaute mich in der Bar um, in der ein Großteil der Männer zwischen Mitte zwanzig und Ende dreißig war und einige richtig gut aussahen. Doch keiner konnte mit Adrian Price mithalten. Er hatte einfach alles – optisch gesehen – was mich ansprach. Seine Augen und der Blick, der mich jedes Mal ins Schwitzen brachte, als würden sich in seinem Kopf die heißesten Fantasien abspielen, bereit, sie mit mir auszuleben. Seine Lippen, die so voll und weich und sinnlich waren, dass ich sie am liebsten überall auf meiner Haut gespürt hätte. Am besten in Kombination mit seinem Bart. Seine gepflegten Hände, von denen ich mir einredete, dass sie bestimmt sehr geschickt wären. Und dann noch sein ganz offensichtlich trainierter Körper, von dem ich durch seine tailliert geschnittenen Hemden einiges erahnen konnte, wenn er sein Sakko ausgezogen hatte. Also ja, hätte ich ihn abseits der Arbeit kennengelernt, wäre er ohne Frage ein Mann, bei dem ich nichts unversucht lassen würde, musste ich mir erneut eingestehen.

»Nur weil er dein Vorgesetzter ist?«

»Er ist ein Arschloch, Alessa. Er lässt den Boss so richtig raushängen. Was denkst du, wie sich das auf eine Beziehung auswirken würde? Wenn der privat genauso ist, würde es ein paar Mal heftig zwischen uns krachen, und nach vermutlich nicht einmal einer Woche würde ich ihn in den Wind schießen. Und *das* kann ich mir nicht leisten. Du weißt, ich bin auf diesen Job angewiesen. Oder willst du, dass ich nach einer anderen Bleibe Ausschau halten muss, weil mir das Geld fehlt?«

Meine Freundin seufzte. »Okay, du hast mich überzeugt. Also … dann suchen wir dir eben hier einen heißen Kerl.«

Eine Weile schauten wir uns um, als Alessa total aufgeregt in die Richtung eines Mannes deutete, der mir ein freundliches Lächeln schenkte.

»Der dort drüben wäre doch was, oder? Schau, er hat dich schon ins Visier genommen!«

»Also ich weiß nicht«, sagte ich zögernd. »Er sieht ja ganz nett aus, aber findest du nicht, dass er zu gebügelt wirkt?«

Alessa lachte auf. »Ich sehe schon, du bist zu sehr von deinem neuen Boss verwöhnt.«

Vielleicht hatte sie nicht ganz unrecht damit. Aber das würde ich natürlich niemals zugeben. »Du bist verrückt«, erklärte ich deshalb und nippte an meinem Cocktail.

Ich wandte mich von dem Typen ab, weil ich irgendwie sowieso nicht in Flirtlaune war. Als ich jedoch Alessas Blick begegnete, sah ich, wie sich ihre Augen weiteten.

»O Gott, sag nicht, er kommt her!«

»Doch, das tut er«, meinte sie mit einem Grinsen.

Im nächsten Moment spürte ich schon einen Finger, der mir eine Spur zu fest auf die Schulter tippte. Ich musste mich zusammennehmen, um nicht so genervt auszusehen, wie ich mich fühlte, als ich mich umdrehte.

Zugegeben, er sah wirklich nicht schlecht aus. Also, das hieß, seine gerade Nase, die dichten Augenbrauen und die großen braunen Augen hatten etwas, was mich faszinierte. Aber seine Haare waren seltsam nach hinten gekämmt und mit dem Gel, das er sich hineingepappt hatte, wirkten sie irgendwie schmierig.

»Hallo, schöne Frau. Wie ich sehe, bist du auch eine Gin-Fizz-Liebhaberin.« Um sein *auch* zu unterstreichen, hob er sein Glas, in dem ich die durch den Zitronensaft getrübte Flüssigkeit erkennen konnte.

»Als *Liebhaberin* würde ich mich nicht gerade bezeichnen. Ich trinke ihn, weil er mir schmeckt, aber ich mag genauso gerne Bier, Wein oder Cola.«

Der Typ ließ sich davon nicht beirren und stellte sich vor mich, sodass er Alessa beinahe von ihrem Barhocker drängte. »Wenn du möchtest, kann ich dir ein wenig über den Gin erzählen, den du gerade trinkst. Gebrannt wird er aus kohlenhydrathaltigen Ausgangsstoffen …«, setzte er an, doch meine Geduld war bereits am Ende.

Nicht nur, dass er mich mit seinem Finger so derbe an die Schulter getippt hatte, dass ich bestimmt einen blauen Fleck davontrug. Nein, er hatte sich auch zwischen mich und Alessa gedrängt, als wäre sie nicht existent. Das ging für mich gar nicht.

»Danke für das Angebot, aber nein danke. Vielleicht ist es dir nicht aufgefallen, doch ich unterhalte mich gerade mit meiner Freundin. Es wäre also nett, wenn du wieder zurück an deinen Tisch gehst und mich weiter mit ihr plaudern lässt. Ich finde es nämlich sehr unhöflich, wie du dich eben zwischen uns gedrängt hast.«

Der Kerl runzelte die Stirn, ehe sich seine Augenbrauen bedrohlich zusammenschoben und eine steile Falte in die Stelle dazwischen zeichnete. »Typisch Weiber. Immer wollen sie angesprochen werden, und wenn man es tut, reagieren sie zickig. Was willst du? Soll ich dich auf ein Getränk einladen? Deine Freundin vielleicht auch noch? Und was folgt dann? Ein Diamantcollier? Ein Ring am Finger? Und nach zwei Jahren die Scheidung, nur um mit meiner Kohle abzuhauen …! Glaub mir, das hab ich alles schon hinter mir, Schlampe!«

Geschockt schaute ich den Kerl an. Im Affekt zuckte meine Hand nach vorn, in der ich das Cocktailglas hielt. Der Inhalt schwappte über den Rand, direkt in sein Gesicht. Prustend wischte er sich darüber, schnaubte und setzte dazu an, eine weitere Schimpftirade auf mich loszulassen.

»Es ist genug!«, mischte sich nun Alessa ein, während ein anderer Mann, der die ganze Zeit neben ihr an der Bar gesessen hatte, den Kerl am Arm schnappte und von uns wegzog.

»Hast du nicht gehört? Die Damen wollen sich einfach nur in Ruhe unterhalten. Also schieb deinen Hintern aus der Bar und sieh zu, dass du dich beruhigst.«

Alessa strahlte den Retter entzückt an, während mir endgültig die Lust an diesem Abend vergangen war. Nicht einmal den teuren Cocktail hatte ich austrinken können, weil der Affenarsch mich so geärgert hatte.

Als sich schließlich noch zwei weitere Männer eingemischt hatten – keine Ahnung, ob die hier arbeiteten oder das Ganze nur mitverfolgt hatten – setzte sich Alessa wieder zu mir. »Puh, was war das denn für ein Idiot?«, murmelte sie und rollte mit den Augen. »Aber der Kerl hinter mir war ja ein total Süßer! Wieso hast du mir das nicht gesagt?«

»Ich hab den gar nicht wirklich wahrgenommen«, gab ich zu und hielt nach dem Barkeeper Ausschau, um mir noch eine Cola zu bestellen.

»Darf ich dir ein Getränk spendieren?«, drang eine Stimme zu mir durch.

Im ersten Moment wollte ich schon genervt ablehnen, ehe ich sah, dass es unser Retter war, der eingesprungen war, nachdem ich dem Kerl die Cocktaildusche verpasst hatte.

»Das wäre nett, danke.« Ich zwinkerte Alessa zu, die mit Herzchen in den Augen den Typ von oben nach unten und zurück musterte.

Ohne zu zögern, lehnte er sich über den Tresen und bestellte zwei Gin Fizz. Einen reichte er mir, den zweiten gab er Alessa. Er stellte sich als Daniel vor, war zweiunddreißig und Investmentbanker – und meine Freundin schmolz weiter dahin.

Keine zwanzig Minuten später hatten die beiden Nummern getauscht. Ich hatte schon befürchtet, dass ich mich den restlichen Abend über langweilen würde, während die zwei flirtend alles um sich herum vergaßen. Doch Daniel erklärte, dass er morgen früh raus musste, weil er mit einem Kumpel zum Sport verabredet war, und verabschiedete sich deshalb.

»Wow«, stieß Alessa aus, kaum dass wir allein waren. »Was für ein Traummann!«

Ich schmunzelte. »Schön, wenn er dir gefällt.«
»Und er ist auch gar nicht dein Typ, oder?«
Unschlüssig wiegte ich den Kopf hin und her. »Nicht wirklich. Also … er ist bestimmt nett, aber keiner, mit dem ich mir mehr vorstellen könnte.«
»Dann darf ich ihn für mich behalten?«
Ich lachte auf. »Natürlich. Er gehört ganz dir!«
Alessa zwinkerte. »Danke! Du hast ja eh deinen Boss …«
Statt ihr zu antworten, rollte ich nur mit den Augen.
Wie es in mir drin aussah, verschwieg ich.

Der Montag kam schneller als erwartet. Auch heute hatte ich mir besonders viel Mühe gegeben, meine Reize in Szene zu setzen – nach wie vor meine einzige Waffe gegen Mister Miesepeter. Als ich von der U-Bahn zum Büro ging, musste ich feststellen, dass es auf Höhe der sechsundfünfzigsten Straße eine Baustelle gab, deren Umleitung mich durch einen ziemlich ekelhaft erdigen Dreckspfad geführt hätte. Daher entschied ich mich, einen kleinen Umweg zu gehen. Ich kam an einem Laden mit Scherzartikeln vorbei und stoppte abrupt.

Ein Plakat, das im Schaufenster hing, zog meine Aufmerksamkeit auf sich, und eine Idee reifte in meinem Kopf, die zu verlockend war, als sie zu verwerfen …

Keine Ahnung, wie Mister Price darauf reagieren würde. Vielleicht würde ich damit den Bogen endgültig überspannen und schon in weniger als einer Stunde wieder arbeitssuchend sein. Womöglich aber besaß der Mann so viel Humor, dass er darüber lachen konnte. Bestenfalls würde sich seine Laune etwas heben und mir zukünftig ersparen, dass ich ihn mit meinen körperlichen Reizen aus dem Konzept bringen musste, wenn er mies gelaunt war.

Entschlossen nickte ich, bevor ich den kleinen Laden betrat.

8

Adrian

Wenn man mehrere Jahre in einer Beziehung war und diese schließlich – aus welchen Gründen auch immer – in die Brüche ging, brachen die meisten Leute den Kontakt zu der Person vollständig ab. Man schloss ab mit seiner Vergangenheit und versuchte, ihr weitestgehend aus dem Weg zu gehen.

In New York war das nicht schwierig, immerhin war die Wahrscheinlichkeit, jemandem zufällig über den Weg zu laufen, in einer Millionenmetropole relativ gering. Umso mehr hatte ich mich gefreut, dass ich am Samstag meiner Exfreundin begegnet war. Inzwischen war es schon über vier Jahre her, dass ich mich von Sylvie getrennt hatte. Trotzdem waren wir immer noch in Kontakt und unser Verhältnis hatte sich in eine Freundschaft gewandelt – auch wenn wir uns nicht regelmäßig sahen.

Auslöser für die Trennung damals war ihre Geschäftsidee gewesen, von der sie so versessen gewesen war, dass sich alles nur noch darum gedreht hatte. Mag vielleicht egoistisch von mir klingen, aber sie lag mir in jedem einzelnen Gespräch damit in den Ohren. Irgendwann hatte ich das Gefühl, von ihrer Besessenheit für ihre Idee, einen exklusiven Escortservice anzubieten, vom ersten Platz verdrängt worden zu sein. Nicht, dass sie selbst den Schreibtisch verlassen würde – jedenfalls hatte sie es mir damals hoch und heilig geschworen. Sie hatte mehrere Studentinnen, die für sie arbeiteten und ihr richtig viel Geld einbrachten. Sie hatte es geschafft, sich damit einen Namen zu machen. Eine Menge reicher Geschäftsmänner schätzte die Begleitung der attraktiven Frauen, die zudem gebildet waren und diese auf keinem Geschäftsmeeting blamieren würden. Außerdem waren sie nicht abgeneigt, sich abends noch mit dem Kunden in dessen Hotelsuite oder auf deren Yacht zu vergnügen – natürlich gegen Bezahlung und selbstverständlich nicht offiziell. Aber in diesem Business schwiegen alle, da keiner der Beteiligten Probleme bekommen wollte.

Auch ich hatte bis vor einem halben Jahr immer wieder mal von dem Begleitservice Gebrauch gemacht. Es war von Vorteil, bei Terminen außerhalb des Büros in weiblicher Begleitung aufzutauchen – besonders, wenn die Frauen gutaussehend waren und eine gewisse Intelligenz und Eleganz ausstrahlten. Und ja, auch ich hatte die ein oder andere Gelegenheit nicht ungenutzt verstreichen lassen und sie gefickt.

Sylvie und ich waren im Guten auseinandergegangen. Sie hatte damals verstanden, dass es mir zu viel geworden war und dass es mich gekränkt hatte, bei ihr nicht mehr an erster Stelle zu stehen. Trotzdem hatte ich den Eindruck, als würde sie unserer Beziehung hinterhertrauern. Oder nur der Freundschaft? Als ich Sylvie also am Wochenende zufällig vor einer Bar über den Weg gelaufen war, hatten wir auf die alten Zeiten angestoßen und ein wenig geplaudert.

Ich hätte wissen müssen, dass sie – ganz die Geschäftsfrau – darauf hinlenken würde, herauszufinden, warum ich seit über einem halben Jahr keine Begleitung mehr gebucht hatte. Vielleicht wollte sie auch nur auf diese Weise eruieren, ob ich wieder in festen Händen war.

Jedenfalls hatte ich ihr erklärt, dass ich nicht mehr in der Anwaltskanzlei arbeitete, sondern bei Logan, Kilian und Mason eingestiegen war – was sie sofort als Anlass genommen hatte, sich für diese Woche anzukündigen. Der alten Zeiten willen.

Ich wusste, sie wollte den Jungs nur ihre Visitenkarte in die Hand drücken und ihnen ihre Mädchen schmackhaft machen. Und auch wenn es mir gegen den Strich ging, würde ich ihnen den Service nicht ausreden können. Immerhin hatte ich ihn selbst oft genug genutzt gehabt und war damit zufrieden gewesen.

Nun war es Montagmorgen und ich konnte mich kaum auf meine Arbeit konzentrieren, weil mir die Begegnung mit ihr im Kopf herumgeisterte. Immer noch versuchte ich herauszufinden, welche Absichten sie hegte, nachdem wir in den letzten Monaten eher schwachen Kontakt hatten. Ich war davon ausgegangen, dass sich unsere Freundschaft langsam, aber sicher dem Ende neigte. Wir hatten uns im Laufe der Zeit in unterschiedliche Richtungen entwickelt, sodass wir keine Basis mehr hatten, auf der eine lockere Verbindung noch funktionierte.

Verärgert schnaubte ich auf. Wäre ich am Samstag nicht in diese Straße eingebogen, würde ich mich heute nicht mit solchen Gedanken quälen. Aber das Problem war, dass ich die Ablenkung mit offenen Armen empfangen hatte. Harper Mackenzie hatte sich nämlich in meinen Kopf eingenistet und sorgte seit unserer ersten Begegnung dafür, dass ich dauergeil war. Ihre tief ausgeschnittenen Blusen, engen Röcke, High Heels und die – wie ich mir einbildete – lasziven Blicke, die sie mir durch die Glaswand zuwarf, halfen nicht wirklich, um mich zu beruhigen.

Mein Ziel war an jenem Samstag gewesen, in eine Bar zu gehen, eine Frau kennenzulernen und sie abzuschleppen. Ich hatte vorgehabt, mir das Hirn und damit gleichzeitig Miss Mackenzie aus dem Kopf zu vögeln. Doch dann kam mir Sylvie dazwischen. Und die Idee, dass ich vielleicht auch eines ihrer Mädchen dafür nutzen könnte. Bei ihnen war ich sicher – keine der Frauen, die für den Begleitservice arbeiteten, wollte eine Beziehung.

Wenn ich eine x-Beliebige in der Bar kennenlernte, ging das immer mit Verpflichtungen einher: Sie wollten Telefonnummern tauschen und mehr über mich erfahren. Sie malten sich eine mögliche Zukunft mit mir aus und drängten darauf, mich wiederzusehen.

Auf all das hatte ich ganz ehrlich keinen Bock.

Da war der Escortservice von Sylvie definitiv die bessere Wahl …

Ich steckte noch mitten in meinen Grübeleien, als ich im Augenwinkel eine Bewegung wahrnahm. Miss Mackenzie war hier.

Ich schielte auf die Uhr auf meinem Computer. Sechs Uhr siebenundfünfzig. Sie kam nicht zu spät. Ohne den Kopf zu heben, bekam ich am Rande mit, wie sie ihren Mantel auszog und ihn in den versteckten Schrank hängte. Dann kam sie auf mein Büro zu. Die Tür ließ ich immer offen, bis sie hier war und wir die ersten Punkte besprochen hatten.

Nach wie vor hatte ich den Blick auf die Papiere gesenkt, die mir, seit ich sie heute Morgen zur Hand genommen hatte, ihr Geheimnis nicht verraten hatten. Ich erkannte zwar die Buchstaben darauf, hatte aber deren Sinn noch immer nicht erfasst, weil ich zu unkonzentriert war. Etwas, was mich zusätzlich zu dieser Sache mit Sylvies angekündigtem Besuch und dem Dauerständer nervte.

Und dann klopfte auch noch Miss Mackenzie an die Glaswand, um sich anzukündigen. Ihr »Guten Morgen, Mister Price« klang derart verführerisch, dass ich ein Stöhnen unterdrücken musste. Wie konnte eine Frau so eine rauchig attraktive Stimme haben?

Ich brummte statt einer Antwort und wappnete mich innerlich, gleich wieder einen viel zu reizvollen Ausschnitt zu sehen zu bekommen oder sogar eine Berührung wahrzunehmen, die dermaßen zart war, dass sie als unbeabsichtigt durchgehen könnte.

Aber nichts dergleichen geschah.

Sie stellte den Kaffeebecher ab, drehte auf dem Absatz um und verließ mein Büro. Ich blinzelte in ihre Richtung, doch nicht einmal ihr Hüftschwung war ausladend und sexy wie letzte Woche.

Hatte ich mir das alles nur eingebildet, dass sie mich auf diese Weise angemacht hatte?

Verdammt, ich brauchte einfach dringend wieder Sex.

Hätte ich auch am Samstag gehabt, wenn mir Sylvie nicht über den Weg gelaufen wäre.

Fuck!

Missmutig griff ich nach dem Kaffeebecher – und sofort fiel mir auf, dass es nicht der übliche Pappbecher war, aus dem ich morgens für gewöhnlich meinen Muntermacher trank.

Dieser To-go-Becher war aus Edelstahl. Überrascht runzelte ich die Stirn und war von meiner Assistentin positiv beeindruckt, die der Umwelt zuliebe, und weil ich jeden Morgen auf dieses Getränk bestand, auf einen wiederverwendbaren Behälter umgestiegen war. Doch als ich ihn mir genauer ansah, schwankte ich zwischen mich am Kaffee verschlucken, den Becher fallen lassen, laut lachen und einem Wutausbruch.

Grumpy, der mürrischste der sieben Zwerge von Disneys *Schneewittchen*, schaute mir wütend entgegen. Doch er trug nicht sein übliches Zwergengewand, sondern einen Businessanzug. Das jedoch war noch nicht einmal das Tüpfelchen auf dem i. *Grumpy Boss* stand in fetten Lettern darüber – ein derber Seitenhieb von ihr an mich.

Ich schaute in ihre Richtung, doch sie saß an ihrem Schreibtisch, den Blick auf ihren Computer gerichtet, als wäre nie etwas vorgefallen. Als hätte sie mir einen ganz normalen Kaffeebecher vorgesetzt, wie sie es die letzten Tage getan hatte. Einzig ihre Mundwinkel zuckten verräterisch nach oben, und ich war mir sicher, sie hätte jetzt alles dafür gegeben, mich anzuschauen und meinen Gesichtsausdruck zu sehen. Aber das hätte ihren grandiosen Auftritt versaut …

Erneut schaute ich mir den Aufdruck auf dem Becher an, der aussah, als wäre er für mich gemacht worden.

Und ich schwankte nach wie vor zwischen Belustigung und Scham, weil sie mit ihrem kleinen Präsent den Nagel auf den Kopf getroffen hatte. Ich wusste, ich konnte ein Scheißkerl sein, und das hier war ein gewaltiger Wink mit dem Zaunpfahl.

Meine vorherige Assistentin hatte es mir auch *gesagt*, indem sie die Kündigung eingereicht hatte und ich sie unverzüglich vom Dienst freistellen musste. Doch da war mir diese Version definitiv lieber.

Und wenn ich ehrlich war, würde ich es unglaublich schade finden, wenn Miss Mackenzie ebenfalls das Handtuch werfen würde. Nicht nur, weil ich mir dann *schon wieder* eine neue Assistentin suchen müsste, sondern auch, weil sie gut in ihrem Job war. Und weil ich ungern darauf verzichten wollte, sie jeden Tag zu sehen.

Fuck, diese Erkenntnis traf mich heftiger als erwartet. Sie warf mich aus der Bahn, weil ich zu hinterfragen begann, was das für sie und vor allem für mich bedeutete.

Ich beschloss, vorerst nicht auf den neuen Kaffeebecher zu reagieren. Oder zumindest nicht auf den Aufdruck. Erst musste ich mir überlegen, welche Reaktion die beste darauf war.

Später am Morgen, als die meisten Büros schon besetzt waren, kam von Kilian eine Nachricht über den Chat herein, der kurz vorbeikommen und einige Dinge mit mir besprechen wollte. Ich bestätigte mit einem Daumen hoch und schon wenige Minuten später kam er zu mir.

Als er an Miss Mackenzie vorbeiging und sie übertrieben charmant begrüßte, ja sogar für einen knappen Plausch bei ihr stehenblieb, war es mit meiner Geduld schon wieder vorbei. »Halte meine Assistentin nicht von ihrer Arbeit ab«, knurrte ich ihn an, kaum dass er die Tür geschlossen hatte.

»Hey, Idiot, ich bin nur freundlich. Das solltest du dir auch mal angewöhnen. Die Angestellten meiden den hinteren Trakt, als wären hier Dementoren unterwegs. Und manchmal glaube ich, dass sie damit sogar recht haben, wenn ich mir dich so … Fuck, was ist das denn?«

Er griff nach meinem Kaffeebecher, noch bevor ich die Hand danach ausstrecken konnte, und betrachtete ihn von allen Seiten.

»Gib den her, verdammt!«

»Hast du den von … Hat sie ihn dir geschenkt?«, wollte er unbeirrt wissen und deutete mehr als offensichtlich in Miss Mackenzies Richtung, die den Blick schnell abwandte, als wir beide zu ihr schauten.

Mit einem Knopfdruck verwandelte ich die Scheiben in Milchglas. »Scheiße, Mann, stell den verdammten Becher wieder auf meinen Tisch und halt die Klappe!«

Doch Kilian tat natürlich das Gegenteil. Er wich vor mir zurück, als ich aufstand, und schaute sich den Aufdruck noch einmal genauer an, ehe er lauthals lachte. »Die Frau ist genial! Wenn nicht Summer meine Assistentin wäre, würde ich dir Harper sofort wegschnappen.«

»Das lässt du schön bleiben!« Ich machte eine schnelle Bewegung auf ihn zu und riss ihm den Becher aus der Hand, der in den knapp zwei Stunden einen ungeheuren Wert für mich bekommen hatte. Angepisst und siegessicher stellte ich ihn auf den niedrigen Aktenschrank hinter meinem Schreibtisch, wo er ihn hoffentlich stehen lassen würde.

Endlich beruhigte er sich und setzte sich. »Schon gut, krieg dich wieder ein, ich ziehe dich nur auf.«

Ich sank auf meinen Stuhl, lehnte mich zurück und verschränkte die Finger ineinander. Abwartend starrte ich ihn an, schließlich wollte er irgendwas mit mir besprechen.

»Wie hast du darauf reagiert?«

Mir dämmerte, dass er immer noch vom Becher sprach. »Noch gar nicht«, gab ich ehrlich zu.

Kilian runzelte die Stirn. »Also wenn du mich fragst, Mann …«

»Tue ich nicht«, fiel ich ihm ins Wort, doch er redete unbeirrt weiter.

»… ist das schon ein eindeutiges Zeichen, das zumindest danach verlangt, sie um Verzeihung zu bitten. Und bestenfalls nach einer Änderung deiner mürrischen Art. Du musst ja nicht übertrieben freundlich sein, aber ein *Guten Morgen*, *Bitte*, *Danke* und *Wie geht es Ihnen heute* wären bestimmt ein netter Anfang. Vielleicht kannst du dich sogar zu einem *Entschuldigung* hinreißen lassen.«

Ich war mir nicht sicher, ob er mich schon wieder aufzog oder ob er es ernst meinte. Also zeigte ich ihm nur den Mittelfinger und beharrte darauf, endlich mit den Themen anzufangen, wegen derer er hergekommen war. Immerhin hatte ich nicht die Zeit, mich mit unnötigem Geplänkel aufzuhalten.

Und doch überlegte ich währenddessen, was ich Miss Mackenzie sagen oder geben könnte, um mich auf angemessene Weise für dieses fragwürdige Geschenk zu revanchieren. Oder zu bedanken.

9

Harper

Mit allem hätte ich gerechnet: mit einem Tobsuchtsanfall, mit einer gezischten Drohung, nicht noch einmal meine Grenzen zu überschreiten. Mit einem Rauswurf. Sogar einen Lachflash hätte ich ihm zugetraut. Aber das Schweigen, des sonst so wortgewandten Anwalts, machte mich fertig.

Womöglich hatte ich es jetzt übertrieben und der Super-GAU wartete nur darauf, über mich hinwegzurauschen, wenn ich am wenigsten damit rechnete. Vielleicht besaß Mister Hot auch einfach keinen Funken Humor und er hatte die Message erst gar nicht verstanden.

Mister Cunninghams Lachen nach zu urteilen war sie jedoch nicht dermaßen missverständlich, dass man gar nicht schlussfolgern konnte, was ich damit zum Ausdruck bringen wollte.

Kilian Cunningham war überhaupt ein sehr netter Mann. Jung und gutaussehend, wie alle Geschäftsführer von *Cunningham Solutions Inc.*, aber um Welten freundlicher als mein Boss. Er war an meinen Tisch gekommen und hatte sich erkundigt, ob ich mich bereits eingelebt und die erste Woche gut überstanden hatte.

Als er jedoch das Büro betreten hatte, konnte ich mich nur halbherzig auf meine Arbeit fokussieren und verfolgte gespannt, wie er nach dem Becher griff und schließlich loslachte. Dann war der Spaß aber leider auch schon vorbei gewesen, da Mister Price mir die Sicht auf alles Weitere verwehrt hatte. Wie ich das hasste, wenn er mich so ausschloss.

War es ihm peinlich, dass sein Kumpel und Geschäftspartner diesen Becher auf seinem Tisch entdeckt hatte? Würde er mich dafür später zur Verantwortung ziehen? Ich wusste es nicht, aber augenblicklich war es mit meiner Konzentration völlig vorbei.

Um mich abzulenken, startete ich einen Panikanruf bei Alessa.

»Ich hab Mist gebaut«, murmelte ich leise in mein Handy, kaum dass ich sie dran hatte.

»Okay. Tief durchatmen, Harper. Was hast du gemacht?«

In wenigen Worten brachte ich sie auf den neuesten Stand, was meine nicht ganz so berauschende Idee mit dem Kaffeebecher betraf. Danach lauschte ich ihrem Schweigen.

Na prima. Die Nächste, die nichts dazu sagen konnte.

Dann jedoch brach sie in schallendes Gelächter aus. »Das hast du nicht wirklich getan, oder?«

»Doch«, gab ich kleinlaut zu, ständig das Büro von Mister Price im Blick, da ich befürchtete, dass Mister Cunningham jederzeit herauskommen konnte.

»Du bist meine Heldin.« Sie kriegte sich noch immer nicht ein. »Und er hat echt nichts darauf gesagt?«

Zerknirscht verneinte ich.

»Denkst du, er hat es nicht gecheckt?«

»Alessa, der Mann ist Anwalt. Sein Hirn funktioniert besser und schneller als das des Durchschnitts-Menschen. Ganz sicher hat er verstanden, was ich ihm damit sagen wollte. Gott, bestimmt muss ich mir einen neuen Job suchen. Womöglich bespricht er das in dem Moment mit Mister Cunningham.«

»Die beiden sind in seinem Büro?«

»Ja, sind sie.«

»Ich kann nur noch einmal wiederholen, was ich schon gesagt habe: Atme tief durch. Und warte ab. Selbst wenn du dir eine neue Arbeit suchen musst, ist das kein Weltuntergang. Und falls du dir die Miete nicht mehr leisten kannst, will ich, dass du weißt, dass dir meine Tür jederzeit offensteht. Meine Couch ist zwar nicht besonders bequem, aber besser als kein Dach überm Kopf.«

Ein Kloß bildete sich in meinem Hals. »Ach, du Liebe. Ich drück dich.« Hinter der Bürotür von Mister Price erkannte ich einen Schatten. »O Mist, ich muss aufhören. Bis später.« Ich hatte aufgelegt, noch bevor Alessa »Tschüss« hätte sagen können.

Mit hochrotem Kopf beobachtete ich Mister Cunningham auf dem Weg zurück zu seinem Büro, der breit grinste und mir zuzwinkerte. Als ich jedoch zu Mister Price schaute, um aus seinem Gesicht ebenfalls etwas herauszulesen, schloss er nach einem düsteren Blick in meine Richtung sofort wieder die Tür hinter sich. Mein *Grumpy Boss* hatte sich wohl nicht geändert. Oder doch, denn die Glasscheiben blieben undurchsichtig. Ich hatte nicht einmal die Chance, ihn in der Mittagspause zu sprechen, da er ein Geschäftsessen hatte.

Es machte mich verrückt. Noch mehr, als der Nachmittag nur aus kurzen Anweisungen per Telefon bestand. War ich jedoch anfangs nur verunsichert, stieg meine Wut immer weiter an. Immerhin hatte ich ihm etwas geschenkt. Ja, es war vielleicht kein unglaublich nettes Geschenk, aber *irgendeine* Reaktion wäre doch angebracht. Und damit meinte ich nicht, sich wie ein peinlich berührtes Kind zu verstecken und jeglichen Blickkontakt zu vermeiden.

Letzte Woche hatte Mister Price nur einmal vor mir das Büro verlassen. Den E-Mails nach zu urteilen, die danach noch bei mir eingegangen waren, war er nicht selten zwei oder mehr Stunden länger hier als ich, was ich wirklich bewunderte. Ja, er war Geschäftsführer und es lastete einiges an Verantwortung auf seinen Schultern. Das Unternehmen gegründet hatten dennoch die drei anderen. Er war noch nicht einmal lange hier, und trotzdem steckte er all sein Herzblut in diese Arbeit. Dass er so viel zu tun hatte, ließ mich verstehen, dass er sich nicht mit beiläufigen Plaudereien aufhalten wollte. Gerade in der ersten Zeit war es sicher nicht einfach, sich einen Überblick über alles bisher Geschehene zu verschaffen und gleichzeitig sofort einige Klagen ins Rollen zu bringen, wie er es getan hatte. Doch ein simples »Danke« würde ihm trotzdem nichts abverlangen.

Deshalb war meine Hoffnung noch nicht ganz in den Keller gesunken, solange der Tag nicht vorbei war. Und tatsächlich verschwand gegen Abend das Milchglas und die Glaswände waren wieder durchsichtig. Überrascht von diesem Wandel schlug mein Herz sofort einige Takte schneller. Ich sah, wie er seinen dünnen Mantel überzog und schließlich nach einer Tasche langte, die ich schon vom letzten Mal kannte. Keine Ahnung, was er darin transportierte, aber mich hätte es nicht gewundert, wenn er sich Arbeit mit nach Hause nahm.

Der *Grumpy*-Becher stand immer noch auf seinem Schreibtisch. Und er griff danach.

Mein Puls stieg weiter an, als er die Lichter im Büro löschte, herauskam und die Tür hinter sich verschloss. Schließlich drehte er sich um und schaute mich für ein oder zwei Sekunden an, ehe er auf mich zu kam und vor mir stehenblieb.

Kommentarlos stellte er den Becher vor mir ab. »Ich muss noch zu einem externen Termin, der sich kurzfristig ergeben hat«, unterbrach er endlich das unangenehme Schweigen. »Wir sehen uns morgen. Vergessen Sie nicht meinen Kaffee.« Damit wandte er sich ab und ging auf die Aufzüge zu.

Ich spürte den Herzschlag hart in der Kehle, war unfähig, mich zu bewegen. Erst als er außerhalb meines Blickfeldes war und ich fünf Minuten unbeweglich auf die Uhr meines Computers gestarrt hatte, traute ich mich, tief durchzuatmen.

Er hatte nichts von Kündigung gesagt, im Gegenteil. *Wir sehen uns morgen* hieß ganz eindeutig, dass ich in der Früh wieder hier sein sollte.

Trotzdem enttäuschte es mich, dass er den Becher nicht erwähnt hatte. Als wäre er kein Geschenk. Ohne Aufdruck, ohne Message. Der idiotische Gedanke überkam mich, dass er vielleicht in seinem *Inneren* etwas versteckt haben könnte. Ich öffnete ihn, doch er war leer. Richtig leer, also ausgewaschen. Keine Ahnung, wann und wo er das getan hatte, immerhin hatte er sein Büro nur für die Mittagspause verlassen, und da war er mit leeren Händen herausgekommen. Andererseits hatte ich ihn auch noch nie zur Toilette gehen sehen, fiel mir jetzt auf. Vielleicht war also hinter der Tür in seinem Büro kein Lagerraum, sondern ein Badezimmer.

Na gut, dann würde ich ihm eben morgen wieder seinen Kaffee in diesem Becher bringen …

Als ich am nächsten Tag den siebenunddreißigsten Stock betrat, war ich nur mäßig nervös. Zumindest hatte sich die Angst, mich würde eine fristlose Kündigung erwarten, auf ein Minimum gesenkt. Alles war wie immer und Mister Price saß in seinem Büro, als hätte der gestrige Tag nicht stattgefunden, denn auch die Glaswände waren durchsichtig. Ich schaltete meinen Computer ein und hängte den Trenchcoat in den Schrank, dann griff ich nach dem Kaffee. Kurz hatte ich gezögert, mich aber schließlich dazu entschieden, wieder den *Grumpy*-Becher auffüllen zu lassen und nicht feige zurück zu den Pappbechern zu wechseln.

Trotzdem war ich unsicher, als ich auf sein Büro zuging. Wie immer klopfte ich an, um auf mich aufmerksam zu machen, da der flauschige Teppichboden jeden Schritt verschluckte.

Mein Boss hob nur kurz den Blick, überraschte mich jedoch, als er »Guten Morgen« sagte, bevor ich die Gelegenheit hatte, ihn zu begrüßen.

»Ihnen auch einen guten Morgen, Mister Price.« Vor seinem Schreibtisch angekommen zögerte ich, stellte dann aber den Becher vor ihm ab.

Als er mich anschaute, intensiv und forsch, raste mein Herz schon wieder wie verrückt.

»Danke für den Kaffee.«

»Gerne.« Meine Stimme klang rau und verunsichert. Und als er nichts weiter sagte, sondern nach dem Becher griff und davon trank, ohne den Blick von mir abzuwenden, wurde mir heiß. Gott, eine Hitze durchflutete mich, wie ich es bisher nur selten erlebt hatte. Anregend und keinesfalls unangenehm – mal abgesehen von der Tatsache, dass ich so empfand, als ich gerade meinem *Boss* gegenüberstand.

Unter seinem intensiven Blick wurden meine Brustwarzen hart, was ihm unmöglich entgehen konnte. Denn der Stoff meiner Bluse war dünn und er schaute genau auf die Stelle, wo sie sich gegen die zarte Spitze meines BHs drückten. Auch wenn ich mich eigentlich unwohl fühlen sollte, tat ich es nicht. Im Gegenteil, ich genoss die Art, wie er mich musterte. Als würden in seinem Kopf gerade dieselben heißen Bilder auftauchen wie in meinem. Szenen, in denen viel nackte Haut vorkam, ungenierter Körperkontakt. Dinge, die ganz sicher nicht in einem normalen Boss-Assistentinnen-Verhältnis ablaufen sollten.

»Nun, ich …«, setzte ich an, atemlos. »Ich muss an die Arbeit.« Gott, man konnte sogar hören, wie angeturnt ich war!

Hastig drehte ich mich um und ging zurück zu meinem Schreibtisch, und bei jedem Schritt, den ich machte, hatte ich das Gefühl, dass meine Erregung weiter anstieg.

Ich war geliefert. Wie sollte ich hier konzentriert arbeiten, wenn ich so dermaßen … heiß auf meinen Boss war? Verdammt, ich spürte seinen Blick immer noch auf mir.

Vielleicht sollte ich einfach aus freien Stücken gehen. Ich würde ihm die Kündigung auf den Tisch legen, die Bürotür von innen verschließen und ihn auffordern, die Scheiben in Milchglas zu verwandeln. Dann würde ich mir alles von ihm nehmen, wovon ich seit dem ersten Tag träumte. Ich würde ihn küssen und ihm sein Hemd vom Leib reißen. Anschließend würde ich seine Hose aufmachen, seinen Schwanz so lange mit dem Mund verwöhnen, bis er meinen Namen stöhnen und mich auf seinen Schoß ziehen würde. Ich würde mich von ihm besinnungslos vögeln lassen und dann hoffentlich wieder schlafen können, ohne mich nach seinen Berührungen zu verzehren.

Tief seufzend öffnete ich das E-Mail-Programm. Nachrichten, die seit gestern Abend eingetroffen waren, reihten sich wartend und fett markiert auf, doch eine erregte ganz besonders meine Aufmerksamkeit. Sie kam von Mister Price und war gerade eben verschickt worden. Und sie enthielt den Betreff *Kommen.*

Heiliger Bimbam, *Kommen*!

Meinte er damit, dass ich in sein Büro kommen sollte, oder dass *ich* …

Ich wagte nicht, den Gedanken zu Ende zu führen.

Mit zitternden Fingern öffnete ich die Nachricht.

Von: Adrian Price
An: Harper Mackenzie
Betreff: Kommen

… Sie in mein Büro.
A.P.

O. Mein. Gott!

Mein Blick schnellte in seine Richtung. Immer noch schaute er mich an, mit demselben Ausdruck in seinem Gesicht, mit dem er mich vorhin schon gemustert hatte.

War das der Moment, in dem meine wilden Fantasien sich erfüllen würden? War ich tatsächlich bereit dafür, oder würde ich kneifen und mich auf meinen Anstand besinnen, falls er mich verführen wollte? Ich wusste es nicht.

Trotzdem ging ich auf das Büro zu, aufgeregt, erregt und verwirrt.

Keine Ahnung, was er noch von mir brauchte. Was *ich* brauchte. »Ja, bitte?« Ich klang wie eine Pornodarstellerin, so sehr drängte die Lust aus mir heraus. Wie peinlich.

An seinem Hals konnte ich erkennen, wie er schluckte. Erneut huschte sein Blick über meinen Körper, und ich wünschte, es wären seine Hände, die mich berührten, und nicht nur seine Augen, die mich abtasteten.

»Ich hab noch was für Sie.« Er öffnete die Schublade seines Schreibtisches.

Sofort kam ich näher, sah ihn in Gedanken Kondome herausholen.

Herrgott, ich war dermaßen im Eimer …

Es war eine Packung … Pralinen.

Er reichte sie mir gemeinsam mit einem kleinen Umschlag. »Danke für den neuen Kaffeebecher.«

Blinzelnd begann ich zu realisieren, was hier gerade passierte. Es hatte nichts mit Sex zu tun und doch berührte er mich tief in meinem Inneren. »Danke für …« Instinktiv hob ich seine Präsente hoch, nicht wissend, was mich im Kuvert erwartete. Es war jedoch definitiv keine Kündigung, außer er stellte diese auf Zetteln im Format von wenigen Zentimetern aus.

Immer noch schaute er mich viel zu intensiv an. Und dann geschah es: Er lächelte.

Mein Herz setzte einen Schlag aus und ich könnte schwören, dass meine Knie weich wie Butter wurden.

Bevor ich noch etwas Peinliches tat, wie zum Beispiel in Ohnmacht oder ihm um den Hals zu fallen, eilte ich zurück zu meinem Schreibtisch, wo ich mich setzte. Tief durchatmete. Und mit zitternden Fingern den Umschlag öffnete.

Ich zog eine kleine Karte daraus hervor, auf der in goldenen Lettern *Danke* gedruckt war. Überrascht und berührt von dieser lieben Geste fuhr ich die erhabenen Buchstaben mit der Fingerspitze nach, ehe ich die Karte aufklappte. Es stand nur ein Wort darin, das jedoch so viel aussagte.

»Nervennahrung«, las ich mir selbst halblaut vor.

Nervennahrung, weil er ein *Grumpy Boss* und das womöglich seine Art war, sich dafür zu entschuldigen. Und vielleicht auch deshalb, um über die heißen, prickelnden und leider unbefriedigten Momente hinwegzuhelfen – aber davon wusste er hoffentlich … vermutlich … traurigerweise nichts.

10

Adrian

Was war das denn eben gewesen?

Immer noch schaute ich Miss Mackenzie an, die, ein sanftes Lächeln auf den Lippen, die Buchstaben mit dem Finger nachzeichnete. Das allein sah so heiß aus, dass ich wünschte, sie hätte den Umschlag in meinem Büro geöffnet, um sie dabei besser beobachten zu können. Doch als sie die Karte aufklappte und *Nervennahrung* las, biss sie sich auf die Unterlippe.

Bedeutete das, sie war scharf auf Schokolade? Oder hatte sie dieses eine Wort anders interpretiert? Ich dachte kurz darüber nach, aber mir fiel nichts ein, außer … Außer sie zog Befriedigung aus der Schokolade, wenn sie sonst schon nichts befriedigte …

Gut, das war äußerst anmaßend von mir, doch ich wusste, wie es mir seit ein paar Tagen ging. So wie gerade eben wieder. Wobei es noch nie so *schlimm* war wie jetzt. Ein Blick hinab auf meinen Schritt bestätigte mir, dass sich mein Schwanz unübersehbar gegen die Stoffhose wölbte.

Verdammt, und in nicht einmal fünfzehn Minuten würde Sylvie hier aufkreuzen … Unmöglich konnte ich meiner Ex mit so einer Latte gegenübertreten. Sie würde ihr auffallen, und vor allem könnte sie denken, ich würde mich so freuen, weil ich *sie* sah.

Erneut schaute ich zu Miss Mackenzie und wünschte, ich könnte sie in mein Büro holen, über den Schreibtisch beugen, ihr den Rock nach oben schieben und …

Fuck!

Ein Stöhnen unterdrückend schloss ich die Augen. Zum Glück hatte sie die Tür hinter sich geschlossen …

Nur kurz versuchte ich, mich mit Arbeit abzulenken, doch es wollte mir heute nicht gelingen. Also … schon. Aber mein Schwanz blieb unbeeindruckt hart.

Ein Blick auf die Uhr sagte mir, dass ich noch gut zehn Minuten hatte – und Sylvie war immer pünktlich.

Einen Moment zögerte ich, dann drehte ich mich im Bürostuhl, sodass ich, wenn ich aufstand, Miss Mackenzie den Rücken zudrehte, und steuerte direkt das Badezimmer an. Was war ich froh, diesen privaten Raum zu haben!

Hinter mir schloss ich ab und starrte in den Spiegel über dem Waschbecken. Dann öffnete ich entschlossen den Gürtel, den Knopf und schließlich den Reißverschluss. Ich befreite meine Erektion und rieb langsam über den heißen Schaft. Stellte mir vor, es wäre nicht meine Hand, sondern die von Miss Mackenzie. Von Harper …

Verdammt, allein wenn ich an ihre Lippen dachte, wie ihre Zunge sie benetzte … Ich wünschte, sie wäre hier bei mir. Ich wünschte, sie würde vor mir auf den Boden sinken, würde meinen Schwanz mit ihren zarten Händen massieren und ihren Mund um die Eichel legen. Würde daran saugen, würde sie mit ihrer Zunge umkreisen …

Immer fester rieb ich mich, biss die Zähne aufeinander und hoffte, nicht zu laut zu stöhnen, während ich mir vorstellte, dass Harper ihn tief in ihren Mund nahm. Ich wollte sie so ficken, wollte in sie eindringen und ihre vorlaute Klappe auf diese Weise zum Schweigen bringen.

Ich wollte ihre Brüste freilegen, sie kneten und an diesen

verdammt verlockenden Brustwarzen knabbern, bis sie sich wimmernd an mir festklammerte und so feucht war, dass sie meinen großen Schwanz ohne Probleme in sich aufnehmen würde …

Immer schneller stieß ich in meine Hand, rieb mich, bis sich meine Eier fast schon schmerzhaft zusammenzogen und ich mich schließlich explosionsartig ins Waschbecken entlud.

Heftig atmend lehnte ich mich an die Wand und versuchte, mich wieder zu beruhigen. Mein Herz raste und meine Erektion ließ endlich nach. Trotzdem fühlte ich noch immer dieses brennende Verlangen in mir, Miss Sexy zu kosten und sie zum Stöhnen zu bringen …

Nachdem ich mich gewaschen und meine Kleidung nach verräterischen Spuren untersucht hatte – die es zum Glück nicht gab –, ging ich zurück ins Büro. Miss Mackenzie war gerade nicht an ihrem Platz, was mich aufatmen ließ. Somit hoffte ich, dass sie von dem Spektakel im Bad nichts mitbekommen hatte.

Ein letztes Mal atmete ich tief durch, dann widmete ich mich wieder den E-Mails, die ich bereits vorhin durchgehen wollte, bevor sie ihren Arbeitstag begonnen hatte.

»Ihr Termin wurde gerade angekündigt, Mister Price.«

Miss Mackenzies Stimme drang durch das Telefon an mein Ohr, während ich zu ihr hinausschaute und nickte. »Gut. Wenn sie da ist, lassen Sie sie sofort in mein Büro. Kommen Sie für Kaffee nach.« Beim letzten Telefonat hatte ich Sylvie den Weg erklärt – aus Gewohnheit, weil ich jetzt doch einige Wochen ohne Assistentin gewesen war.

»Natürlich.«

Ja, spinn ich? Fuhr sie sich gerade tatsächlich gedankenverloren am Ausschnitt ihrer Bluse entlang, während sie mich anschaute? Sie war definitiv scharf auf mich … Ich musste mich schon sehr irren, wenn ich ihr Verhalten fehlinterpretierte. Doch das half mir jetzt auch nicht weiter. Außerdem war es nicht richtig. Wir sollten professionell miteinander umgehen und ein distanziertes Verhältnis wahren. Alles andere würde in einem Desaster enden, und ich hatte keine Lust, mir eine neue Assistentin suchen zu müssen, nur weil ich meinen Schwanz nicht unter Kontrolle hatte.

Von daher kam Sylvies Besuch im richtigen Moment.

Ich hörte sie, bevor ich sie sah. Vermutlich war sie Kilian, Mason oder Logan über den Weg gelaufen. Bestimmt war sie einfach in deren Büros spaziert, um sie zu begrüßen. Der alten Zeiten willen, würde sie sicher behaupten, doch ich wusste, dass sie das nur mit geschäftlichem Hintergedanken tat.

Dann kam sie um die Ecke. Ihre pechschwarzen Haare hatte sie wie eine Domina zu einem strengen Zopf hochgebunden. Sie trug sogar einen dunklen, hautengen Catsuit und zog mit diesem Outfit sämtliche Aufmerksamkeit auf sich.

Kurz schaute ich zu Miss Mackenzie, die mit großen Augen die Frau verfolgte, die an ihr vorbeiging. Ihr Blick huschte zu mir, aber ich würde ihr natürlich nichts anhand meines Gesichtsausdrucks verraten. Sie wusste weder, dass Sylvie meine Ex war noch dass sie einen Escortservice betrieb. Und das würde auch so bleiben …

Ich stand auf und ging um meinen Schreibtisch herum, um Sylvie zu begrüßen, während Miss Mackenzie ihr folgte – diese schloss die Tür jedoch direkt vor ihrer Nase.

Ob sie meine Assistentin schlichtweg nicht bemerkt hatte oder ob sie es absichtlich getan hatte, um sie auszuschließen, wusste ich nicht. Es überraschte mich jedoch nicht, dass Miss Mackenzie die Tür wieder öffnete. Und das ausgerechnet in dem Moment, als Sylvie mir um den Hals fiel, um mich zu begrüßen. »Schönen guten Tag, Miss York. Darf ich Ihnen einen Kaffee bringen?«

Überrumpelt löste sich Sylvie von mir und bedachte sie von oben bis unten mit einem abfälligen Blick. Bestimmt ärgerte sie sich darüber, dass ihr meine Assistentin die Tour vermasselt hatte und sie sich schneller als geplant wieder von mir lösen musste. »Zweihundert Milliliter. Hafermilch in einem Kännchen daneben, kein Zucker.«

Ich rechnete Miss Mackenzie hoch an, dass sie bei dieser seltsamen Bestellung ihre Miene nicht eine Sekunde lang verzog. Sie nickte freundlich und wandte sich dann an mich. »Für Sie wie immer, Mister Price?«

»Bitte, das wäre nett.«

Damit hatte ich wohl beide Frauen irritiert, weil das ganz und gar nicht meine Art war, so viele nette Worte in einen Satz zu packen. Schon gar nicht mit dem Lächeln auf den Lippen, das ich ihr schenkte.

Ich schaute meiner Assistentin hinterher, die heute wieder einen besonders ausladenden Hüftschwung draufhatte, ehe ich Sylvie meine Aufmerksamkeit widmete.

»Was für einen schönen Schreibtisch du hast …« Sie fuhr mit der Hand über den massiven Holztisch, der völlig aus der sonst sehr modernen Einrichtung herausstach, bevor sie auf meine Seite des Tisches kam und viel zu nah vor mir stehenblieb. »Hast du darauf schon mal jemanden gefickt?«

Ihre Frage brachte mich aus dem Konzept. War das jetzt ein Angebot von ihr? Oder wollte sie nur rausfinden, ob zwischen meiner Assistentin und mir was lief? So oder so würde ich nicht auf ihre Provokation eingehen.

Wortlos wandte ich mich von ihr ab und setzte mich stattdessen auf das Sofa – ein schwerer Fehler, da sie sich bestimmt gleich zu mir gesellen würde. Aber jetzt noch einmal aufzustehen würde auch seltsam aussehen.

Bestimmt ärgerte sie sich, dass ich nicht auf ihre Anspielung reagiert hatte. Doch sie ließ sich nichts anmerken, sondern kam wie erwartet zu mir und setzte sich auf Anschlag neben mich. Ein Bein hatte sie angewinkelt, den Oberkörper mir zugewandt.

»Inzwischen arbeiten dreiundzwanzig Mädchen für mich. Du musst dich mal wieder auf der Website umschauen.«

Da war schon der Beweis, dass sie mich als Kunden nicht verlieren wollte. Hätte mich auch gewundert, wenn sich an ihrer Einstellung etwas geändert und sie erkannt hätte, dass es Wichtigeres im Leben gab als den Job. Freundschaft zum Beispiel. »Freut mich für dich, dass es läuft«, sagte ich deshalb. Auf den Rest ihrer Worte ging ich erst gar nicht ein.

Ihr Lächeln verrutschte keinen Millimeter. Sie war sich ihrer Sache so sicher … Immer noch war sie davon überzeugt, zu wissen, was in den Köpfen von uns Männern vorging und was wir brauchten. Aber da irrte sie sich gewaltig.

Selbstsicher glitt ihr Blick über die Regale, die Ablagen, den Schreibtisch und das abstrakte Bild, das dahinter an der Wand zum Badezimmer hing. »Stört es dich nicht, dass du hier so in der Auslage sitzt? Von Privatsphäre kann ja keine Rede sein.«

»Ich habe nichts zu verbergen«, sagte ich ruhig. Garantiert nicht würde ich ihr verraten, dass ich die Glasscheiben per Knopfdruck in Milchglas verwandeln konnte. Sie würde mich sonst drängen, es ihr zu zeigen, und schon in der nächsten Sekunde würde sie sich an mich ranmachen – traute ich ihr zumindest zu. Und darauf hatte ich keine Lust. Die Sache mit ihr war gelaufen, und das aus gutem Grund. Auch wenn sie sich gerade ziemlich offensichtlich anbot, würde ich sie nicht benutzen, um mich über meinen unbefriedigten Hunger nach Miss Sexy hinwegzutrösten. Die Beziehung zwischen Sylvie und mir war nichts, was ich in irgendeiner Weise wiederbeleben wollte.

»Aber es wäre doch reizvoll, hier nach Feierabend aufregende Momente mit einer schönen Frau zu verbringen.«

»Ich trenne Arbeit und Vergnügen.«

Sylvie lachte auf und nutzte diese Gelegenheit, mir noch näher zu kommen. Im nächsten Moment registrierte ich, warum sie das tat. Miss Mackenzie betrat das Büro mit zwei Tabletts.

Sie stellte Sylvies vor ihr ab. »Zweihundert Milliliter schwarzer Kaffee ohne Zucker und ein Kännchen Hafermilch. Ich war so frei und habe Ihnen auch gleich ein Glas Wasser mitgebracht.«

Dann wandte sie sich mir zu und beugte sich nach vorn, um mein Tablett vor mir auf dem niedrigen Tisch abzustellen. »Und Ihr Espresso, Mister Price. Genau so, wie Sie ihn gerne trinken.« Sie schaute mir dabei in die Augen, und verdammt … mein Blick glitt tiefer. In ihren Ausschnitt.

Heilige Scheiße … sie trug keinen BH. Ich konnte eindeutig sehen, dass ihre Brüste unverpackt in ihrer Bluse steckten. Und ich war mir sicher, dass ich heute Morgen das Muster der Spitze durch den Stoff hatte erkennen können.

Doch noch ehe ich einen weiteren Blick wagen konnte, hatte sie sich aufgerichtet.

»Wenn ich sonst gerade nichts für Sie tun kann, Mister Price, bin ich wieder an meinem Platz.« Ihre Mundwinkel zuckten, während sich bei mir was anderes regte. Schon wieder!

Immer noch stand sie vor mir und wartete auf eine Reaktion, doch ich konnte nur auf ihre Brüste starren. Auf diese dünne Bluse, deren Stoff leicht durchsichtig war, wenn das Licht nur im richtigen Winkel darauf fiel – wie jetzt gerade. »Danke, Miss … Mackenzie. Ich melde mich, wenn ich Sie brauche.«

Scheiße, diese Worte waren äußerst doppeldeutig zu verstehen. Denn ich brauchte sie mehr als dringend. Auf mir oder unter mir war dabei nicht relevant, Hauptsache um meinen Schwanz …

»Gut, ich bin jederzeit bereit.«

Das hatte sie jetzt nicht gesagt, oder?

Ich schaute ihr nach, verfolgte jeden Schwung ihrer Hüften und erhaschte einen weiteren Blick auf ihre Bluse, durch die sich ihre Brustwarzen sanft abzeichneten, als sie die Tür hinter sich schloss.

Sylvie riss mich aus meinen Fantasien. »Wow, das war ... spannend. Ich denke, das beantwortet die Frage, ob du hier schon einmal Sex hattest.« Sie lachte auf. »Ich wusste gar nicht, dass du darauf stehst, beim Vögeln erwischt zu werden. Oder wartet ihr ab, bis ihr ganz allein im Stock seid?«

»Ich ficke meine Assistentin nicht«, stellte ich in scharfem Ton klar und hoffte, das Thema damit ein für alle Mal vom Tisch gefegt zu haben – für Sylvie und für mich.

»Mhm, natürlich nicht«, meinte sie nur belustigt. »Wenn ich gewusst hätte, dass du auf Blondinen stehst, hätte ich mir damals die Haare für dich blond gefärbt.« Sie strich mit ihren Fingern über meine Schulter bis zum Haaransatz.

Langsam, aber sicher ging sie mir auf den Sack. Keine Ahnung, warum ich mich auf dieses Treffen eingelassen hatte. Am Samstag war sie noch nicht dermaßen aufdringlich gewesen. Oder war das nur ihre Reaktion auf Miss Mackenzie?

Schnell beugte ich mich vor, um nach meinem Kaffee zu greifen. »Ich hätte so oder so die Beziehung beendet, und das weißt du auch.«

Sylvie sagte ausnahmsweise nichts darauf. Sie lächelte nur in sich hinein, als wäre sie fest davon überzeugt, dass die Wahrheit anders aussah. Sollte sie glauben, was sie wollte. »Hör zu, ich ... könnte dir eines meiner Mädchen für eine Buchung mit einem Freundschaftsrabatt anbieten. Weil wir uns schon so lange kennen und weil ich weiß, dass du mit dem Service meiner Agentur bisher immer zufrieden warst. Außer natürlich, du bist in festen Händen und hast keinen Bedarf mehr? Falls du dich jedoch danach sehnst, kannst du es mir ruhig sagen ...« Sie strich mit ihrem Zeigefinger über meinen Unterarm.

»Ich habe keine Zeit für eine Beziehung«, sagte ich bestimmt, um gleich noch einmal klar zu unterstreichen, dass es nie wieder eine Zukunft für uns beide geben würde. Die ein oder andere heiße Nacht mit einem ihrer Mädchen wäre jedoch wirklich reizvoll. Vielleicht konnte ich mir Miss Mackenzie aus dem Kopf vögeln und endlich zurück zur gewohnten Professionalität kehren, ohne mir ständig vorzustellen, wie es wäre, in sie einzutauchen. »Aber deine Seite schaue ich mir bei Gelegenheit an.« Unter Umständen passte es ja für diese Charity-Veranstaltung, zu der ich eine Einladung bekommen hatte. Bisher hatte ich eigentlich gedacht, dass ich absagen würde, doch einen Abend in Gesellschaft einer schönen Frau zu verbringen *und* gleichzeitig Miss Mackenzie aus meinen Fantasien zu verdrängen wäre wirklich verlockend.

»Das würde mich freuen. Schick mir eine E-Mail.« Sie griff in ihren prall gefüllten und unechten Ausschnitt – ich wusste, wovon ich sprach – und zog eine Visitenkarte daraus hervor. »Ich werde mich darum kümmern und dir natürlich den versprochenen Rabatt abziehen.«

Meine Kiefer mahlten aufeinander, als ich nickte. Mein Blick huschte zu Miss Mackenzie, die in ihre Arbeit versunken schien. Sie nagte an ihrer Unterlippe und drehte eine Haarsträhne um ihren Zeigefinger.

Wie gerne ich meine eigenen Finger in ihren Haaren vergraben wollte, wenn ich sie nackt vor mir hatte …

Als würde sie meine Gedanken spüren, schaute sie zu mir und … Verdammt, sie lächelte mich an und mein Schwanz regte sich. Nur weil sie mich so ansah, wie sie es gerade tat. Das war nicht normal. Das war … Ich war verloren.

Und dann kam mir eine Idee. Sie war gemein, aber ich würde damit endgültig einen Riegel zwischen meine Assistentin und mich schieben. Schnell wurde mir klar, dass das etwas war, was wir beiden unbedingt brauchten.

11

Harper

Keine Ahnung, wer diese Frau war, aber sie war mir ab dem ersten Moment unsympathisch, als sie an meinem Schreibtisch vorbeistolziert war und mein »Guten Morgen« geflissentlich überhört hatte.

Lächerlich, wie sie sich angezogen hatte, als wäre sie einem Porno entsprungen. Aber am meisten regten mich die Blicke der männlichen Kollegen auf, die in erhitzten Gesprächen in der Teeküche ihren kaum zu übersehenden Auftritt feierten. Und ihre Sonderbestellung! Vermutlich hatte sie gehofft, mich damit für längere Zeit vom Büro fernzuhalten. Dass Joleen jedoch auch Hafermilch in ihren Kaffee schüttete, war mein Glück. Ich hatte sie nicht gefragt, sondern mich nur schnell an ihrer Packung bedient. Natürlich würde ich es ihr später sagen und ihr eine neue Milch als Dankeschön kaufen.

Oh, aber am meisten hasste ich, dass sie Mister Price dermaßen auf die Pelle rückte und er sich nicht einmal großartig daran zu stören schien. Die Pralinenschachtel von heute Morgen hatte damit auf niederschmetternde Weise eine weitere Bedeutung bekommen – ich würde es jedoch nicht wagen, auch nur ein Stück Schokolade zu essen, solange Miss Bitchy im Haus war. Stattdessen hatte ich meine Waffe auf ein neues Level gehoben und mich gleichzeitig mit meinem Niveau noch ein Stockwerk tiefer geschoben. In einer Trotzreaktion war ich auf dem Weg zur Teeküche in der Damentoilette verschwunden, hatte mir dort den BH ausgezogen und ihn in den kleinen Schrank gepfeffert, in dem sich Reiniger, Toilettenpapier und der Erste-Hilfe-Kasten befanden.

Dass es nicht völlig umsonst gewesen war, hatte mir Mister Price' Blick verraten, als ich mich nach vorn gebeugt hatte, um ihm seinen Kaffee zu servieren. Und verdammt, ich hatte keine Ahnung, *wie viel* er wirklich von mir gesehen hatte. Waren es nur die Rundungen gewesen oder war es zu einem Busenblitzer mit Nippelaussicht gekommen?

In dem Moment, als ich mir darüber Gedanken gemacht hatte, war es jedoch zu spät für einen Rückzieher gewesen. Also hatte ich die Aktion erhobenen Hauptes bis zum Ende durchziehen müssen.

Als ich endlich zurück bei meinem Platz angekommen war, musste ich dann doch breit grinsen. Ich wusste, ich hatte mit meiner Showeinlage zumindest kurzfristig seine volle Aufmerksamkeit gewonnen – und es hatte Miss Bitchy den Wind aus den Segeln genommen. Denn ich merkte, dass er der Unterhaltung nicht mehr zur Gänze folgte, sondern immer wieder in meine Richtung schaute.

Hoffentlich handelte es sich dabei nicht um eine wichtige geschäftliche Besprechung. Keine Ahnung, wer sie war und was sie machte. Mister Price' Kalendereintrag verriet mir nur *Termin mit S.Y.*, und ich wusste bis zu ihrer Ankündigung vom Empfang unten nicht einmal, dass das Initial für eine Miss York stand. Da mein Boss jedoch selbst den Eintrag gemacht hatte, ging ich davon aus, dass das Gespräch zumindest zum Teil privat angehaucht war. Wie sehr, konnte ich mir zusammenreimen, als ich mitansehen musste, wie sie ihm dermaßen auf die Pelle rückte, bis es ihm schließlich zu bunt wurde und er von der Couch wieder an seinen Schreibtisch wechselte.

Von ihrer Unterhaltung konnte ich kein Wort verstehen, da durch die verschlossene Tür nichts zu mir durchdrang. Aber er hatte die ganze Zeit über das Glas durchsichtig gelassen, was ich mit Genugtuung wahrnahm.

Als sie nach einer guten halben Stunde das Büro endlich wieder verließ, atmete ich erleichtert auf. Jedoch nur solange, bis sie vor mir hielt und arrogant auf mich herabsah.

»Ich habe durchschaut, was du vorhast. Aber lass dir sagen, dass du keine Chance hast. Ich kenne Adrian schon so lange … Besser als sonst irgendjemand. Sein Herz hat einmal mir gehört und ich weiß, wie er tickt. Er bevorzugt es unkompliziert und er würde sich nie mit einer seiner Angestellten einlassen. Und genau aus diesem Grund ist er auch einer meiner Kunden. Also pack deine Brüste wieder ein und erledige deinen Job, solange du ihn noch hast.« Sie reckte siegessicher ihr Kinn nach oben, dann ging sie mit einem boshaften Grinsen auf den Lippen auf den Aufzug zu.

Kopfschüttelnd schaute ich ihr nach. Diese Frau war einfach unmöglich …

Ein schneller Blick zu Mister Price verriet mir, dass er von der kurzen *Unterhaltung* nichts mitbekommen hatte. Er war in den Raum hinter seinem Schreibtisch verschwunden. Schon wieder.

Inzwischen war ich fest davon überzeugt, dass es sich um ein Badezimmer oder ähnliches handeln musste, da er noch nie mit Unterlagen hineingegangen oder herausgekommen war.

Ich nutzte den Moment, um die leergetrunkenen Kaffeetassen zu holen, ohne ihm dabei begegnen zu müssen. Denn auch wenn mir die Ansprache von Miss York egal sein sollte, hatte sie doch etwas in mir bewirkt. Mir war schon vorher bewusst gewesen, wie dünn meine Bluse war. Nun zu wissen, dass auch alle anderen erahnen konnten, was ursprünglich nur Mister Price vorbehalten war, hatte nicht auf meinem Plan gestanden.

Gerade als ich die beiden Tabletts in den Händen hatte, öffnete sich die Tür, und mein Boss kam zurück ins Büro.

»Miss Mackenzie!« Sein Ton war scharf. Gut, das war er immer, aber ich bildete mir ein, dass mehr Rüge darin lag als sonst.

Ohne meine Unsicherheit zu zeigen, drehte ich mich zu ihm um. »Mister Price? Was kann ich für Sie tun?«

O Gott, ich spürte seinen Blick, der mich von Kopf bis Fuß abtastete. Und er ließ sich wirklich Zeit damit.

»Bringen Sie erst einmal die Tassen weg und kommen Sie dann mit etwas zum Schreiben zu mir.« Seine Stimme klang seltsam rau.

Ich nickte knapp und beeilte mich, alles nur schnell in die Teeküche zu stellen. Das Geschirr würde ich später wegräumen, auch den BH würde ich erst nach dem Gespräch wieder anziehen. Nicht nur, weil ich zu aufgeregt und neugierig war, was er von mir wollte. Sein Ton hatte irgendwie drohend geklungen und ich konnte mir keinen Reim darauf machen. Womöglich aber interpretierte ich zu viel hinein und er war einfach nur kurz angebunden wie immer.

Meine Finger waren schwitzig, als ich mit Klemmbrett und Stift in den Händen vor seinem Schreibtisch stand. Wieder einmal spürte ich nur allzu deutlich, wie sich der kühle Stoff meiner Bluse um meine Brustwarzen schmiegte und wie diese sich in voller Begeisterung zu kleinen, festen Perlen geformt dagegen drückten.

Würde er jetzt von mir verlangen, dass ich ab sofort nur noch in hochgeschlossenen Blusen hier auftauchen sollte? Dass er mein Verhalten während des Termins unangebracht fand?

War nun der Moment gekommen, in dem er mir sagen würde, dass ich nicht länger für ihn arbeitete, weil ich es einmal zu oft übertrieben hatte?

Mein Herz raste, als er mich erneut musterte. Und wieder glitt sein Blick über meinen Körper, als würde er überlegen, was er mit mir machen sollte … Rauswerfen oder doch behalten.

Das Schweigen zwischen uns wurde unangenehm und meine Unsicherheit stieg.

»Mister Price, ich sollte mich vielleicht für mein Verhalten von vorhin entschuldigen.« Wenn er schon nichts sagte, musste wenigstens ich die Stille durchbrechen.

Er runzelte die Stirn und lehnte sich in seinem Bürostuhl zurück.

»Ich meine … weil ich …« Ich hatte gehofft, dass er sofort verstehen würde, aber jetzt schien es, als würde er auf dem Schlauch stehen. Unmöglich konnte ich meine freigelegten Brüste vor ihm ansprechen.

Hitze stieg mir in die Wangen, doch Mister Price half mir nicht aus, sondern ließ mich in dieser unangenehmen Situation und wartete ab, was ich sagen wollte.

»Also … weil ich …«, setzte ich erneut an, schaffte es jedoch nicht.

Verzweifelt suchte ich in seinen Augen nach Hilfe.

»Weil Sie auf dem Weg von der Teeküche hierher ein Kleidungsstück verloren haben?«

O Gott, warum hatte ich es für eine gute Idee gehalten, das zu tun? Klein beizugeben war jedoch noch nie meine Stärke gewesen. Stattdessen hatte ich ein vorlautes Mundwerk, das oftmals das Kommando übernahm, bevor ich meine Worte und deren Auswirkungen genau überdacht hatte. »Nicht nur eines«, rutschte mir deshalb heraus, obwohl das natürlich völliger Schwachsinn war. Ich hatte nur den BH ausgezogen, aber Mister Price zu reizen war fast schon zu einem Hobby geworden.

Und meine Worte trafen ins Schwarze. Seine Augen weiteten sich und erneut tastete er mich mit seinem Blick ab, ehe er an meinem Schritt hängenblieb.

Prima, jetzt dachte mein Boss wirklich, ich stünde ohne Höschen vor ihm …

Vermutlich sollte ich mal zu einem Neurologen, um herauszufinden, welche Synapsen für diese Fehlschaltungen verantwortlich waren. Vielleicht ließen die sich ja veröden.

Jetzt im Boden zu versinken, änderte meine Situation jedoch auch nicht. Mal abgesehen davon, dass ich im Laufe der Jahre leider lernen musste, dass sich einfach *nie* ein Loch vor einem auftat, in das man verschwinden konnte. Es half nur die Flucht nach vorne.

»Also … was brauchen Sie von mir?«

Sein Mund klappte auf.

Mister Hot war sprachlos.

Er räusperte sich und wischte sich mit einer Hand über das Gesicht.

Gedanklich gab ich mir ein High five dafür, dass ich diesen sonst so schlagfertigen Mann schachmatt gesetzt hatte.

Als er seine Fassung zurückhatte, reichte er mir eine kleine Karte, die ich entgegennahm, ohne einen Blick darauf zu werfen. »Ich bin am Wochenende zu einer Wohltätigkeitsgala eingeladen und brauche dazu noch weibliche Begleitung.«

O Gott, wollte er mit mir dorthin? Sofort formten sich Bilder vor meinen Augen. Er im Smoking, ich im Abendkleid. Wir beide auf der Tanzfläche, Körper an Körper … und anschließend würde er mich nach Hause bringen. Wir würden …

»Ich will, dass Sie mir bei diesem Service eine Escort-Dame buchen. Ich suche mir gleich eine der Frauen aus und schicke Ihnen dann den Link.«

Wie ein Eimer eiskaltes Wasser traf mich diese Anweisung. Geschockt schaute ich erstmals die Visitenkarte an. *Sylvie York …* Das war die Karte der Frau, die eben hier gewesen war. Und nicht nur, dass sie ihren Anspruch auf ihn manifestiert hatte, langsam ergaben auch ihre anderen Worte Sinn. *Er be-*

vorzugt es unkompliziert und genau aus diesem Grund ist er auch einer meiner Kunden.

Mister Price kaufte sich Frauen als Begleitung für Abendveranstaltungen. Und dass dann zwischen ihnen nichts lief, konnte er sonst wem erzählen – mir nicht. Dieser Mann war Sex auf zwei Beinen, dem *konnte* man einfach nicht widerstehen. Schon gar nicht, wenn man Geld dafür bekam …

»Außerdem leite ich Ihnen gleich den Link zur Gala weiter. Buchen Sie mir ein Hotel in der Nähe. Fünf Sterne. Ich will eine geräumige Suite. Und eine Limousine, die mich von zu Hause abholt, zum Hotel und anschließend zur Veranstaltung bringt. Inklusive Rückfahrt am nächsten Nachmittag. Belasten Sie die Kreditkarte mit den Buchungen.«

Ich nickte steif. »Ist das alles?« O Gott, meine Stimme klang verbittert und brüchig. Jeder hätte gemerkt, wie sehr mich seine Worte trafen. Und ich könnte mich dafür ohrfeigen, dass ich mir auch nur ansatzweise Hoffnungen gemacht hatte, es könnte etwas zwischen uns entstehen.

»Das war's.«

Ich presste die Lippen aufeinander und drehte mich um, um das Büro zu verlassen.

»Ach, Miss Mackenzie?«

Mein Herz setzte aus, als ich mich noch einmal ihm zuwandte.

»Ziehen Sie sich wieder an, ich will nicht, dass Sie sich erkälten. Sie können es sich gerade nicht leisten, einen oder mehrere Tage auszufallen. Ich brauche Sie im Büro.«

Seine Worte hätten tröstend wirken können, doch das waren sie nicht. Sie waren ein weiterer Schlag, und ich fühlte mich nur noch erbärmlicher. Wortlos eilte ich zu meinem Schreibtisch, wo ich Klemmbrett und Visitenkarte ablegte, um im Anschluss zurück zur Toilette zu laufen, um mich wieder anzuziehen. Und um kurz gegen die aufsteigenden Tränen anzukämpfen.

Wie hatte ich nur so dumm sein und denken können, Mister

Price würde auch nur ansatzweise in Erwägung ziehen, sich auf eine außergeschäftliche Beziehung mit mir einzulassen? Ich war einfach eine Idiotin und hatte zudem den für mich so wichtigen Job riskiert.

Wütend zog ich mich in einer der beiden Toilettenkabinen erst aus und den BH an. Energisch knöpfte ich die Bluse wieder zu und steckte sie in den Bund meines Rockes. Die Wuttränen hatten es zum Glück nicht geschafft, auszubrechen. Aber ich war von mir selbst maßlos enttäuscht. Heute Abend würde ich Alessa brauchen. Und Wein. Viel Wein. Scheiß drauf, wenn ich morgen deshalb Kopfschmerzen haben würde …

Nachdem ich mein Erscheinungsbild im Spiegel kontrolliert hatte, schritt ich erhobenen Hauptes in die Teeküche, wo ich auf Joleen traf. Zwar hätte ich es bevorzugt, jetzt niemandem unter die Augen treten zu müssen, aber das ließ sich in dieser Firma nicht vermeiden. Und sie war mir lieber als alle anderen, mit denen ich bisher zu tun hatte. Bereits an meinem ersten Arbeitstag hatte ich sie mit ihrer Engelsgeduld ins Herz geschlossen. Sie war ruhig und in sich gekehrt, hatte mich jedoch mit ihrer Kompetenz umgehauen. Dass sie in diesem Powerjob tätig war, würde ich ihr nicht zutrauen, wenn ich sie außerhalb von *Cunningham Solutions Inc.* kennengelernt hätte.

»Warte, ich mach das schon. Das ist immerhin von mir.« Sie hatte bereits begonnen, das Geschirr wegzuräumen, das ich eben nur schnell abgestellt hatte.

Ein freundliches Lächeln huschte über ihr Gesicht. »Kein Problem. Wir helfen hier alle zusammen. Du wirst schon deine Gründe gehabt haben, weshalb du es vorhin nicht in die Spülmaschine gestellt hast.«

»Ja, ich musste gleich zurück ins Büro zu Mister Price.« Leider konnte ich nicht verhindern, dass meine Verärgerung über die Situation mit ihm in meiner Stimme mitschwang.

»Oje, gab es Ärger?«

Ich schüttelte den Kopf, als ich die Tabletts zurück an ihren Platz legte. »Nein, nicht wirklich. Ich war … einfach dumm und naiv. Darüber ärgere ich mich gerade.«

»Meinst du die Sache mit dem BH?«, fragte sie leise, obwohl wir allein hier waren.

Röte schoss mir in die Wangen, als ich sie fragend und mit geweiteten Augen anschaute. Hatte es sich so schnell herumgesprochen?

»Ich hab ihn zufällig entdeckt, als ich Toilettenpapier nachfüllen wollte, und hab nur kombiniert. Sorry, ich bin gut im Rätsellösen. Eine meiner heimlichen Leidenschaften.« Sie zwinkerte. »Aber keine Sorge, niemand sonst weiß davon.«

Verzweifelt schlug ich die Hände vors Gesicht. »O Gott, mir ist das rückblickend so peinlich! Keine Ahnung, was ich mir dabei gedacht habe.«

Eine tröstende Berührung an meiner Schulter brachte mich dazu, Joleen wieder anzuschauen.

»Ich weiß genau, wie du dich fühlst«, sagte sie zu meiner Überraschung. »Ich versuche seit zwei Jahren, Mister Collins Aufmerksamkeit zu erregen. Nicht so, aber … Nun, es ist, als würde er mich einfach nicht wahrnehmen, egal, wie sehr ich mich anstrenge. Als seine Assistentin, klar, jedoch nicht als *Frau*. Dabei … na ja … er ist ein unglaublich lieber Mensch. So herzlich und lustig. Er setzt sich für andere ein und …« Sie seufzte.

»Du magst ihn«, stellte ich fest, was sie mit einem Nicken bestätigte. Ich legte die benutzten Löffel in die Besteckladе der Spülmaschine.

»Blöd, oder?«

Mitfühlend verzog ich das Gesicht. »Hat Mister Collins denn eine Freundin oder Frau?«

»Nein, nur Logan Cunningham ist in einer Beziehung. Alle anderen sind Single. Ich schätze mal, dass sie das voll und ganz genießen.«

Ich nickte. Davon ging ich aus – und diese Tatsache erinnerte mich wieder daran, welche Aufgabe ich gleich erfüllen musste. Nämlich ein bezahltes Date für meinen Boss zu organisieren, inklusive Hotelsuite, um es dort nach der Wohltätigkeitsveranstaltung mit seiner Escort-Dame zu treiben.

Gott, war mir übel …

»Falls ich dir mal irgendwie … Tipps geben kann …« Ich stockte, als ich die Papierserviette in den Mülleimer werfen wollte. »Wobei ich aufgrund meiner eigenen Situation gerade nicht sicher bin, ob du wirklich Ratschläge von mir annehmen solltest …« Verlegen lachte ich auf.

Joleen lächelte mich trotzdem freundlich an. »Das ist lieb von dir. Vielleicht komme ich mal darauf zurück.«

»Wir können auch einfach mal quatschen. Muss gar nicht mit der Arbeit oder … Männern zu tun haben.«

»Das klingt auf jeden Fall nach einer schönen Idee.« Und sie sagte es so, als würde sie das wirklich meinen.

Ich räumte noch die Tabletts weg, ehe ich mir die Hände wusch. »Danke fürs Zuhören. Und für die Tatsache, dass du Hafermilch trinkst. Ich brauchte die heute und hab mir etwas davon geliehen. Ich bring dir morgen eine neue Packung mit.«

Joleens Augen weiteten sich. »Du meinst nicht die, die hier im Kühlschrank steht, oder?«

Nun wurde ich auch nervös. »Doch. Wieso? Da steht doch dein Name drauf …«

»Die ist bereits seit *Wochen* offen. Bestimmt ist sie schon schlecht, ich hab sie noch nicht weggeschüttet. Ich hab bei meinem Schreibtisch einen kleinen Kühlschrank, in den ich meine privaten Sachen packe, weil hier immer was verschwunden ist.«

O-oh!

»Die hab ich Miss Bitchy serviert«, flüsterte ich nun, eine Hand vor den Mund geschlagen, während ein Lachflash nach oben drückte.

Sogar Joleens Mundwinkel zuckten. »Miss Bitchy … der Name passt.«

Hoffentlich wurde Miss York davon schlecht oder sie bekam Durchfall. Ich würde es ihr ausnahmsweise von Herzen gönnen.

Zurück an meinem Schreibtisch widmete ich mich sofort der vermutlich übelsten Arbeit für heute. In den E-Mails fand ich bereits jene von Mister Price mit der Veranstaltung und seiner Wunschfrau. Geschlagene zwei Minuten saß ich vor diesem Link, unfähig, ihn anzuklicken. Ich wollte nicht wissen, wie die Frau aussah, die er sich ausgesucht hatte. War sie das völlige Gegenteil von mir, würde es mir bestätigen, dass ich nicht sein Typ war. Auch wenn es im ersten Moment weh tun würde, wäre es schlussendlich eine Erleichterung für mich. Dann könnte ich zumindest beginnen, ihn mir endlich aus dem Kopf zu schlagen.

Doch als ich den Link anklickte, öffneten sich Bilder einer attraktiven Frau. Sie hatte blaue Augen wie ich, war schlank und sogar ihre blonden Haare waren annähernd gleich lang wie meine …

Verdammt, ich war definitiv sein Typ!

Dann fiel es mir wie Schuppen von den Augen: Das alles war meine Bestrafung. Für den weggeschnappten Parkplatz, für die vielen Momente, in denen ich ihn mit meinem Körper gereizt hatte. Für die BH-losen Brüste vorhin und dafür, dass ich ihn im Glauben ließ, auch ohne Höschen herumzulaufen. Er machte mir mehr als deutlich, dass er das nicht wünschte. Weil es ihn anmachte …

12

Adrian

Schon in den folgenden Tagen bereute ich, was ich am Dienstag getan hatte. Miss Mackenzie trug zwar nach wie vor Röcke, Blusen und High Heels, doch sie hatte zu gepolsterten BHs gewechselt, die keinen Aufschluss über ihre Brustwarzen gaben. Sie hatte immer einen Knopf mehr zugeknöpft als bisher, und sogar ihr Hüftschwung war weitestgehend verschwunden – was ihren Hintern nicht minder knackig wirken ließ.

Sie begegnete mir professionell freundlich, aber kühl und erledigte ihre Arbeit ordentlich und in schnellem Tempo. Eigentlich hätte ich zufrieden sein sollen – doch das war ich nicht. Ich wollte die alte Harper zurück, die auf Teufel komm raus mit mir flirtete. Die mich jedes Mal ins Schwitzen brachte, kaum dass sie in meine Nähe kam.

Gut, das tat sie immer noch. Jedoch gab es keine intensiven Blickkontakte mehr. Keine flüchtigen, zufälligen Berührungen, wenn sie mir den Kaffee brachte. Und keine weiteren tiefen Einblicke, die meine Fantasie anregten.

Es war frustrierend. Aber ich konnte sie natürlich auch nicht darauf ansprechen. Und ich konnte sie verstehen. Immerhin war ich selbst derjenige gewesen, der den Riegel vorgeschoben hatte.

An diesem Donnerstag nahm ich eine geschäftliche Besprechung mit Kilian als Vorwand, um ihm mein Leid zu klagen.

Vor allem auch, weil er sowieso immer wissen wollte, wie ich mit Harper zufrieden war und wie wir harmonierten. Bisher hatte ich meine Antworten auf unser Arbeitsverhältnis beschränkt, aber ich brauchte die Meinung einer meiner Kumpels. Logan war in einer Beziehung und zudem viel zu vernünftig für dieses Katz-und-Maus-Spiel. Und Mason würde mich ab sofort damit aufziehen und mir noch dazu als einzigen Rat geben, sie einmalig flachzulegen, danach eine andere Assistentin einzustellen und Harper zu vergessen. Alternativ, sie zu vögeln, bis wir die Lust aneinander verloren hätten. Er war in dieser Hinsicht einfach der Unkompliziertere von uns. Aber er hatte auch noch nie was am Arbeitsplatz am Laufen – wie sollte er die Situation verstehen und mitreden können?

Für die Besprechung hatte ich entschieden, in Kilians Büro zu gehen. Schon allein deshalb, weil ich es vorzog, einen klaren Kopf zu bewahren, was mir nicht gelingen würde, wenn ich über Miss Mackenzie sprechen *und* sie gleichzeitig sehen musste.

Kilian lenkte sofort das Gespräch auf das Geschäftliche. Mir war es nur recht, erst diesen Part hinter mich zu bekommen. Da es eine streng vertrauliche Unterhaltung war, hatte er die Scheiben seines Büros in Milchglas verwandelt. Seine Assistentin Summer hatte uns bereits im Vorfeld mit Wasser und Kaffee versorgt und danach die Tür von außen geschlossen. Wir waren also völlig ungestört.

Als ich ihm meine Strategie für die nächsten Monate erklärt hatte, die uns helfen sollte, weitere Plagiatoren ausfindig zu machen, lehnte sich Kilian in seinen Bürosessel zurück. »Ich muss sagen, ich habe es keinen Tag bereut, dass wir so hartnäckig gewesen sind und dich dermaßen lange bearbeitet haben, bis du endlich zugesagt hast. *Cunningham Solutions Inc.* profitiert schon jetzt von dir und deinem Einsatz. Wir merken das nicht nur an den Zahlen, sondern auch an dem positiven Feedback, das uns seither erreicht hat.«

Zufrieden nickte ich. »Zwar hätte ich nicht gedacht, dass ich das mal sagen werde, doch ich bin echt froh, dass ihr nicht aufgegeben habt. Bevor ich hier angefangen habe, dachte ich immer, mir würde auf Dauer langweilig werden. Ich war davon ausgegangen, dass diese Arbeit nicht genügend Herausforderungen für mich bietet. Aber ich muss gestehen, dass ich mich geirrt habe.«

Kilians Mundwinkel zuckten. »Hätte ich es dir gesagt, hättest du es nicht geglaubt.«

»Da hast du allerdings recht«, sagte ich belustigt.

»Apropos Herausforderungen ... wie läuft es eigentlich inzwischen mit Miss Mackenzie? Mason hat die Tage mal erwähnt, dass Joleen gemeint hat, sie wäre verdammt gut in ihrem Job? Ist das so? Bist du zufrieden? Ich weiß, du hast sie in erster Linie genommen, weil Peter sie empfohlen hat.«

Ich nickte. »Sie macht ihre Sache gut. Sie ist sehr ... professionell.«

Kilian hob eine Augenbraue. »Das klingt ziemlich zweideutig. Läuft da was zwischen euch?«

Kurz biss ich mir auf die Zunge, aber ich wusste, dass ich ihm nichts vormachen konnte. Zudem war ich genau deshalb hierhergekommen – um mich ihm anzuvertrauen.

Seufzend wischte ich mir über das Gesicht. »Die Frau macht mich fertig.«

Fragend schaute er mich an. Klar, er steckte nicht in einer vergleichbaren Situation. Summer war verheiratet und damit für ihn tabu. »Du stehst auf sie?«

»Verdammt, Kil, ich bin dauergeil! Und ich hab mir zuletzt als Teenager so oft einen runtergeholt wie in den letzten Wochen.«

Er prustete los. »Was erwartest du jetzt von mir? Mitleid? Sie ist deine Assistentin, Mann. Schlag sie dir aus dem Kopf! Geh raus und vögle dich durch New York!«

»Ich hab für die Gala am Wochenende eine Begleitung bei

Sylvie gebucht. Mit einer Suite im nahegelegenen Hotel«, sagte ich und spürte die Schwere auf meiner Brust.

»Auch eine gute Idee.«

»Die Frau hat blonde, lange Haare und blaue Augen.«

Kilian stieß pfeifend Luft zwischen seinen Zähnen aus. Langsam schien er zu verstehen …

»Und nicht *ich* hab sie und das Hotel gebucht. Ich hab es Miss Mackenzie aufgetragen.«

»Ah … deshalb trägt sie seit ein paar Tagen ihre Blusen so zugeknöpft.«

Fuck, ihm war es auch aufgefallen …

»Gut, dann hast du ja dieses eine Problem gelöst, falls sie scharf auf dich gewesen sein sollte. Aber *du* steckst nach wie vor in der Scheiße. Ich meine … blond und blaue Augen? Sag mir bitte nicht, dass du mit ihr dein Verlangen nach deiner Assistentin in den Griff kriegen willst.«

Ich sparte mir eine Antwort.

»Du wirst sie ficken, stimmt's? Also deine Begleitung.«

»Es ist ein Scheißplan, oder?«

Kilian beugte sich vor und stützte sich auf seinen Ellbogen auf. »Ich weiß nicht. Eventuell. Oder auch nicht. Ich meine, egal, wie sehr die Frau auf den ersten Blick optische Ähnlichkeiten mit Miss Mackenzie hat, sie wird eine andere Stimme haben. Sie wird sich anders bewegen und sie wird anders riechen. Ob es dir hilft, nicht mehr scharf auf deine Assistentin zu sein, wenn du das Escort-Girl fickst, kann ich dir also echt nicht sagen. Aber krieg das in den Griff …! Du bist immerhin ihr Boss, und so solltest du dich auch verhalten.«

Geräuschvoll stieß ich die Luft aus den Lungen. »Ich bin sowas von am Arsch«, stöhnte ich.

Kilian lachte. »Vom Arsch deiner Assistentin bist du jedenfalls meilenweit entfernt.«

Statt ihm zu antworten zeigte ich ihm den Mittelfinger.

Die restlichen Tage bis zur Gala dachte ich viel über die Unterhaltung mit Kilian nach. Ja, er hatte recht, dass ich mir mit dieser einen Nacht Miss Sexy wahrscheinlich nicht aus dem Kopf schlagen konnte. Aber es hieß auch nicht, dass es bei diesem einen Mal bleiben musste. Ich konnte mein Escort Lisa schließlich öfter buchen. Und irgendwann würde sich mein Verlangen nach meiner Assistentin hoffentlich verflüchtigt haben.

Miss Mackenzie hatte jedenfalls gute Arbeit geleistet. Der Chauffeur holte mich pünktlich ab und fuhr im Anschluss auf direktem Weg zum vereinbarten Treffpunkt mit Lisa. Natürlich ließ sie sich nicht von ihrer Privatwohnung abholen und vermutlich war *Lisa* auch nicht ihr richtiger Name. Aber das spielte keine Rolle. Ich bekam, wofür ich zahlte: eine attraktive, gebildete Frau mit Stil. Sie trug ein dunkelgraues Abendkleid mit Glitzerelementen, war perfekt geschminkt und hatte ihre lange blonde Mähne zu weichen Locken gedreht.

Auf der Weiterfahrt zur Veranstaltung erfuhr ich, dass sie Geschichte und Politik studierte und ein Einzelkind war. Sie stammte aus New York und hielt ihren Körper mit Sport fit – wofür auch immer ich letztere Info brauchte. Sie war einundzwanzig, das Mindestalter, um bei Sylvie arbeiten zu dürfen. Dass sie acht Jahre jünger war als ich, fand ich schon ein wenig krass. Würde ich eine Frau für eine Beziehung suchen, wäre mir das definitiv zu jung. Wenn, dann sollte sie mindestens dreiundzwanzig sein. Wie Miss Mackenzie, fiel mir auf …

Im Gegenzug erzählte ich ihr, dass ich Anwalt und von einem meiner ehemaligen Mandanten zu dieser Gala geladen worden war. Und dass der gesamte Erlös der Veranstaltung einem Kinderhospiz zugutekommen würde.

Was ich ihr jedoch nicht verriet, war, dass ich ursprünglich gar nicht vorgehabt hatte, herzukommen, weshalb ich schon vor ein paar Wochen einen hohen vierstelligen Betrag gespendet hatte. Aber meine Pläne hatten sich kurzfristig geändert. Einziger Trost war, dass ich Harper nicht sehen und mich stattdessen voll und ganz auf Lisa einlassen würde.

So zumindest der Plan.

Doch seit ich sie begrüßt hatte, spürte ich keinerlei Vibes zwischen uns. Da war einfach nichts, was mich reizte, diese Frau zu ficken. Ja, ich wollte nicht einmal Körperkontakt zu ihr suchen, was verdammt übel war. Immerhin hielten wir gleich vor dem Hotel, in das wir einchecken wollten – und ich hatte ursprünglich gedacht, sie vielleicht schon vorher zu nehmen, um das aufgestaute Verlangen der letzten Tage abzubauen.

Als ich den Rezeptionisten bat, unser Gepäck hochbringen zu lassen, spürte ich ihre Hand an meinem Unterarm. »Möchtest du dir nicht noch kurz die Suite anschauen?«

Mir war klar, was sie vorhatte. Sie wollte mit mir ungestört sein – eigentlich genau das, was ich ursprünglich mit dieser Verabredung vorgehabt hatte –, doch ich schüttelte den Kopf. »Wir sind schon spät dran«, wich ich ihrer Intention aus.

Ob sie nun schmollte oder nicht, war mir egal. Ich hatte gerade nicht das Bedürfnis, mit ihr ganz allein zu sein. Was verrückt war, denn deshalb war ich ja mit ihr hier … Und doch drängte alles in mir, zur Gala zu kommen.

Der Chauffeur wartete draußen. Er hielt uns die Tür auf und wir rutschten wieder auf die Rückbank. Kaum dass wir losgefahren waren, lehnte sich Lisa zu mir. Ihre Finger strichen über den Kragen meines Hemdes an meinem Hals entlang, ihre zweite Hand lag auf meinem Oberschenkel. »Ich bin lange nicht mit so einem attraktiven Mann wie dir ausgegangen.« Sie biss sich auf die Unterlippe. Gleichzeitig spürte ich ihre Hand, die nach oben wanderte und schließlich fest über meinen Schritt rieb. »Und es macht mich unglaublich an, wie du mich noch auf Abstand hältst. Ich gehe davon aus, dass die Fahrt zur Gala zu kurz ist, um dir vorher einen zu blasen?«

Ein überaus verlockendes Angebot, das musste ich zugeben.

Und tatsächlich regte sich mein Schwanz in der Hose, doch sie hatte recht. »Wir sind bereits da«, sagte ich und deutete auf das Gebäude, vor dem der Wagen hielt.

»Wie schade … aber umso reizvoller. Ich freue mich darauf, wenn wir später zurück im Hotel sind.«

Ein letztes Mal rieb sie über meine wachsende Erektion, dann öffnete man auch schon die Tür, damit wir aussteigen konnten.

In dem Ballsaal schimmerte und glitzerte alles in Gold und Weiß. Aufwändige Blumendeko schmückte die Tische, die Durchgänge, die große Bühne und die Wände. Die Musik des Streichquartetts sorgte für eine zusätzlich angenehme Atmosphäre und es duftete nach verdammten Lilien. Als hätte sich jemand vorgenommen, dafür zu sorgen, dass ich Miss Sexy auf keinen Fall vergessen würde …

Lisa hatte sich bei mir untergehakt. Sie strahlte die erwartete Eleganz aus und ich merkte, dass sie nicht zum ersten Mal auf einer Veranstaltung wie dieser war. Einigen Leuten, denen wir begegneten, nickte sie sogar grüßend zu. Unwillkürlich fragte ich mich, ob es ehemalige Kunden von ihr waren – was ein unangenehmes Gefühl in mir hochsteigen ließ. Ich wollte nicht, dass man hinter meinem Rücken über mich redete als derjenige, der sich eine Frau für den heutigen Abend gekauft hatte …

Als wir erneut an einem Mann Anfang fünfzig vorbeikamen, dem sie lächelnd zunickte, konnte ich mich nicht länger zurückhalten. »Woher kennst du die ganzen Leute?«

Kurz lachte sie auf. »Nicht was du jetzt vielleicht denken magst. Ich bin als Tochter einer Haushälterin groß geworden. Wir haben in einem sehr wohlhabenden Teil der Stadt gelebt, was dafür gesorgt hat, dass ich viele betuchte New Yorker kenne. Und die meisten scheinen sich an mich zu erinnern. Oder sie sind einfach freundlich und haben keine Ahnung, wo sie mich einordnen sollen«, meinte sie lachend.

»Dann ist es ja ein Glück, dass du in meiner Begleitung hier bist. So sinkt die Wahrscheinlichkeit, dass dir eine der eifersüchtigen Ehefrauen die Augen auskratzt.«

Schmunzelnd schmiegte sie sich an mich. »Ich bin mir sicher, du wirst mich vor ihnen beschützen.«

»Selbstverständlich.« In dem Moment sah ich Jack Burden, der sich mit einem der Streicher unterhielt, die gerade Pause machten. Jack war der Mandant, dem ich diese Einladung zu verdanken hatte. »Ich habe eben einen der Gastgeber entdeckt«, sagte ich und änderte die Richtung, um ihn zu begrüßen.

»Adrian, schön, dass du es geschafft hast.« Kräftig schüttelte er mir die Hand.

»Ich konnte mir dieses Event doch nicht entgehen lassen.«

Er lachte leise.

»Jack, darf ich dir meine Begleitung Lisa vorstellen? Lisa, das ist Jack Burden, New Yorker und Inhaber eines Plattenlabels mit Sitz in Los Angeles.«

»Wir haben unter anderem *The Dark Craving* entdeckt«, fügte er mit einem Zwinkern hinzu. Die Band war mit ihrem Leadsänger Damien King einer der erfolgreichsten Newcomer und sahnte einen Preis nach dem anderen ab.

Lisa schien er jedenfalls mit dieser Prahlerei zu beeindrucken.

»Mischt euch unter die Leute und genießt den Abend. Und nicht vergessen: Alles, was ihr heute spendet, kommt dem Kinderhospiz zugute.«

Seine Worte nahm ich nur noch am Rande wahr, denn meine ganze Aufmerksamkeit hatte eine Person auf sich gezogen, die ich in einiger Entfernung durch die Menge gehen sah.

»Danke, Jack«, murmelte ich geistesabwesend. »Bitte entschuldigt mich.«

Ohne die Reaktion der beiden abzuwarten, löste ich mich von Lisa und eilte der Erscheinung hinterher, die ein Trugbild sein musste. Eine Fata Morgana oder eine sonstige Wahnvorstellung, ganz sicher.

An der Bar musste ich feststellen, dass ich sie aus den Augen verloren hatte. Verdammt!

Ich drehte mich um die eigene Achse, als ich etwas Petrolfarbenes aufblitzen sah. Das musste sie sein. Ohne zu überlegen, lief ich in die Richtung, und je näher ich kam, desto mehr wurde mir bewusst, dass ich mich nicht geirrt hatte: Harper Mackenzie war auf dieser Gala.

Erst als ich sie eingeholt hatte, wurde mir klar, dass sie nicht allein hier war. Eine Frau mit einem schwarzbraunen Bob stand in einem dunkelgrünen Abendkleid neben ihr, aber ich hatte nur Augen für Harper, die ein verboten aufregendes Kleid trug. Der Rücken lag komplett frei und war fast bis zu ihrem Po ausgeschnitten. Doch als sie sich umdrehte, verschlug es mir beinahe die Sprache. Auch vorne zeigte sie mit einem tiefen Ausschnitt unglaublich viel Haut und lenkte meinen Blick auf die Rundungen ihrer Brüste.

»Harper?«, stieß ich im Affekt aus, ehe mir klar wurde, dass ich sie mit dem Vornamen angesprochen hatte. »Ich meine ... Miss Mackenzie ... was machen Sie denn hier?« Ich konnte die Verärgerung in meiner Stimme nicht verbergen. Und ich war verdammt sauer. Nicht nur, dass sie es wagte, hier aufzutauchen, sondern auch, weil sie dieses ... dieses Kleid trug, das diese Bezeichnung nicht einmal verdient hatte.

Bevor ich ganz meinen Anstand verlor, streckte ich ihrer Begleitung die Hand hin. »Adrian Price, ich bin Miss Mackenzies Boss.«

»Alessa Holland. Ich bin Harpers beste Freundin.«

Dass ich Miss Holland ein freundliches Lächeln schenkte, schien Miss Sexy jedoch nicht zu gefallen. Sie schnaubte auf und runzelte zu allem Überfluss noch die Stirn. »Ist es jetzt verboten, in meiner Freizeit zu tun, was ich will?«

»Sie haben ... Sie wussten, dass ich auf dieser Gala sein würde. Warum also sind Sie auch hier?«

»Weil ich eingeladen wurde.« Sie sagte es mit einem leicht trotzigen Unterton, als würde sie mir vorwerfen, dass ich nicht *sie* zu der Veranstaltung mitgenommen hatte. »Oder ist es nicht erlaubt, ein Privatleben außerhalb der Arbeit zu führen?«

»Selbstverständlich, das …« Ich drückte Zeigefinger und Daumen gegen die Nasenwurzel, weil mich das Gespräch gerade auf die Palme brachte und ich mich sammeln musste. »Das ist nicht das Thema. Sie sind hier und haben mir im Vorfeld nichts davon gesagt.«

Statt mir zu antworten, runzelte sie die Stirn. »Worauf wollen Sie hinaus, Mister Price?«

Verdammt, sie spielte die Unschuldige. Aber ich hatte keine Nerven dafür. Überhaupt hatte ich ihre Spielchen, mich ständig zu reizen, satt. Offensichtlich hatte es nicht einmal geholfen, ihr den Riegel vorzuschieben, als ich sie mein Escort für heute hatte buchen lassen. Nein, sie tauchte natürlich hier auf, um mich zu stalken oder um mich mit … viel zu viel Haut und ihren Rundungen erneut in den Wahnsinn zu treiben.

»Entschuldigen Sie uns, bitte«, wandte ich mich an ihre Freundin, ehe ich Miss Sexy am Handgelenk packte und hinter mir herzog, um mich ungestört mit ihr zu unterhalten.

Ich steuerte den nächstbesten Flur an, in dem der Duft der Blumen noch intensiver war – vielleicht, weil sich hier keine Leute aufhielten, die den Geruch herumwirbelten oder mit ihren Parfums übertünchten. Oder aber ich roch Miss Sexy noch intensiver, jetzt wo wir allein waren …

Aufgebracht hielt ich an, wirbelte Miss Mackenzie herum und drängte sie gegen die Wand, bis sie mit dem Rücken dagegen prallte. Ich baute mich vor ihr auf, ganz nah, und schaute auf sie hinab. Drohend.

Geräuschvoll stieß sie ihren Atem aus. Aber nicht aus Angst.

Augenblicklich flirrte Hitze zwischen uns und schickte eine Welle der Erregung durch meinen Körper. Ich konnte ihr einfach nicht nahe sein, durfte weder ihren Duft einatmen noch in ihre stechend blauen Augen schauen. Schon gar nicht durfte ich meine Aufmerksamkeit auf ihre Lippen richten, zu denen mir verflucht schmutzige Dinge einfallen würden, die ich auf der Stelle mit ihr machen wollte.

Und natürlich zeichneten sich ihre verdammten Brustwarzen wieder durch den dünnen Stoff ab, weil sie unter diesem Hauch von Nichts keinen BH trug. Und mit ziemlicher Sicherheit auch keinen Slip, so tief, wie dieser Ausschnitt war und wie eng das Kleid anlag …

Fuck, und ich stand hier so knapp vor ihr, wütend und scharf auf sie, weil sie mich reizte – auf so viele Arten.

»Also … warum sind Sie *wirklich* hier?«, knurrte ich, ignorierend, dass sich mein Schwanz schon wieder in meiner Hose aufrichtete. Diesmal aber für die richtige Frau.

13

Harper

Ungefähr so musste sich ein Häschen fühlen, kurz bevor der Wolf über es herfiel. Wobei, nein, das stimmte nicht ganz. Keine Beute wäre im Angesicht des Todes dermaßen erregt, wie ich es gerade war. Denn Adrian Price sah in diesem Smoking fast noch heißer aus als in den Anzügen, in denen ich ihn jeden Tag im Büro sah.

Andererseits war ich mir um meiner Wirkung in dem Kleid ebenfalls bewusst.

Und seine Blicke bestätigten es mir. Denn auch wenn er mich wütend anfunkelte, glitten seine Augen immer wieder über meinen Körper und bescherten mir das Gefühl, als würde er mich damit abtasten. Berühren. Aufheizen, als würden wir mitten im Vorspiel stecken.

»Halten Sie sich für besonders witzig, hier aufzutauchen, nachdem ich Ihnen den Link zur Veranstaltung geschickt habe?«

Ich reckte mein Kinn nach oben und holte tief Luft. Schwerer Fehler, denn sein Duft stieg mir in den Kopf und sackte gleichzeitig in meinen Schoß. »Tut mir leid, Sie enttäuschen zu müssen, Mister Price, aber ich habe meine Eintrittskarte ganz sicher länger als Sie. Demnach könnte ich Sie fragen, was Sie auf der Gala machen, zu der ich seit Monaten plane, hinzugehen.«

Überraschung spiegelte sich in seinen Augen. »Was …?«

»Sie brauchen Beweise, nicht wahr, Herr Anwalt?« Schmunzelnd genoss ich es, dass er so gar nicht wusste, was er mit dieser Aussage anfangen sollte. »Geben Sie mir Ihre Eintrittskarte, und ich zeige Ihnen meine.«

Ohne seine Reaktion abzuwarten, zog ich die Karte aus meiner Clutch und hielt sie ihm hin. »Das ist eine fortlaufende Nummer. Je früher man der Einladung folgt und sich für die Gala anmeldet, desto niedriger ist sie.«

Hektisch zog er seine Einladungskarte aus der Innentasche seines Jacketts und klappte sie auseinander.

Ein triumphierendes Lächeln schob sich auf meine Lippen, als er unsere Nummern miteinander verglich.

»Das ist Bullshit. Die Karte können Sie auch jemandem abgekauft haben.«

»Tut mir leid, Sie schon wieder enttäuschen zu müssen, Mister Price, aber das ist nicht möglich.« Ich zeigte auf das Kleingedruckte, in dem stand, dass sie nicht auf andere übertragbar war. Dann wischte mein Finger weiter zu meinem Namen. »Jede Eintrittskarte ist personalisiert. Man muss den Vor- und Nachnamen des Gastes bei der Online-Anmeldung angeben und dieser wird schließlich auf die Karte gedruckt.«

Oh, wie ich es genoss, ihm den Wind aus den Segeln genommen zu haben. Dass ich über Alessa an die Eintrittskarte gekommen war, weil die Marketingagentur, für die sie arbeitete, mit dem Organisieren dieses Events beauftragt worden war, konnte er nicht ahnen. Auch nicht, dass einer der Geschäftsführer mit einem der Organisatoren der Gala verwandt war. Ich jedoch wusste, dass Alessa bereits seit einigen Monaten mit der Planung beschäftigt war. Als mir klar wurde, dass es sich bei Mister Price' Veranstaltung um dieselbe handelte, hatte ich nur gehofft, dass sie mich irgendwie einschleusen können würde. Zur Not hätte ich sogar Canapés serviert … Dass es nun auf diese Weise geklappt hatte, da die Agentur sich ein gewisses

Kontingent zur internen Verwendung aufgehoben hatte, konnte Mister Price nicht wissen.

Er leckte sich über die Lippen, und in seinen blaugrauen Augen konnte ich erkennen, dass er noch nicht aufgab. »Warum haben Sie dann nichts gesagt, als ich Ihnen den Link geschickt habe?«

»Was hätte es geändert? Hätten Sie mir verboten, zur Gala zu kommen? Oder hätten *Sie* abgesagt?«

»Was? Nein! Ich hätte mich nur darauf eingestellt, dass ich …«, wieder schaute er mich so intensiv von oben bis unten an, »… hier auf Sie treffe. Abgesehen davon kaufe ich Ihnen das alles noch immer nicht ab.« Er schüttelte energisch den Kopf, ehe er ihn näher zu mir neigte. Viel näher.

Mein Herz setzte mindestens einen Schlag aus, ehe es mit gefühlt doppelter Geschwindigkeit in meiner Brust weiterraste. »Ich weiß, dass Sie auf den Job finanziell angewiesen sind. Um sich jedoch eine Einladungskarte sichern zu können, muss man bereits im Vorfeld eine großzügige Spende einreichen. Wie also können Sie es sich leisten, hier zu sein?«

»Was denken Sie denn?«, stellte ich eine Gegenfrage, da ich auf die Schnelle leider kein Argument parat hatte.

Er schmunzelte. »Ich glaube, dass Sie es irgendwie geschafft haben, sich über Dritte eine Karte zu … *organisieren.* Womöglich über Ihre Freundin, ich weiß es nicht.«

»So ein Unsinn. Aus welchem Grund sollte ich das denn tun?«

»Vielleicht, um mir zu zeigen, was ich verpasse, weil ich nicht *Sie* zur Gala mitgenommen habe?«

Inzwischen war er mir so nahe, dass ich seinen Atem auf der Haut spüren konnte. Und Gott, es kostete mich all meine Beherrschung, ihn nicht einfach zu küssen. Hier und jetzt. Völlig ignorierend, dass er mein Boss war und ich das unmöglich bringen konnte. »Ich bitte Sie …«, schnaubte ich und verdrehte die Augen, als wäre das die verrückteste Annahme überhaupt – auch wenn er damit so was von ins Schwarze getroffen hatte. »Was hätte ich denn davon? Was Sie in Ihrer Freizeit machen, geht mich nun wirklich nichts an.«

Seine Mundwinkel zuckten. »Da haben Sie recht. Mich im Grunde umgekehrt auch nicht.« Wieder dieser Blick auf mein Oberteil, das mich gerade noch nackter fühlen ließ, als ich schon war. Und das war nicht im Geringsten unangenehm. Nicht, wenn *er* mich auf diese Art anschaute.

Ich fixierte seine vollen Lippen, die so verlockend auf mich wirkten wie verbotene Früchte. Mit aller Anstrengung zwang ich mich, woanders hinzusehen. Auf seinen Bart. Genau. Sicheres Terrain … Wobei ich mich fragte, wie sich dieser zwischen meinen Beinen anfühlen musste, wenn er mich mit dem Mund verwöhnte …

Ein leises Stöhnen löste sich in mir bei dieser Vorstellung.

Oh, verdammt, ich musste weg von hier, bevor ich mich vergaß und etwas tat, was ich später bereute.

»Miss Mackenzie …« Er klang drohend. Seine Stimme war rau, als würde er einen inneren Kampf ausfechten.

»Einen schönen Abend noch, Mister Price.« Ohne auf eine Reaktion von ihm zu warten, suchte ich Abstand. Ich schob mich an ihm vorbei, möglichst ohne ihn zu berühren, und lief den Flur zurück, dorthin, wo die vielen Gäste sich aufhielten. Keine Sekunde länger hätte ich es vor ihm ausgehalten. Sein Blick war so intensiv, so fordernd gewesen, und ich war dermaßen erregt, dass ich für nichts garantieren konnte. Gedanklich hatte ich ihn beschworen, mich endlich zu berühren, sich zu nehmen, wonach ihm gierte, doch er hatte es nicht getan. Obwohl ich sein Verlangen nach mir in seinen Augen gesehen hatte, hatte er sich zurückgehalten.

Und das war … verdammt frustrierend.

Auf direktem Weg steuerte ich die Bar an und bestellte mir einen Gin Tonic, den ich in großen Schlucken trank. Der herbe

Geschmack vertrieb zumindest ein wenig den Wunsch, meinen Boss zu küssen, auch wenn ich mir sicher war, dass der Alkohol längerfristig etwas anderes bewirken würde. Dann begab ich mich auf die Suche nach Alessa.

Nach einer Weile entdeckte ich sie in Gesellschaft mehrerer Männer. Perfekt! Ich gesellte mich zu ihr und stellte mich vor – einer der Typen war ihr Arbeitskollege, die anderen ein Bankier, ein Assistenzarzt und ein Richter. Die Namen merkte ich mir nicht, aber ich genoss die Aufmerksamkeit, die sie mir schenkten.

Ganz sicher würde ich mir diesen Abend nicht von Mister Price versauen lassen, indem er mich einerseits scharf machte und mich andererseits auf Abstand hielt. Ich wollte Spaß haben, tanzen und flirten. Bestenfalls, wenn er zu mir sah, um ihm zu zeigen, was er verpasst hatte, weil ich nicht als seine Begleitung infrage gekommen war. Dass er tatsächlich bald wieder in meinem Blickfeld auftauchte und mich über die Leute hinweg beobachtete, passte also gut in meinen Plan.

Auch Alessa fiel irgendwann auf, dass er sich ständig in unserer Nähe aufzuhalten schien. »Du solltest dich noch mehr an Brian ranschmeißen. Er steht auf dich und du könntest deinen Boss damit eifersüchtig machen«, raunte sie mir zu. Zum Glück nickte sie in Richtung des Arztes, da ich sonst nicht gewusst hätte, von wem sie sprach.

Der Mann war Anfang bis Mitte dreißig, aber überhaupt nicht mein Typ. Er wirkte etwas steif und schien sich für intelligenter als den Durchschnitt zu halten, was ich so gar nicht abkonnte. Doch Mister Price hatte schon vorhin immer wieder düster in unsere Richtung geschaut, wenn wir uns unterhalten hatten. Also nutzte ich die Gelegenheit, um meinen Boss weiter zu reizen.

»Lass uns tanzen«, raunte ich Brian zu, der mich wie ein stolzer Gockel zur Tanzfläche führte. Dass er nun so viel Körperkontakt bekam, schien ihm zu gefallen. Er erzählte mir was von seinem Penthouse in Manhattan, das er von seinen wohlhabenden Großeltern geerbt hatte, und von dem Ferienhaus seiner Eltern in Connecticut, die beide Universitätsprofessoren waren. Doch das alles interessierte mich nicht. *Er* interessierte mich nicht.

Dafür jemand anderes umso mehr. Und Mister Price schien es ebenfalls so zu gehen. Er ließ mich nicht aus den Augen und dass ich mit Brian tanzte, missfiel ihm offensichtlich. Denn als sich seine Begleitung in Richtung Toiletten verzog, kam er zu uns.

»Verzeihung, aber dieser Tanz steht mir mit meiner Assistentin zu«, sagte er und löste den verdutzten Brian einfach ab.

Mister Price' Griff war fest und fordernd, aber nicht unangenehm. Mit wenigen Schritten führte er mich von Brian weg und bewegte sich dabei viel sicherer als mein vorheriger Tanzpartner über das Parkett. Sofort schmolz ich wieder in seinen Armen, auch wenn ich mich darüber ärgerte, wie er sich gerade diesen Tanz gestohlen hatte. Dass er es überhaupt getan hatte, wo ich doch Abstand zu ihm wahren wollte. Aber das schien ihm egal zu sein. Hatte er sich im Büro noch so abweisend verhalten, war es, als würde er nun bewusst meine Nähe suchen, um mich zu bevormunden. Als hätte er ein Anrecht auf mich. Was mich verrückterweise anmachte.

»Ihre Art, mich von meinen Freunden wegzudrängen, finde ich sehr unhöflich, wenn ich das anmerken darf.«

Er hatte mich ans andere Ende der Tanzfläche navigiert, wo er nun sein Tempo bremste und mich sanft im Takt hin- und herwiegte. »Und ich als Ihr Boss muss Ihnen sagen, dass ich Ihren Auftritt hier sehr … unpassend finde.«

Schwang da Eifersucht in seiner Stimme mit?

»Wie bitte?«

»Wie Sie sich in diesem Hauch von Nichts halb nackt an diesen Kerl ranschmeißen und sich dermaßen aufreizend geben, dass schon die Hälfte der Gäste ihre Blicke auf Sie gerichtet hat.«

Er übertrieb, das wusste ich. Aber dass er es tat, bewies mir, dass ich ihm eben nicht egal war, auch wenn er mir das in der letzten Woche weismachen wollte.

»Genau wie Sie?«, schoss ich den Feuerball zurück.

Seine Kiefer mahlten aufeinander. »Ich gebe nur auf Sie acht, dass Ihnen nichts passiert.«

Ein Lachen drängte sich in mir nach oben. »Natürlich. Ich kann jedoch gut auf mich selbst aufpassen, Mister Price. Im Übrigen sind Sie mit einer Begleitung hier, auf die *Sie* ein Auge haben sollten. Auch sie ist einigen männlichen Gästen bereits positiv aufgefallen und sie scheint Gefallen an kleinen Flirts zu haben. Wobei ich es äußerst unpassend finde, dass Sie mit einer Frau wie ihr hier aufgetaucht sind. Ich habe den Eindruck, dass nicht wenige Leute sie kennen, was mich zur Schlussfolgerung veranlasst, dass sie wissen, wer sie ist und was sie beruflich macht. Dass Sie mit einer High-Class-Nutte hier sind, könnte ein schlechtes Bild auf Sie und *Cunningham Solutions Inc.* werfen. Verzeihen Sie, wenn ich das anmerke.« Meine Worte raunte ich in sein Ohr, weil sie niemanden was angingen.

Ohne Alkohol hätte ich mich vermutlich nicht getraut, die Tatsachen dermaßen direkt anzusprechen. Zudem war ich mir nicht sicher, ob wirklich nur die besorgte Assistentin oder auch noch die Eifersucht aus mir sprach. Auf jeden Fall raste mein Herz, und das lag nicht ausschließlich an meinen Worten. Erneut war ich ihm viel zu nahe gekommen. Meine Wange streifte fast die seine und eine Hitzewelle fegte durch mich hindurch, als ich mir der Berührung unserer Oberkörper bewusst wurde. Ich fühlte den Stoff seines Jacketts an meiner nackten Haut, spürte seine Hand an meinem unteren Rücken und … heilige Scheiße, mir wurde klar, dass sich seine Erregung gegen meinen Schoß drängte.

»Sie sollten aufpassen, was Sie sagen, Miss Mackenzie.« Seine Worte klangen drohend und doch vibrierten sie durch mich hindurch. Keine Ahnung, ob er sie noch unterstreichen wollte, aber er drückte mich noch enger an sich.

Mir wurde schwindelig. Und heißer.

Mit festem Griff hielt er mich, als würde er verhindern wollen, dass ich ging.

»Sonst was?«, forderte ich ihn heraus. Entschlossen schaute ich ihm in die Augen, wollte daraus lesen, auch wenn mir so was von klar war, was sich gerade in seinem Kopf abspielte. Seine Gedanken spürte ich an meinem Schritt, wo sie sich dagegen drängten. Unmöglich, sie zu ignorieren.

»Sie spielen mit dem Feuer.«

»Ich weiß«, hauchte ich, während ich den Blick auf seine Lippen senkte. »Jedoch habe ich keine Angst, mich zu verbrennen.«

»Aber ich.« Er stieß ein tiefes Knurren aus, dann löste er sich von mir.

Überrumpelt blinzelte ich, fühlte sofort die Kühle des Ballsaals auf meiner nackten Haut und vermisste seinen festen Griff, der mich stützte und hielt.

Und einfach so drehte er sich um und ließ mich stehen.

Mit schwirrendem Kopf und einem unstillbaren Pochen zwischen den Beinen schaute ich ihm hinterher, bis ich ihn fast aus meinem Blickfeld verloren hatte. Erst dann kam ich in die Gänge und eilte ihm nach.

Was erhoffte ich mir? Eine zweite Abfuhr? Wobei das eben keine richtige war – er hatte selbst zugestanden, dass er zu schwach war und deshalb Abstand brauchte.

Als ich fast die Stelle erreicht hatte, an der ich mich vorhin mit Alessa und ihren Bekannten unterhalten hatte – sie standen leider nicht mehr dort –, entdeckte ich Mister Hot, der *seine* Begleitung in der Menge gesichtet hatte. Sie unterhielt sich gerade mit einem Mann mit grauen Schläfen und Wohlstandsbäuchlein, und dass sie mit ihm flirtete, fand ich … unpassend.

Auch Mister Price schien es zu stören, denn er ging auf die beiden zu und zog das Escort-Girl an der Hand mit sich mit.

Ich brauchte ein paar Sekunden, bevor mir klar wurde, dass er die Veranstaltung gleich mit ihr verlassen würde … Gott, was ärgerte ich mich über ihn, vor allem aber über mich. Schließlich hatte ich ihn aufgeheizt und scharfgemacht. Und nun würde er mit dieser bezahlten Frau ins nahegelegene Hotel fahren, um mit ihr die Dinge zu tun, die er vermutlich gerade noch in seinen Gedanken mit mir tun wollte.

Meine Knie wurden weich, während die Enttäuschung schwer in meine Brust und in meinen Magen drückte. Mit einem Mal wurde mir übel, mein Kopf dröhnte vom Alkohol und ich war müde. Ganz zu schweigen von meiner schlechten Laune …

Einen Mann erneut an eine andere zu verlieren war nichts, was ich in meinem Leben wiederholen wollte …

So hatte ich mir den Ausgang dieses Abends nicht vorgestellt. Andererseits wollte ich ihn anturnen und ihm zeigen, was er verpasst hatte. Hatte ich es erreicht? Definitiv.

Hatte ich weitergedacht, was danach passieren würde? Leider nicht, denn sonst wäre mir klar gewesen, dass er die Veranstaltung niemals mit mir verlassen hätte. Er hatte im Büro schon so oft die Möglichkeit gehabt, auf meine Flirts einzugehen und hatte sie nicht genutzt. Warum also sollte es hier auf dieser Gala anders sein?

Ich war wütend auf mich selbst und wollte nur noch nach Hause. Alessa konnte ich nirgendwo entdecken, weshalb ich ihr eine kurze Nachricht schickte, dass ich im Eingangsbereich auf sie warten würde. Es dauerte keine fünf Minuten, bis sie bei mir war und wir in einem Taxi auf dem Weg zurück nach Hause saßen …

14

Adrian

»Du stehst auf sie, hab ich recht?«

Lisa und ich standen im Aufzug auf dem Weg nach oben in unsere Suite. Nachdem mich Miss Mackenzie dermaßen aufgeregt und angemacht hatte, brauchte ich Abstand – zu ihr und zur Gala, auf der ich ihr ja doch nur unweigerlich nachsteigen würde.

»Sie ist meine Assistentin und ich fand ihr Verhalten unpassend.« Mehr als diese wenigen geknurrten Worte musste Lisa nicht wissen.

Der Aufzug hielt und schweigend gingen wir den Flur entlang, bis wir die Suite erreichten. Ich öffnete die Tür und sah unser Gepäck, das der Zimmerservice bereitgestellt hatte.

Scheiß auf Miss Mackenzie, ich würde mich jetzt einfach über Lisa hermachen und vergessen, dass meine Assistentin mich erneut dermaßen gereizt hatte – auf mehrere Weisen.

Doch mein Plan geriet ins Wanken, als Lisa ihren Koffer nahm und ihn zurück Richtung Tür zog. »Ich denke, es ist besser, wenn ich dich allein lasse, Adrian.«

»Was? Fuck, nein, warum?«

Sie schenkte mir ein Lächeln. »Du würdest dich morgen selbst nicht ausstehen können, wenn wir beide jetzt ficken würden. Immerhin wärst du mit dem Kopf nicht bei mir, sondern bei ihr, richtig? Du hast mich nicht zufällig ausgewählt.«

Diese Frau war verdammt schlau … »Bleib. Bitte.«

»Ich bin müde. Und ich bin geil, was bedeutet, dass ich heute noch Sex haben will. Mit dir ist es jedoch keine gute Idee. Nicht, weil ich dich nicht haben wollen würde, bei Gott. Ich hätte dich am liebsten schon auf der Fahrt hierher bestiegen.« Sie lachte leise. »Aber *ich* bin nicht diejenige, die *du* hier haben solltest. Das alles würde nicht gut gehen.«

Seufzend wischte ich mir mit beiden Händen über das Gesicht. Was sie sagte, klang schlüssig, und doch war es mir nicht recht, dass sie mich verließ. Ich wollte, nein, ich brauchte ebenfalls Sex. Dringend. Mich täglich selbst zu bearbeiten, half zwar, ein wenig Druck abzubauen, die Sehnsucht nach einer gewissen blonden Frau wurde dadurch jedoch nicht befriedigt. Und auch wenn Lisa nicht Harper war, könnte sie es zumindest in meinem Kopf sein. Aber morgen würde ich mich dafür hassen – das hatte sie schon richtig vermutet.

Also ging ich an ihr vorbei zur Tür. »Okay. Danke trotzdem für den Abend. Selbstverständlich begleite ich dich noch nach unten und organisiere dir ein Uber, das dich sicher nach Hause bringt.«

Sie kam auf mich zu und küsste mich keusch auf die Lippen. Jedoch erwiderte ich den Kuss nicht, sondern besann mich darauf, ihre Bitte zu respektieren.

»Adrian? Mit dir hab ich heute gar nicht gerechnet.« Braune Augen lächelten mich freundlich an und meine Mom öffnete die Tür weiter, damit ich eintreten konnte. Es war früher Nachmittag und ich hatte mich zu einem spontanen Umweg entschieden. Meine Eltern wohnten in einem großen Haus in Brooklyn mit eigener Bootsanlegestelle direkt am East Mill Basin. Dem Chauffeur hatte ich gesagt, dass sein Dienst zu Ende sei – für den Heimweg würde ich mir ein Uber bestellen.

»Sorry, ich hätte vermutlich anrufen sollen.«

»Ach, quatsch. Ich freue mich, dass du hier bist.« Meine Mom zog mich in eine liebevolle Umarmung und nahm mir den Kleidersack ab, in den ich meinen Smoking verstaut hatte, um ihn in der Garderobe aufzuhängen. »Möchtest du Kaffee?«

»Immer.« Ich stellte meine Tasche ab und folgte ihr in die Küche, wo sie Espresso für uns kochte.

»Wie geht es dir sonst? Wie gefällt es dir auf der neuen Arbeit?«

»Ganz gut.« Verdammt, natürlich dachte ich sofort wieder an Miss Mackenzie.

»Ist es so, wie du es dir mit den Jungs vorgestellt hast?«

Selbstverständlich sprach sie von Kilian, Mason und Logan. Die drei waren immer schon bei uns ein- und ausgegangen und wir hatten uns regelmäßig auf der Straße getroffen, um mit unseren Skateboards zu fahren.

Von meiner Assistentin konnte sie nichts wissen, da ich sie nicht erwähnt hatte. Und das würde auch so bleiben. Meine Eltern hatten nur Sylvie kennengelernt, von all den anderen Frauen hatten sie nie erfahren.

»Bisher haben wir uns noch nicht geprügelt, also läuft es ganz gut.«

Sie lächelte. »Geh zu deinem Vater«, meinte sie schließlich mit sanfter Stimme. »Er ist in der Garage und freut sich bestimmt, wenn du ihn dort besuchst.«

Schmunzelnd leerte ich meinen Kaffee. Dann nahm ich zwei Bier aus dem Kühlschrank, mit denen ich durch die Verbindungstür zu meinem Vater ging. Er trug eine Atemschutzmaske und eine Schutzbrille und schliff gerade den alten Lack seines Buick ab, den er restaurierte. Per Hand versteht sich.

»Adrian!« Er legte das Schleifpapier beiseite, nahm Brille und Maske ab und kam auf mich zu. »Wieso hast du nicht angerufen und gesagt, dass du vorbeischaust? Dann wäre ich heute nicht in die Garage gegangen.« Er breitete seine Arme aus, stoppte jedoch kurz vor mir und schaute an meiner sauberen Jeans und dem teuren Poloshirt hinab. »Du bist viel zu schick angezogen für die Garage. Was machst du? Fährst du irgendwo hin oder kommst du von wo?«

Ich reichte ihm das Bier und brachte auch ihn auf den neuesten Stand.

»So schade, dass du dich nicht vorher gemeldet hast. Du hättest dir Arbeitsklamotten mitnehmen können, um mit mir am Wagen zu arbeiten. Du weißt schon, wie früher.«

Er wirkte melancholisch und das schlechte Gewissen überkam mich, obwohl ich keines haben sollte. Es war eine spontane Idee gewesen, sie zu besuchen. Ganz davon abgesehen, dass ich gestern noch nicht hätte anrufen können. Immerhin hatte ich geplant gehabt, die Nacht mit Lisa zu verbringen und sie heute wieder nach Hause zu fahren …

»Weißt du, was? Ich leihe mir Klamotten von dir und helfe.«

Mein Vater schaute mich eine Weile an. »Du meinst das ernst?«

Ich lachte. »Aber sicher.«

Das Strahlen in seinem Gesicht war der beste Beweis dafür, dass ich die richtige Entscheidung getroffen hatte.

Eine Stunde später steckte ich in Dads alten Jeans und trug ein abgenutztes T-Shirt, das Mom von mir aufgehoben hatte und irgendwann als Putzlappen verwerten wollte. Meine Arme waren von Schleifstaub bedeckt und ich schwitzte unter der Maske, während die Sicht durch die Brille immer schlechter wurde. Aber es machte Spaß, gemeinsam mit meinem Dad zu arbeiten, und ich fragte mich, warum ich das schon so lange nicht mehr getan hatte.

Mom hatte uns vor Kurzem Sandwiches gebracht, die wir gierig hinuntergeschlungen und mit Bier nachgespült hatten. Dad hatte von seiner Arbeit erzählt und ich von meiner. Von den Klagen, die ich eingereicht hatte, von der Geschäftsreise, die mir kommende Woche bevorstand und von dem großen Prozess nächsten Monat, auf den ich mich noch vorbereiten musste.

»Wie geht es eigentlich Logan und Helene?«, erkundigte er sich nach einem meiner drei besten Kumpels und seiner Freundin.

»Ganz gut, denke ich. Also … vermutlich mit den üblichen Reibereien.« Die beiden hatten immer schon eine schwierige Beziehung geführt und viel gestritten. Mir wäre das zu mühsam gewesen, aber die zwei schienen das zu brauchen. Und sie hatten auch bisher noch immer zusammengefunden. Versöhnungssex soll anscheinend die Devise sein.

Jeder, wie er wollte …

Dad nickte. »Ich bin ja gespannt, wann du uns wieder eine Frau vorstellen wirst. Zu Sylvie hast du ja keinen Kontakt mehr, oder?«

Mitten im Schleifen hielt ich inne. »Doch. Aber das Thema mit ihr hat sich definitiv erledigt.«

»Das wollte ich damit nicht sagen«, meinte er fast ein bisschen verlegen.

»Sondern?«

Er zuckte mit den Schultern. »Keine Ahnung … Ich hab nur daran zurückgedacht, wie du immer mit ihr zu Besuch warst. Das war eine schöne Zeit gewesen.«

In kreisenden Bewegungen nahm ich das Schleifen wieder auf und rieb mit dem Schleifpapier über die Karosserie. »Zwischen Sylvie und mir wird nie mehr was laufen. Schon allein aufgrund ihrer Firma nicht. So egoistisch das vielleicht klingen mag, aber ich will in einer Beziehung an erster Stelle stehen.«

Er nickte schweigend.

Eine Weile arbeiteten wir weiter, doch das Thema schien ihn nicht loszulassen. »Triffst du dich denn mit Frauen?«

Stirnrunzelnd schaute ich ihn an. »Du meinst, ob ich welche date?«

»Genau.«

»Sicher.«

»Und da ist keine dabei, die dich … mehr interessiert?«

»Nein, Dad. Keine der Frauen will ich näher kennenlernen, geschweige denn, sie euch vorstellen.« Das war nicht einmal gelogen. Schließlich lief nichts zwischen Miss Mackenzie und mir. Sie arbeitete für mich und dass wir uns gestern Abend auf der Gala getroffen hatten, war reiner Zufall gewesen.

Nach meinem Geständnis wirkte Dad irgendwie enttäuscht – entweder weil er dachte, ich sei allein, oder weil er ahnte, dass ich ihm etwas verschwieg. Aber ich würde ganz sicher nicht Miss Sexy erwähnen. Das mit ihr war reine körperliche Anziehungskraft – und die würde ich auch noch unter Kontrolle bringen.

Dachte ich zumindest. Denn als ich später am Abend zu Hause war und meine Tasche vom Hotelaufenthalt auspackte, holten mich die Erinnerungen an gestern ein. Dass Lisa mich hatte sitzen lassen und ich mir danach gewünscht hatte, Miss Mackenzie wäre an ihrer Stelle mit mir in der Suite.

Wieder und wieder hatte ich mir vorgestellt, dass ich sie unter einem fadenscheinigen Vorwand anrufen und in das Hotel bestellen würde. Dass ich dann einfach für eine Nacht vergessen würde, dass sie für mich arbeitete …

Aber ich hatte es nicht getan.

Was nicht hieß, dass ich diese Fantasie abgehakt hatte, denn nachdem ich meine Tasche ausgepackt hatte, lief immer noch dieser Film vor meinem inneren Auge ab.

Genervt zog ich meine Sportklamotten an und beschloss, das Fitnessstudio aufzusuchen, das sich nur wenige Stockwerke unter meinem Apartment befand. Doch selbst nachdem ich mich ausgepowert hatte, war Miss Mackenzie immer noch in meinen Gedanken präsent. Sie ließ sich einfach nicht daraus vertreiben.

Irgendwann gab ich frustriert auf und fuhr zurück in die

Wohnung, wo ich mich unter die kalte Dusche stellte. Und auch da tauchte meine Assistentin auf und wollte sich dazugesellen. Natürlich nur in meinem Kopf.

Vielleicht sollte ich es mit einem Exorzisten versuchen …

Am Montagmorgen hatte ich einen Entschluss gefasst. Denn so wie jetzt konnte es auf Dauer nicht weitergehen. Weil ich unkonzentriert und am Ende war. Ich musste endlich Klartext reden – und die anstehende Geschäftsreise würde mir dabei helfen, meine Ziele umzusetzen.

Ungeduldig wartete ich, bis Miss Mackenzie mit dem *Grumpy-Boss*-Becher mein Büro betrat. »Schließen Sie bitte die Tür hinter sich«, wies ich sie an.

Mir entging nicht, dass sie stockte und mich verunsichert anschaute, ehe sie zögernd auf mich zukam und den Becher vor mir abstellte. »Ja, bitte?«

»Setzen Sie sich.« Ich zeigte auf den Stuhl mir gegenüber. Den großen Schreibtisch brauchte ich als Sicherheitsabstand, den ich ab sofort immer zu ihr einhalten würde. Diese Nähe, wie sie auf der Gala zwischen uns geherrscht hatte, würde ich nie wieder eingehen.

»Zuerst wollte ich noch einmal mit Ihnen über Samstagabend sprechen.«

Sie schluckte und wich kurz meinem Blick aus. Mir war klar, dass sie gesehen hatte, wie ich mit Lisa die Gala verlassen hatte. Bestimmt war sie davon ausgegangen, dass ich mit ihr abgehauen war, um sie zu ficken – und in diesem Glauben wollte ich sie auch lassen. Weil es besser für sie und vor allem für mich war.

»Zukünftig wünsche ich, dass Sie mich vorher darüber informieren, sollten Sie zufällig auf dieselbe Veranstaltung gehen wie ich.«

»Damit Sie auf die Begegnung vorbereitet sind, oder damit Sie besser mich fragen, anstatt für eine Begleitung zu zahlen?«

Ihr freches Mundwerk sollte mich nicht überraschen und doch tat es das. Und mich beeindruckte, dass sie einfach nicht aufgeben wollte.

»Ersteres«, schoss ich zurück.

»Okay«, sagte sie ohne eine Regung im Gesicht. Aber mir konnte sie nichts vormachen. Ich konnte die Enttäuschung und Wut in ihren Augen erkennen. Diese Distanz zu ihr aufzubauen, war jedoch notwendig. Mit ihr zusammenzuarbeiten und gleichzeitig was mit ihr am Laufen zu haben, war nicht möglich. Nicht für mich. Ich würde sie vermutlich mehrfach am Tag in mein Büro zitieren und sie vögeln, um meine Lust auf sie zu bändigen. Und nicht einmal da war ich mir sicher, dass es mit uns beiden funktionieren würde … Immerhin hatte ich bei Kilian erlebt, welche Auswirkungen eine Freundin am Arbeitsplatz auf den eigenen Job haben konnte.

»Wie Sie wissen, bin ich von Freitag bis Sonntag auf Geschäftsreise. Ursprünglich wollte ich sie allein antreten, aber ich weiß, dass Mister Donovan, mit dem ich mich in Atlanta treffe, gerne von attraktiven Frauen umgeben ist. Er lässt sich viel schneller überzeugen, wenn er dafür eine schöne Aussicht hat, deshalb …« Kurz zögerte ich, doch ich sollte diesen letzten Dolchstoß durchziehen. Er war einfach notwendig. »Rufen Sie noch einmal bei der Agentur an und buchen Sie Lisa als meine Begleitung für das Wochenende.«

Miss Mackenzie zuckte zurück, als hätte ich sie geschlagen. Ihre Lippen öffneten sich, aber es kam kein Ton dazwischen hervor. Vielleicht suchte sie nach den richtigen Worten, die sie nicht finden konnte. »Natürlich«, sagte sie schließlich gepresst. »Sonst noch irgendwelche Wünsche?«

Ihre Enttäuschung hätte mich nicht treffen sollen. Oder war sie von mir angewidert, weil ich ein Escort-Girl als Begleitung buchte? So oder so bereute ich meine Worte bereits. Aber jetzt gab es kein Zurück mehr – und ich hoffte einfach darauf, dass ich Lisa am Wochenende davon überzeugen konnte, mir dabei zu helfen, Harper endlich aus meinem Kopf zu vertreiben. Sonst musste ich ernsthaft darüber nachdenken, meine Assistentin zu entlassen und mir eine neue zu suchen. Denn auf diese Weise konnte ich auf keinen Fall weitermachen …

15

Harper

»Danke, das war's.«

Mister Price' Worte hallten in mir nach, als ich wieder an meinem Platz saß. Das war's – ja, vielleicht war das die beste Beschreibung unserer Situation. Machte es ihm Spaß, mir dermaßen deutlich zu zeigen, dass ich keine Chance bei ihm haben würde? Selbst wenn es so war, musste ich mich damit abfinden.

Er wollte mich nicht. Punkt.

Stattdessen wollte er Lisa … Und waren wir uns ehrlich, *Escort-Girl* war nur eine nettere Umschreibung für Hure. Es ging ihm also ausschließlich um Sex.

Mir den Kopf darüber zu zerbrechen, warum er ihn mit einer Prostituierten wollte, jedoch nicht mit mir, würde sich mir vermutlich nie erschließen. Und jetzt, wo er mich *schon wieder* damit beauftragte, sie bei der Agentur anzufragen, hatte sich das Thema für mich endgültig erledigt. Noch einmal würde ich keinen Versuch starten, ihn anzumachen. Und im Grunde sollte ich das auch gar nicht wollen. Ich war hier, um zu arbeiten, und dabei war es völlig nebensächlich, wie gut mir mein Boss gefiel.

Ich schüttelte über mich selbst den Kopf, weil ich das beinahe aus dem Blickfeld verloren hatte.

Wie naiv ich doch gewesen war, mir Hoffnungen zu machen … Immerhin war ich auf diesen Job angewiesen! Vor allem hatte ich mich so gefreut, hier anfangen zu können. Es war einfach dumm, dass ich das Ganze aufs Spiel gesetzt hatte. Mehrfach. Zudem hätte ich fast riskiert, dass sich meine Vergangenheit wiederholen würde …

Mit gestrafftem Rücken warf ich einen letzten Blick in Mister Price' Büro und wählte schließlich die Nummer der Agentur. Eine Dame ging ran, die *nicht* Miss York war. Zum Glück, denn mit ihr wollte ich nicht reden, wenn es irgendwie vermeidbar war. Ihre Worte hallten immer noch in meinem Kopf wider, jetzt deutlicher und klarer als je zuvor: *Er bevorzugt es unkompliziert und würde sich nie mit einer seiner Angestellten einlassen. Und genau aus diesem Grund ist er auch einer meiner Kunden.*

Tja, das hätte ich gleich beim ersten Mal verstehen sollen, als sie es mir gesagt hatte.

»Guten Tag, Mister Price' Büro. Ich hatte bereits letzte Woche Lisa für den Samstag für ihn gebucht und möchte sie ein weiteres Mal für diesen Freitag bis einschließlich Sonntag für ihn reservieren.«

Während ich darauf wartete, dass mir die Frau am Telefon die Buchung bestätigte, schaute ich in seine Richtung. Er saß konzentriert an seinem Schreibtisch, die Stirn in Falten gelegt, und schrieb etwas auf der Tastatur. Als würde er meinen Blick spüren, sah er vom Monitor zu mir. Schnell wandte ich mich ab. Bloß keinen Blickkontakt mehr zulassen. Sonst würde ich wieder zu viel hineininterpretieren und wäre am Ende nur selbst die Leidtragende.

»Tut mir leid, Lisa ist dieses Wochenende nicht verfügbar. Ich kann Ihnen aber Alternativen bieten.«

Mist!

Schnell griff ich nach Stift und Block und schrieb die Namen auf, die mir die Dame nannte. Ich bedankte mich bei ihr und wollte mich nach Abklärung mit meinem Boss noch einmal melden.

Na super … Erneut musste ich die Höhle des Löwen betreten, obwohl ich keine Lust dazu hatte.

Widerwillig suchte ich die drei Frauen auf der Website der Escort-Agentur und öffnete auf dem Tablet jedes der Profile in einem neuen Fenster. Damit ging ich zu Mister Price. An der Tür hielt ich und klopfte an. Nur kurz hob er den Blick von seinen Unterlagen und deutete mir, einzutreten.

»Tut mir leid, wenn ich stören muss, aber Lisa ist am Wochenende nicht verfügbar.«

Sein Kopf schnellte hoch und er schaute mich an, als wäre ich selbst dafür verantwortlich.

»Die Dame von der Agentur hat mir jedoch drei andere Frauen empfohlen, die frei sind. Natürlich können Sie sich auch selbst auf der Website umsehen.« Mit dem Zeigefinger wischte ich über das Display, um ihm die Auswahl zu zeigen, aber er schaute nicht einmal wirklich hin. »Das ist doch lächerlich«, brummte er. »Suchen Sie eine aus, mir ist es egal.« Mit diesen Worten scheuchte er mich wieder aus seinem Büro und rief mir noch nach, die Tür hinter mir zu schließen.

Wütend legte ich das Tablet auf den Schreibtisch und ging, meine Kaffeetasse in der Hand, in die Teeküche, um sie aufzufüllen.

Es war ja schon heftig, dass ich ihm eine Frau buchen sollte, die ihn auf seiner Geschäftsreise begleiten und sich mit ihm das Hotelzimmer teilen würde. Aber dass er nun auch noch wollte, dass ich eine Auswahl für ihn traf, überstieg alles Bisherige.

War das überhaupt erlaubt? Gab es nicht irgendein Arbeitnehmerschutzgesetz, in dem geschrieben stand, dass es Vorgesetzten untersagt sei, ihre Angestellten zu nötigen, ihnen Prostituierte auszusuchen? Wobei ich mir nicht vorstellen konnte, dass gerade er als Anwalt diese Grenze übertreten würde. Wenn, dann nutzte er sämtliche Schlupflöcher, die er kannte.

Ich verglich die drei Frauen miteinander, von denen man

nur den Körper und die Haarfarbe erkannte. Die Gesichter und andere Erkennungsmerkmale waren selbstverständlich geschwärzt. Die Rothaarige hatte kleine, natürlich aussehende Brüste und die mit den schwarzen, langen Haaren erinnerte mich stark an Miss Bitchy, auch wenn ich vermutete, dass sie es nicht war. Schließlich fiel meine Wahl auf die Brünette mit den ausladenden Hüften. Woher sollte ich wissen, was Mister Price gefiel und was nicht? Worauf er bei dem Äußeren einer Frau Wert legte? Wäre eine blonde Frau dabei gewesen, hätte ich mich für sie entschieden, aber so …?

Ich schrieb eine E-Mail an die Agentur und war froh, als ich mich endlich wieder anderen Aufgaben zuwenden konnte. Für seine Abreise am Freitagmorgen musste ich noch einiges für Mister Price vorbereiten. Er hatte ein Treffen mit einer Firma, die Software von uns plagiiert hat. Sie beharrten strikt darauf, dass die Idee von ihnen stammte und dass wir sie kopiert hätten – was völliger Mist war, da wir das weltweite Patent dafür angemeldet hatten. Als *Cunningham Solutions Inc.* jedoch eine Schadensersatzforderung geschickt hatte, hatte die kleine Softwarefirma aus Atlanta um ein klärendes Gespräch gebeten. Vielleicht scheuten sie eine Gerichtsverhandlung, weil dann rauskommen würde, dass sie doch von uns abgekupfert hatten. Mehr noch hatten sie bestimmt Angst vor der hohen Summe, die wir von ihnen forderten.

Diese Woche hatte ich das Büro selten vor acht Uhr abends verlassen – und das, obwohl ich teilweise schon um halb sieben Uhr morgens hier gewesen war. Diese Ablenkung kam mir jedoch ganz gelegen. Auf diese Weise war ich nicht ständig damit beschäftigt, mich über Mister Price' Abfuhr zu ärgern. Tatsächlich hatte ich bis zu diesem Donnerstag einen Schutzwall aufgebaut, der es mir ermöglichte, freundlich aber distanziert mit ihm zusammenzuarbeiten. Zwar fiel mir ab und zu auf, dass er zu mir schaute, wenn ich gerade nicht hinsah, doch auch umgekehrt starrte ich immer wieder in sein Büro und wandte den Blick ab, wenn er meinem begegnete. Das waren die kurzen Momente, in denen mich Wellen der Erinnerung packten und ich an meine ersten Tage hier zurückdachte – bis ich mich zusammenriss, all die Gedanken an eine mögliche heiße Zeit mit ihm wieder in den hintersten Winkel vertrieb und mich erneut in die Arbeit stürzte.

Als ich am Donnerstagabend alles von meiner To-do-Liste abgearbeitet hatte, war ich erledigt. Für den morgigen Tag hatte ich mir vorgenommen, in Ruhe alles Liegengebliebene aufzuarbeiten, wenn Mister Price nicht da war – ohne Stress und Druck. Und ich war mit Joleen, Summer und Donna, Logans Assistentin, zum Mittagessen verabredet, worauf ich mich richtig freute. Summer und Donna hatte ich bisher immer nur kurz in der Teeküche getroffen und noch nicht die Zeit gehabt, mich mit den beiden etwas länger zu unterhalten. Und auch mit Joleen hatte ich bis auf das eine Mal, als Miss Bitchy hier gewesen ist, kein Gespräch geführt, das über unsere Arbeitsaufgaben als Assistentinnen hinausging.

Ein letztes Mal schaute ich alle Unterlagen durch und kontrollierte sie auf ihre Vollständigkeit, ehe ich den ganzen Packen nahm und zu ihm ins Büro ging.

»Fertig?«, fragte er mit leicht genervtem Unterton.

Inzwischen nahm ich das nicht mehr persönlich. Er stand unter Strom, arbeitete genau wie ich von frühmorgens bis spät in die Nacht hinein. Von diesem Termin in Atlanta hing einiges ab.

»Ja, ich hab Ihnen hier alles zusammengefasst und außerdem per E-Mail geschickt.« Ich legte die Ordner auf den Tisch und schlug den obersten auf. »Hier finden Sie alles zum angemeldeten Patent. Das Sprachmemo, in dem Mister Collins seine Idee zur Software festgehalten hat, ist auf diesem USB-Stick. Er spricht das Datum gleich zu Beginn und auch in der Datei ist ersichtlich, wann sie aufgenommen wurde.«

Er nickte, ich öffnete den nächsten Ordner. »Und hier ist die heutige Liste mit den Plagiatoren des neuen Projekts, das …«

»Danke, Miss Mackenzie. Ich schau alles in Ruhe durch und würde mich telefonisch bei Ihnen melden, falls noch was unklar ist. Aber ich weiß inzwischen, dass Sie Ihre Arbeit gut machen und dass ich mich auf Sie verlassen kann.«

Sein Kompliment warf mich völlig aus der Bahn. Es war das erste Mal, dass er mich lobte und mir so was sagte, und das überforderte mich so sehr, dass ich kein Wort herausbrachte.

»Es ist schon halb neun Uhr abends, sehen Sie zu, dass Sie Feierabend machen. Den haben Sie sich nach den letzten anstrengenden Tagen wirklich verdient.«

»Danke«, murmelte ich, immer noch überrascht von seiner Freundlichkeit. »Dann wünsche ich Ihnen viel Erfolg für Ihren Termin in Atlanta.«

Er bedankte sich knapp und wandte sich wieder seinem Monitor zu.

Ein Gefühl von Erleichterung und Eifersucht durchflutete mich. Ersteres, weil ich diese Woche hinter mich gebracht hatte, Zweiteres, weil ich wusste, dass er morgen und die nächsten Tage Zeit mit einer Frau verbringen würde, die er dafür bezahlte, dass sie mit ihm reiste.

Zurück an meinem Computer schloss ich sämtliche Programme und schaltete ihn aus. Als ich mir jedoch meinen Mantel holen wollte, fiel mir ein Papier auf, das auf dem Boden lag. Ich hob es auf und stellte fest, dass es einer der Zettel von den Unterlagen war, die ich ihm auf den Schreibtisch gelegt hatte. Bestimmt musste er herausgerutscht sein, als ich ihm alles ins Büro gebracht hatte.

Ich schaute durch die Glaswand, doch sein Platz war leer. Nachdem er nicht an mir vorbeigegangen war, nahm ich an, dass er gerade auf der Toilette war. Aber dieser Zettel war nichts, was einer Erklärung bedurfte. Deshalb betrat ich kurzerhand das Büro, schob ihn zwischen die anderen Seiten und … stockte. Denn mein Bewerbungsschreiben lag auf seiner Tastatur. Und wäre das nicht bereits schräg genug, erregte ein Foto von *mir* meine Aufmerksamkeit. Nicht nur aber vor allem deshalb, weil es jenes war, das ich bei meinem vorherigen Arbeitgeber auf dem Dienstausweis hatte. Wie er dazu kam, war mir schleierhaft. Ich nahm es in die Hand und grübelte darüber nach, als mir ein weiteres Schreiben auffiel, das darunter lag. Es war eine E-Mail und sofort erkannte ich die Signatur meines ehemaligen Bosses Mister Baker.

Schnell überflog ich die Zeilen. Er hatte mich empfohlen, ja fast schon mit einer Dringlichkeit darauf hingewiesen, mich einzustellen. Jetzt wurde mir auch klar, warum das Vorstellungsgespräch so knapp gehalten war und ich den Job bekommen hatte, obwohl ich Mister Price noch kurz davor frech den Parkplatz vor der Nase weggeschnappt hatte.

Enttäuschung schwappte in mir hoch. Ich hatte es nicht selbst geschafft, mir diesen Job zu erarbeiten. Im Gegenteil, mein Boss war quasi überredet worden, mich einzustellen. Warum und weshalb mein ehemaliger Boss ihm das Schreiben geschickt hatte, woher sich die beiden kannten und vor allem, woher er wissen konnte, dass ich mich hier bewerben würde, war mir ein Rätsel. Doch dann fiel es mir wie Schuppen von den Augen: Die Stellenausschreibung hatte ich in einer Zeitschrift entdeckt, die in der Teeküche gelegen hatte, kurz nachdem Mister Baker mir mitgeteilt hatte, dass er mich nicht länger behalten konnte. Womöglich war es gar kein Zufall gewesen, dass genau diese Seite aufgeschlagen gewesen war – hatte vielleicht sogar mein ehemaliger Boss selbst die Zeitschrift so liegenlassen, in der Hoffnung, ich würde darüberstolpern?

Hinter mir hörte ich die Toilettenspülung und Hitze schoss durch mich hindurch. Ich fühlte mich beim Schnüffeln ertappt und legte schnell alles wieder so zurück, wie es vorher hier gelegen hatte – hoffte ich.

In der Hektik fiel Mister Price' Füller zu Boden. Rasch bückte ich mich, um ihn aufzuheben, als auch schon die Tür geöffnet wurde.

Panik überkam mich und im Affekt kroch ich unter seinen Schreibtisch.

Verdammt!

Wie dumm von mir, denn jetzt saß ich hier fest. Immerhin konnte ich schlecht wieder hervorkriechen und ihm erklären, was ich hier tat. Andererseits ... warum nicht?

Doch genau in dem Moment, als ich den Mut hatte, mich zu zeigen, setzte er sich auf den Schreibtischsessel und löste seinen Gürtel.

Ach. Du. Heilige ...!

Ich sollte ganz eindeutig nicht mehr hier sein, dessen wurde ich mir in dem Moment bewusst. Bestimmt dachte er, er wäre allein auf dem Stockwerk, denn die anderen hatten sich bereits vor Stunden verabschiedet. Und da mein Platz leer war, ging er sicher davon aus, dass ich auch inzwischen nach Hause gegangen war. Weil der Schreibtisch so groß und tief war, konnte er mich nicht sofort entdecken. Und die geschlossene Rückseite ließ kein Licht unter den Tisch fallen und hüllte mich in Dunkelheit.

Ganz sicher waren das alles die Gründe dafür, weshalb er sich verhielt, als wäre er allein. Denn er öffnete seine Hose und befreite seine Erektion, die groß und hart vor mir aufragte.

Mein Herz raste und ich war ... sowas von angeturnt von dieser Aussicht, dass ich ein Stöhnen unterdrücken musste.

Papier raschelte, und wenn ich es erst noch als Nebensächlichkeit abtat, fiel mir dann jedoch ein, dass ja noch mein Foto auf dem Tisch lag. Hatte er eben danach gegriffen?

Was jedoch außer Frage stand, war, was er mit seiner zweiten

Hand tat – denn er umfasste seinen Schaft und fing an, ihn zu reiben.

O. Mein. Gott.

Ich sollte ganz sicher nicht hier sein.

Ich sollte das alles nicht sehen, nicht mitbekommen.

Und doch wollte ich gerade nirgendwo anders sein.

Immer schneller bearbeitete er sich. Er stieß heißere Laute aus, die für ein Beben zwischen meinen Schenkeln sorgten und ich allzu große Lust verspürte, mich auch dort zu streicheln … Aber das hätte mich in meinem Versteck ganz sicher verraten.

Er lehnte sich im Sessel zurück, die Beine locker gespreizt. Mit der freien Hand umfasste er die Armlehne des Bürosessels, während er mit der anderen den ersten Lusttropfen auf seine Spitze beförderte.

Am liebsten wäre ich unter dem Tisch hervorgekrochen, um ihn von dort abzulecken. Doch nach allem, wie sich Mister Price seit letztem Samstag mir gegenüber verhalten hatte, hielt ich das für keine gute Idee. Wäre das hier vor dem letzten Wochenende geschehen, würde ich vielleicht anders darüber denken …

Ein tiefes Grollen löste sich aus seiner Brust und mit ein paar wenigen weiteren Pumpbewegungen beförderte er seinen Saft in die freie Hand.

Kurz blieb er noch sitzen, heftig atmend, dann stand er auf und ging zurück in das angrenzende Bad.

Wie vom Blitz getroffen nutzte ich diese Chance und eilte, so schnell es in meinen High Heels möglich war, aus dem Büro und zum Aufzug.

Und ich betete, dass er mich nicht gesehen hatte …

16

Adrian

Warmes Wasser floss über meine Hände und spülte die Seife ab, während mein Herz wie irre raste und meine Lungen nach Sauerstoff schrien. Ich schaffte es nicht, den Kopf zu heben und mich im Spiegel anzuschauen, denn ich musste erst verarbeiten, was eben geschehen war.

Verdammt, ich hatte gedacht, dass ich allein war. Ich hatte sie doch aufbrechen sehen, bevor ich mich hier drinnen versteckt hatte, um mich zu sammeln. Weil Miss Sexy immer noch meine Gedanken beherrschte und ich einen kühlen Kopf brauchte, um den Rest für heute zu erledigen. Dass sie, kurz bevor sie gegangen war, die Luft in meinem Büro mit ihrem Duft gefüllt hatte, hatte mich – wieder einmal – fertiggemacht.

Würde ich je eine Verhandlung führen müssen, bei der sie neben mir saß, würde ich diese vermutlich verlieren. Mein Kopf war einfach nicht in der Lage, klar und logisch zu denken, wenn sie sich darin ausbreitete.

Als ich aus dem Badezimmer zurückgekommen war, hatte immer noch ihr Duft in der Luft gelegen. Intensiv, lockend. Es hätte mich stutzig machen sollen, doch das tat es nicht. Es hatte mir nur noch mehr eingeheizt, weshalb ich als einzige Lösung dieser Denkblockade den Druckabbau in Erwägung gezogen und gewichst hatte.

Was, zur Hölle, Miss Mackenzie unter meinem Schreibtisch zu suchen hatte, wusste ich nicht. Sie war mir ja zuerst nicht einmal aufgefallen, doch als ich sie entdeckte, war es bereits zu spät gewesen. Und als ich hörte, wie sich heftig atmend ein leises Stöhnen von ihren Lippen löste, während ich mich bearbeitete, gab es für mich auch keinen Grund, abzubrechen. Im Gegenteil, die Vorstellung dessen, dass ihr die Situation genauso einheizte wie mir, machte mich nur heißer. Ich hatte mir nichts sehnlicher gewünscht, als dass sie aus ihrem Versteck hervorkriechen und mit ihren Händen und Lippen zu Ende bringen würde, was ich angefangen hatte.

Nun stand ich wieder in meinem Badezimmer und rätselte, was mich erwarten würde, wenn ich es gleich verließ. Würde sie auf mich warten und mir gestehen, warum sie noch hier war – unter meinem Schreibtisch? Oder war sie bereits geflüchtet und würde das Geschehene unter den Teppich kehren, als wäre nie etwas passiert? Ging sie vielleicht sogar davon aus, dass ich sie nicht gesehen hatte? Das wäre wirklich schade.

Ich trocknete meine Hände ab und atmete ein letztes Mal tief durch, ehe ich den Raum verließ und ein leeres Büro betrat. Auch an ihrem Arbeitsplatz war sie nicht mehr, doch das Licht im Flur war noch an, was mir verriet, dass erst vor Kurzem jemand den Bewegungsmelder ausgelöst haben musste. Trotzdem schaute ich unter meinen Schreibtisch, nur um enttäuscht festzustellen, dass sie nicht hier war.

Seufzend setzte ich mich wieder, umfasste die Armlehnen mit den Händen und starrte auf die Stelle, an der bis vor wenigen Minuten noch meine Assistentin gekniet hatte … äh, gehockt natürlich. Gekniet hatte sie nur in meiner Fantasie.

Kurz fragte ich mich, ob ich einfach überarbeitet und underfucked war und mir nur vorgestellt hatte, dass sie hiergeblieben war, um mir bei meiner Show zuzusehen. Doch jetzt darüber zu grübeln, brachte mich auch nicht weiter. Ich war müde und hatte noch nicht gepackt, weshalb ich mich zusammenriss und endlich die letzten Vorbereitungen für morgen traf. Die Unterlagen, die Miss Mackenzie mir gebracht hatte, würde ich während des Fluges durchsehen.

Da fiel mein Blick auf ihr Bewerbungsschreiben. Scheiße, ich wusste nicht, ob sie auch die anderen Zettel darunter angeschaut hatte, aber wenn, dann hatte sie nicht nur das *Empfehlungsschreiben* von Peter Baker gesehen, sondern auch das Foto von ihr. Ich konnte nur hoffen, dass mir diese Unachtsamkeit nicht noch Probleme einbringen würde …

Als ich mit dem Sessel näher an den Tisch rollte, spürte ich etwas unter meinem Schuh. Ich fuhr zurück und als ich nachsah, entdeckte ich meinen Füller. Deshalb hatte sie sich wohl gebückt gehabt – wahrscheinlich in dem Moment, als ich aus dem Bad gekommen war.

Warum sie sich nicht einfach bemerkbar gemacht hatte, wusste ich nicht. War es ihr peinlich gewesen? Vermutlich, auch wenn ich sie nicht so eingeschätzt hatte. Oder hatte ich sie so überrascht, dass sie … Genau, Price, deine Schlange hat deine Assistentin hypnotisiert …

Ich rollte mit den Augen über meine idiotischen Gedanken und riss mich endlich am Riemen, um den letzten Rest an Arbeit zu erledigen.

Bisher hatte ich die E-Mail von Miss Mackenzie, welche der drei Escorts sie für mich gebucht hatte, nicht gelesen, weil es mich nicht interessiert hatte. Doch jetzt *musste* ich wissen, nach welcher Frau ich gleich auf dem Flughafen am vereinbarten Treffpunkt Ausschau halten sollte. Ich hatte meine Assistentin angewiesen, die Parfümerie in der Vorhalle zu nennen. Dort würde ich sie ganz bestimmt finden – beziehungsweise sie mich.

Ein Blick auf die Uhr verriet mir, dass ich noch genug Zeit hatte, um mir einen Kaffee in der Lounge zu gönnen, ehe das

Boarding begann. Selbst wenn sie ihr Gepäck aufgeben müsste, könnten wir uns vorher noch etwas unterhalten und kennenlernen. Immerhin würde ich gleich mit einer mir völlig fremden Frau ein ganzes Wochenende verbringen. Nicht, dass ich das nicht bereits in der Vergangenheit getan hatte, da hatte ich jedoch zumindest *vor* dem Entschluss, Suite und Bett mit ihr zu teilen, ein paar Worte gewechselt gehabt. Lisa mal ausgenommen, aber *sie* hatte ich mir schließlich selbst ausgesucht.

Als ich am vereinbarten Treffpunkt ankam, wartete niemand dort. Sie hatte zwar geöffnet, obwohl es erst kurz nach fünf Uhr morgens war, aber es befanden sich kaum Kunden im Inneren und auch davor war es noch verhältnismäßig ruhig.

Ein letztes Mal schaute ich das Foto meiner Begleiterin Ashley an, ehe ich aus dem Augenwinkel eine Gestalt mit Trolley bemerkte, die sich mir zielsicher näherte. Doch als ich den Kopf hob, wäre mir fast mein Telefon aus der Hand gefallen.

»Miss Mackenzie? Was machen Sie denn hier?«

»Ihnen ebenfalls einen wunderschönen guten Morgen. Sorry, ich habe heute leider keinen Kaffee für Sie, dafür aber eine schlechte Nachricht.« Meine Assistentin hielt gehetzt vor mir, auch wenn sie wie immer perfekt frisiert und geschminkt war und sowieso aussah, als wäre sie Sex auf zwei Beinen.

»Schießen Sie los«, brummte ich und kramte in meinem Kopf nach Gründen, weshalb es sie um diese Uhrzeit in dem Aufzug hierher verschlagen hatte. Hatte Mister Donovan noch einmal den Termin verschoben? Womöglich sogar auf kommende Woche? Aber wenn, dann hätte er mir doch diese Nachricht ebenfalls zukommen lassen, oder nicht?

»Ich habe um ein Uhr morgens einen Anruf von der Agentur bekommen. Ich musste bei der Buchung ja eine Telefonnummer angeben und hab meine anstelle Ihrer angegeben.«

Anstatt etwas zu erwidern, hob ich meine Augenbrauen, doch sie ging nicht darauf ein, sondern redete einfach weiter.

»Nun, jetzt ist es so, dass Ashley, Ihre Begleitung, in der Dusche gestürzt ist und sich eine Gehirnerschütterung zugezogen hat. Das Krankenhaus besteht darauf, dass sie noch zur Beobachtung bleibt.«

Uff … Ich wollte mir gar nicht ausmalen, was wäre, wenn das Ganze nur wenige Stunden später in der Hotelsuite passiert wäre.

»Jedenfalls – und das bringt mich zum nächsten Punkt – konnte ich zum Glück noch das Ticket für Ashley stornieren und dafür eines auf meinen Namen buchen.«

»Gut, das ist … *Was?*« Ich blinzelte, wiederholte ihre Worte im Kopf, doch ich hatte sie ganz sicher nicht falsch verstanden.

»Ich werde Sie an ihrer Stelle begleiten. Sie hatten erwähnt, dass Mister Donovan milder gestimmt ist, wenn bei den Verhandlungen eine Frau dabei ist, weshalb ich mitkomme. Immerhin habe ich Ashley ausgewählt und fühle mich nun dafür verantwortlich.«

Mein Mund klappte auf und wieder zu. »Wieso haben Sie keine der anderen Frauen gebucht?«

Sie runzelte die Stirn. »Das hab ich versucht, aber es waren alle ausgebucht. Und mitten in der Nacht konnte ich natürlich auch keine der anderen Agenturen erreichen. Selbstverständlich werde ich mir ein eigenes Hotelzimmer organisieren.«

Ich atmete geräuschvoll aus. »Sie müssen nicht mitkommen«, sagte ich schließlich matt. »Immerhin ist es Ihr Wochenende, das Sie sich nach dieser Woche auch verd…«

»Ich werde mit Ihnen jetzt ganz sicher nicht darüber diskutieren, Mister Price. Ich hab ein wahnsinnig schlechtes Gewissen, weil ich Ashley für Sie gewählt habe. Zudem weiß ich, wie wichtig dieser Termin für *Cunningham Solutions Inc.* ist. So viel hängt davon ab und … Ach, ich bin müde. Können wir bitte einfach durch die Sicherheitskontrolle gehen und das Thema als erledigt betrachten? Ich hab nur rund drei Stunden geschlafen und hatte eigentlich gehofft, gleich etwas Schlaf nachholen zu können.«

Mir lagen mehrere Dinge auf der Zunge, die ich noch ansprechen wollte, verkniff es mir jedoch. Nüchtern betrachtet hatte sie recht. Auch wenn ich nur hoffen konnte, konzentriert zu bleiben und mich nicht von ihr ablenken zu lassen. Aber so hatte ich zumindest eine Vertraute an meiner Seite, die auch einiges über den Fall wusste. Und sie sah gut aus, was mir wiederum einen Vorteil gegenüber Mister Donovan verschaffen würde.

»Na gut, kommen Sie«, sagte ich ergeben, griff nach meinem Rollkoffer und bewegte mich auf die Hallen mit den Sicherheitskontrollen zu.

Kurz blieb es hinter mir ruhig, ehe ich das Klackern ihrer Absätze hörte.

Dass sich dieses Wochenende nun genau in die entgegengesetzte Richtung entwickelte, wie ich es geplant hatte, nervte zwar, war jedoch unter den gegebenen Umständen nicht zu ändern. Außer ich würde doch noch darauf beharren, sie wieder nach Hause, beziehungsweise ins Büro zu schicken. Aber auch ich hatte letzte Nacht nicht viel geschlafen und dementsprechend keine Lust, mit ihr darüber zu streiten.

Sie hatte Wort gehalten und sich, kurz nachdem wir die Businesslounge betreten hatten, eine gemütliche Couch gesucht, auf der sie sich zusammengerollt hatte und innerhalb weniger Minuten eingeschlafen war. Ich hatte mir einen Kaffee und Frühstück am Büfett geholt und darüber nachgedacht, was diese Planänderung bedeutete. Miss Mackenzie hatte keinerlei Andeutungen zu gestern Abend gemacht, was mich einerseits erleichterte – immerhin hätte sie mich auch verklagen oder zumindest bei Logan, Mason und Kilian anschwärzen können –, andererseits enttäuschte.

Entweder hatte sie beschlossen, das Thema totzuschweigen, oder aber ihre Anwesenheit unter meinem Schreibtisch war wirklich nur das Produkt meiner verqueren Fantasie gewesen. Wobei … Nein, ich war mir sicher, dass sie dort gekauert und mir zugesehen hatte.

Und je länger ich sie betrachtete, wie sie nur wenige Meter von mir entfernt ihren Schönheitsschlaf nachholte, ihr Halstuch unter ihr hübsches Gesicht geschoben, desto mehr festigte sich mein Entschluss, genau wie sie mit dieser Sache abzuschließen. Denn ich brauchte endlich diesen Cut zwischen uns, und den würde ich auch kriegen. Selbst wenn sie jetzt dieses Wochenende mit mir in Atlanta verbringen würde …

17

Harper

Was war ich froh, mich gleich in mein Hotelzimmer zurückziehen und mich frisch machen zu können. Ich hatte das Gefühl, völlig zerknittert und zerzaust zu sein. Zum Glück hatten wir noch gut eineinhalb Stunden Zeit, bevor wir uns mit Mister Donovan in dem von ihm vorgeschlagenen Büro im Süden der Stadt treffen würden.

Ursprünglich wäre Mister Price mit ihm in der Zweigniederlassung im Nordwesten verabredet gewesen. Jedoch hatte er kurzfristig den Treffpunkt ins Bürogebäude im Süden geändert – sehr zu unserem Nachteil, da wir jetzt die halbe Stadt durchqueren mussten. Aber als ich noch ein neues Hotel suchen wollte, hatte Mister Price abgewunken und gemeint, dass die Gegend schon okay sei.

»Danke, dass Sie sich so kurzfristig um eine Lösung bemüht haben«, durchbrach er das Schweigen während der Fahrt zum Hotel.

Überrascht schaute ich in seine Richtung. Lob aus seinem Mund war selten. »Kein Problem. Dafür bin ich da.« Dass er mich auch gleich hätte fragen können, ihn zu begleiten, erwähnte ich jetzt nicht. Immerhin hatte er bestimmt andere Dinge geplant gehabt, als er sich das Wochenende mit dem Escort ausgemalt hatte. Und ich wollte nicht für *solche* Bilder in seinem Kopf sorgen. Okay, vielleicht doch, aber ich wollte mich nicht erneut lächerlich machen.

Er nickte knapp und schaute wieder aus dem Fenster. Ich hatte mitbekommen, dass Mister Price während des Fluges alle Unterlagen in digitaler Form auf seinem Tablet durchgelesen hatte, um sich auf den Termin noch besser vorzubereiten.

Dass er dermaßen diszipliniert war und so ein Durchhaltevermögen zeigte, beeindruckte mich. Am Wochenende war ich immer völlig erschöpft von der Arbeitswoche und genoss es, auszuschlafen. Morgen würde es wohl nichts damit werden, da auch für den Samstagvormittag Zeit für Verhandlungen einberaumt worden war. Nur der Sonntag blieb, da der Rückflug erst am Abend ging. Aber Mister Price wirkte immer noch voller Energie und Einsatzbereitschaft.

»Ich stehe früh auf und mache Sport, aber wenn Sie wollen, kann ich mich morgen bei Ihnen melden, damit wir gemeinsam frühstücken gehen.«

»Okay«, sagte ich, da ich nicht ablehnen konnte, zumal es reichlich bescheuert wäre, getrennt im Frühstückssaal zu sitzen, wenn wir beide im selben Hotel waren.

»Wann stehen Sie normalerweise auf?«

Langsam drehte ich den Kopf in seine Richtung. Was wurde das, wenn er fertig war? Ich wusste es nicht, aber diese fast schon erzwungen wirkende Unterhaltung irritierte mich. »Wann müssen wir denn losfahren?«

»Ist es okay, wenn ich Sie um acht Uhr abhole?«, wollte er wissen, ohne auf meine Frage einzugehen.

Schulterzuckend nickte ich. »Sicher. Wann immer ich für Sie bereit sein soll, bin ich es.« Diese doppeldeutige Antwort konnte ich mir einfach nicht verkneifen, und ich feierte mich dafür, als ich sah, wie er den Knoten seiner Krawatte lockerte, sich räusperte und wieder nach draußen schaute.

Wenig später betraten wir die Hotellobby und steuerten den

Empfangsbereich an, wo wir freundlich vom Rezeptionisten begrüßt wurden.

»Guten Tag, ich habe eine Suite reserviert. Adrian Price.«

»Jedoch ist seine ursprüngliche Begleitung abgesprungen, weshalb wir jetzt noch ein Zimmer für mich benötigen«, klinkte ich mich sofort ein.

Der junge Mann verzog unmerklich das Gesicht. »Tut mir leid, Miss, aber wir sind übers Wochenende komplett ausgebucht.«

Mist, damit hatte ich nicht gerechnet.

Leicht überfordert schaute ich Mister Price an. »Dann werde ich mich wohl noch auf die Suche nach einem anderen Hotel machen müssen. Gibt es welche in der Nähe, die Sie empfehlen können?«, wandte ich mich an den Rezeptionisten, doch dieser schüttelte den Kopf.

»Ich kann Ihnen nicht versprechen, dass Sie noch ein Zimmer bekommen werden. Gerade findet hier in der Nähe eine der größten Handelsmessen statt. Sie hatten Glück, dass Sie noch eine Suite bekommen haben – ich sehe gerade, Sie haben sehr kurzfristig gebucht.«

O Mann, das durfte echt nicht wahr sein!

»Kein Problem, wir teilen uns die Suite«, brachte sich nun Mister Price ein. »Sie hat doch bestimmt eine Couch, auf der man schlafen kann. Oder haben Sie ein Notbett, das Sie uns zur Verfügung stellen können?«

Mein Mund klappte auf, aber ich kam nicht dazu, meine Meinung zu sagen – nämlich dass es völlig indiskutabel war, mir mit Mister Price eine Suite zu teilen.

»Selbstverständlich. Wir werden Ihnen Ihren Aufenthalt natürlich so komfortabel wie möglich gestalten. Ich gebe Ihnen jetzt erst mal Ihre Schlüsselkarten und in Kürze wird sich jemand darum kümmern, das Zimmer für Sie vorzubereiten. Dann lasse ich auch gleich Ihr Gepäck hinauf bringen. Vielleicht wollen Sie in der Zwischenzeit ein Getränk in der Hotelbar genießen? Natürlich auf Kosten des Hauses.«

»Danke, das nehmen wir gerne an.«

Mister Price erledigte den Papierkram, während ich mehr als genervt danebenstand und wartete. So hatte ich mir das Wochenende nicht ausgemalt. Keine Ahnung, wie ich es aushalten sollte, mir ein Zimmer mit ihm zu teilen, wenn ich vor Lust auf ihn verging und er mich hingegen die ganze Zeit kalt auflaufen ließ …

Immerhin hatte ich ständig die Bilder vor Augen, wie er sich vor meiner Nase selbst befriedigt hatte.

Ich wurde aus diesem Mann nicht schlau, und ich bezweifelte, dass es gesund war, wenn wir uns nun für mehrere Tage eine Suite mit nur einem Badezimmer teilen sollten.

O Gott, das *konnte* einfach nicht gut gehen …

An der Hotelbar hätte ich Lust gehabt, mir einen Scotch runterzukippen, doch nachdem Mister Price einen Fruchtsaft wählte – vermutlich, um für die Verhandlungen klar im Kopf zu bleiben –, nahm ich das Gleiche.

Danach konnten wir endlich in die Suite, die um einiges größer war als mein Apartment. Sie war hell und geräumig, mit bodentiefen Fenstern und bestand aus einem Wohnbereich mit Fernseher und Schreibtisch, einem Badezimmer sowie einem Schlafzimmer mit einem Kingsize Bett. Alles war dezent dekoriert und abstrakte Bilder an den Wänden rundeten das Wohlfühlambiente ab. Das Notbett war neben der Couch aufgestellt worden und ich fühlte mich reichlich unwohl – wie ein ungebetener Eindringling in dem Privatreich meines Bosses. Trotzdem musste ich mich sputen, unser bestelltes Uber würde gleich hier sein.

Wir hatten noch nicht über die Aufteilung gesprochen, wer wo schlafen würde. Deshalb warf ich meinen Koffer kurzentschlossen auf die Couch und öffnete ihn. Mein Abendkleid, das ich zur Sicherheit eingepackt hatte, zog ich heraus und hing es in den Schrank, damit es nicht verknitterte. Dann suchte ich eine frische Bluse und meinen Kulturbeutel. Mit beiden Sachen verschwand ich im Bad, ohne darauf zu achten, was Mister Price gerade tat.

O Mann, mir war das so unangenehm ... Dieses Wochenende würde alles seltsam zwischen uns machen, da war ich mir sicher. Es war viel zu intim, das wurde mir klar, als ich mich in dem geräumigen Badezimmer umsah, die große Dusche, die gemütliche Badewanne und die Toilette wahrnahm. Zum Glück gab es wenigstens zwei Waschbecken, von denen ich eines gleich beschlagnahmte, indem ich meine Sachen rundherum ausbreitete. Im Schnellverfahren besserte ich mein Make-up aus, zog die frische Bluse an und hüllte mich in eine Parfümwolke. Ich legte ein letztes Mal mit dem Glätteisen Hand an meine Haare und benutzte die Toilette, dann ging ich zurück nach draußen.

Mister Price saß lässig auf dem Sessel neben der Couch und beobachtete mein Treiben mit einem Grinsen auf dem Gesicht, das mich zur Weißglut brachte.

»Was ist?«, fuhr ich ihn schließlich etwas zu harsch an.

»Sie haben ein Abendkleid eingepackt?«

Ich folgte seinem Blick zum Schrank. Vermutlich hatte er ebenfalls seine Sachen aufgehängt, damit sie nicht verknitterten.

Leicht verlegen zuckte ich mit den Schultern. »Ich hatte keine Ahnung, was mich erwarten würde. Sicher ist sicher, ich will schließlich auf alles vorbereitet sein.«

Er nickte nur, mit einem undefinierbaren Grinsen auf den Lippen. »Sie sind übrigens, wenn ich das anmerken darf, schön wie immer.«

Ich spürte, wie mir Hitze in den Kopf stieg. Mit so einem Kompliment hatte ich nicht gerechnet.

Die Fahrt durch die Stadt verlief noch ruhiger als die zuvor. Mister Price hatte sein Tablet in den Händen, auf dem er erneut alles durchging. Die Tasche mit den Unterlagen stand zwischen uns und ich war über diese künstlich aufgebaute Distanz dankbar.

Mister Donovan war ein schlaksiger Mann Mitte vierzig. Er wirkte auf den ersten Blick kompetent, doch als er mich begrüßte, fiel mir seine kalte, schwitzige Hand auf. Auch er hatte Verstärkung dabei, Mister Grey, ein Mann Ende fünfzig, der der Geschäftsführer dieses Unternehmens war.

Mister Price stellte mich als seine Assistentin vor, und mir fiel auf, dass Mister Donovan mich immer wieder länger als angebracht musterte.

Die beiden hatten uns in ein kühles Besprechungszimmer geführt, in dem uns Kaffee und Wasser serviert wurden.

»Ich hoffe, es ist für Sie in Ordnung, wenn wir dieses Gespräch per Video aufzeichnen«, sagte Mister Price, ohne die Antwort des leicht überfordert wirkenden Mister Donovan abzuwarten. Mister Grey nickte nur wortlos, doch Mister Price hatte bereits angefangen, das Stativ aufzubauen, während ich mich um die Kamera kümmerte.

»Nein, nein, schon gut. Es dient ja zu unser aller Sicherheit, nicht wahr?« Mister Donovan lachte auf.

Mister Price nahm die Kamera von mir entgegen, um sie auf dem Stativ zu fixieren. Dabei berührten seine Finger für den Bruchteil einer Sekunde die meinen. Sofort breitete sich ein Prickeln von dort ausgehend über meine Hand und den Arm aus, doch ich versuchte, mir nichts anmerken zu lassen.

Auch mein Boss tat so, als wäre nichts passiert. Vielleicht hatte er nicht einmal mitbekommen, dass wir uns berührt hatten. Womöglich aber war es ihm völlig egal.

Ich setzte mich auf den mir angebotenen Stuhl und er nahm neben mir Platz. Er klappte den Laptop auf, während ich die Unterlagen aus der Tasche zog und neben ihm auf den Tisch legte, dann begann er auch schon mit seiner Argumentation. Schweigend lauschte ich dem Ganzen und war fasziniert von seiner Überzeugungskraft. Wäre ich an der Stelle von Mister Donovan und Mister Grey gewesen, hätte ich innerhalb kürzester Zeit den Schwanz eingezogen und wäre eine Entschuldigung winselnd in ein Mäuseloch gekrochen.

Je länger er redete, umso mehr stieg meine Bewunderung für ihn. Mir war klar, dass das schlecht für mich war, aber ich konnte sein Talent, mit Worten umzugehen, nicht ausblenden. So hatte ich ihn noch nie erlebt. Im Büro war er doch eher wortkarg. Kurz angebunden und mürrisch. Hier jedoch schien er zu Höchstform aufzulaufen. Er war voll in seinem Element.

Mit einem leichten Lächeln auf den Lippen verfolgte ich seine Beweisführung, mit der er die beiden innerhalb kürzester Zeit in Grund und Boden redete. Schlussendlich gaben sie zu, Teile der Software von uns kopiert beziehungsweise abgekupfert zu haben. Sie unterschrieben die Stellungnahme, die Mister Price vorbereitet hatte, und ließen sich sogar auf eine außergerichtliche Einigung mit Entschädigungszahlung ein.

Keine zwei Stunden später verließen wir das Gebäude wieder. Mister Price grinste verhalten, als er in das Uber stieg, das uns zurück zum Hotel bringen sollte.

»Wow, ich muss sagen, ich bin schwer beeindruckt«, sagte ich, kaum dass er die Tür hinter sich geschlossen hatte.

»Danke.« Seine Mundwinkel zuckten noch mehr nach oben.

»Nein, wirklich! Ich wusste gar nicht, dass Sie so lange am Stück reden können.« Den Kommentar konnte ich mir nicht verkneifen und genoss es, ihn auch ein bisschen aufzuziehen.

Statt einer Antwort hob er eine Augenbraue.

»Ah, verstehe. Weil Sie jetzt so lange geredet haben, haben Sie alle Wörter für das restliche Wochenende aufgebraucht, wie? Bedeutet das, ich muss die nächsten Tage nun mit einem schweigsamen Mann verbringen?«

Er lachte nur.

»Oh, da fällt mir ein … reisen wir früher wieder zurück, weil wir schon heute fertig sind?«

»Wartet denn jemand auf Sie?«

Alarmiert drehte ich den Kopf in seine Richtung. Dachte er, ich wäre in einer Beziehung? War das der Grund, weshalb er sich immer distanziert hielt? »Nein, niemand. Nur mein leeres Apartment.«

Er nickte. »Wir bleiben. Wer weiß, ob wir so kurzfristig einen Flug bekommen würden. Abgesehen davon, dass wir auf den Kosten des Zimmers sitzenbleiben würden. Ich kann mir nicht vorstellen, dass sie uns diese kulanter Weise nachlassen, gerade jetzt, wo die halbe Stadt ausgebucht ist.«

Ich schluckte. Keine Ahnung, was ich nun tun sollte. Als ich meinen Koffer gepackt hatte, war ich auf Geschäftstreffen eingestellt und hatte gedacht, dass wir zwei Tage durchgehend mit dieser anderen Firma darüber streiten würden, wer im Recht war. Doch dann fiel mir wieder ein, dass Mister Price ursprünglich mit dieser Escort-Ashley hierherkommen wollte. Also eigentlich mit dieser Lisa, aber das hatte sich ja beides anders entwickelt als erwartet. Hatte er gewusst, dass der Termin so schnell vorbei sein würde? Und hatte er vorgehabt, mit dem Escort-Girl dann das restliche Wochenende vögelnd in der Suite zu verbringen? Bei dem Gedanken daran musste ich den Kopf von ihm abwenden. Immer noch kam ich nicht darauf klar, dass ein Mann wie er es nötig hatte, solche Frauen zu buchen.

Ich würde das garantiert nicht tun. Also … mit ihm im Hotel bleiben. Abgesehen davon, dass er mehrfach unmissverständlich klargemacht hatte, dass das nicht infrage kam. Was sollte ich dann machen? Jeans und Sneakers für eine Sightseeingtour hatte ich nicht eingepackt. Ich würde wohl shoppen müssen, um mir Klamotten für die restlichen beiden Tage zu besorgen … Vor allem: Würde ich alleine losziehen? Ihn zu fragen, mich zu begleiten, wäre auch seltsam. Andererseits teilte er Suite und Bad mit mir. Ihn *nicht* zu fragen, wäre noch eigenartiger. Doch ich beschloss, bis auf den letzten Drücker damit zu warten.

Womöglich blieb er ja im Hotel, um zu arbeiten. Schließlich hätte er sonst auch ein normales Hotelzimmer buchen können, denn für die Arbeit brauchte man nicht viel Platz. Aber er hatte ja nie geplant gehabt, allein hier zu sein …

»Warum Lisa? Warum Ashley? Wieso diese Agentur?«, brach es aus mir hervor, weil ich mich nicht länger zurückhalten konnte. »Ich bin mir sicher, die Frauen stehen Schlange bei Ihnen. Wieso buchen Sie trotzdem Ihre Begleitung darüber?«

Zu gern hätte ich in seinem Blick gelesen, doch er hatte ihn auf sein Smartphone gerichtet, auf dem er gerade noch etwas getippt hatte. Er hielt inne, schaute mich jedoch auch jetzt nicht an, was ihn undurchschaubarer wirken ließ. Distanzierter.

»Weil es unkompliziert ist.«

»Es? Das Buchen? Die Frauen? Der Sex?«

»Genau.«

»Oder hat es auch mit Miss York zu tun?«, wagte ich einen sehr provokanten Vorstoß, als ich mich daran erinnerte, wie nahe sich die beiden stehen mussten.

Sein Blick verdüsterte sich, doch er enthielt sich einer Antwort.

Das fasste ich als Bestätigung auf, konnte mir jedoch keinen Reim darauf machen. »Waren Sie mit ihr einmal zusammen?«

Endlich sah er mich an. »Ich werde Ihnen diese Frage nicht beantworten, Miss Mackenzie.«

Seine Worte waren scharf und unmissverständlich.

Umso mehr überraschte er mich, als er in viel weicherem Ton fortfuhr. »Wir gehen heute Abend aus. Immerhin sollen Sie ihr Abendkleid nicht grundlos mitgenommen haben. Außer Sie haben bereits was vor?«

18

Adrian

Dass die Verhandlungen so gut ausgegangen sind, war wirklich ein Grund zu feiern. Ob es so schlau war, das mit Miss Mackenzie zu tun, war jedoch fraglich.

Kaum dass wir im Wagen zurück zum Hotel saßen, schrieb ich eine E-Mail an Logan, Kilian und Mason, um sie über die neuesten Entwicklungen in Kenntnis zu setzen. Gleich im Anschluss hatte ich gegoogelt, was an diesem Wochenende in Atlanta los war – wo Miss Mackenzie auch ihr Abendkleid tragen konnte.

Natürlich tat ich das völlig selbstlos und ohne Hintergedanken und gar nicht deshalb, weil ich sie erneut in diesem Kleid sehen wollte. Es war dasselbe, was sie auf der Gala getragen hatte. Es war gefährlich, ja es hatte mich förmlich angeschrien, es nicht anzusehen oder mir überhaupt Gedanken darüber zu machen, wann sie es noch einmal für mich tragen konnte.

So, da hatten wir den Punkt allen Übels: *für mich*!

Sie sollte dieses Kleid auf keinen Fall *für mich* anziehen, und doch hatte sie es vermutlich aus genau diesem Grund mitgenommen.

Kurz überkam mich der Gedanke, dass sie die Gehirnerschütterung von Ashley nur erfunden hatte, um an ihrer Stelle mitzukommen, verwarf diese Unterstellung jedoch sofort wieder. Erstens war Miss Mackenzie nicht so dreist und zweitens hatte ich ihr in der letzten Woche mehr als unmissverständlich klargemacht, dass nichts zwischen uns laufen würde. Drittens hätte ich schon längst einen Anruf von Sylvie bekommen, in dem sie mich gefragt hätte, wieso ich die Begleitung storniert oder abserviert hätte.

Also ja, Miss Mackenzie hatte dieses Kleid ganz bewusst eingepackt. Sie hatte es sogar gleich zu Beginn aus dem Koffer genommen, damit ich es ja sehen konnte.

Sie wollte es tragen? Sie durfte.

Ich hatte online noch Karten für eine Veranstaltung mit dem Namen *Tanz in der Nacht* ergattern können. Big Band, Büfett und Cocktails standen in der Beschreibung, ebenso wie *Abendkleidung erbeten.*

Leider hatte ich meinen Smoking nicht dabei, aber ich hatte auch schon einen Laden ganz in der Nähe des Hotels gefunden, der sie verlieh. Perfekt also.

»Wie jetzt, wir gehen aus?« Ihr irritierter Blick war zu süß. Alles in mir drängte danach, sie zu berühren, sie zu küssen.

Was ich natürlich nicht tat.

Was nicht zu meiner Abendplanung mit der Veranstaltung passte, denn ich *würde* sie berühren müssen. Wie ich mich dann zurückhalten und sie *nicht* küssen sollte, vor allem, wenn sie so schön war und dieses Kleid tragen würde, wusste ich noch nicht. Ich geißelte mich selbst, aber ich hatte die Einladung bereits ausgesprochen und würde den Teufel tun, sie zurückzuziehen. »Wir gehen tanzen.«

Als ich sie anschaute, sah ich, wie sie schluckte. »Haben Sie denn auch einen Smoking im Gepäck?«

»Das lassen Sie meine Sorge sein. Gönnen Sie sich ein paar angenehme Stunden im Spa des Hotels, während ich mich um die passende Kleidung kümmere. Ich bestelle uns ein Uber für acht Uhr abends. Bis dahin werden Sie fertig, oder?«

»Sicher«, antwortete sie nach einigem Zögern.

Wir hatten noch nicht darüber gesprochen, wer wo schlafen würde, aber für mich stand ganz klar fest, dass ich das Notbett nehmen würde. Deshalb hatte ich auch meinen Koffer dort hingelegt, als ich ihn ausgeräumt hatte. Miss Mackenzie hatte es gesehen, als wir die Suite zum zweiten Mal an diesem Tag betreten hatten, es aber nicht kommentiert. Ihr Gesichtsausdruck verriet mir jedoch, dass sie darüber noch einmal mit mir diskutieren wollen würde. Doch das würde warten müssen, da sie gleich einen Termin im Spa hatte. Sie verschwand im Bad und kam kurz darauf in Bademantel und den hoteleigenen Hausschuhen wieder heraus.

»Viel Spaß«, rief ich ihr hinterher, was sie ziemlich aus dem Konzept gebracht haben musste, da sie mir einen überraschten Blick schenkte und verlegen »Danke« stammelte.

Kaum dass sie aus der Suite verschwunden war, riss ich die Fenster auf und atmete tief durch. Alles hier roch nach ihr und ich kam mir vor wie in einer Folterkammer, in die das wirksamste Aphrodisiakum geströmt wurde. Die Gala mit dem Lilienduft war nichts gegen Miss Mackenzie.

Warum ich zugesagt hatte, mir mit ihr die Suite zu teilen, war mir ein Rätsel.

Nein, falsch. Ich wusste es. Weil ich ein egoistischer Idiot war, der seinem Schwanz das Denken überlassen hatte …

Nun gut, jetzt musste ich diese Suppe, die ich mir eingebrockt hatte, wohl auch auslöffeln.

Stunden später steckte ich in einem schwarzen Smoking, der zwar nicht maßgeschneidert war wie mein eigener, aber trotzdem gut saß. Und Miss Mackenzie trug *das* Kleid. Sie hatte sich bei mir untergehakt, nachdem ich ihr meinen Arm angeboten hatte. Gefühlt jeder hier auf dieser Veranstaltung drehte sich nach uns um. Ich hatte die Aufmerksamkeit der Frauen – egal, ob Anfang zwanzig oder Ende fünfzig –, und Miss Mackenzie nickten die Männer freundlich zu. Aber nur solange, bis sie meinem Blick begegneten, der ihnen klar machen sollte, sich bloß von ihr fernzuhalten.

Fuck, es war die Hölle, ihr so nah zu sein und meine Finger nicht an ihrer duftenden Haut entlanggleiten lassen zu dürfen. Und davon war reichlich zu sehen. Ich hatte fast vergessen, wie viel sie in diesem Kleid zeigte.

»Wir kennen hier niemanden, richtig?«, wandte sie sich an mich.

»Nein.«

Sie nickte knapp. »Sollen wir uns ins Getümmel stürzen und … jemanden kennenlernen?«

Ich stoppte abrupt und stellte mich direkt vor sie. So nah, dass meine Lippen ihre Ohren streiften. Meine Hände lagen dabei auf ihren Oberarmen, und ich überschritt allein in diesem Augenblick so viele Grenzen, dass ich eine ungefähre Ahnung hatte, wohin uns dieser Abend führen würde. »Wenn ich ehrlich bin, will ich Sie mit niemandem teilen müssen.«

Eine Gänsehaut breitete sich auf ihrem Körper aus, und mir entging nicht ihr intensiver Blick, als sie sich zurücklehnte, um mir in die Augen schauen zu können. »Okay« war alles, was sie hauchte.

Sie schluckte und benetzte ihre Lippen mit der Zunge.

Schnell wandte ich mich wieder ab, bevor ich mich vergaß. »Sie sollten was essen, das Letzte war dieser Salat am Flughafen«, bemerkte ich schließlich, froh darüber, ein Thema gefunden zu haben, das uns etwas Distanz einbrachte und mich davon abhielt, sie in einen ruhigeren Teil des Ballsaals zu ziehen, um sie zu kosten.

Wir gingen zum Büfett, beluden unsere Teller mit einigen Canapés und bedienten uns an den Champagnergläsern, die uns angeboten wurden.

»Auf Ihren Erfolg!« Miss Mackenzie prostete mir zu, doch ich schüttelte den Kopf.

»Die Lorbeeren gehören nicht mir allein. Sie haben genauso dazu beigetragen.« Lächelnd zwinkerte ich ihr zu.

Ich wusste, wie sie darauf reagierte. Sie verfiel mir jedes Mal, wenn ich freundlich zu ihr war – mit ein Grund, weshalb ich mich mit netten Worten zurückhielt. Es diente rein zu ihrem Schutz – und zu meinem.

Der Champagner prickelte auf meiner Zunge, und ich wünschte mir, sie würde mit ihrer darüberstreichen, um dieses Kitzeln zu vertreiben.

Gottverdammt, das alles fühlte sich an wie ein ewig in die Länge gezogenes Vorspiel, auf das nie ein Höhepunkt folgen würde. Zumindest kein gemeinsamer.

Aber ich hatte wohl noch nicht genug von meinen selbst auferlegten Qualen. Nachdem wir gegessen hatten und ich ihr dabei zugesehen hatte, wie sie genüsslich die luftige Creme des Desserts auf dem Löffel zwischen ihre Lippen schob, bat ich sie um einen Tanz.

Und natürlich verwehrte sie ihn mir nicht.

»Sie sind ein guter Tänzer«, bemerkte sie, als ich sie an den Rand des Parketts führte. »Wo haben Sie das gelernt?«

Ich zog sie an mich, bis ihr Oberkörper den meinen berührte. »Ich habe Tanzkurse besucht.« Dass Sylvie meine Tanzpartnerin gewesen war, verschwieg ich. Es gab keinen Grund, ihr nachzutrauern, geschweige denn, gerade jetzt über sie zu sprechen.

Aber sie hatte sowieso keine Chance gegen die heftige Wirkung von Miss Mackenzie auf mich. Ihre Haut unter meinen Fingern am Rücken machte mich verrückt und sorgte dafür, dass sich mein Schwanz in der Hose regte.

Mein Blick glitt über ihren schlanken Hals, während ihr Duft in meine Nase strömte und den Wunsch in mir wachsen ließ, meine Zähne in ihrer zarten Haut zu vergraben und sie zum Stöhnen zu bringen.

Ich musste mich ablenken, verdammt! »Und woher können

Sie tanzen?«, fragte ich deshalb. Sie ließ sich leicht führen und schien zu wissen, was sie zu tun hatte.

Ein Lächeln schob sich auf ihre Lippen. »Meine Eltern haben immer schon gern getanzt. Mein Dad hat es mich gelehrt.«

»Sind Ihre Eltern auch in New York zu Hause?«

Sie schüttelte den Kopf. »Ich stamme eigentlich aus Woods Valley, einem kleinen Vorort von Atlanta.«

»Sie meinen … dieses Atlanta?«

Sie lachte. »Genau.«

»Dann sollten Sie sie unbedingt besuchen.«

»Das hatte ich vor, ja. Falls es irgendwie machbar ist …«

»Natürlich ist es das! Sie haben immerhin das restliche Wochenende frei, und ich nehme an, dass Sie sie nicht oft sehen?«

»Nein, leider nicht. Ich bin im Schnitt zweimal pro Jahr bei ihnen zu Besuch.«

»Thanksgiving und …?«

»Der Geburtstag meiner Grandma. Sie wird im Mai dreiundneunzig.«

»Ein stattliches Alter.«

Belustigt nickte sie. »O ja, und manchmal hab ich das Gefühl, ihr ganzer Körper beharrt darauf, höchstens fünfzig zu sein. Sie ist immer noch fit wie ein Turnschuh, geht jeden zweiten Tag walken, macht Yoga und spielt Scrabble mit ihren zum Teil dreißig Jahre jüngeren Freundinnen.«

»Das ist vermutlich ihr Geheimnis. Körperliche und geistige Fitness.«

Sie stimmte mir zu. »Wie steht es mit Ihnen? Sind Sie gebürtiger New Yorker?«

»Ja. Ich bin in Brooklyn aufgewachsen. Meine Eltern leben immer noch dort.«

»Und Sie haben ein gutes Verhältnis zu ihnen?«

»Ja, auch wenn wir uns nur alle zwei Monate oder so sehen.«

Stirnrunzelnd sah sie mich an. »Wie kommt's?«

Nun musste ich schmunzeln. »Sie haben schon mitbekommen, wie viel ich arbeite …«

»Sie übertreiben es hoffentlich nicht mit der Arbeit und gönnen sich auch hin und wieder Auszeiten und Urlaube, oder?«

»Machen Sie sich gerade Sorgen um mich, Miss Mackenzie?«

Ich zog sie nur auf damit, fühlte mich sogar geschmeichelt von ihrer Frage. Aber dass sie sich daraufhin auf die Unterlippe biss und mit roten Wangen nickte, machte mich fertig. Mitten im Tanz hielt ich inne und schaute ihr tief in die Augen.

Alles in mir drängte danach, meine Lippen auf ihre zu legen und sie zu küssen. »Das müssen Sie nicht«, sagte ich mit all meiner Beherrschung. »Ich passe schon gut auf mich auf.«

Die Worte kamen gepresst hervor, und überhaupt war ich kurz davor, etwas Unvernünftiges zu tun.

Diese Musik, dieses gedämpfte Licht, der Alkohol, der hier ausgeschenkt wurde, und das Kleid, *vor allem* das Kleid brachten mich an den Rand der Vernunft.

»Wir sollten zurück ins Hotel«, raunte ich, heiserer als gewollt. »Sie wollen bestimmt schlafen, schließlich war der Tag anstrengend. Und ich bin auch müde.«

»Natürlich! Tut mir leid, Sie sind viel länger wach als ich, immerhin konnte ich mich bei der Anreise etwas ausruhen, während Sie sich vorbereiten mussten.«

Damit hatte sie zwar nicht unrecht, auch nicht damit, dass ich müde war. Aber an Schlaf war vermutlich noch länger nicht zu denken …

Trotzdem verließen wir kurz darauf die Veranstaltung.

»Danke für den schönen Abend.« Wir standen vor dem Aufzug, der uns nach oben in unser Geschoss bringen sollte.

»Keine Ursache. Ich hoffe, Sie konnten sich ein wenig amüsieren.«

Der Fahrstuhl öffnete sich und wir betraten die Kabine.

»Auf jeden Fall«, murmelte sie, als sich die Türen schlossen.

Es musste an dem engen Raum liegen. Nein, eigentlich lag es an ihr, dass ich mich vergaß und mit einem großen Schritt auf sie zuging. Ich legte meinen Arm um ihre Hüfte und drängte sie zurück, bis sie mit dem Rücken gegen den Spiegel gedrückt war, meine Brust an ihrer.

Ihr Atem ging heftig, als sie mich überrumpelt anschaute. Aber sie wehrte sich nicht. Sie stieß mich nicht von sich, beschimpfte mich nicht.

Was hatte ich anderes erwartet? Ich wusste, dass sie auf mich abfuhr.

Sie reckte mir ihren Kopf entgegen, den Blick auf meine Lippen gerichtet. Mir war klar, was sie sich erhoffte.

Und verdammt, ich sehnte mich auch danach. So sehr.

Ich schloss meine Augen, rang mit mir selbst, aber ich konnte mich nicht länger zügeln. Und ich wollte es auch nicht mehr. Ich war mit meiner Kraft am Ende …

Ich kam ihr näher, sog ihren Atem in meine Lungen, vermischt mit ihrem verführerischen Lilienduft. Mein Mund glitt über ihren und sie öffnete ihn für mich. Ihre Hände wanderten unter meinem Jackett den Rücken nach oben. Jede einzelne Berührung sandte Schauer durch mich hindurch und in dem Moment wusste ich, dass ich verloren hatte.

Sanft leckte ich über ihre Lippen, zwischen denen ein leises Stöhnen hervordrang. Und fuck, ich wollte mehr davon.

Ein lautes *Pling* öffnete die Türen des Fahrstuhls und ich unterbrach mein Vorhaben, sie zu küssen. Wir waren immer noch im Erdgeschoss, weil weder sie noch ich den Knopf für unser Stockwerk gedrückt hatte.

Zwei ältere Paare stiegen ein, lachend, sich unterhaltend. Miss Mackenzie brachte mit einem gequälten Lächeln Anstandsabstand zwischen uns, ehe sich der Aufzug in Bewegung setzte und nach oben fuhr.

Und ich wusste nicht, ob ich für die Unterbrechung dankbar sein oder ob ich die Leute verfluchen sollte. Schließlich hatten sie uns gestört, bevor wir diese Schwelle überschritten hatten, von der aus es kein Zurück mehr gab …

19

Harper

Als so kurz vor unserem Kuss diese Leute in den Aufzug gestiegen sind, hätte ich weinen können. Denn natürlich war danach alles wieder beim Alten. Wir betraten die Suite und mein Boss ließ mir gentlemanlike den Vortritt im Bad.

Ich schminkte mich ab, zog mein knielanges Nachthemd mit dem Aufdruck der Grinsekatze von *Alice im Wunderland* an, mit dem ich vermutlich sämtliches Verlangen bei Mister Price im Keim erstickte. Aber ich war schließlich davon ausgegangen, mein eigenes Zimmer zu haben …

Als ich aus dem Bad kam, stand er von der Couch auf. »Sie schlafen im Kingsize Bett, ich nehme dieses hier. Und darüber wird nicht diskutiert«, hängte er gleich noch an, als ich den Mund öffnete, um zu widersprechen.

Damit verschwand er auch schon im Bad und hatte die Tür geräuschvoll hinter sich abgeschlossen. Wenige Sekunden später hörte ich das Wasser der Dusche rauschen. Da war er wieder, der *Grumpy Boss* …

Seufzend setzte ich mich auf mein Bett und warf zum ersten Mal seit Stunden einen Blick auf mein Handy. Alessa hatte ich noch vom Flughafen aus eine Nachricht geschickt und ihr die Sachlage geschildert, damit sie sich keine Sorgen machte, wenn sie heute Morgen, bevor sie zur Arbeit fuhr, kein Licht in meinem Apartment sah. Ein zweites Mal hatte ich ihr getextet, als feststand, dass ich mir mit Mister Hot eine Suite teilen musste, weil nichts mehr frei war.

Sie hatte erst am Nachmittag geantwortet, was bei ihr nicht unüblich war. Manchmal war sie so mit Arbeit eingedeckt, dass sie den ganzen Tag nicht einen Blick auf ihr Handy werfen konnte.

Alessa: Oh, wow. Okay. Das kommt überraschend. Na dann, nichts wie ran an den Boss. ;)

Ich schrieb ihr gleich zurück.

Harper: Sicher nicht!

Tatsächlich wurde die Nachricht sofort als gelesen markiert und sie antwortete.

Alessa: Warum nicht?

Erst schickte ich ihr das augenrollende Emoji, dann schrieb ich:

Harper: Weil er mein Boss ist? Weil er mich nicht will? Weil ich meinen Job nicht verlieren will? Weil, weil, weil!

Weil ich nicht erneut in die Situation geraten wollte, innerhalb kürzester Zeit gegen eine andere, heißere Frau eingetauscht zu werden. Aber das schrieb ich ihr nicht. Ich wollte mich nicht noch verzweifelter und verletzlicher fühlen, als ich es schon tat.

Alessa: Aber du willst ihn.

Darauf konnte ich nichts antworten. Denn ja, so sehr mich das alles ärgerte, war da immer noch der Teil in mir, der sich nach ihm verzehrte. Trotz meiner Vergangenheit, in der mich mein Ex gegen diese Tussi aus dem Fitnessstudio eingetauscht hatte. Und allein, wenn ich an unseren Fast-Kuss im Aufzug dachte, wurde mir schwindelig und alles in mir kribbelte und pochte.

Alessa: Wo ist er jetzt?

Harper: Duschen.

Alessa: Und da schreibst du noch mit mir? Los, geh zu ihm!

Sie gab einfach nicht auf. Er jedoch auch nicht.

Harper: Er hat abgeschlossen. Provokant laut.

Alessa: Uff.

Ich schickte ihr das ratlose Emoji.

Alessa: Dann wird es wohl wirklich nichts. Tut mir leid für dich, Süße. Sonst leg halt selbst Hand an.

Schon wieder sandte ich ihr den augenrollenden Smiley.

Harper: Es gibt hier keine Türen. Ich kann das Schlafzimmer nicht abschließen.

Alessa: Dann warte, bis er schläft.

Eineinhalb Stunden später lag ich immer noch wach. Und war erregt wie selten zuvor. Gott, Mister Sexy so nah zu sein und zu wissen, dass er vermutlich nur spärlich bekleidet getrennt durch eine einzige dünne Wand mit offenem Durchgang wenige Meter von mir entfernt lag, machte mich völlig kirre.

Alessas Ratschlag, es mir selbst zu machen, ließ mir keine Ruhe. Ich meine, wie verrückt wäre es, wirklich mit der Hand unter die Decke zu wandern und mir zumindest für diese Nacht Erlösung zu verschaffen? Wenigstens würde ich gut schlafen können, so viel war sicher. Denn so aufgewühlt, wie ich jetzt war, so aufgeheizt und scharf, konnte ich unmöglich zur Ruhe finden.

Seufzend drehte mich auf den Rücken und lauschte angestrengt, ob ich noch etwas vom Nebenraum hörte. Doch es war ruhig.

Keine Ahnung, ob Mister Price normalerweise schnarchte, wenn er schlief – jedenfalls war jetzt kein Ton zu hören. Und wenn ich ganz leise war, würde ich ihn auch nicht aufwecken …

Einen Augenblick zögerte ich noch, ehe ich mit meiner Hand unter die Decke wanderte. Ich zog das Nachthemd hoch und schob den Slip über die Knie hinab. Dann begann ich, mich sanft zu reiben.

Schon bei der ersten Berührung atmete ich erleichtert auf.

Gott, war das gut!

Ich stellte mir vor, dass nicht ich, sondern Adrian Price mich streichelte. Ob er mich erst mit den Händen erkunden oder gleich mit der Zunge necken würde? Langsam und zärtlich oder eher wild und fordernd?

Mit zwei Fingern tauchte ich in mich ein, benetzte meine Mitte und steigerte mein Tempo. Fühlte die Hitze, die in mir aufstieg, die Erregung, wie sich alles aufbauschte zu einem großen Etwas.

Meine Atmung beschleunigte sich, als ich mich immer schneller rieb. Ich drückte den Rücken durch, schloss die Augen und biss mir auf die Lippe, um zu verhindern, dass ich laut aufstöhnte.

»Bitte sag, dass du es dir gerade selbst machst und keinen Albtraum hast«, durchbrach eine tiefe Stimme die Dunkelheit und brachte mein Herz fast zum Stillstand, ehe es doppelt so schnell in meiner Brust weiterschlug.

OGottoGottoGott.

Ich wagte nicht einmal, zu atmen, als ich sah, wie er in der Finsternis am Durchgang zum Schlafzimmer lehnte.

»Hast du dabei an mich gedacht, Harper?«

Er hat mich beim Vornamen genannt! Nicht *Miss Mackenzie …*

»Ja«, brach es aus mir hervor, so leise, dass ich mir sicher war, er hätte es nicht gehört.

Er atmete tief aus, dann kam er mit schnellen Schritten an das Bett.

Die indirekte Beleuchtung rund um das Kopfteil flammte auf und ich musste die Lider schließen. Nicht nur, weil es unerwartet hell wurde, sondern weil ich meinem Boss unmöglich in die Augen sehen konnte, während meine Hand immer noch auf meiner Mitte lag und das Höschen um die Knöchel spannte.

Zwar war alles von der Bettdecke versteckt, aber ich spürte, wie meine Wangen glühten.

Als die Matratze nachgab, musste ich doch in seine Richtung blinzeln, um nachzusehen, was er vorhatte. Und ach, du heilige … Er kniete in T-Shirt und einer langen Pyjamahose halb über mir, und selbst in diesen Klamotten sah er unfassbar heiß aus.

Stöhnend schlug ich den Arm über die Augen. Ich wollte nicht, dass er mich so sah. Dass er wusste, was ich getan hatte.

»Nicht!« Sanft zog er meinen Arm wieder weg. »Schau mich an, Harper.«

Immer noch wünschte ich mir, in ein Loch fallen zu können oder in Flammen aufzugehen, um diese Unterhaltung nicht führen zu müssen, aber nichts schien sie verhindern zu können.

»Ich will dich. Seit dem ersten Mal, als du *Cunningham Solutions Inc.* betreten hast.«

Zweifelnd hob ich eine Augenbraue, was ihn zum Lachen brachte.

Gott, zum Lachen!

Und ich schmolz dahin …

»Okay, nicht ganz seit dem ersten Mal. Damals wollte ich dich lieber übers Knie legen. Was unter Umständen auch sehr reizvoll wäre …«

Ich kann nicht mehr … Allein diese Vorstellung! Verzweifelt biss ich mir auf die Unterlippe und hoffte, damit ein Stöhnen unterdrücken zu können.

»Aber ich schweife ab …« Er kam näher. »Was ich sagen wollte, ist … Ich will dich, Harper. Die Frage ist, ob du mich auch willst?«

Nun war ich diejenige, die auflachte. »Echt jetzt? Ist das Ihr Ernst, Mister Price?«

»Adrian.«

»Adrian«, wiederholte ich unsicher. Ihn mit seinem Vornamen

anzusprechen, war seltsam. Doch es schien ihm zu gefallen, denn er seufzte zufrieden.

»Ich bin nicht ohne Grund mit der Hand unter die Decke gewandert. Und ich glaube auch, dass ich mehr als einmal klar gemacht habe, dass ich Sie … dich … will.« Ich schluckte. Das alles war doch nur verrückt!

»Aber?«

»Aber du hast mehrfach deine Grenzen abgesteckt und mir gezeigt, dass mehr als die berufliche Zusammenarbeit nicht möglich ist.«

Er nickte, dann richtete er sich auf und zeigte auf seinen Schritt, der durch eine beachtliche Beule gewölbt war. »Ich weiß. Trotzdem komme ich nicht dagegen an, dass meine Gedanken von dir beherrscht werden. Und glaub mir, diese Fantasien sind … nicht fürs Büro geeignet. Nicht nur einmal musste ich es mir selbst machen, um wieder klar denken zu können.«

Überrascht riss ich die Augen auf. *Mehrfach?*

»Was denn? Du hast es immerhin gesehen.«

O Gott, hatte er mich etwa …

»Gestern Abend«, sagte er und bestätigte meine Vermutung.

»Du hast weitergemacht, obwohl du wusstest, dass ich da war?«, fragte ich völlig fertig, weil ich unbedingt eine Antwort darauf hören musste.

»Ich hätte … keine Ahnung. Zu wissen, dass du quasi vor mir kniest und dabei zusiehst, was ich tue …« Er stöhnte leise auf und schloss die Augen. »Harper, ich will dich. Jetzt. Aber ich muss es aus deinem Mund hören: Willst du es auch?«

Eine gewaltige Welle an Verlangen schwappte durch mich hindurch und spülte ein flehendes »Ja« aus mir heraus. Über die Konsequenzen konnte ich mir später noch den Kopf zerbrechen.

Als wäre das alles, was er wissen musste, schob er sich ganz über mich. Kurz verharrte er vor meinem Gesicht und ließ seinen Blick über jeden Zentimeter davon wandern, als müsse er sich überzeugen, dass wirklich *ich* es war, die vor ihm lag. Dann überwand er die letzte Distanz und neckte meine Lippen mit seinen.

Tastend und zärtlich, ehe er sanft in meine Unterlippe biss.

Stöhnend schloss ich die Augen und konnte mich keine Sekunde länger zurückhalten. Ich krallte mich in sein T-Shirt, legte eine Hand in seinen Nacken und stupste mit der Zunge gegen seine.

Ein tiefes Knurren löste sich aus ihm, ehe unsere Lippen miteinander verschmolzen und er mich so fordernd, so intensiv küsste, dass ich alles um mich herum vergaß. Hitze jagte durch mich hindurch und alles in mir sehnte sich danach, ihm näher zu kommen.

Als hätte er meine Gedanken gehört, schob er die Bettdecke beiseite, um die Distanz zu mir zu überbrücken. Ich spürte seine Erregung an meiner Hüfte. Bei der Erinnerung daran, wie es ausgesehen hatte, als er es sich selbst gemacht hatte, zog sich mein Unterleib zusammen.

Fahrig tasteten meine Hände über seinen Oberkörper, ehe er sich das T-Shirt in einer fließenden Bewegung vom Körper zerrte. Doch mir blieb keine Zeit, ihn in Ruhe zu betrachten, denn er zog auch mir mein Nachthemd aus. Dann schob er sich auf mich, zwischen meine Beine, und küsste mich drängend und leidenschaftlich.

Ich zerfloss förmlich unter ihm, streichelte über seine erhitzte Haut und konnte mein Glück gar nicht fassen. Sehnend hob ich mein Becken an, um mich an ihm zu reiben, um ihm näher zu sein, ihn zu spüren, genau dort, wo ich es so dringend brauchte.

Küssend erkundete er meinen Körper, neckte meine Brustwarzen, entdeckte meine erogenen Zonen, als wären sie für ihn markiert, und brachte mein Blut nur noch mehr in Wallung.

Er gab mir, was ich wollte, und doch war es zu wenig.

»Ich brauche dich in mir, Adrian. Die letzten Wochen waren das quälend längste Vorspiel meines Lebens, also bitte … fick mich endlich.« Meine direkten Worte überraschten mich selbst, aber es war genau das, was ich brauchte.

Leise stöhnend löste er sich von mir, kniete zwischen meinen gespreizten Schenkeln und schaute auf mich hinab. »Ich hole Kondome. Und du …«, sein Blick glitt über meinen Körper, »machst dort weiter, wo ich dich vorhin unterbrochen habe.« Abwartend sah er mich an.

Noch nie hatte ich mich selbst gestreichelt, wenn jemand mit mir im Raum war, doch als ich die Hand zu meiner Mitte bewegte, schien er zufrieden zu sein, denn er stand auf und eilte ins Bad.

Ich schaute ihm hinterher und begann, mich wieder zu streicheln – und es machte mich nur zusätzlich an. Es fühlte sich schmutzig an und verrucht und war genau das, was ich gerade brauchte.

Als er aus dem Bad kam und sah, dass ich seinem Befehl Folge leistete, verlangsamten sich seine Schritte. Ich spürte seinen Blick auf mir, und tatsächlich genoss ich es, dass er mir dabei zuschaute. Spielerisch kniff ich in meine Brustwarze, während meine Finger um die Perle kreisten, und peitschte die Spannung immer mehr in mir auf.

Unter halb geöffneten Lidern schaute ich ihm zu, wie er auch noch die Hose auszog. Im Durchgang zum Schlafzimmer blieb er stehen, rieb seinen Schwanz langsam und genüsslich, ehe er einen Gummi überzog und endlich auf mich zukam.

Ich wollte, nein ich konnte nicht länger warten.

Ich brauchte ihn.

So sehr.

Am Fußende blieb er stehen.

Ich hielt in der Bewegung inne und lockte ihn mit dem Zeigefinger.

Ein schiefes Grinsen schob sich auf seine Lippen, und mein Herz machte einen kleinen Sprung. Dann – endlich – kam er wieder zu mir aufs Bett. Wie ein Löwe auf der Jagd kroch er auf mich zu, und als er zwischen meinen Schenkeln ankam, beugte er sich zu mir hinab, spreizte sie weit und leckte über meine Mitte.

»O Gott!« Ein kleines Beben erfasste mich, als ich seine Zunge spürte.

Ein leises Knurren drang aus seiner Brust hervor, bevor er sich mit ausdauernder Leidenschaft um meine Perle kümmerte.

Oh, verdammt, dieser Mann konnte lecken!

Stöhnend drückte ich die Fersen in die Matratze, während ich mich unter ihm wand und völlig die Beherrschung verlor. Undefinierbare Laute drangen aus mir hervor, genau wie Sätze, die vermutlich keinen Sinn ergaben.

Doch kurz bevor die erlösende Welle über mir zusammenschlagen konnte, löste er sich von mir und richtete sich auf. Ich wollte schon protestieren, als er mich an den Kniekehlen packte und mich ruckartig an sich zog.

Überrascht keuchte ich auf, dann spürte ich ihn an meinem Eingang, ehe er endlich – *endlich!* – in mich eindrang.

Tränen drückten sich vor Erleichterung nach oben, als ich meine Beine um seine Hüften schlang, um ihn noch tiefer zu spüren.

Er stieß zu – drängend, hart und fordernd und genau in dem perfekten Tempo. So, wie ich es brauchte. Innerhalb kürzester Zeit trieb er meine Erregung auf ein neues Level. Und verdammt, die Reibung in mir tat so gut. Seine Stöße trafen mich an den richtigen Stellen und stimulierten mich weiter.

Mein Herz raste, meine Gedanken rauschten und ich konnte nur noch fühlen, wie sich eine gewaltige Energie in mir aufbaute und mit einer Wucht in mir detonierte, dass ich völlig die Orientierung verlor.

Ich stöhnte haltlos, ließ Welle um Welle durch mich hindurchrauschen, während Adrian sein Tempo für wenige Augenblicke steigerte, ehe auch er animalisch knurrend kam.

20

Adrian

Holy Shit … das war … wow!

Heftig atmend lehnte ich meine Stirn gegen Harpers und ließ die Wellen nach und nach verebben.

Dass diese Frau es in sich hatte, wusste ich schon länger, aber dass ich so hart kommen würde, damit hätte ich nicht gerechnet.

Sanft küsste ich sie, genoss die letzten Kontraktionen von ihr um meinen Schwanz und versank in ihren Augen. Ihre Finger streichelten träge über meinen Rücken und am liebsten wäre ich für immer hiergeblieben. »Warte kurz, bin gleich zurück.« Ich zog mich aus ihr heraus und verschwand im Bad, um das Kondom zu entsorgen und um mich zu waschen. Als ich wieder zu ihr ging, spürte ich ihren Blick. Mit einem Lächeln auf ihren Lippen musterte sie meinen Körper von oben bis unten. Sie streckte die Hand nach mir aus, um mich zu sich zu ziehen, und fuck, mit einem Mal nahm mein Herzschlag erneut an Tempo zu.

Ohne groß darüber nachzudenken, legte ich mich zu ihr und zog sie an meinen Körper. Genoss ihre Wärme und konnte die Finger nicht von ihr lassen.

Schnurrend wie ein Kätzchen schob sie sich auf mich, bis sie halb auf mir lag, ein Bein um meine geschlungen. Ihren Kopf schmiegte sie an meinen Oberarm und ihre Nähe zu spüren war großartig.

»Willst du morgen deine Eltern besuchen?« Es war mehr Höflichkeit, dass ich sie das fragte, denn wenn es nach mir ginge, könnten wir bis zu unserer Abreise hier liegenbleiben.

Sie zögerte mit ihrer Antwort, streichelte mit den Fingerspitzen über meine Brust. »Oder übermorgen. Wir könnten auf dem Weg zum Flughafen vorbeifahren. Es liegt auf der Strecke.«

Dagegen konnte ich nichts sagen. »Okay. Und was willst du morgen machen?«

»Hierbleiben. Mit dir.«

»Hier? In diesem Bett?«

Statt mir zu antworten, küsste sie mich und setzte sich rittlings auf mich. Sie rieb ihr Becken an mir. »Ich hab auch Kondome eingepackt. Wir müssen nur zum Essen aus der Suite.«

»Zimmerservice«, raunte ich und drehte mich mit ihr, bis sie erneut unter mir lag.

»Perfekt«, murmelte sie an meinen Lippen, ehe sie mich erneut mit dieser alles verschlingenden Leidenschaft küsste, die mich sofort wieder hart werden ließ.

Wir waren im Anschluss noch zweimal übereinander hergefallen – wir konnten einfach nicht die Finger voneinander lassen.

Auch wenn ich nicht viel Schlaf bekam, wachte ich von selbst um halb sechs Uhr auf. Wäre ich zu Hause, würde ich an einem Samstagmorgen joggen oder ins Fitnessstudio gehen. Ich hatte sogar meine Sportklamotten eingepackt, aber gerade zog mich nichts von Harper weg. Sie lag an mich geschmiegt neben mir, ihre Hand auf meiner Brust, ihr blondes Haar wie ein Fächer um ihren Kopf ausgebreitet. Die Augen hatte sie geschlossen, die Lippen leicht geöffnet.

Immer noch konnte ich nicht glauben, dass ich nun mit ihr hier lag – und nicht mit einer Lisa, Ashley oder wie sie alle hießen.

Und ehrlich gesagt war mir das nur recht. Ich hätte die

anderen Frauen benutzt, um über mein Verlangen nach Harper hinwegzutäuschen. Doch ich hatte feststellen müssen, dass es viel besser war, dem Drängen nachzugeben.

Nachdem ich sie fast im Aufzug geküsst hatte, war ich dermaßen sauer gewesen – auf diejenigen, die uns unterbrochen hatten, und auf mich, weil ich mich nicht unter Kontrolle gehabt hatte und es beinahe zugelassen hätte. Doch als ich wach lag und hörte, dass Harper auch noch nicht schlief, war es mit meiner Beherrschung endgültig vorbei. Zu wissen, dass sie es sich selbst machte und von ihr bestätigt zu bekommen, dass sie dabei an mich dachte, ließ mich sämtliche auferlegten Prinzipien über Bord werfen. Wie ich damit in Zukunft umgehen sollte, wusste ich noch nicht. Ich hatte mich dagegen gewehrt, und das aus gutem Grund. Doch das, was zwischen uns war, war definitiv stärker als meine Vorsätze.

Was ich jedoch wusste, war, dass ich mir nicht länger im Weg stehen, sondern dieses Wochenende mit ihr genießen wollte. Was am Montag sein würde, darüber konnte ich mir noch früh genug Gedanken machen. Auf dem Rückflug zum Beispiel.

Sanft küsste ich Harper auf die Stirn und schob vorsichtig die Decke zur Seite, um doch aufzustehen. Ich ging ins Bad, um mich zu duschen und anzuziehen, und setzte mich schließlich an den Schreibtisch, wo ich den Laptop aufklappte. Einige E-Mails warteten darauf, von mir beantwortet zu werden. Außerdem musste ich noch einen Bericht zum gestrigen Termin verfassen – alles Dinge, die ich machen konnte, solange Harper schlief.

Wie erwartet waren Mason, Logan und Kilian begeistert von meinem Erfolg. Zudem war er eine Bestätigung dafür, dass sie die richtige Entscheidung getroffen haben, als sie mich ins Team geholt hatten. Ich wollte die drei nicht enttäuschen. Zwar würden sie mir nicht die Freundschaft kündigen. Außerdem glaubte ich nicht, dass sie mir die Funktion als Geschäftsführer entziehen würden. Zumindest nicht sofort. Aber sie würden mein Können infrage stellen und mir über kurz oder lang jemanden an die Seite setzen, der meine Defizite ausgleichen würde. Doch ich war kein Teamplayer. Nicht in dieser Hinsicht. Meinen Weg ebnete ich mir lieber selbst.

Als ich mich weiter durch die Nachrichten scrollte, bemerkte ich eine, die ich gestern übersehen hatte. Sie war von Sylvie, verschickt über ihre berufliche E-Mail-Adresse. Das überraschte mich, da sie mir entweder privat schrieb oder mich anrief. Vor allem jedoch erregte der Betreff meine Aufmerksamkeit und ich musste kurz wieder daran denken, dass ich Harpers Grund, mich zu begleiten, hinterfragt hatte.

Von: Sylvie York
An: Adrian Price
Betreff: Deine Buchung für das Wochenende

Lieber Adrian,
Ich muss mich bei dir entschuldigen, dass bei deiner letzten Buchung so vieles schiefgelaufen ist. Ich war ein paar Tage nicht im Büro und habe erst jetzt mitbekommen, dass du nicht, wie von dir gewünscht, Lisa bekommen hast und nun auch noch ohne Ashley verreisen musstest.
Das alles tut mir wirklich sehr leid und sollte gerade bei dir als einer meiner Lieblingskunden nicht passieren. Deshalb wollte ich anbieten, dir Lisa für einen weiteren Abend zur Verfügung zu stellen – selbstverständlich kostenlos.
Melde dich einfach bei mir, dann kann ich sie dir für deinen Wunschtermin reservieren.
Und falls du mal Lust auf einen feuchtfröhlichen Abend im Marquee *hast, sag Bescheid. Wir sollten unbedingt mal wieder auf die alten Zeiten anstoßen.*
Kuss, Sylvie

Mehrere Male hintereinander las ich ihre Zeilen, konnte darüber aber nur den Kopf schütteln. Dass sie dachte, ich würde erneut mit ihr auf *die alten Zeiten* trinken, nervte mich. Lange genug hatte sie mir in unserer Beziehung immer wieder verdeutlicht, dass ich ihr nichts wert war. Dass ich an zweiter Stelle stand und ständig darum hatte kämpfen müssen, von ihr die Aufmerksamkeit zu bekommen, die ich mir gewünscht hätte. Warum also wollte sie nun auf einmal wieder mehr Zeit mit mir verbringen? In den letzten Jahren hatten wir auch eher dürftigen Kontakt.

Kurzentschlossen ignorierte ich die E-Mail. Dass sie mir eines ihrer Mädchen noch einmal kostenlos anbieten wollte, war ja ganz nett, aber ich brauchte sie nicht mehr. Ich hatte Harper, und ich hätte sie schon viel eher haben sollen …

Nach und nach erledigte ich meine Arbeit und kam gut voran, als ich Harpers Stimme hinter mir hörte. »Konnten Sie nicht mehr schlafen, Mister Price?«

Ich drehte mich zu ihr um … und schluckte. Sie stand nackt im Durchgang vom Schlafzimmer zum Wohnbereich.

»Ich stehe immer so früh auf«, sagte ich automatisch, während ich ihre Schönheit mit meinem Blick aufsog.

Langsam kam sie auf mich zu. »Leider habe ich heute schon wieder Ihren Kaffee vergessen. Ich hoffe, Sie können mir verzeihen … Boss.«

Grinsend lehnte ich mich in dem Drehstuhl zurück und sah ihr zu, wie sie ihre Rolle als Assistentin spielte. »Was können Sie mir denn stattdessen anbieten?«

Sie blieb vor mir stehen und betrachtete mich so schamlos, als wäre ich derjenige, der nackt vor ihr stand. Dann beugte sie sich vor, fuhr durch meine Haare und zog meinen Kopf zu ihrem, um mich zu küssen. Mit der freien Hand streichelte sie über meinen Oberkörper und zerrte mein Hemd aus dem Hosenbund, doch ich stoppte sie in ihrer Bewegung, indem ich sie am Handgelenk packte.

Ich stand auf und vergrub eine Hand in ihren Haaren. Mit der anderen glitt ich über ihre nackte Haut. »Seit ich diese Suite betreten habe, stelle ich mir vor, dich an diese Fensterscheiben gedrückt zu ficken«, raunte ich ihr ins Ohr.

Ihre Antwort war ein erregtes Keuchen.

Neckend küsste ich mich über ihren Hals und streichelte ihre Brüste. Dann drehte ich sie um, sodass sie mit dem Rücken zu mir stand. Sanft biss ich in ihren Nacken und ihre Schulter, entlockte ihr damit heiße Laute. Meinen Arm schlang ich um ihre Taille und führte sie an die große Fensterfront, wo sie sich mit beiden Händen abstützte. Sie wandte ihren Kopf in meine Richtung, um mich zu küssen, und rieb ihren Hintern an mir.

Mein Verlangen stieg, als ich ihre Brüste knetete und ihre Perle streichelte, bis sie sich wimmernd unter meinen Berührungen wand.

Mit einer Hand öffnete ich meine Hose und befreite meinen harten Schwanz; rieb ihn, ließ ihn Harper spüren, die sich ihm flehend entgegendrängte.

»Bleib genau so stehen«, raunte ich ihr ins Ohr, bevor ich ein Kondom aus der Laptoptasche holte. Ich rollte es mir über und sog Harpers Anblick noch einmal in mich auf, die mit leicht gespreizten Beinen und gegen die Scheibe gelegten Handflächen vor mir stand und neckend über ihre Schulter zu mir schaute.

Verdammt, war das ein heißer Anblick!

Ich stieß einen zischenden Laut aus, bevor ich zu ihr ging und mich wieder gegen ihren Rücken drückte. Eine Hand legte ich an ihren Hals und küsste sie, während sie einen Arm nach hinten um meinen Nacken geschlungen hatte. Mit zwei Fingern tauchte ich in sie ein, und fuck, sie war so was von bereit für mich. Ich verteilte ihre Nässe um ihren Eingang und brachte mich in Position, ehe ich mich in sie schob.

»O Gott!« Harper legte ihren Kopf in den Nacken und stöhnte leise, als ich mich mit harten Stößen in ihr zu bewegen begann.

»Du fühlst dich so verdammt gut an«, knurrte ich, packte sie fester an den Hüften und trieb mich schneller in sie.

Haut klatschte aufeinander und entlockte ihr süße Laute des Genusses.

Ich drückte ihre Brüste, rieb über ihre harten Nippel und wanderte schließlich tiefer, um sie noch mehr zu stimulieren.

Sie wimmerte, murmelte unzusammenhängende Sätze und stöhnte und seufzte, dass mir allein diese Geräusche zusätzlich einheizten.

»Schneller«, trieb sie mich an. »Fester!«

Natürlich kam ich ihrem Wunsch nach.

Ich gab alles, gab *ihr* alles und hielt mich angestrengt zurück, zu früh zu kommen. Ich rieb ihre Perle und fickte sie so hart, wie sie es wollte, bis sie laut aufstöhnte und ihre Muskeln rhythmisch um mich pulsierten.

Erst als die Kontraktionen an Stärke verloren, ließ ich mich gehen und entlud mich explosionsartig in den Gummi. Mein Atem beruhigte sich nur langsam, als ich mich aus ihr zurückzog.

Sofort drehte sie sich zu mir, um mich zu küssen. »Ich muss mich wohl duschen und umziehen«, sagte ich grinsend, als sie mit dem Finger über den leichten Schweißfilm an meinem Hals glitt.

»Ich komme mit.« Verschmitzt sah sie zu mir auf, ehe sie Richtung Badezimmer ging.

Sie stellte das Wasser in der Dusche an und legte uns zwei Handtücher bereit. Dann lockte sie mich mit dem Zeigefinger und verschwand in der dampfenden Kabine.

Ich entsorgte das Kondom und zog meine Anzughose und das Hemd aus. Beides warf ich mitsamt Socken und Boxershorts auf den Sessel vor dem Badezimmer, dann gesellte ich mich zu ihr.

Das warme Wasser prasselte auf uns herab, als ich zu ihr ging und sie küsste. »Das Ganze erinnert mich an den Tag, an dem wir uns zum ersten Mal begegnet sind.«

»Küsse unter der Dusche? Tut mir leid, du musst mich verwechseln«, neckte sie mich.

»Ich meine den Regen.«

»Ah, der gestohlene Parkplatz.« Sie grinste.

»Autsch.«

»Immer noch beleidigt deswegen?«

Ich griff nach dem Duschgel und begann, sie zu waschen. »Keine Sorge, inzwischen stehe ich darüber.«

Sie lachte und schloss die Augen, als ich in kreisenden Bewegungen über ihre Brüste rieb, bis sie sich schließlich umdrehte und sich mit dem Rücken an mich lehnte. Ich fuhr mit dem Einseifen fort, streichelte sie an all den Stellen, von denen ich wusste, dass sie darauf abfuhr, wenn ich sie dort berührte, bis sich ihr Atem beschleunigte und sie leise seufzte.

»Wenn ich aufhören soll …«

»Untersteh dich, auch nur daran zu denken«, unterbrach sie mich, was mich zum Lachen brachte. Trotzdem drehte ich sie um und führte sie an den Rand der Dusche, bis sie mit dem Rücken an den Fliesen lehnte. Ich schob meine Hand in ihren Nacken und küsste sie. Auf die Lippen, ihren Hals, ihr Schlüsselbein. Auf ihre Brüste, ihren Bauch und ihren Venushügel, ehe ich mir ein Bein über die Schulter legte und mit der Zunge ihre Mitte neckte.

Sie stöhnte auf, krallte sich mit einer Hand in meinen Haaren fest und suchte mit der anderen an der Wand halt. Und ich leckte sie, bis ihre Knie zitterten und sie ein weiteres Mal kam.

21

Harper

Meine Haare waren in ein Handtuch gewickelt und ich trug nichts außer dem Frotteebademantel des Hotels, als ich, meine Beine über Adrian gelegt, auf der Couch lümmelte und Weintrauben von dem großen Frühstück aß, das wir uns aufs Zimmer hatten bringen lassen.

»Noch Kaffee?«, fragte er und schenkte sich selbst nach. Auch Adrian trug nichts weiter als einen Bademantel und verlieh dadurch dieser Situation etwas unglaublich Intimes.

»Bitte. Das muss ich ausnutzen, solange *du* ihn *mir* servierst.« Ich streckte die Zunge raus, was ihn zum Lachen brachte.

»Genieße es nicht zu sehr, ab Montag bin ich wieder dein *Grumpy Boss.*«

»Dieser Becher hat hart an deinem Ego gekratzt, oder?« Grinsend schob ich mir ein Stück Croissant zwischen die Lippen.

Seine Mundwinkel zuckten nach oben. »Ich denke, dieser Dämpfer war dringend notwendig gewesen. Ich war wohl etwas … überspannt. Aber über der Arbeit vergesse ich alles um mich herum – inklusive meiner Manieren.«

»Nur wenn ich mit dir geflirtet habe, hast du deine Verbissenheit abgelegt.«

»Ach, deshalb hast du deine Bluse so weit aufgeknöpft und sogar den BH ausgezogen, bevor du mir den Kaffee serviert hast.«

»Unter anderem, ja«, gab ich zu und versteckte mein Grinsen hinter der Tasse. »Zumindest am Anfang. Ich hab gemerkt, dass ich dich damit von deiner miesen Laune abbringen kann. Und irgendwann war es nicht mehr ausschließlich Mittel zum Zweck.«

Dass ich ihn vom ersten Moment an heiß gefunden hatte, musste er nicht wissen. Nicht dass ihm das alles noch zu Kopf stieg …

»Aber du hast damit wieder aufgehört.« Er pflückte eine Weintraube von der Rispe und ließ sie in seinem Mund verschwinden.

»Natürlich. Immerhin hast du mir mehr als deutlich klargemacht, dass zwischen uns nichts laufen wird.«

War das Reue, die da auf seinem Gesicht aufblitzte?

»Warum jetzt doch?« Diese Frage beschäftigte mich seit letzter Nacht. Ich verstand einfach nicht, wieso er so vehement Abstand gewahrt hat, nur um nun doch scheinbar all seine Vorsätze über Bord zu werfen.

Seufzend nippte er an seinem Kaffee. »Als ich gehört habe, wie du es dir selbst gemacht hast … war es mit meiner Beherrschung vorbei.«

»Dann wolltest du mich und hast dich nur nicht getraut, dazu zu stehen?«

Er lachte schnaubend auf. »So in etwa, ja, aber …«

Mein Herz setzte einen Schlag aus. Ein *Aber* war nie gut, denn es verhieß ein Ende. Eine Änderung, die meist in die entgegengesetzte Richtung abzielte.

»Aber?«, fragte ich zögernd nach, als er nicht weitersprach.

Adrian seufzte. »Das Ganze ist nicht so einfach. Ich wollte … Berufliches und Privates immer trennen. Ich hab bei einem meiner Kumpel gesehen, dass es nicht gut läuft, wenn man sich mit jemandem auf der Arbeit einlässt.«

Ich runzelte die Stirn. »Weil du ein Beispiel kennst, wo es nicht geklappt hat, ziehst du automatisch den Schluss daraus, dass es immer so sein muss?«

Er schwieg.

»Was, wenn ich dir sage, dass ich ein Paar kenne, das sich auf der Arbeit kennengelernt hat und heute verheiratet ist?«

Nun schaute er doch wieder zu mir. »Du hast recht, es kann auch funktionieren.«

»Aber?« Nun musste ich dieses Wort in den Raum bringen, ich brauchte jedoch die Sicherheit, zu wissen, woran ich war.

»Lassen wir es einfach auf uns zukommen«, sagte er schließlich nach einigem Zögern. »Und warten ab, wie sich alles entwickelt.«

Uff, das war nicht, was ich erwartet hatte. Gut, ich hatte keine Ahnung, was ich eigentlich von ihm hören wollte. Natürlich war es viel zu früh, Nägel mit Köpfen zu machen. Nach einer gemeinsamen Nacht schon zu sagen, man wäre in einer Beziehung, wäre zu übereilt. Wir kannten uns immerhin kaum. Alles, was wir über den anderen wussten, war fast ausschließlich beruflicher oder sexueller Natur.

Meine Erwiderung und die Enttäuschung schluckte ich deshalb mit etwas Kaffee hinunter und starrte in die Tasse.

»Hey, nicht den Kopf hängen lassen«, meinte er und streichelte mir mit der Hand über die Wange. »Es ist viel zu früh, um eine Einschätzung unserer Beziehung abzugeben. Alles, was wir bisher wissen, ist, dass da eine gewaltige Anziehungskraft zwischen uns herrscht, gegen die wir beide nicht länger ankämpfen können. Und der Rest kommt mit der Zeit, denkst du nicht?«

Nickend erwiderte ich seinen Blick. Er hatte recht, es war viel zu früh, uns jetzt Gedanken darüber zu machen, wohin das alles führen könnte. Ich sollte die Zweifel abstellen und einfach genießen, dass ich mit ihm hier war.

»Woher kennst du Mister Baker?«, fragte ich schließlich, weil mich diese Frage seit zwei Tagen beschäftigte.

Adrian schmunzelte. »Du hast geschnüffelt! Du weißt schon, dass man das nicht tut, oder?«

»Oh, da wüsste ich auch etwas, was du getan hast, was man im Büro eigentlich nicht macht. Schon gar nicht, wenn die Assistentin anwesend ist.«

Lachend stellte er erst seine, dann meine Kaffeetasse auf den Tisch. »Touché.« Er zog mich auf seinen Schoß und schlang seine Arme um mich. »Peter ist der Nachbar der Cunninghams. Und da wir seit unserer Kindheit beste Freunde sind, habe auch ich Peter früh kennengelernt. Er selbst hat keine Kinder. Wir haben ihn nie darauf angesprochen, aber ich vermute mal, dass er gern welche gehabt hätte. Denn wir haben viele Stunden an seinem Gartenzaun oder bei ihm verbracht, wo er uns all sein Wissen vermittelt hat. Hauptsächlich über die Geschäftswelt, was rückblickend gesehen Kilian sicher maßgeblich beeinflusst hat, die Firma zu gründen. Wir alle hingen an seinen Lippen, wenn er uns zu seinen privaten Vorträgen lud, bei denen er uns schon als Kinder wie Erwachsene behandelt hatte. Das Ganze ging sogar so weit, dass wir eine Phase hatten, in der wir darauf bestanden hatten, ihn ausschließlich im Anzug zu besuchen.« Leise lachte er in sich hinein, während ich mir vorzustellen versuchte, wie Adrian als kleiner Junge ausgesehen haben musste.

»Dann ist er sowas wie euer Mentor?«

»Könnte man so sagen, ja. Er war immer schon wie ein zweiter Vater, wie ein großer Bruder und Lehrer in einem und selbst jetzt sind wir in regelmäßigem Kontakt mit ihm und holen uns von ihm Rat.«

Verlegen schmiegte ich mich an ihn, vor allem deshalb, weil ich ihm bei der nächsten Frage nicht in die Augen schauen konnte. Weil ich Angst vor der Antwort hatte. »Dann hast du mich nur eingestellt, weil *er* es wollte?«

Er legte seine Finger unter mein Kinn und zwang mich sanft, ihn anzuschauen. »Nein, Harper. Ich habe dir den Job gegeben, weil ich mich zu einhundert Prozent auf Peters Wort verlassen kann. Wenn er sagt, dass du die Richtige für diesen Job bist, dann ist es so. Und ich habe meine Entscheidung, dich einzustellen, noch keine Sekunde bereut. Im Gegenteil, ich habe Peter schon mehrfach im Stillen für seine Empfehlung gedankt.«

»Weil du so eine hübsche Assistentin bekommen hast?« Keine Ahnung, warum ich das sagte, aber das Gefühl, dass es nicht mein Können allein war, das ihn überzeugt hatte, nagte mit einem Mal an mir. Ich war immer noch am Lernen und jeder neue Arbeitstag stellte mich vor einen Berg schier unüberwindbarer Aufgaben, durch die ich mich durchzukämpfen versuchte. Und nicht selten hatte ich den Eindruck, ihn zu enttäuschen, weil ich so oft nachfragen musste. Weil ich vieles nicht wusste und weil das alles Neuland für mich war.

Adrian schnaubte und schüttelte langsam den Kopf. Dann zog er mich noch näher an sich und küsste mich auf die Stirn. »Das ist nur der Bonus«, murmelte er. »Und ich will nie wieder, dass du so an deinen Qualitäten zweifelst, Harper. Erinnerst du dich noch daran, was du beim Vorstellungsgespräch gesagt hast? Dass du selbstständig und schnell deine Aufgaben erledigst, dass du bei der Durchführung mitdenkst und oft schon Dinge erledigt hast, bevor dein Boss es von dir verlangt?«

Ich nickte.

»Dass du dich mit vollem Einsatz in deine Arbeit stürzt und dich auch mit neuen Themengebieten auseinandersetzt?«

»Ja, aber …«

Er legte seinen Finger an meine Lippen. »Nichts *aber.* Das alles trifft zu und ist nicht für alle eine Selbstverständlichkeit. Du bist gut in dem, was du machst. Vor allem mit dem wenigen Vorwissen, das du mitgebracht hast. Und du hast dich nicht von meinen Launen beirren lassen …« Bei diesen Worten stockte er und lachte auf. »Okay, vielleicht doch, aber du hast nicht das Handtuch geworfen, sondern einen Weg gefunden, damit umzugehen.«

Ich streckte meine Zunge heraus. »Indem ich meinen Boss verführe.«

Gespielt entrüstet schaute er mich an. »Hey, ich denke doch, dass es umgekehrt war.«

»Einigen wir uns einfach darauf, dass wir uns beide so lange aufgeheizt haben, bis wir die Kontrolle verloren haben.«

Schmunzelnd nickte er. »Einverstanden.«

Einen Moment versank ich in meinen Gedanken. »Ich mochte Mister Baker. Er war ein unglaublich loyaler Boss. Ich habe wirklich gern für ihn gearbeitet.«

»Hey, du verletzt mich! Und machst mich eifersüchtig!« Ohne Vorwarnung begann Adrian, mich zu kitzeln.

Japsend und kreischend wand ich mich unter seiner Attacke und versuchte, ihn abzuwehren. Doch ich hatte einfach keine Chance gegen ihn. Seine Finger fanden meine Rippen und tasteten sich weiter zur sensiblen Stelle über meinen Knien. Kraft- und chancenlos sank ich in die Couch zurück und musste lachen, bis mir der Bauch weh tat.

Als er endlich damit aufhörte, war mein Bademantel zur Hälfte offen. Meine Brust hob und senkte sich schnell und ich war mir sicher, nur die kleinste Berührung würde ausreichen, mich in den nächsten Lachflash zu katapultieren. Doch Adrian machte keine Anstalten, seine körperliche Überlegenheit erneut auszuspielen. Er begrapschte mich auch nicht, obwohl ich gerade ziemlich offenherzig vor ihm lag und er die Chance dazu hätte. Im Gegenteil, er schloss mit einem Lächeln auf den Lippen und mit liebevollen Handgriffen den Bademantel. Danach half er mir wieder auf, doch ich wollte nicht erneut mit beiden Beinen auf einer Seite auf ihm sitzen. Deshalb kniete ich mich auf und setzte mich rittlings auf seinen Schoß, mir dessen bewusst, dass nur das Frottee zwischen uns lag.

Dass er mich wollte, spürte ich deutlich und ich konnte es nicht lassen, mein Becken an ihm zu reiben, um ihn zu reizen.

»Für dich arbeite ich lieber. Aber bitte verrate es nicht Mister Baker«, raunte ich in sein Ohr.

Seine Hände glitten über meine Oberschenkel an meinen Hintern. Er presste mich gegen sich und Erregung erfasste meinen Körper.

»Keine Sorge, ich werde es ihm nicht sagen.« Dann landeten seine Lippen auf meinen und ich vergaß, worüber wir uns gerade unterhalten hatten …

»Vielleicht sollten wir doch raus und durch die Stadt bummeln. Immerhin ist das Wetter herrlich.« Inzwischen lagen die Bademäntel neben der Couch auf dem Boden. Ich trank den letzten Schluck kalten Kaffee und schob mir eine Physalis zwischen die Lippen – eine grauenvolle Kombination, wie ich feststellen musste.

»Gut. Wenn du nicht befürchtest, dass dich die Leute auf der Straße erkennen, nachdem du ihnen vorhin deine Brüste am Fenster gezeigt hast.« Er grinste frech.

»Erstens haben sie wenn, dann *nur* meine Brüste beachtet, und erkennen mich deshalb nicht, weil ich sie in Klamotten packen werde. Und zweitens sind die Fensterscheiben verspiegelt. Man sieht von außen einfach gar nichts.«

Das war mir bereits bei unserer Anreise aufgefallen. Nicht, dass ich da an *so* ein Szenario gedacht hatte. Nicht mit Adrian und mir.

Jedenfalls hätte ich mich anderenfalls erst gar nicht auf dieses Abenteuer eingelassen.

»Dann trink deinen Kaffee aus, zieh dich an und zeig mir die Stadt.«

Gegen Mittag kamen wir im Stadtzentrum an, wo wir erst durch den *Woodruff Park* schlenderten, wo Adrian darauf bestand, ein gemeinsames Selfie vor dem Phönix, der *Atlanta from the Ashes* Skulptur, zu machen. Wir genossen die Zeit in der

Sonne, ehe wir erneut Hunger bekamen und zum Restaurant des *Candler Building* gingen, in dem Adrian noch vom Hotelzimmer aus einen Tisch für uns reserviert hatte. Nach dem Essen setzten wir unsere kleine Stadttour fort und kamen am *Capital City Club* vorbei, einem der ältesten Gentlemen's Club der Stadt. Danach schlenderten wir am *CNN Center* und dem gigantischen *Mercedes Benz-Stadium* vorbei, ehe wir uns einen Coffee to go kauften und im *Centennial Olympic Park* in der Sonne genossen.

»Dass du mit diesen Schuhen so weit gehen kannst …«, meinte Adrian und schüttelte grinsend den Kopf.

»Ach, mit diesen ist das kein Problem. Es kommt nur auf die Marke und auf den Schnitt an. Und ich darf sie nicht vor Tagesende ausziehen. Würde ich das jetzt tun, müsstest du mich zurück ins Hotel tragen.«

Er lachte. »Das würde ich sogar tun.«

Zweifelnd musterte ich ihn von der Seite und hob eine Augenbraue. »Den ganzen Weg?«

»Sicher. Von hier bis zu unserem Uber und von dort bis hoch auf die Suite.«

»Dann musst du mir aber auch die Fußsohlen massieren«, neckte ich ihn weiter.

Er überraschte mich, indem er mit den Schultern zuckte. »Kein Problem.«

»Oh, darauf komme ich garantiert bei Gelegenheit zurück.«

Seine Antwort bestand nur aus einem Schmunzeln.

»Erzähl mir was aus deinem Leben«, forderte ich ihn schließlich auf, weil ich mehr über diesen Mann erfahren wollte.

»Was willst du denn wissen?«

Ich zuckte mit den Schultern. »Keine Ahnung. Etwas, was dich ausmacht. Verrate mir drei Dinge über Adrian Price.«

Er legte die Stirn in Falten und lehnte sich auf der Parkbank zurück. »Darüber muss ich erst nachdenken. Es soll ja schon was Aussagekräftiges sein. Und etwas, was du noch nicht weißt. Dass ich jeden Morgen auf meinen Kaffee bestehe, ist für dich ja nix Neues.«

Belustigt betrachtete ich ihn von der Seite, wie er sich schweigend darüber Gedanken machte, was er mir erzählen konnte.

»Also … ich bin ein Einzelkind, hab mir jedoch immer eine kleine Schwester gewünscht.«

Das überraschte mich. »Wieso das? Wollen Jungs nicht eigentlich einen Bruder zum Spielen?«

Er schüttelte den Kopf. »Ich hatte Logan, Kilian und Mason, die schon immer wie Brüder für mich sind. Doch ich wollte eine kleine Schwester haben, um auf sie aufzupassen.«

»Awww, wie süß!« Mein Herz schmolz dahin …

»Dann wollte ich unbedingt eine Weltreise machen, hab mich aber dagegen entschieden, als ich die Möglichkeit gehabt hätte. Mein Dad hatte einen Unfall und ich hätte zu dem damaligen Zeitpunkt unmöglich meine Mom, vor allem jedoch ihn nicht allein lassen können.«

»O Gott, wie schlimm. Das verstehe ich natürlich. Was ist denn passiert? Geht es ihm denn heute wieder gut?« Beinahe hatte ich Angst vor seiner Antwort, immerhin wollte ich keine alten Wunden bei ihm aufreißen.

»Ja, inzwischen ist er nahezu vollständig genesen. Er ist in eine Massenkarambolage geraten und das Auto neben ihm ist in Flammen aufgegangen. Er hat mehrere Hauttransplantationen bekommen, weil er auf seinem Unterschenkel Verbrennungen hatte. Aber heute gleicht sein Alltag fast dem von vor dem Unfall. Bis auf die Tatsache, dass er, glaube ich, das Leben noch mehr schätzt als vorher.«

Was für ein schreckliches Szenario, das mich zutiefst betroffen machte. »Tut mir leid für deinen Dad. Und auch für dich, dass du damals nicht deine Reise machen konntest.«

»Nicht schlimm. Ich hab mich richtig entschieden. Und die

Weltreise kann ich immer noch nachholen. Irgendwann.« Er lächelte mich an.

»Das stimmt … Und drittens?«

»Ich stehe auf deine Lippen«, sagte er und beugte sich zu mir, um mich zu küssen.

Kichernd löste ich mich von ihm. »Das dachte ich mir schon. Erzähl mir etwas, was ich noch nicht weiß!«

»Auf deine Brüste stehe ich auch.«

»Untersteh dich, sie jetzt und hier anzufassen!«

Laut lachend legte er den Kopf in den Nacken. »Das würde ich nicht wagen.«

»Adrian! Was ist die dritte Sache?«

Die Augen schließend lehnte er sich zurück, ehe er mich wieder ansah. »Ich koche gern und bügeln entspannt mich.«

»Der Traum einer jeden Frau«, sagte ich amüsiert.

»Nicht, wenn sie Perfektionistin ist und den Mann nichts machen lässt.« Er kniff die Augenbrauen ein klein wenig zusammen und ich hatte den Eindruck, dass er diesbezüglich schlechte Erfahrungen gemacht hatte. Doch ich wollte das nicht vertiefen, weshalb ich geschickt abzulenken versuchte …

»Das trifft sich gut, denn ich koche nicht gern. Ich kann es zwar, aber mich nervt, dass ich erst eine halbe Stunde oder länger in der Küche stehe, dafür, dass ich in zehn Minuten mit dem Essen fertig bin. Und danach muss ich den Saustall wieder aufräumen.«

»Ich koche für dich«, sagte er, als wäre das völlig selbstverständlich und bereits beschlossen. »Und jetzt erzähl du mir drei Dinge über dich.«

»Ich bin auf einer Farm aufgewachsen, wollte aber schon sehr früh in die Stadt ziehen. Das Landleben war mir immer zu unspektakulär, auch wenn ich als Erwachsene die Ruhe bei meinen Eltern schätze.« Ein Radfahrer rauschte an einer Gruppe Jogger vorbei und klingelte laut, während in der Ferne die Sirene der

Feuerwehr zu hören war, als müsste die Stadt ihren Lärm für diese Aussage unterstreichen.

»Das kann ich gut nachvollziehen«, meinte Adrian schmunzelnd.

»Ich hab vor rund fünf Jahren ein Traktorrennen auf einer Landwirtschaftsmesse gewonnen« fuhr ich weiter mit meiner Liste fort.

»Lass mich raten: Nach dem Rennen hast du den Traktor noch rückwärts in eine Parklücke geschoben und dem Vorjahressieger den Abstellplatz direkt vor der Nase weggeschnappt.«

»Oh, wie dein Ego darunter leidet«, meinte ich lachend. Dass er keine Gelegenheit ausließ, auf den gestohlenen Parkplatz hinzuweisen, fand ich lustig. Männer waren doch echt so unfassbar schnell beleidigt, wenn eine Frau in *Männersachen* besser war als sie.

»Hey, wie gesagt, ich bin ein schlechter Verlierer. Wobei ich rückblickend ja sagen muss, dass ich aus meiner eigenen Parkplatzsache als Gewinner hervorgegangen bin.« Er zog mich an sich und küsste mich zärtlich auf die Lippen.

Schwindelig löste ich mich von ihm und blinzelte gegen den Rausch der Hormone an, den er jedes Mal aufs Neue in mir auszulösen vermochte.

»Ich habe keine Angst vor Spinnen, Schlangen, Mäusen oder dergleichen«, zählte ich immer noch leicht benommen den dritten Punkt meiner Liste auf.

»Also muss ich dich nicht beschützen?« Fast klang er enttäuscht, was ich süß fand.

»Nur wenn wir Horrorfilme schauen. Danach kann ich nur mit eingeschaltetem Licht einschlafen.«

»Ich sorge schon dafür, dass du den Film vergisst«, raunte er mir zu und sofort wurde mir heiß. Mein Blick hing an seinen Lippen und ich musste daran denken, was er damit unter der Dusche angestellt hatte …

»Das kann ich mir lebhaft vorstellen.«

»Hey, keine schmutzigen Gedanken in der Öffentlichkeit. Du bekommst dann immer diesen … Blick.«

Schockiert schaute ich ihn an. »Man sieht mir an, was ich denke?«

Amüsiert wackelte er mit den Augenbrauen. »Zumindest ich weiß, was in deinem Kopf vorgeht. Immerhin hab ich dich wochenlang von meinem Büro aus beobachtet.«

»Du hast … was?« Nun schlug ich die Hände vors Gesicht.

Adrian lachte. »Hey, schau mich an, Harper.«

Nur widerwillig kam ich seiner Bitte nach. »Gott, das ist mir so peinlich! Wenn du es gesehen hast, dann ist es bestimmt auch den anderen aufgefallen.«

»Ich glaube nicht. Erstens sind wir ganz am Ende des Flurs und zweitens könnte es genauso gut sein, dass ich meine Wünsche auf dich reflektiert habe.«

»Du meinst, dass du *wolltest*, dass ich auf dich stehe?«

Er biss sich auf die Unterlippe, um sein Grinsen zu vertuschen. Schulterzuckend nahm er mir den leeren Kaffeebecher aus der Hand, um ihn in den nächsten Mülleimer zu werfen … Und ich stand auf und folgte ihm, mit einem breiten Grinsen im Gesicht.

22

Adrian

Mein altes Ich würde mir den Vogel zeigen und mir sagen, dass es viel zu früh sei, schon am Sonntag vor unserer Abreise Harpers Eltern kennenzulernen. Überhaupt hatte sich einiges unerwartet schnell und zum Positiven entwickelt – zum Beispiel, dass ich gern Zeit mit Harper verbrachte. So dumm von mir, dass ich mir bis Freitag selbst im Weg gestanden hatte, indem ich mich gezwungen hatte, die Finger von ihr zu lassen. Doch jetzt genoss ich, dass es diese Barriere zwischen uns nicht mehr gab. Zudem schlief ich gern neben ihr ein und liebte es, morgens von ihrem Duft geweckt zu werden.

Die Familie einer Frau kennenzulernen war trotzdem immer so eine Sache … Es war von Bedeutung, war etwas, was über vieles entscheiden konnte. Zum Beispiel, ob die Eltern einen für gut genug befanden – und diese Einstellung später bewusst oder unbewusst auf ihre Tochter übertrugen und einen ins Aus katapultierten. Oder ob die Frau feststellte, dass man doch nicht zur Familie passte – auch wenn die Beziehung in erster Linie mit dem Paar selbst und nicht mit der gesamten Verwandtschaft zu tun hatte.

Nach wie vor hatte ich keine Ahnung, wohin uns das Ganze führen würde. Jedoch konnte ich mir gut vorstellen, nach Atlanta zu vertiefen, was sich hier zwischen uns entwickelt hatte.

Dass ich nur Sylvie mit nach Hause genommen und meinen Eltern vorgestellt hatte, hatte schon seinen Grund gehabt. Keine der Bekanntschaften war es wert gewesen, ihnen diese Wichtigkeit zuteilwerden zu lassen. Alle anderen waren nicht mehr als flüchtige Bettgeschichten gewesen. Dates, die ein Ablaufdatum hatten.

Bei Harper war es allein aufgrund unserer beruflichen Situation nicht vergleichbar. Nichts in mir drängte dazu, die Sache mit ihr wieder zu beenden. Außerdem hatte ich nicht vor, mir eine neue Assistentin zu suchen. Nicht von meiner Seite aus. Selbst wenn ich mir bisher noch keine großen Gedanken über eine mögliche Zukunft mit ihr gemacht hatte. Der Sex war verdammt gut. Zudem mochte ich unsere Gespräche, bei denen ich den Eindruck hatte, dass wir beide uns nicht verstellen mussten, um dem anderen zu gefallen. Vor allem aber hatte ich das Gefühl, dass zwischen uns eine Ausgeglichenheit herrschte, wie ich sie aus meiner vorherigen Beziehung nicht kannte.

Harper hatte bei ihren Eltern angerufen, als ich gestern nach dem Stadtbummel im Bad war. Anscheinend freuten sie sich schon sehr auf unseren Besuch und hatten uns spontan zum Mittagessen eingeladen.

Ob Harper ihnen gesagt hatte, dass sie mit ihrem Boss unterwegs war, mit *ihrem* oder *einem* Freund, einem Bekannten oder schlicht mit einer Begleitung, wusste ich nicht. Doch jetzt, wo wir das Stadtgebiet von Atlanta hinter uns gelassen hatten und uns das Uber ihrer alten Heimat immer näher brachte, ließ mich diese Frage nicht mehr los.

»Was hast du deinen Eltern über mich erzählt?«, erkundigte ich mich deshalb.

»Was meinst du?«

»Bin ich dein Boss? Oder was hast du über deine Begleitung gesagt?«

Verunsichert lächelte sie. »Bist du denn nicht mehr mein Boss?«

»Doch. Ich will nur wissen, welches Bild deine Eltern von mir haben, wenn wir gleich bei ihnen aussteigen.«

»Ich hab meiner Mom schon am Freitag eine Nachricht geschickt, dass ich beruflich in Atlanta bin und eventuell, falls es die Zeit zulässt, vorbeikomme. Als ich gestern angerufen habe, hab ich erwähnt, dass ich nicht allein komme. Und als sie sich nach meiner Begleitung erkundigt hatte, hab ich ihr gesagt, dass ich mit meinem Boss unterwegs bin.«

Autsch! Natürlich war es eine Tatsache und sie hatte alles richtig gemacht. Trotzdem hätte ich nicht gedacht, dass es mir so einen Dämpfer verpasste, dass sie von mir vorerst als ihr Boss sprach.

Mir wurde immer mehr bewusst, dass ich mit Harper nicht einfach eine lockere Affäre wollte. Ich wollte mehr …

»Ich wusste nicht, was ich sonst hätte sagen sollen. Wir haben die Situation noch nicht geklärt«, meinte sie entschuldigend.

Seufzend fuhr ich mir mit einer Hand durch die Haare. »Keine Ahnung, was es werden soll, Harper. Ich weiß nur, dass ich verrückt nach dir bin. Dass ich gern meine Zeit mit dir verbringe und deine forsche Art genau wie deinen Humor liebe. Und dass es mir nicht leichtfallen würde, am Montag so zu tun, als wäre an diesem Wochenende nichts passiert.«

Ein erleichtert wirkendes Lächeln schob sich auf ihre Lippen. Sie senkte ihren Blick und verwob unsere Finger ineinander. »Ich würde es auch echt schade finden, wenn das alles ab morgen wieder der Vergangenheit angehören würde.«

»Dann einigen wir uns darauf, dass du mich deinen Eltern als Adrian vorstellst und nicht als Mister Price, deinen Boss. Bestimmt werden sie merken, dass uns nicht nur das berufliche Verhältnis miteinander verbindet. Was hältst du davon?«

»Das klingt gut. Willst du mich dann auch vor meinen Eltern küssen?«

»Ich werde mich nicht verstellen. Wenn mir danach ist, deine Nähe zu suchen, dich zu berühren und zu küssen, dann werde ich das tun. Natürlich ohne dich in Verlegenheit zu bringen«, hängte ich noch an, als sie große Augen machte.

Statt mir zu antworten, beugte sie sich zu mir und legte ihre Lippen auf meine.

Wenig später hielt der Wagen vor einer großen, länglichen Farm. Kinder spielten im Vorgarten Fangen, während jemand am Motor eines Traktors arbeitete, der vor einer Scheune stand. Hühner scharrten im Sand, ein grauschwarzer Hund schlief in der Sonne und hob nur kurz den Kopf, um gleich darauf wieder weiterzudösen.

Ich nahm unser Gepäck entgegen, das der Fahrer aus dem Kofferraum holte, und sog tief die klare Luft ein.

»Willkommen in meinem früheren Zuhause«, sagte Harper mit einem Lächeln auf den Lippen und sah mich abwartend an. Vielleicht dachte sie, ich würde sie auf irgendeine Art und Weise verurteilen, weil sie auf einer Farm aufgewachsen war.

»Und *hier* wolltest du weg?«

»O ja! Mir fehlten die Bars, die Restaurants … Das Bunte, die Vielfalt, die Kultur, das *Leben*. Komm, ich stell dich Dad vor. Die Koffer stellen wir vor die Tür.«

Als New Yorker hatte ich kein gutes Gefühl dabei, meine Sachen unbeaufsichtigt stehen zu lassen – immerhin waren mein Laptop und eine ganze Menge wichtiger Dokumente im Gepäck. Doch Harper schien sich diesbezüglich keine Sorgen zu machen, also vertraute ich ihr.

»Hey Caren, Rodrick, Jacob, Jenny, wo sind eure Mütter?«, begrüßte sie lautstark die Kinder, die nur kurz etwas an Geschwindigkeit rausnahmen.

»Keine Ahnung«, rief einer der Jungs, wurde aber gleich darauf von dem größeren Mädchen angerempelt, die ihn mit »Drinnen!« verbesserte.

Harper nickte und überraschte mich, als sie ihre Finger mit meinen verschränkte. »Die sehen wir dann später.«

»Wer sind ihre Mütter?«, wollte ich wissen, als sie mit mir um das alte Gebäude ging und den Hof dahinter anstrebte. Der Kies knirschte unter unseren Füßen, und erneut wunderte ich mich über ihre hohen Hacken, mit denen sie völlig selbstverständlich über den staubigen Untergrund ging.

»Meine Schwester Elisa und meine Schwägerin Kristin.«

»Du hast mir gestern völlig verschwiegen, dass du Geschwister hast«, sagte ich stirnrunzelnd.

Sie schmunzelte. »Ich dachte, dass ich mir das sparen kann, da du sie heute alle kennenlernen wirst.«

Der Hund, der vorhin noch faul in der Sonne gedöst hatte, hatte sich nun doch aufbequemt und lief auf uns zu. Harper beugte sich zu dem zottigen Mischlingshund hinab und tätschelte ihm den Kopf. »Bart, alter Freund, wie geht's?« Er schnupperte an ihren Beinen, während seine Rute freudig hin und her schwang. Dann kam er auf mich zu.

»Hey, Bart.« Ich hielt ihm den Handrücken hin, den er beschnupperte, dann wandte er sich zufrieden ab und suchte sich wieder einen Platz in der Sonne.

»Ein seltsamer Wachhund«, sagte ich grinsend.

»Er ist schon sehr alt. Eigentlich wundert es uns alle, dass er noch lebt. Vor allem, dass er noch gesund ist. All seine Werte sind in Ordnung, er muss keine Medikamente nehmen und auch sonst scheint es ihm gut zu gehen«, erzählte Harper, als wir unseren Weg fortsetzten.

»Bestimmt hat er sich das von deiner Granny abgeschaut.«

Sie lachte. »Ganz sicher.«

»Wohnen sie denn alle hier? Also deine Geschwister mit ihren Familien?«

»Ja. Meine Eltern haben den Hof schon vor ein paar Jahren meinem Bruder Michael übergeben, arbeiten aber nach wie vor mit. Und Elisa ist nach ihrer Scheidung wieder hier eingezogen und hilft ebenfalls auf der Farm.«

Der Mann beim Traktor hatte uns inzwischen gesehen und wischte sich die Hände an einem Tuch ab.

Mit einem strahlenden Lächeln auf ihren Lippen löste sie unsere Finger und eilte in ihren hohen Schuhen über den Kies auf den Mann mit schütterem blonden Haar zu und fiel ihm mit einem lauten »Daddy!« um den Hals – völlig egal, dass er in Arbeitskleidung steckte und von oben bis unten voller Öl und Dreck war.

Der Mann lachte auf und hob seine Arme in die Luft, um seine Tochter nicht noch schmutziger zu machen. Es sah komisch aus, weil er sie um einen Kopf überragte und zudem doppelt so breit war wie sie. »Harper, schön, dass du da bist.« Gleich darauf lenkte er den Blick auf mich. »Und Sie müssen ihr Boss sein.«

»Ja, Dad. Adrian, das ist mein Vater Ronald Mackenzie.«

Kurz hüpften seine Augenbrauen nach oben, doch dann hielt er mir seine Faust für einen Fistbump entgegen. »Freut mich, Sie kennenzulernen.«

»Die Freude ist ganz meinerseits«, sagte ich und streckte ihm die Hand zur Begrüßung hin. »Und ich hab auch keine Angst, mich schmutzig zu machen. Ich arbeite mit meinem Vater regelmäßig an seinem Buick, den er restauriert. Von Traktoren hab ich zwar keine Ahnung, aber wenn Sie Rat bei Oldtimern brauchen, bin ich Ihr Mann.«

Lachend schlug er ein und schüttelte mir mit kräftigem Druck die Hand. »Schön, dass ihr es für einen kurzen Besuch geschafft habt, bevor ihr nach New York zurückfliegt. Ich komme gleich ins Haus, ich muss hier nur noch alles fertig machen. Sag doch deiner Mutter schon mal, dass ich es pünktlich zum Essen schaffe.«

»Machen wir. Dann bis später.«

Wieder schob sie ihre Finger zwischen meine – gerade hier am Hof ihrer Eltern ein deutliches Signal. Sie wollte wirklich zu mir gehören und zeigte das auch jedem.

»Du hast schon gewonnen«, sagte sie auf dem Weg zurück zum Haus.

»Wie meinst du das?«

Einen Augenblick zögerte sie. »Mein Dad hat gewisse … Vorbehalte gegenüber Männern in Anzügen. Er denkt, sie wären sich zu gut für *echte* Arbeit, würden sich nicht schmutzig machen wollen.«

»Wo steht das geschrieben?«, fragte ich schmunzelnd.

Sie zuckte mit den Schultern. »Im Handbuch für Väter vielleicht?«

»Dann muss ich ja nur noch deine Mutter von mir überzeugen. Und deine Schwester, deine Schwägerin und deinen Bruder, inklusive deiner Nichten und Neffen. Du hättest mich übrigens vorwarnen können.«

»Tut mir leid.« Grinsend biss sie sich auf die Lippe. »Sie alle gehören für mich einfach mit hierher.«

An der Rückseite des Hauses angekommen, trat Harper einfach ein. »Hallo, wir sind da!«

Ich folgte ihr ins Innere und sah unsere Koffer neben dem Eingang am anderen Ende des Flurs. Irgendjemand musste sie also schon vor der Tür entdeckt und ins Haus geräumt haben.

Hier duftete es bereits lecker nach Essen – Fleisch, Kräuter und Gemüse, wenn ich raten müsste –, und irgendwie herrschte überall Chaos. Kinderjacken lagen herum, mehrere Kartons stapelten sich neben der Tür, die dort wahrscheinlich jemand abgestellt hatte, um sie beim nächsten Mal mit nach draußen zu nehmen. Schlüssel teilten sich mit Spielsachen den Platz auf der Kommode, und einige leere Bonbonpapiere auf dem Tisch im Wohnzimmer, an dem sie mich vorbeiführte, ließen mich vermuten, dass die Kinder vor dem Essen genascht hatten. Eine offene Saftpackung stand auf der Holzbank im Flur, vier halbvolle Gläser mit aufgedruckten Disneyfiguren daneben. Lärm drang aus einem der Räume, vermischt mit Musik. Die tobenden Sprösslinge hatten ihre Spielwiese nach drinnen verlegt, und da ich Wasser rauschen hörte, ging ich davon aus, dass sie jemand zum Waschen ins Bad geschickt hatte.

Es wirkte wie ein buntes Durcheinander, aber keinesfalls unordentlich, sondern *belebt*. Obwohl ich mir so eine Unordnung bei mir zu Hause nicht vorstellen konnte, fühlte ich mich hier sofort wohl.

Harper führte mich in die Küche. Die Größe des Raumes, in dem drei Frauen noch mit dem Kochen des Mittagessens beschäftigt waren, überraschte mich. Mehrere Töpfe standen auf dem gewaltigen Herd, in zwei Backöfen brannte Licht und ich konnte einen Braten und einen Kuchen darin erkennen.

Alle Frauen hatten Jeans und schmutzige Arbeitsschuhe an, dazu Shirts oder karierte Blusen. Eine der beiden jüngeren trug ihre Haare zu einem unordentlichen Dutt, die andere bändigte ihre wilden Locken mit einem darum gebundenen Tuch.

»Kinder, wenn ihr das Bad unter Wasser setzt, gibt es für euch keinen Kuchen!«, schrie sie in gewaltiger Lautstärke im selben Moment, als Harper sich bemerkbar machte.

Augenblicklich erlosch der Kinderlärm, dafür wurde der in der Küche lauter.

»Harper, ihr seid da!« Ihre Mutter, die eben noch gleichmäßig in einem Topf rührte, umarmte ihre Tochter und begrüßte anschließend mich. »Schön, dass ihr es zum Essen geschafft habt. Sie müssen Mister Price sein. Ich bin Harpers Mom Trudy.«

»Freut mich sehr.« Ich schüttelte ihr die Hand.

»Leute, das ist Adrian.« Sofort richteten sich drei Augenpaare auf unsere verschränkten Finger und tauschten im Anschluss vielsagende Blicke aus. Doch Harper maß dem keine Beachtung bei. »Und das sind meine Schwester Elisa«, sie deutete auf die Frau mit dem Dutt, »und Kristin, meine Schwägerin.«

Alle begrüßten mich freundlich und umarmten Harper fest.

»Wenn ich gewusst hätte, dass New York so gutaussehende Männer hat …« Elisa trug mit zwei Topflappen einen großen Kochtopf zur Spüle, um das Wasser abzugießen.

»Dann was? Willst du uns etwa wieder verlassen?«, schaltete sich Kristin ein. »Wir brauchen dich hier!« Fast klang sie panisch.

»Keine Sorge, ich bin ein Landmädchen. Die Großstadt ist nichts für mich. Mich überfordert ja schon Atlanta mit nicht mal einer halben Million Einwohner.«

»Liebes, wir brauchen noch ganz kurz. Nehmt euch zu trinken, ich hab später Zeit für euch, aber ich muss aufpassen, dass die Sauce die richtige Konsistenz bekommt.«

»Ich soll von Dad ausrichten, dass er rechtzeitig zum Essen hier ist.«

»Das will ich ihm auch raten!« Mit diesen Worten wandte sich Trudy schmunzelnd wieder ihrem Topf zu. »Ach, Kristin, kannst du den Tisch decken?«

Harpers Schwägerin hatte sich gerade zu Elisa gesellt, um mit ihr die Kartoffeln zu schälen.

»Wir können auch helfen«, bot ich an. »Ich kenne den Hausbrauch nicht, aber Kartoffelschälen schaffe ich allemal.« Ohne eine Antwort abzuwarten, zog ich mein Jackett aus und hängte es über eine Stuhllehne. Ich wusch mir die Hände und wartete, bis mir die verdutzte Kristin das Messer zum Schälen reichte.

»Behalte dir den«, raunte sie Harper zu, die aus dem Schrank neben uns Teller holte.

Elisa schüttelte nur den Kopf, ein Grinsen im Gesicht.

»Was ist?«, wollte ich wissen, als Harper und Kristin den großen Esstisch zu decken begannen, an dem bestimmt an die zwanzig Leute Platz hatten.

»Nichts. Ich finde dich großartig.«

»Weil ich helfe?«, fragte ich verwirrt.

»Du musst wissen, Elisas Exmann war einer der Sorte Männer, die die Küche nicht einmal betreten, um sich ein Bier aus dem Kühlschrank zu holen«, erklärte Trudy über ihre Schulter hinweg.

»Tut mir leid, dass du diese Erfahrung machen musstest«, sagte ich an Elisa gewandt. »Aber ich kann dir garantieren, dass nicht alle Männer so sind.«

Sie seufzte tief. »Damit hast du sicher recht ... Du hast nicht zufällig einen Bruder?«

»Leider nicht, nein«, sagte ich schmunzelnd.

»Kumpels, die du mir vorstellen könntest?«

»Nur wenn du dir vorstellen könntest, nach New York zu ziehen«, erklärte ich und fing mir damit einen bösen Blick von Kristin ein, der sich jedoch gleich wieder verflüchtigte, als Elisa energisch den Kopf schüttelte.

»Ach verdammt, kurz schien es so einfach ...«

»Geh endlich mit Tom aus«, meinte Kristin, die eine Salatschüssel zum Tisch trug.

Elisa brummte nur.

»Ich weiß nicht, was du hast. Er sieht gut aus, scheut weder die handwerkliche Arbeit noch die im Haushalt *und* er ist verrückt nach dir!«

»Aber er hat keinen Hof! Und er wohnt noch bei seinen Eltern!« Harpers Schwester warf die eben geschälte Kartoffel lieblos in die Schüssel vor uns.

»Und das ist jetzt schlimm, weil ...?«, stellte ihre Mutter die Frage, die auch in meinem Kopf aufgetaucht war.

»Du wohnst doch ebenfalls wieder bei deinen Eltern«, konterte Kristin. »Und ganz ehrlich, ich wäre böse auf dich, wenn du dir einen Kerl mit Hof angelst und wieder weggehst. Caren und Rodrick genießen es hier, Jenny und Jacob spielen total gern mit den beiden und Michael und ich sind unglaublich froh, eine weitere helfende Hand zu haben. Wir schaffen es zwar auch ohne dich, die Felder zu bestellen und die Futterballen auszufahren, aber *mit* dir läuft es viel besser.«

Ich staunte nicht schlecht, als sich Elisa an mich wandte. »Was denkst du darüber?«

»Ich finde, du solltest ihm eine Chance geben. Vielleicht überrascht er dich ja – im positiven Sinne.« Bei diesen Worten musste ich zu Harper schauen und lächelte, als sie meinen Blick mit einem glücklichen Gesichtsausdruck erwiderte.

23

Harper

Adrian inmitten meiner Familie zu sehen, war ungewohnt, aber schön. Die Hemdsärmel hatte er lässig hochgekrempelt und reichte die Schüsseln mit dem Essen quer über den Tisch, als würde er schon immer dazugehören. Er brachte sich ein, wo es ging, beantwortete die Fragen meiner Familie und alberte mit den Kindern herum. Ihnen dauerte das Warten auf den Kuchen zu lange, doch als Adrian sich zwei Babykarotten unter die Oberlippe hielt und ein Walross imitierte, unterhielt er den ganzen Tisch.

Diese neue Seite von ihm zu sehen – abseits der Arbeit und des Stresses und Drucks, dem er dort ausgeliefert war –, gefiel mir außerordentlich gut. Dass der sonst so miesepetrige Mann auch anders konnte und keine Scheu hatte, diesen Teil von sich zu zeigen, machte ihn nur noch liebenswerter. Und je länger ich ihn dabei beobachtete, wie er sich in meine Familie integrierte, desto verrückter wurde ich nach ihm.

Ich konnte es kaum erwarten, bis wir endlich mit dem Essen fertig waren, um ihn wieder ganz für mich zu haben. Keine Ahnung, wie sich das mit uns beiden entwickeln würde, aber ich hoffte mehr und mehr, dass wir uns nicht gerade in einer Blase befanden, die mit der Landung in New York zerplatzen würde.

Nach dem Mittagessen halfen wir noch, alles aufzuräumen,

doch als Adrian Anstalten machte, die Spülmaschine einzuräumen, scheuchte Kristin uns aus der Küche. Deshalb nutzte ich die Gelegenheit, um ihm mein altes Zuhause zu zeigen und ein wenig Zeit mit ihm allein zu genießen, bevor Michael später aus Montgomery zurückkommen und uns zum Flughafen fahren würde. Kristin hatte erzählt, dass mein Bruder sich einige neue Landmaschinen anschauen wollte, die dort auf einer kleinen Messe vorgeführt wurden.

»Wenn du willst, zeige ich dir mein altes Kinderzimmer«, schlug ich vor, als wir zurück im Flur waren, der die vordere und hintere Haustür miteinander verband.

Er legte seinen Arm um meine Taille und zog mich noch enger an sich. »Das würde ich wirklich gerne sehen.« In seiner Stimme schwang ein wenig Übermut mit und ich hatte so eine Ahnung, was in seinem Kopf vorging.

Als wir das obere Geschoss erreicht hatten, drehte ich mich zu ihm um und ging ein paar Schritte rückwärts. »Ich glaube, ich muss dich darüber aufklären, dass ich in diesem Zimmer noch nie Sex hatte. Und das soll so bleiben.«

Er verzog seine Lippen zu einem Grinsen und schaute mich fragend an. »Wieso das? Und wie kommst du darauf, dass …«

»Hey, auch ich kenne dich inzwischen«, erklärte ich schmunzelnd. »Deine Tonlage hat dich verraten.«

Er lachte rau, was bewirkte, dass es in meinem Schoß kribbelte.

Verdammt!

Ich öffnete die Tür zu meinem ehemaligen Zimmer und wir traten ein. Die Tür schob ich hinter uns wieder zu, ließ sie aber einen Spalt offen.

Adrian schaute sich um in dem Raum mit Queensize Bett, Schreibtisch und vielen kleinen Regalen an den Wänden, auf denen nicht nur Bücher, sondern auch Krimskrams und Deko standen. Mom hatte alles gelassen, wie ich es verlassen hatte, als ich ausgezogen war. Die Polaroids von den lustigen Abenden mit meinen alten Freunden, zu denen ich heute kaum noch Kontakt hatte, hingen an der Schnur, an der ich sie mit Wäscheklammern festgemacht hatte. Auch die Blumenstöcke, die ich zurückgelassen hatte, waren grün und gepflegt.

Ich setzte mich auf den bunten Quilt, den meine Mom mit Grandma genäht hatte, als sie mit mir schwanger war, und schmunzelte über Adrians Neugier, alles genau in Augenschein zu nehmen.

»Und du hattest wirklich noch nie …«

»Nein.«

»Wie kommt's?«

»Hier hat nie einer meiner Freunde übernachtet. Geschweige denn, dass wir Privatsphäre haben durften, wenn sie tagsüber zu Besuch waren.«

Sein Blick huschte kurz zur offenen Tür und Erkenntnis blitzte in seinem Gesicht auf. »Einer deiner Freunde? Wie viele hattest du denn in deiner Zeit vor New York?«

Da hatte ich mich ja in ein Thema hineingeritten … Verlegen räusperte ich mich. »Na ja … vier, die ich öfter als zweimal gedatet habe.«

Adrian verzog das Gesicht zu einer Grimasse. »Uh, das berühmte dritte Date also.« Er wackelte mit den Augenbrauen, was mich zum Lachen brachte.

»Zu den vieren gehört übrigens auch Will Burnell, mein erster Freund, bei dem das Höchste der Gefühle Händchenhalten und der morgendliche Kuss auf der Fahrt zur Schule war. Es klingt also spannender, als es ist.«

»Ihr habt euch im Schulbus zum Knutschen getroffen?« Dieses Thema schien ihn zu belustigen.

»Wir haben nicht geknutscht. Es war eine flüchtige Berührung der Lippen. Ich glaube, dass ihn das schon überfordert hat. Jedenfalls hat er nie Anstalten gemacht, die Zunge beim Küssen einzusetzen, und irgendwann wurde es mir zu langweilig. Deshalb hab ich die Sache wieder beendet.«

»Ganz pragmatisch.« Er setzte sich zu mir aufs Bett. Vermutlich war er mit der Tour durch mein Zimmer fertig. »Die Fotos machen den Anschein, als hättest du die Zeit hier genossen. Und es sieht so aus, als würde es doch eine Bar geben.«

Jetzt machte er sich über mich lustig.

Gespielt beleidigt schob ich die Unterlippe vor. »Ja. Eine. Dort gehen *alle* hin, was bedeutet, dass man nichts machen kann, ohne dass am nächsten Tag der ganze Ort darüber redet.«

»Ah … du bist also nach New York gegangen, um deine verruchte Seite auszuleben.«

Lachend schlug ich ihm auf den Oberarm. »Verdammt, jetzt hast du mich entlarvt. Komm, ich führe dich noch ein bisschen herum, dann sollte auch Michael endlich da sein.«

Adrian stahl sich einen letzten Kuss – keinen, wie ich sie von Will Burnell bekommen hatte –, bevor wir die Treppe hinabgingen. Ich zeigte ihm noch die unteren Wohnräume, dann gingen wir wieder hinaus in die Sonne.

Bart hatte seinen Platz inzwischen gewechselt. Er hatte den Kopf auf seiner Vorderpfote abgelegt und beobachtete müde die Hühner beim Scharren im Sand. »Der alte Zottelbär fehlt mir sehr. Wenn nicht am meisten.«

Adrian folgte meinem Blick. »Ist er dein Hund?«

Ich schüttelte den Kopf. »Er ist ein Familienhund. Soll heißen, er gehört uns allen. Aber ich war neun oder zehn, als wir ihn bekommen haben. Er hat mich also einen großen Teil meiner Kindheit und Jugend begleitet.«

Adrian nickte.

Wir gingen an Dad vorbei, der im Traktor saß, ihn startete und uns noch einmal winkte, bevor er damit vom Hof fuhr. Wir hatten uns schon nach dem Essen von ihm verabschiedet, und dass er Adrian einlud, bald wieder zu Besuch zu kommen, hatte mich überrascht. Er war wohl tief beeindruckt von ihm, was mich nur umso mehr freute.

Die Kinder hatten tobend die Fahrräder und Scooter in Beschlag genommen und würden sich die Kalorien, die sie eben mit der Extraportion Schlagsahne auf dem Kuchen in sich hineingestopft hatten, gleich wieder runterstrampeln.

»Beneidenswert, wie viel Energie die Kleinen haben«, sagte ich und beobachtete Jenny, die mit ihren sechs Jahren als Jüngste den größeren Kindern hinterherzukommen versuchte. »Ich wäre jetzt eigentlich reif für ein Mittagsschläfchen.«

Adrians Finger glitten zwischen meine und ich freute mich, dass diesmal die Initiative von ihm ausging. »Das liegt nicht am Essen, sondern daran, dass wir die beiden letzten Nächte nicht viel geschlafen haben«, raunte er mir zu, auch wenn uns niemand von den anderen belauschen konnte, da Mom mit Elisa und Kristin noch im Haus war.

Die Erinnerung an den heißen Sex mit ihm jagte sofort wieder ein Prickeln durch meinen Körper, und das Bedürfnis, ihm erneut nahe zu sein, wuchs.

Dass er in meinem Zimmer wirklich nichts versucht hatte, gefiel mir. Er respektierte mich und meine Wünsche.

Kurzentschlossen führte ich ihn an die Rückseite der Scheune, den schmalen Weg entlang bis zu den kleinen Holzbänken, die in einiger Entfernung um eine kalte Feuerstelle standen. »Hier habe ich früher ganz viel Zeit verbracht.«

Ich setzte mich und streckte mein Gesicht der Sonne entgegen.

Adrian ließ sich neben mir nieder, seine Arme zu beiden Seiten auf die Rückenlehne gelegt, und schaute sich um. »Hier ist es wirklich ruhig. Ich glaube, ganz New York kann dir so einen Platz nicht bieten.«

Ich lachte auf. »Nein, zumindest hab ich so einen noch nicht gefunden. Als Teenager habe ich Stunden hier verbracht, hab gelesen oder meine Gedanken schweifen lassen. Abends ist oft auch der Rest der Familie nachgekommen, aber meistens hatte ich hier Zeit für mich.«

Adrian beugte sich zu mir. »Willst du damit andeuten, dass wir hier ungestört wären?«

»Ganz genau«, raunte ich an seiner Wange. Tatsächlich konnte man weder von der Straße noch vom Haus hierher sehen.

Als hätte er nur auf diese Bestätigung gewartet, glitt er mit seiner Hand in meine Haare und neckte mich mit der Zunge an der Unterlippe.

Ohne zu zögern, schob ich meinen Rock etwas nach oben und setzte mich rittlings auf ihn, mit den Beinen zwischen Sitzfläche und Rückenlehne. Meine Arme schlang ich um seinen Nacken und vertiefte sofort unseren Kuss.

Leise brummend knetete er meinen Hintern durch den Stoff und presste mich gegen seine Erektion.

»Wäre es sehr verrucht, wenn ich sage, dass ich dich hier und jetzt will?«, murmelte ich an seinen Lippen.

Seine Antwort bestand aus einem tiefen Stöhnen, gefolgt von einem »Gottverdammt, Harper ... Hast du Kondome dabei?«

O Heilige, er würde es wirklich tun wollen. »Im Koffer«, gestand ich niedergeschlagen.

Verzweifelt stöhnte er auf. »Ebenfalls ... Aber ich lasse mich regelmäßig testen. Ich bin gesund, und falls du die Pille nimmst ...«

»Das tue ich, aber ...«

Ich zögerte. Mist, er würde es tatsächlich tun wollen. Hier, auf dem Grundstück meiner Familie, die sich nur wenige Meter entfernt von uns aufhielt. Sie würden uns bestimmt nicht suchen, und die Kinder waren lautstark am Spielen ... Würden sie näherkommen, würden wir sie garantiert hören.

»Wenn du dir wegen der Escort-Girls Sorgen machst, kann ich dich beruhigen. Es lief nichts nach der Gala. Und das letzte Mal davor ist ... Monate her. Ich war dazwischen beim Arzt und ...«

Ich unterbrach ihn mit einem Kuss. »Das meinte ich nicht. Aber hast du Taschentücher eingesteckt?« Irgendwie mussten wir die Sauerei schließlich wieder wegmachen.

Stöhnend wischte er sich über das Gesicht. »Ich dachte, ihr Frauen hättet immer welche dabei?«

Lachend hob ich meine Arme. »Wo denn? Meine Handtasche liegt beim Koffer.«

Geräuschvoll atmete er durch. »Dann lass uns wenigstens so lange hier sitzen, bis ich mich wieder halbwegs unter Kontrolle habe. Mit dieser Latte will ich deiner Familie nicht begegnen.« Wie zum Beweis drückte er sein Becken gegen meines und rieb dabei nur noch mehr meine sensible Stelle, die pochend auf Erlösung wartete. »Oh, und kannst du vielleicht diesen einen Knopf zumachen?« Er hob die Hände zu meiner Bluse, die ich heute gar nicht offenherzig trug.

Schmunzelnd schlug ich seine Hand weg. »Dann bekomme ich keine Luft, wenn du hier alles zuknöpfst. Aber ich wüsste da was anderes, wie wir dein *Problem* in den *Griff* kriegen könnten.«

Bei der Betonung dieser beiden Wörter hob er fragend die Augenbraue und sah mir dabei zu, wie ich wieder von ihm herunterstieg und mir den Rock richtete – gerade so weit, dass ich vor ihm in die Hocke gehen konnte.

Heiser lachte er auf. »O fuck, ist das dein Ernst? Du willst echt …«

Doch er kam nicht weiter, weil ich mich schon an seiner Hose zu schaffen machte.

Die Begierde stand ihm ins Gesicht geschrieben. Schnell sah er sich noch einmal um, aber als er realisierte, dass wir wirklich allein waren, half er mir, seinen Schwanz zu befreien. Als er heiß und hart vor mir aufragte, konnte ich mich nicht mehr zurückhalten. Genüsslich leckte ich mit der Zunge über seine ganze Länge, nur um ihn dann, an der Spitze angelangt, in den Mund zu nehmen.

Adrian stieß leise Flüche aus, als ich an ihm sog und ihn gleichzeitig rieb. Eine Hand hatte er an meinen Hinterkopf gelegt, mit der anderen krallte er sich an der Rückenlehne fest.

Ich nahm ihn so tief in mich auf wie möglich, schmeckte den Lusttropfen an seiner Spitze und genoss seine leisen Geräusche der Erregung, die mein eigenes Verlangen nur noch mehr anheizten.

Seine Atmung beschleunigte sich und ich merkte, wie er immer härter wurde.

»Ich … komme gleich«, stieß er gepresst hervor, vielleicht als Warnung an mich, als letzte Chance, mich zurückzuziehen, aber nichts würde mich davon abhalten können, ihn in meinem Mund explodieren zu lassen.

Stöhnend entlud er sich in mir, während ich alles aus ihm heraussog. Ich leckte ihn sauber, bevor er seine Kleidung wieder richtete. Dann half er mir auf die Beine.

Als ich mich neben ihm auf die Bank sinken ließ, küsste er mich am Hals und streichelte meinen Oberschenkel nach oben. »Jetzt bist du an der Reihe. Ich will mit meiner Hand unter deinen Slip fahren, dich streicheln und mit den Fingern ficken, aber du musst leise sein.«

Bei diesem Versprechen zog sich alles in mir sehnend zusammen. »Ich werde mein Bestes geben.«

Sofort schob er seine Hand unter meinen Rock und neckte mich kurz durch den Stoff hindurch. »Schon so feucht«, raunte er und zog den Slip zur Seite. Keuchend legte ich den Kopf in den Nacken, als er über meine Perle rieb. Doch er stoppte abrupt, als sich ein Auto näherte und Kies knirschte.

»Mist, Michael ist da.« Meine Vermutung wurde unterstrichen, als ich Jacob und Jenny »Daddy, Daddy« rufen hörte.

Frustriert stöhnte ich auf und Adrian lachte.

»Sobald wir wieder allein sind, kümmere ich mich um dich und bringe zu Ende, was wir angefangen haben.«

Ich nickte nur und ließ mir von ihm aufhelfen. Meine Knie waren wackelig und ich hoffte, man würde uns nicht anmerken, was wir eben getan … oder nicht getan hatten, weil mein Bruder früher als erwartet nach Hause gekommen war. »Wie sehe ich aus?«

»Schön wie immer.« Adrian zog mich an sich und küsste mich, ehe er wieder Abstand zu mir nahm. »Alle Spuren beseitigt?« Gleichzeitig richtete er den Kragen meiner Bluse und klopfte Staub von meinem Rock.

Mein Blick glitt über ihn, von seinem Hemd, das etwas verknittert war, zu seiner Hose, unter der sich immer noch eine leichte Wölbung abzeichnete. Mein Mund verzog sich zu einem Lächeln. »Ich hab zumindest mein Bestes getan.«

Adrian lachte laut auf. »O ja, das hast du.« Er küsste mich noch einmal. »Gerne jederzeit mehr davon.«

Gespielt entrüstet schaute ich ihn an, ehe er unsere Finger ineinander verwob und wir zurück zum Parkplatz gingen. Dort entdeckten wir meinen Bruder, auf dem seine beiden Kinder wie Kletten hingen und der von Caren und Rodrick auf Fahrrad und Scooter umkreist wurde.

»Hi, Harper! Schön, dass du da bist!« Er ging in die Knie und löste sich von den Kleinen, die sofort wieder losliefen und weiter herumtobten. Stattdessen kam der alte Bart zu ihm getrottet und wedelte freudig mit der Rute. Dass er ein Wachhund war, hatte er leider noch nie verstanden.

»Michael!« Ich umarmte ihn fest, dann wandte ich mich Adrian zu. »Darf ich dir Adrian vorstellen?«

Mein Bruder schüttelte ihm die Hand und lächelte freundlich. »Und du bist Harpers Boss, hab ich gehört.«

»Unter anderem, ja«, sagte ich und verschränkte demonstrativ meine Finger mit Adrians.

Sofort wanderte Michaels Blick zu unseren Händen. Vermutlich hatte ihn Kristin vorab schon eingeweiht, denn er grinste nur. »Willkommen in meiner Familie. Ich schau nur schnell rein und sag Hallo, dann können wir jederzeit aufbrechen.«

»Iss noch Kuchen, wir haben Zeit. Unser Flug geht erst um kurz nach sechs Uhr abends«, rief ich ihm hinterher.

Das ließ er sich nicht zweimal sagen.

Als wir zum Flughafen fuhren, saß ich auf dem Beifahrersitz und hörte den beiden Männern zu, wie sie sich über die Yankees, die aktuelle NASCAR-Saison und Oldtimer unterhielten. Ich freute mich, dass die zwei sich so gut verstanden, und ich hatte das Gefühl, dass Adrian auch meinen Bruder mit seinem Charme überzeugt hatte.

Auf dem Flug zurück nach New York war ich unglaublich müde. Ich döste vor mich hin und freute mich schon auf mein eigenes Bett. Oder darauf, überhaupt mal wieder mehr als drei Stunden am Stück zu schlafen …

Adrian hatte ein Uber bestellt, das erst mich und anschließend ihn zu Hause absetzen sollte. Doch je näher wir meiner Wohnung kamen, desto größer wurde das Verlangen, ihn noch nicht gehen zu lassen. Mal davon abgesehen, dass ich nach wie vor heiß auf ihn und zudem nervös wegen morgen war, weil ich nicht wusste, ob sich, zurück im Alltag, etwas zwischen uns ändern würde.

Deshalb beugte ich mich zu ihm, knabberte an seinem Ohrläppchen und raunte »Bleib noch bei mir« in sein Ohr. Um meine Worte zu unterstreichen, legte ich meine Hand auf seinen Oberschenkel.

Er lachte leise. »Du hast nicht vergessen, dass ich dir noch was schulde.«

Ich wäre verrückt, ihm jetzt zu widersprechen.

»Seit unserem Abflug hab ich überlegt, wie ich dir sagen könnte, dass ich noch mit zu dir will«, raunte er mir zu und wandte sich an den Fahrer. »Unsere Fahrt endet bereits beim ersten Halt.« Dieser nickte nur und half uns wenig später, das Gepäck aus dem Kofferraum zu holen.

Auf dem Weg nach oben zu meinem Apartment wurde ich dann doch dezent nervös. Im Grunde war ich nicht darauf vorbereitet gewesen, ihn nach dieser Reise mit hierher zu nehmen. Ich meine, vor meiner Abreise hätte ich nicht einmal im Traum daran gedacht, dass sich das Wochenende so entwickeln würde …

»Also, es könnte sein, dass es ein klein wenig unordentlich ist. Mit Besuch hab ich nicht gerechnet«, stammelte ich, während ich die Tür aufschloss. Im Geiste überlegte ich, wie die Wohnung ausgesehen hatte, als ich sie am Freitagmorgen in aller Herrgottsfrühe verlassen hatte. Da war die Pfanne mit den Essensresten von Donnerstagabend, die noch auf dem Herd gestanden hatte. Der verschüttete Kaffee rund um die Kaffeemaschine, den ich nur notdürftig mit einem Küchentuch aufgewischt hatte, und die leere Tasse daneben. Im Schlafzimmer war das Bett nicht gemacht, der Schank stand vermutlich offen und womöglich lag sogar noch Wäsche auf dem Boden.

»Mir ist es scheißegal, wie groß das Chaos in deiner Wohnung ist, Harper. Ich werde dem keine Beachtung schenken und dafür sorgen, dass du davon auch nichts mitbekommst.« Adrian raunte diese Worte in mein Ohr und sofort breitete sich eine kribbelnde Gänsehaut auf meinem Körper aus.

Schnell schob ich die Tür auf, doch noch bevor ich den Lichtschalter ertasten konnte, war Adrian mir mit unseren Rollkoffern gefolgt und hatte mich an die nächstbeste Wand gedrückt. Die Koffer neben uns fielen um, und seine Lippen landeten auf meinen.

Ich keuchte auf, schaffte es nur noch, die Tür ins Schloss fallen zu lassen, als Adrian mir bereits die Bluse aus dem Rock und diesen nach unten zog.

Hektisch zerrte ich mein Oberteil einfach über den Kopf

und warf es zu Boden. Dann widmete ich mich seinem Gürtel, danach den Knöpfen und dem Reißverschluss der Anzughose. Das Jackett schob ich einfach über seine Schultern und stieg aus meinem Rock.

Ohne unsere Küsse zu unterbrechen, öffnete er meinen BH und zog sein Hemd aus, während ich ihn irgendwie ins Schlafzimmer dirigierte. Nur am Rande fiel mir auf, dass das Bett gemacht war – Alessa musste hier gewesen sein und sich um alles gekümmert haben. Doch ich hatte kein Bedürfnis, mich länger darüber zu wundern. Meine Aufmerksamkeit war voll und ganz auf Adrian gerichtet. Und darauf, wie gut sich seine Küsse auf meiner Haut anfühlten.

Als er sich über meinen Hals zum Schlüsselbein nach unten knabberte, legte ich den Kopf in den Nacken. Er setzte sich vor mir auf die Bettkante und zog mich an sich, bis ich zwischen seinen Beinen stand.

Mit beiden Händen umfasste er meine Brüste, rieb sie und sog an den Brustwarzen. Er leckte darüber, ließ mich sanft seine Zähne spüren und reizte mich, bis ich wimmernd auf ihn kletterte, um mein Becken an seinem zu reiben. »*Jetzt* haben wir Taschentücher hier. Und eine Dusche. Und niemand kann uns stören. Und ich bin gesund, was bedeutet, dass wir keinen Gummi brauchen, wenn du keinen willst.«

Adrian stöhnte auf. »Fuck, ja, ich will dich ganz spüren, Harper. Aber erst …« Ohne Vorwarnung stand er auf und hob mich mit sich hoch. Ehe ich mich's versah, landete ich mit dem Rücken auf dem Bett und Adrian zog meinen Slip nach unten. »Erst werde ich dich lecken.«

Dann spürte ich schon seine Zunge über meine Mitte reiben, und Gott, ich liebte es, wie geschickt er war. Er küsste und sog und neckte mich, stimulierte mich, bis ich die Fersen in die Matratze stemmte und meine Finger in seine Haare krallte. Die Spannung in mir nahm zu, doch jedes Mal, wenn ich kurz davor war, den Höhepunkt zu erreichen, drosselte er sein Tempo und brachte mich an den Rand der Verzweiflung.

»Adrian, bitte ... Lass mich endlich kommen. Ich kann nicht länger ... Ich will ...«

»Was willst du?«

»Ich brauche dich in mir.« Ohne auf seine Antwort zu warten, richtete ich mich auf und wand mich aus seinem Griff. Fest drückte ich gegen seinen Oberkörper, bis er nachgab und auf dem Rücken vor mir lag. Dann zog ich schnell seine Shorts aus und setzte mich auf ihn. Neckend rieb ich mich an seinem Schwanz, glitt mit den Nippeln über seine Brust und biss ihn frech in die Unterlippe.

Seine Hand landete mit einem lauten Klatschen auf meinem Hintern. Erregt stöhnte ich auf und konnte nicht mehr länger warten. Ich platzierte seinen Schwanz an meinem Eingang, dann ließ ich mich auf ihn nieder.

Adrian knurrte tief und kam mir mit dem Becken entgegen.

Genüsslich schloss ich die Augen, weil es sich so gut anfühlte, ihn endlich in mir zu haben. Mein Vorhaben, ihn genauso zu quälen, wie er es gerade mit mir getan hatte, verwarf ich jedoch sofort wieder. Dafür brauchte ich die so lang ersehnte Erlösung zu dringend.

In wildem Tempo begann ich, ihn zu reiten.

»O fuck, Harper ... So gut!«

Ich liebte es, wie er auf mich reagierte, wie sehr er mich wollte. Dass er wusste, was ich brauchte ...

Mit dem Daumen massierte er meine Perle, während ich ihn noch tiefer in mich aufnahm, die Hände gegen seine Brust gestemmt, und jede Bewegung so sehr genoss.

Als ich den Winkel veränderte, indem ich mich weiter aufrichtete, stieg die Hitze noch mehr in mir an. Innerhalb kürzester Zeit hatte sich die Energie so gewaltig aufgebaut, bis sie explodierte und mich laut stöhnend mit sich riss.

Kräftige Wellen fegten durch meinen Körper, während ich mich von seinen Händen führen ließ, bis auch er kam.

Heftig atmend sank ich auf ihn hinab, den Kopf an seine Halsbeuge gelegt. Ich sog seinen holzig-männlichen Duft ein und genoss, wie er zärtlich über meinen Rücken streichelte. Und ich wusste schon jetzt, dass es mir verdammt schwerfallen wird, morgen im Büro anständig zu sein und die Finger von ihm zu lassen …

24

Adrian

Eigentlich hatte ich bis gestern gehofft, dass ich nach diesem Wochenende wieder konzentrierter arbeiten konnte. Immerhin musste ich mir den Sex mit Harper nicht mehr nur *vorstellen*. Aber jetzt war es kurz nach sechs Uhr morgens und ich schielte alle drei Minuten auf die Uhr, weil ich es nicht erwarten konnte, bis sie endlich hier sein würde.

Gestern waren wir noch gemeinsam unter der Dusche gewesen, was sich in ihrem kleinen Bad als eine Herausforderung entpuppt hatte. Danach hatte ich mich angezogen und mir ein Uber bestellt. In der Zwischenzeit war Harper schon in ihrem Bett eingeschlafen.

Zu gern hätte ich mich zu ihr gelegt, doch ich wollte auch nach Hause. Sicher hätte ich heute im Büro duschen können – Wechselklamotten hatte ich schließlich hier. Ich brauchte jedoch Zeit für mich und hatte zudem vor, heute Morgen Sport zu machen. Nicht, dass ich mich nicht am Wochenende bereits ausreichend ausgepowert hätte, aber das Training gehörte zu meinen Routinen und es hatte mir trotz allem gefehlt.

Fast hatte ich vermutet, dass sie verschlafen hatte, als der Aufzug sich endlich mit einem leisen *Pling* ankündigte und gleich darauf das automatische Licht den Flur erhellte. Angespannt versuchte ich, den Monitor zu fixieren, da ich nicht den Eindruck erwecken wollte, ich würde hier krampfhaft auf sie warten. Doch als ich eine Bewegung im Augenwinkel sah, konnte ich nicht anders, ich musste zu ihr schauen.

Heute trug sie einen Trenchcoat, dessen Gürtel sie vorne lässig verknotet hatte. In einer Hand hielt sie den *Grumpy-Boss*-Becher, in der anderen einen dunkelvioletten Kaffeebecher, den ich noch nie gesehen hatte. Vermutlich hatte sie sich den gekauft, weil sie ebenfalls eine extragroße Dosis Kaffee auf dem Weg hierher vertrug.

Sie wollte die beiden Becher auf ihrem Schreibtisch abstellen, doch ich bedeutete ihr, gleich zu mir ins Büro zu kommen – was sie auch tat.

»Guten Morgen!« Mit einem Lächeln auf den Lippen kam sie an meinen Tisch, aber ich rollte mit dem Stuhl zurück und lockte sie mit dem Finger.

»Guten Morgen, Harper«, raunte ich und dirigierte sie vor mich, bis sie sich mit dem Po an die Schreibtischkante lehnte. »Ich warte schon auf dich.«

»Auf deinen Kaffee?«, fragte sie neckend und reichte mir den Becher. Ich trank einen Schluck und schüttelte dann den Kopf.

»Hauptsächlich warte ich auf dich.«

»Danke übrigens für deine Nachricht. Ich hab es nicht geschafft, mich heute Morgen …«, sagte sie mit einem Lächeln auf den Lippen, stockte jedoch mitten im Satz, als ich mit meiner Hand den Saum ihres Rockes nach oben schob, um mehr von ihrer Haut zu sehen – und zu berühren.

»Mister Price, was haben Sie denn vor?«

»Ausnutzen, dass wir die Ersten im Stockwerk sind.«

Harper keuchte auf, als ich mit dem Finger über die Spitze ihres Slips glitt. »Gott, Adrian, ich weiß nicht, ob das hier so eine gute Idee ist«, wisperte sie, spreizte jedoch die Beine weiter für mich. Ihre Augen waren geschlossen und ihr Atem wurde schneller, je länger ich über ihre Mitte rieb.

Im Flur ging das Licht aus, was uns beide dazu brachte, den Kopf ruckartig in diese Richtung zu lenken. Lachend wurde uns klar, dass wir immer noch allein waren.

»Warum machst du die Scheiben nicht blickdicht?«, fragte Harper mit rauer Stimme.

»Ich will sehen, falls jemand kommt. Entspann dich. Ich passe auf.«

Seufzend biss sie sich auf die Unterlippe, als ich weitermachte.

Ein *Pling* ließ uns jedoch erneut zusammenzucken, und gleich darauf ging wieder das Licht im Flur an.

Fluchend zog ich ihren Rock dahin, wo er hingehörte, ehe sie Abstand zu mir suchte. Ihr Blick war noch lustverhangen, und ein leicht klagender Ausdruck lag auf ihrem Gesicht, weil wir unterbrochen wurden.

»Wir holen das nach«, versprach ich zwinkernd, als Kilian um die Ecke kam. Grüßend hob ich die Hand und bedeutete Harper damit, dass jemand in unsere Richtung kam.

»Ich mach mich besser mal an die Arbeit«, sagte sie, nahm ihren Kaffee und eilte aus dem Büro, wo sie Kilian leise murmelnd an der Tür begrüßte.

Kurz blieb er stehen und schaute Harper mit demselben seltsamen Blick nach, den er zuvor mir zugeworfen hatte. Erst dann schloss er die Tür und setzte sich mir gegenüber auf den Drehstuhl.

»Was genau habe ich verpasst?« Es war unnötig, zu erwähnen, dass er Harper und mich meinte und die Situation, bei der er uns gerade unterbrochen hatte.

»Nichts, meinen Bericht hast du ja schon gelesen«, wich ich seiner Anspielung aus. »Wir haben die Unterschrift von …«

»Läuft da was zwischen euch?«, fragte er grimmig, als er sich nach vorne lehnte und sich auf den Armlehnen abstützte.

»Worauf willst du hinaus, Kilian?«

Verdammt, ich hasste mich, dass ich nicht einfach dazu

stand, dass sich das Verhältnis zu Harper übers Wochenende … intensiviert hatte. Aber das vor Kilian zuzugeben war zu früh. Auf keinen Fall wollte ich riskieren, dass er etwas sagte, was die Sache zwischen Harper und mir – ob beruflich oder privat – gefährden könnte.

»Ich bin nicht blind, Adrian. So, wie ihr eben beisammengestanden habt, kannst du mir nicht erzählen, dass das zwischen euch noch rein beruflich ist …«

»Wenn du denkst, dass mein Interesse an ihr meine Arbeit gefährden könnte, kann ich dich beruhigen. Ich habe immerhin auch die Verhandlungen am Wochenende gut über die Bühne gebracht.«

Er stutzte.

In dem Moment wusste ich, dass er eins und eins zusammengezählt hatte, obwohl ich mit keinem Wort angedeutet hatte, dass sie mich begleitet hat. Aber er kannte mich vermutlich zu gut. »Du hast sie mitgenommen?«

»Ja, immerhin ist sie meine Assistentin.«

In seinem Gesicht spiegelten sich unzählige Emotionen wider, die ich nicht wirklich zuordnen konnte. »Und ihr habt euch nicht nur den Flug, sondern auch das Bett geteilt?«

»Verdammt, Kilian, was ist dein Problem?« Nun war ich mit meiner Geduld am Ende.

In einer drohenden Geste hob er seinen Zeigefinger und sah mich wütend an. Vielleicht war er sogar enttäuscht von mir. Zumindest aber lag eine Warnung in seinem Blick. Doch er sagte kein Wort. Musste er auch nicht. Ich wusste, worauf er anspielte.

»Es tut mir nach wie vor leid, was dir passiert ist, Kil. Wirklich. Deine Situation von damals mit Rebecca hat jedoch nichts mit mir zu tun. Oder mit Miss Mackenzie.«

Kilians Kiefer mahlten aufeinander. Mit der flachen Hand klopfte er auf die Tischplatte, als wollte er noch etwas sagen, verkniff es sich aber. »Meeting um halb zehn?«, fragte er stattdessen grimmig.

»Sicher.«

Verbissen nickte er. Dann stand er auf und verließ mein Büro, nicht ohne Harper im Vorbeigehen anzuschauen. Seinen Blick konnte ich nicht sehen, aber ihr fragender Gesichtsausdruck verriet mir, dass es kein Lächeln gewesen war, was er ihr geschenkt hatte.

Vor der Besprechung mit den Jungs hatte Kilian natürlich sein Bestes getan, die beiden anderen darüber zu informieren, dass ich nicht allein in Atlanta gewesen war. Mason fand diese Tatsache zum Schreien komisch, während Logans Reaktion nur eine gehobene Augenbraue war.

»Hast du sie endlich gefickt?«, wollte Mason wissen, was eine hitzige Diskussion zwischen den dreien darüber auslöste, woher er davon wusste. Überhaupt, ob es angebracht war, so etwas zu fragen – und zu tun. Bis alle verstummten und mich fragend anschauten.

»Das alles geht euch einen Scheißdreck an.«

Mason lachte. »Du hast es getan!« Er hielt mir die Hand entgegen zu einem High five, doch ich würde den Teufel tun und einschlagen.

»Verdammt, Adrian!«, knurrte Kilian, und Logan schüttelte den Kopf.

»Ich werde nicht darauf antworten, weil es euch nichts angeht. Und wenn ihr eure Eier behalten wollt, rate ich euch, auch Miss Mackenzie in Frieden zu lassen. Haben wir uns verstanden?« Dabei schaute ich Kilian an, der mich nur wütend anfunkelte. »Wir haben uns geschworen, dass nie eine Frau zwischen uns stehen würde, wisst ihr noch?«

Die drei schwiegen. Klar konnten sie sich an unsere Abmachung erinnern.

»*Das* ist genauso eine Situation, die damit gemeint war. Damals ging es nicht nur darum, dass wir uns gegenseitig keine Frauen ausspannen sollten, sondern auch um so absolut unsinnige Diskussionen, was wer mit wem in seiner Freizeit tut. Wenn ich also das Bedürfnis habe, mit meiner Assistentin außerhalb des Büros Zeit zu verbringen – auf welche Art auch immer –, dann ist das *meine* Angelegenheit, solange sie weder die Arbeit beeinflusst noch die Freundin oder Frau von einem von euch ist. Ist das klar?«

Ich hatte mich in Rage geredet, aber mir war es einfach wichtig, dass die drei realisierten, dass sie eine Grenze überschritten hatten. Gut, bis auf Logan vielleicht, der sich wie immer eher aus solchen Diskussionen raushielt.

»Also, können wir endlich mit dieser verdammten Besprechung anfangen? Ich hab nämlich noch andere Dinge zu erledigen«, fragte ich genervt in die Runde.

Masons Mundwinkel zuckten und ich war mir sicher, dass er gerade wieder versaut dachte, doch weder Kilian noch Logan ritten länger auf dem Thema rum, weshalb wir endlich mit den offenen Punkten starten konnten.

25

Harper

Alessa: War der Kerl, der gestern Nacht aus deiner Wohnung marschiert ist, dein Boss?

Die Besprechung der Geschäftsführer war bereits eine Weile im Gange, als ich eine kurze Pause brauchte, in der ich mir einen Kaffee holte und schließlich in Ruhe meine Nachrichten auf dem Handy checkte.

Ich hatte schon vermutet, eine Message von Alessa vorzufinden, weil ich noch keine Zeit gehabt hatte, mich bei ihr zu melden. Womit ich jedoch nicht gerechnet hatte, war, dass sich Adrian gestern Abend nicht von ihr unbemerkt aus meiner Wohnung hatte schleichen können.

Harper: Jap.

Ich hängte den breit grinsenden Smiley an und legte das Smartphone beiseite, weil ich in nächster Zeit nicht mit einer Antwort rechnete. Doch es vibrierte sofort wieder.

Alessa: OMG, das heißt also, es war nicht nur eine kurze Wochenendaffäre? Wie war es heute Morgen im Büro?

Als Antwort schickte ich ihr drei Flammen.

Harper: Quatschen wir am Abend weiter. Das wird ein längeres Gespräch.

Sie antwortete mit einem nach oben gestreckten Daumen und einem Weinglas.

Schmunzelnd schob ich mein Telefon wieder in die Handtasche in der untersten Schublade des Schreibtisches und widmete mich meiner Arbeit. Dadurch, dass ich am Freitag nicht hier gewesen war, hatte ich auch nichts aufarbeiten können. Und natürlich hatte sich der Berg an Unerledigtem nicht von selbst in Luft aufgelöst.

In meinen E-Mails entdeckte ich relativ weit oben eine Nachricht von Joleen. Den dreien hatte ich noch am Freitagmorgen vom Flughafen aus geschrieben, dass ich nicht im Büro sein und deshalb auch nicht beim geplanten gemeinsamen Mittagessen dabei sein würde. Jedoch ohne eine Begründung zu nennen, weil ich keine Lust darauf hatte, die Gerüchteküche anzuheizen, indem sie sich sonst was aus meiner Nachricht zusammenreimten …

Von: Joleen Turner
An: Harper Mackenzie
CC: Summer Morris, Donna Harris
Betreff: Mittagessen

Liebe Harper,
Ich hoffe, dir geht es gut und alles ist okay. So schade, dass du am Freitag nicht bei unserem Essensdate dabei sein konntest. Aber da ich dich gerade in der Teeküche verschwinden gesehen habe, wollte ich mal in die Runde fragen, ob wir unsere gemeinsame Mittagspause heute wiederholen wollen?
Summer und Donna würden dich immer noch gerne kennenlernen, und ich habe schon mal in weiser Voraussicht einen Tisch für vier im Tony's Di Napoli *reserviert. Sagt einfach kurz Bescheid, ich würde mich freuen.*
Liebe Grüße,
Joleen

Summer und Donna hatten bereits geantwortet und mitgeteilt, dass sie dabei wären. Kurz zögerte ich, denn sie würden bestimmt wissen wollen, wo ich am Freitag war. Ich hatte nicht vor, ihnen eine erfundene Geschichte zu erzählen, aber ich war mir nicht sicher, ob mein Pokerface gut genug war, wenn ich erzählte, dass ich Adrian begleitet hatte. Überhaupt wusste ich nicht, ob mir nicht sein Vorname rausrutschte … Andererseits nannten sich auch andere hier beim Vornamen und ich war womöglich gerade am Durchdrehen.

Nervös atmete ich tief durch, ehe ich zusagte. Die Besprechung der Geschäftsführer würde bis zum Nachmittag dauern und sie hatten schon Mittagessen in Auftrag gegeben. Die Sandwiches waren inzwischen geliefert worden – ich hatte den Lieferanten gesehen, als ich aus der Teeküche gekommen war.

Es gab keinen Grund, mich zu drücken – bis auf die Menge an unerledigter Arbeit. Aber da Adrian auch immer länger arbeitete und zu Hause bis auf Alessa niemand auf mich warten würde, war es nicht weiter schlimm. Mal davon abgesehen, dass ich seit dem Wochenende noch eine ganz andere Motivation hatte, im Büro zu bleiben …

Gegen Mittag war ich dann doch ein kleines bisschen aufgeregt. Mit Joleen hatte ich schon ein paar Mal in der Teeküche geplaudert, aber Donna und Summer kannte ich nur flüchtig. Die Unterhaltungen waren eher knapp ausgefallen und hatten sich darauf beschränkt, wo ich wohnte und was ich zuvor gearbeitet hatte.

Als wir jedoch zum Restaurant aufbrachen – ich hatte Adrian zur Sicherheit eine kurze E-Mail geschickt, um ihn darüber zu informieren, und er hatte mit einem knappen *Guten Appetit* geantwortet –, war die meiste Nervosität wieder verflogen.

Donna war Anfang sechzig und hatte einen natürlich grauen Bob, was ich wirklich bewunderte. Ich war mir sicher, dass ich nicht den Mut haben würde, alt zu werden, ohne meine Haare zu färben. Ihr stand das Grau aber unglaublich gut. Wie jeden Tag trug sie eine Hose mit Bluse und Blazer – ich hatte sie noch nie mit Rock gesehen. Ihre Schuhe waren flach und trotzdem elegant, wobei sie mit ihrer Größe von bestimmt einem Meter fünfundsiebzig keine Absätze brauchte.

Summer war vielleicht Mitte dreißig und genau wie die beiden anderen wahnsinnig nett. Sie trug ihre dunkelbraunen Haare immer hochgesteckt, was ihren schlanken Hals in dem Kleid mit Rundausschnitt besonders betonte.

Ich erfuhr, dass Donna und Summer verheiratet waren. Donna hatte eine Tochter, Summer kannte ihren Mann schon seit der Highschool, und vor drei Jahren hatten sie sich endlich das Ja-Wort gegeben.

»Geht es dir denn gut? Oder warum warst du am Freitag nicht im Büro?« Da stellte Joleen die Frage, die ich zugegeben ein kleines bisschen gefürchtet hatte.

»Ich habe Mister Price nach Atlanta begleitet.« Mein Herz schlug bei diesem Geständnis kräftig gegen den Kehldeckel und ich hoffte einfach nur, dass diese Antwort alle offenen Fragen beantwortete. Tat es aber nicht.

»Du warst also bei den Verhandlungen dabei? Wie kommt's?«, wandte sich Donna an mich.

Drei Augenpaare schauten mich gespannt an.

»Das hat sich so ergeben. Ich wäre wirklich gern am Freitag beim Mittagessen dabei gewesen. Ich hoffe, ihr hattet trotzdem eine schöne Pause ohne mich.«

Summer beugte sich mir über den Tisch entgegen. »War das nicht sehr kurzfristig? Hast du denn im selben Flug einen Platz bekommen? Und wie war das mit dem Hotel? Hatten die noch was frei? Ich dachte, in Atlanta war am Wochenende diese eine Messe? Zumindest hab ich dazu eine Anzeige in der Zeitung gesehen.«

Mein Mund klappte auf und ich überlegte krampfhaft, wie ich aus dieser Situation herauskam. »Mister Price' ursprüngliche Begleitung ist leider krankheitsbedingt ausgefallen. Ich hatte Glück und konnte das Flugticket noch so kurzfristig auf meinen Namen ändern lassen.«

»Ach, er wollte gar nicht allein reisen?«, fragte Donna und die drei schauten sich fragend an.

Mir war klar, dass sie gerade die Optionen durchgingen. Es konnte keiner der anderen Geschäftsführer gewesen sein, da sie davon gewusst hätten.

Summer legte den Kopf schief. »Dann hat er also doch eine Freundin? Und ich dachte, das Gerücht stimmt, dass er ebenfalls noch auf dem Markt sei.«

Ich lächelte. »Ihr versteht sicher, dass ich dazu nichts sagen kann. Sich zu Mister Price' Privatleben zu äußern liegt ganz allein bei ihm.«

Donna schmunzelte. »Natürlich. Tut mir leid, dass wir dich in so eine verzwickte Lage gebracht haben. Aber dann habt ihr euch wenigstens besser kennenlernen können. Ich habe den Eindruck, dass er nicht mehr so verbissen und … hart ist wie vor deiner Zeit.«

Meine Mundwinkel zuckten. Ich wusste mit Gewissheit, dass er noch sehr *hart* sein konnte – aber anders, als Donna das meinte. »Ich lasse mich durch seine Art nicht beirren«, erklärte ich deshalb.

»Ich denke auch, dass der Kaffeebecher einen großen Teil dazu beigetragen hat«, meinte Summer grinsend.

Überrascht schaute ich sie an, doch sie zuckte mit den Schultern. »Sorry, Kilian hat es erwähnt, nachdem er ihn bei Mister Price im Büro gesehen hat.«

Joleen kicherte, während Summer den anderen beiden von dem *Grumpy*-Aufdruck erzählte.

»Meine Güte, da hast du dich ja gleich zu Beginn sehr weit aus dem Fenster gelehnt«, meinte Donna und legte den Kopf schräg. »Aber offensichtlich mit Erfolg. Man weiß ja nie so genau, wie die Herren der Schöpfung ticken. In seinem Fall scheinst du jedoch die richtigen Knöpfe gedrückt oder geöffnet zu haben.«

Verwirrt blinzelte ich und schaute sie fragend an.

»Sie spielt darauf an, wie weit offen du immer deine Blusen trägst«, flüsterte Joleen, als würde sie etwas Unanständiges weitererzählen.

Sofort sah ich an mir herab. »So bin ich nun mal«, erklärte ich irritiert und entschuldigend zugleich.

Als ich zu Joleen schaute und ihre geröteten Wangen bemerkte, musste ich an den Tag zurückdenken, als ich mir in meiner Verzweiflung den BH ausgezogen hatte, um Adrian verrückt zu machen. Das zu wiederholen hatte tatsächlich seinen Reiz – und das jetzt sogar aus mehreren Gründen. Zu gern würde ich seine Reaktion erleben, wenn er mitbekam, dass ich wieder nichts unter meiner Bluse trug. Und ich genoss dieses Freiheitsgefühl ja auch an meinen BH-losen Wochenenden.

Wir bekamen unsere Getränke und gleich darauf unser Essen serviert und Donna erzählte von ihrer Tochter, die ein Baby erwartete, und dass sie sich unglaublich freute, bald eine Grandma zu sein. Auch Summer geriet ins Schwärmen, als sie uns sagte, wie sehr sie sich ein ganzes Haus voller Kinder wünschte – was Donna damit kommentierte, dass sie erst mal eines bekommen sollte. Das könnte ihren Wunsch schnell wieder ändern. Und Joleen saß schweigend neben uns und lauschte den Unterhaltungen.

Auf dem Rückweg ins Büro gingen Donna und Summer angeregt plaudernd einige Meter vor uns. Den Moment nutzte ich, um ungestört mit Joleen zu reden.

»Wie läuft es mit dir und Mister Unnahbar?«

Sie presste die Lippen aufeinander und schmunzelte traurig. »Unverändert. Ich habe mich aber auch damit abgefunden. Ich bin zu ruhig, zu unauffällig, zu schüchtern. Wie läuft es bei dir?

Du scheinst es ja geschafft zu haben, deinen *Grumpy Boss* mit deiner Strategie gebändigt zu haben ... Zumindest ist sogar den anderen aufgefallen, dass Mister Price nicht mehr so mürrisch ist.«

Meine Mundwinkel zuckten. »In meinem Fall hat es geklappt, den Löwen zu bändigen, ja. Wobei ich bestimmt auch echt Glück hatte. Das alles hätte leicht nach hinten losgehen können. Dann wäre ich jetzt nicht mehr bei *Cunningham Solutions Inc.*«

»Ich wünschte, ich hätte ein bisschen mehr von deinem Mut«, meinte sie und lächelte traurig.

Am Abend, als sich der Stock weitestgehend geleert hatte – Alessa hatte ich bereits Bescheid gesagt, dass es bei mir noch dauern würde –, ging ich noch einmal in Adrians Büro. Unter dem Vorwand, ihm ein Schreiben vorzulegen, das ich verfasst hatte, klopfte ich an. Beim Betreten schloss ich jedoch diesmal die Tür hinter mir – etwas, was ich sonst nie tat.

Sofort hatte ich seine Aufmerksamkeit und Erkenntnis blitzte in seinem Gesicht auf.

»Was kann ich noch für Sie tun, Miss Mackenzie?«, fragte er und lehnte sich mit einem Grinsen im Stuhl zurück, die Hände vor sich verschränkt. Sein Blick tastete sich über meinen Körper und blieb schließlich an der Bluse hängen, wo sich durch den kühlen Stoff meine Brustwarzen abzeichneten.

Nach dem Gespräch von heute Mittag hatte mich die Erinnerung an den BH-losen Bürotag nicht mehr losgelassen, bis ich irgendwann am Nachmittag auf die Toilette verschwunden war und ihn ausgezogen hatte. Ich hatte meine Handtasche dabeigehabt und ihn dort verschwinden lassen. Doch da der Tag nicht nur für mich, sondern auch für Adrian stressig gewesen war, war ihm die kleine Veränderung vermutlich nicht eher aufgefallen. Umso besser, denn ich genoss die Überraschung in seinem Blick nur noch mehr.

»Nun, da ist etwas, was Sie heute Morgen begonnen und bisher nicht abgeschlossen haben«, sagte ich, als ich mich ihm näherte.

Er lehnte sich vor, bis er den Schalter auf seinem Schreibtisch erreichte, der die Scheiben in Milchglas verwandelte.

Mit extra wiegenden Hüften ging ich an seine Seite, drehte seinen Bürostuhl, sodass er mir zugewandt war, und beugte mich über ihn. Mit den Händen stützte ich mich an den Armlehnen ab und berührte seine Lippen mit meinen. Mit der Zungenspitze leckte ich darüber und biss sanft in seine Unterlippe, was ihm ein Keuchen entrang.

Als ich mich wieder von ihm löste, blieb ich ein paar Sekunden länger in dieser Haltung, damit er die Aussicht noch genießen konnte.

»Weißt du, woran ich heute Morgen denken musste, als ich das Büro betreten und mich an diesen Schreibtisch gesetzt hatte?«

»Du wirst es mir bestimmt gleich sagen.«

Sein Blick ging mir durch und durch, als er mir in die Augen sah. »Daran, wie du mir letzte Woche zugeschaut hast, als ich es mir selbst gemacht hatte. Und dann habe ich mir vorgestellt, dass du mir nicht nur zugesehen hättest, sondern …«

Als ich den Gürtel seiner Hose löste, stockte er, ehe er mir half, Knopf und Reißverschluss zu öffnen und seinen halbsteifen Schwanz zu befreien.

Langsam ging ich vor ihm in die Hocke. »Mach es nochmal«, verlangte ich.

Mit einem leisen Seufzen begann Adrian, sich selbst zu reiben. Fasziniert schaute ich ihm zu.

»Was habe ich dann in deiner Fantasie gemacht?«, wollte ich wissen, obwohl ich schon eine Ahnung hatte.

»Du hast hier übernommen.«

Nur zu gerne kam ich seinem Wunsch nach und legte meine

Hand um seinen Schaft, nachdem er ihn für mich losgelassen hatte. Ein paar Mal streichelte ich auf und ab, genoss es, wie er in meiner Hand fester wurde. »Habe ich dann auch das gemacht?«, fragte ich, beugte mich vor und leckte mit der Zunge über seine Spitze.

Adrian knurrte. »Ja.«

»Und das?« Als ich ihn in den Mund nahm, spürte ich sofort Adrians Hände an meinem Hinterkopf.

»Fuck, ja! Nicht aufhören.«

Das hatte ich nicht vor. Genüsslich leckte ich ihn, sog an ihm, umkreiste ihn mit meiner Zunge und nahm ihn so tief in mir auf, wie es ging. Und verdammt, ich liebte, wie Adrian schmeckte. Wie er roch, wie er auf mich reagierte. Die Geräusche, die seinen Mund verließen, machten mich unglaublich an, genau wie das Wissen, ihm solche Lust zu bereiten.

»Ich will dich ficken«, knurrte er und zog mich von sich weg.

Überrascht keuchte ich auf, ließ mich aber von ihm umdrehen, bis ich mich auf dem Schreibtisch abstützen konnte. Seine Hände glitten über meinen Oberkörper, tauchten von oben in meine Bluse ein und streichelten meine Brüste, bis er sich zurückzog und schließlich an meinen Seiten tiefer wanderte. Ohne zu zögern raffte er meinen Rock hoch, strich über die Spitzen der Strümpfe, bis er den Slip erreichte. Neckend rieb er über meine Mitte und heizte das Pochen dort noch weiter an.

Der Stoff schnitt sich scharf in die Haut, als er mit einem Ruck mein Höschen zerriss. Doch als er über meine Spalte rieb und seine Finger in mich schob, war der leichte Schmerz vergessen. Wimmernd drückte ich mich ihm entgegen, wollte ihn einfach nur noch in mir spüren. Adrian hatte es jedoch nicht eilig damit. Er neckte mich mit seiner Hand, bis ich ihn anflehte, mich zu nehmen. Und endlich kam er meinem Wunsch nach.

Hemmungslos drang er in mich ein, nahm mich hart und schnell und genau so, wie ich es gerade brauchte. Haltsuchend klammerte ich mich an der Kante des Schreibtischs fest und spürte sie bei jedem Stoß an meinen Oberschenkeln. Und Gott, ich liebte es, wie wild und aufgeheizt Adrian war.

Mit einer Hand packte er mich fest an der Schulter und hielt mich unten, während sich die Finger der anderen in meine Hüfte krallten. Sein Becken schlug gegen meines, aber vor allem spürte ich seinen großen, dicken Schwanz, der wieder und wieder tief in mich vordrang. Der mich an Stellen massierte, die Hitzewellen in mir hochjagten, bis Adrian mit einer Hand zusätzlich über meine Perle rieb. Ich musste mir auf die Lippe beißen, um nicht laut aufzustöhnen, als ich heftig kam, kurz bevor auch er tief knurrte und sich in mehreren Stößen in mich ergoss.

26

Adrian

Nie hätte ich gedacht, dass sich die Sache mit Harper so gut entwickeln würde. Dass die Arbeit weiterhin so reibungslos und professionell lief, obwohl wir, kaum dass der Stock leer war, übereinander herfielen wie die Tiere.

Trotzdem belastete mich nach wie vor, dass Kilian angepisst war, weil er gegen eine Beziehung zwischen mir und meiner Assistentin war. Darüber musste ich unbedingt noch einmal mit ihm sprechen. Ich wollte nicht, dass dieses Thema zwischen uns stand und somit das Verhältnis zu einem meiner besten Freunde gefährdete. Und je länger ich dieses klärende Gespräch hinausschob, desto schwieriger wurde es für mich. Deshalb hatte ich beschlossen, am Samstag abseits der Arbeit mit ihm darüber zu reden. Wir hatten uns in einer Bar verabredet.

Die Frage, ob die Sache mit Harper und mir exklusiv war oder nicht, stellte sich für mich gar nicht. Ich wollte nur sie. Das war schon so, als ich mich noch krampfhaft von ihr ferngehalten hatte. Und auch wenn ich sie an diesem Wochenende nicht sehen würde, weil wir beide mit unserem Privatleben beschäftigt waren, fehlte sie mir. Wir schrieben uns ständig Nachrichten, erzählten, was wir gerade machten oder lernten uns noch besser kennen. Und ich konnte es nicht lassen, ihr zu beschreiben, was ich mit ihr machen wollte, wenn sie heute

Nacht bei mir wäre. Sie antwortete mit einem Foto, das einen Teil ihres Körpers in sexy Unterwäsche zeigte – was es mir nur schwerer machte, gleich die *Bar 54* zu betreten und nicht auf dem Absatz umzukehren, um zu ihr zu fahren.

Die Bar befand sich in der vierundfünfzigsten Etage des *Hyatt Centric* und war New Yorks höchste Dachterrassenbar. Kilian saß bereits an unserem Tisch, den wir immer belegten, wenn wir hier waren, und genoss den Ausblick über die nächtliche Skyline. Ein Glas Scotch vor sich hob er die Hand, als er mich erblickte.

Ich nickte ihm zu, legte einen kurzen Zwischenstopp an der Theke ein, wo ich mir einen Whiskey bestellte, und ging schließlich zu ihm. »Sorry, ich hab es nicht früher geschafft.«

»Kein Ding. Bin auch erst vor wenigen Minuten gekommen. Dafür hab ich schon mal alle abgecheckt.« Er grinste.

Flüchtig ließ ich meinen Blick einmal durch die Bar schweifen. »Hast du?«

Er deutete mit dem Kopf in Richtung Theke, wo zwei Frauen saßen, die zu uns schauten. Eine davon war brünett, die andere blond. »Perfekt für uns, oder was meinst du?«

Keine Ahnung, ob er mich testen wollte. Die Blondine war ganz sicher für mich gedacht, aber ich musste diese Vorlage gleich nutzen, um mit ihm über den Grund zu reden, weshalb ich mich mit ihm verabredet hatte.

»Die sehen gut aus, keine Frage. Du solltest sie dir schnappen. Beide.« Bei meinem letzten Wort hatte ich seine Aufmerksamkeit. »Kil, ich weiß, du bist dagegen, aber es ist nun mal so, dass mir Harper … enorm viel bedeutet. Sie ist mir einfach zu wichtig, als dass ich es zulassen könnte, sie zu verletzen, zu hintergehen oder gar zu verlassen.«

»Es gibt so viele Frauen in dieser Stadt. Warum, verdammt noch mal, muss es genau deine Assistentin sein?«

»Weil ich verrückt nach ihr bin«, sagte ich halb lachend,

halb verzweifelt. Irgendwie hatte ich gerade das Gefühl, dass die Freundschaft zu Kil auf der Kippe stand.

»Ich war auch verrückt nach Rebecca, falls du das vergessen hast.«

Seufzend drehte ich mein Glas zwischen den Fingern. »Nein, das hab ich nicht vergessen. Ich hab dich noch nie so gesehen wie damals und es tut mir heute noch weh, wenn ich an die Zeit zurückdenke.«

Kilian hat Rebecca in seinem ersten Job kennengelernt. Er hatte gleich nach dem College einen Job in einer Marketingagentur bekommen und sich voller Ehrgeiz in die Arbeit geschmissen. Rebecca war schon etwas über ein Jahr dort und als es darum ging, eine große Werbekampagne zu entwickeln, haben sich mehrere Teams gebildet, die gemeinsam Ideen ausarbeiten sollten. Da Rebecca und Kilian ein Paar wurden, kurz nachdem er den Job bei der Agentur bekommen hatte, war es klar, dass die beiden zusammenarbeiteten. Kilian war unglaublich talentiert und kreativ. Er hatte ein Konzept auf die Beine gestellt, für das sogar ich Feuer und Flamme war. Ich erinnere mich noch daran, als wir in genau dieser Bar gesessen hatten und er uns von der Ausschreibung erzählt hatte. In den Tagen darauf habe ich mehrfach miterlebt, wie er an der Ausarbeitung des Konzepts gearbeitet hatte. Er brannte so für die Idee, dass er sich die Arbeit mit nach Hause genommen hatte. Rebecca half zwar mit, aber sie hatte die ausführende Rolle übernommen. Kilian hatte ihr etwas gesagt – und sie hatte es getan. Der kreative Part war jedoch er.

Als dann endlich der große Tag gekommen war und alle Teams ihre Vorschläge vorstellen sollten, übernahm Rebecca das Wort in der Präsentation. Sie hatte diesen Vortrag bis ins Detail geplant und ohne Kilian einen Funken Chance zu lassen, alles richtigzustellen, hatte sie sich als die Schöpferin dieser Idee vorgestellt. Was darin endete, dass sie neben der Zusage für die

Kampagne eine Beförderung, den Ruhm und die Anerkennung bekam, die eigentlich Kil zugestanden hätten.

Die Beziehung zerbrach noch am selben Tag. Einen Monat später hatte er das Konzept für *Cunningham Solutions Inc.* ausgearbeitet und zumindest Logan und Mason davon überzeugt, einzusteigen.

Ich war damals erstens noch nicht mit dem Studium fertig und zweitens hatte ich so meine Zweifel daran gehabt, dass ich in diesem Job ausgelastet sein würde. Heute sorgte diese Annahme nur für ein schwaches Lächeln auf meinen Lippen.

»Ich weiß einfach, wie scheiße es sich anfühlt, wenn man nicht nur von der Freundin, sondern auch von den Kollegen verraten wird.«

»Aber Harper ist doch gar nicht in der Position, mir eine Idee oder meinen Job abspenstig zu machen. Weil sie als meine *Assistentin* arbeitet und gar nicht das Fachwissen hätte. Noch dazu würde ich ihr so etwas nicht zutrauen. Abgesehen davon weiß ich, dass ihr drei hinter mir steht. Ihr kennt mich so lange und würdet doch merken, wenn sich jemand zwischen uns stellen würde, um mich aus dem Unternehmen oder von euch wegzutreiben.« Ich trank einen Schluck, weil ich die kurze Pause brauchte, um meine Gedanken zu sortieren. »Kil, ich bin verrückt nach dieser Frau! Und zu meinem Glück arbeite ich mit ihr zusammen und kann sie so wenigstens ein bisschen öfter sehen. Ansonsten würde das Ganze in einer Wochenendbeziehung ausarten, weil ich – zumindest momentan noch – zu viel Zeit im Büro verbringe, um nebenbei noch ein ausgewogenes Sozialleben zu haben.«

»Ich will einfach nicht, dass du denselben Scheiß durchmachst wie ich, Adrian!« Kil wirkte wirklich verzweifelt.

»Ich weiß. Aber das wird nicht passieren. Hab Vertrauen in mich …«

»Du kannst *nie* wissen, wer dir in den Rücken fällt, verdammt!«

So wütend wie jetzt hatte ich ihn selten erlebt. Er stand auf, nahm seinen Scotch und ging zum Tresen, wo er sich auf einen Barhocker setzte.

Eine eindeutige Ansage, aber ich ließ ihm einen Moment, um sich etwas zu beruhigen. Erst als ich mein Glas geleert hatte, ging ich zu ihm – bevor die beiden Frauen die Gunst der Stunde nutzten und ihn ansprachen. Oder mich. Wobei sich vermutlich keine Frau in seine Nähe trauen würde, mit diesem Gesicht, das er gerade zog.

Schweigend setzte ich mich auf den Barhocker neben ihm und bestellte einen weiteren Whiskey bei Gordon. Erst als er mir das Getränk serviert hatte, wandte ich mich wieder an Kilian. »Es tut mir leid, was dir damals passiert ist. Wirklich. Ich dachte, du wüsstest das. Aber es sind nicht alle Frauen gleich. Das solltest auch du in den letzten Jahren gemerkt haben.« Als er kurz den Blick hob und mich anschaute, grinste ich schief, doch er erwiderte es nicht. »Harper macht mich glücklich und ich hatte gehofft, dass du dich für mich … für uns freust.«

Er schnaubte auf und trank. Geräuschvoll knallte er das leere Glas auf den Tresen und winkte Gordon, der ihm nachschenkte. »Du bist naiv, Adrian, wenn du verleugnest, dass sich das innerhalb weniger Augenblicke ändern kann.«

»Man kann nie wissen, wie sich eine Beziehung entwickelt. Da hast du recht. Doch im Grunde kann mir auch jede andere x-beliebige Frau das Herz brechen, verstehst du? Nur ist es Harper, die ich will. Sicher, jetzt, nach einer Woche, kann ich nicht sagen, wohin uns diese Beziehung führt, aber …«

»Ganz richtig«, fiel er mir ins Wort. »Man kann es nie wissen. Nicht einmal nach Monaten.«

Ich holte tief Luft, versuchte, meinen wachsenden Ärger auf ihn zu zügeln. »Verdammt, Kil, ich weiß, es ist scheiße, was dir damals passiert ist, aber die Situation ist nicht wie bei dir und Rebecca.«

»Weißt du, im Grunde ist es mir egal, ob du mit ihr glücklich bist, oder scheiterst. Ob sie dich hintergeht und du im Nachhinein feststellst, dass ich doch recht gehabt hatte. Nein, auch nicht richtig. Ich wünsche dir aus tiefster Seele, dass sie die Richtige für dich ist. Aber weißt du, was mich an dieser Sache am meisten anpisst? Dass du dich mir nicht anvertraut hast. Wir haben uns mehrfach über sie unterhalten, du hast jedoch immer so getan, als würde sie dir zwar gefallen, aber dass du im Grunde die Finger von ihr lassen wirst. Du hast mir weisgemacht, andere Frauen zu ficken, anstatt mir einfach zu sagen, dass du nur einen Weg suchst, wie du sie rumkriegen kannst. Hast du eine Ahnung, wie ich mich gefühlt habe, als rauskam, dass du sie mit nach Atlanta genommen hast? Ehrlich gesagt hätte ich mir gewünscht, dass du das *vorher* mit uns besprichst und uns nicht vor vollendete Tatsachen stellst. Ich hab dich gefragt, ob du was von ihr willst, ob was zwischen euch läuft. Jedes Mal hast du so getan, als wärst du zwar scharf auf sie, aber als würdest du Wege finden, um mit deinem Verlangen auf professionelle Weise klarzukommen. Nicht, indem du sie vögelst. Da frage ich mich, inwieweit ich auch in anderen Angelegenheiten auf dein Wort vertrauen kann. Ob die Entscheidung, dich ins Boot von *Cunningham Solutions Inc.* zu holen, die richtige war.«

Bäm, das saß. Und ich konnte nicht einmal etwas erwidern. Weil er verdammt noch mal recht hatte. »Ich kann dich nur um Verzeihung bitten. Es war nicht meine weiseste Vorgehensweise, aber ich musste erst für mich selbst rausfinden, wohin mich diese Sache führt.«

Statt mir zu antworten, ja geschweige denn, mich eines Blickes zu würdigen, trank er von seinem Glas.

»Fuck, Kil, hier geht es nicht um irgendeinen gerichtlichen Fall. Hier geht es um einen Menschen, um Gefühle. So etwas entwickelt sich und du weißt selbst, dass man, wenn man selbst betroffen ist, nicht rational denken kann. Ich schätze deine

Meinung zu dem Thema und dass du dir Sorgen um mich machst. Aber ich hoffe, du kannst auch verstehen, dass ich die Beziehung zu Harper nicht einfach wieder beenden werde, nur weil du vor Jahren eine einzige schlechte Erfahrung gemacht hast. Und ich würde mir wünschen, dass das Ganze weder unsere Freundschaft noch unser geschäftliches Verhältnis in irgendeiner Weise beeinträchtigen wird. Du kennst mich verdammt lange, Kil, da hast du recht. Du weißt, dass du dich *immer* auf mich verlassen konntest. Dass ich genau wie du hin und wieder Scheiße gebaut habe, ist kein Geheimnis. Aber ich war jedes Mal Manns genug, die Sache klar anzusprechen. Exakt aus dem Grund sind wir heute hier. Und ich hoffe, wir können auch diesmal die Differenzen beseitigen und hinter uns lassen.«

Kilian drehte sein Glas zwischen zwei Fingern, ehe er es auf dem Tresen abstellte und aufstand. Ohne Vorwarnung donnerte seine Faust auf mein Kinn. In dem Schlag steckte so viel Kraft, dass ich rückwärts stolperte und gerade noch an der Bar Halt fand, bevor ich gegen den Kerl hinter mir gefallen wäre.

Ein Raunen ging durch die Menge in unserer Nähe und die Gäste traten einige Schritte von uns weg oder wogen die Situation ab, um bei Bedarf einzuschreiten, doch ich würde den Teufel tun und zurückschlagen. Den Treffer hatte ich verdient.

Kilian schüttelte seine rechte Hand, während er sich wieder setzte, und griff mit der Linken nach seinem Glas, um es zu leeren.

Die Nervosität der Umstehenden wich langsam, und auch Gordon nahm seine Arbeit wieder auf, nicht ohne uns weiterhin im Blick zu behalten. Ich rieb mir mein Kinn und ließ dem Schmerz Zeit, sich in ein unangenehmes Pochen zu verwandeln. Dann wandte ich mich Kil erneut zu, um ihm zu sagen, dass ich den Schlag dahingehend interpretierte, dass diese Sache nicht länger zwischen uns stand, sondern erledigt war, als er mir zuvorkam.

»Gestern hat mich Sylvie angerufen«, sagte er, den Blick auf sein Glas gerichtet.

»Was … Sylvie? Was wollte sie von dir?« Sofort war ich alarmiert.

Bis heute hatte ich ihr nicht auf die E-Mail geantwortet. Sie hatte sich seitdem nicht bei mir gemeldet, aber dass sie nun mit Kil in Kontakt trat, machte mich stutzig und verlieh mir das Gefühl, von außen überwacht zu werden.

»Wir haben geplaudert … über alles Mögliche. Unter anderem auch über dich.«

Verhalten stöhnte ich auf. »Was hast du ihr über mich erzählt?«

»Sie hat gefragt, ob mit dir alles in Ordnung sei, weil sie dir eine E-Mail geschickt hat und du dich bis jetzt nicht bei ihr gemeldet hast. Sie meinte, sie wolle dich nicht nerven, indem sie dich auch noch anruft, aber die Sache auf sich beruhen lassen, wollte sie dennoch nicht. Deshalb hat sie sich an mich gewandt, um zu fragen, ob es dir gut geht.«

»Was hast du ihr geantwortet?«

»Dass sie sich keine Sorgen machen muss und du vermutlich nur im Stress bist.«

»Sonst hast du ihr nichts gesagt?«

»Nicht direkt. Sie hat sich nur erkundigt, wie sich deine neue Assistentin macht.«

Okay, jetzt wurde ich hellhörig.

»Es hat auf mich den Eindruck gemacht, dass sie über Miss Mackenzie schimpfen oder sie zumindest in ein schlechtes Licht rücken wollte. Deshalb hab ich ihr gesagt, dass ich denke, dass du mit ihrer Arbeit sehr zufrieden bist. Als sie fragte, wie ich mir da so sicher sein konnte, sagte ich ihr, dass du sie nicht umsonst mit nach Atlanta zu den Verhandlungen genommen hast. Ich hoffe, das war in deinem …«

»Fuck!«

Kilian schaute mich fragend an. »Hätte ich nicht …?«

Ich schüttelte den Kopf. »Schon gut, du hast nichts davon gewusst.«

»Wovon?«

»Dass ich ursprünglich eine ihrer Frauen für Atlanta gebucht hatte.«

An seinem Gesicht konnte ich förmlich sehen, wie sich in seinem Kopf alles zu einem großen Ganzen zusammensetzte. »Du hast ihr die Begleitung abgesagt und stattdessen Miss Mackenzie mitgenommen?«

»Nein.« In wenigen Worten erzählte ich, wie sich alles zugetragen hatte – inklusive ihrer E-Mail –, und erläuterte außerdem meine Vermutung zu dem Thema. Nämlich dass ich Sylvie bereits lange genug kannte, um zu wissen, dass sie Kil nicht einfach aus Freundlichkeit angerufen hatte oder aus wirklicher Sorge um mich. Sie tat nie etwas ohne Hintergedanken, und das gefiel mir überhaupt nicht.

»Was denkst du, hat sie vor?«

»Wenn ich das wüsste …« Gedankenverloren schaute ich ins Glas und trank einen Schluck. »Aber ich könnte mir gut vorstellen, dass es sich schon in Kürze zeigen wird.«

Bis dahin ließ mir diese Sache keine Ruhe. Als ich zwei Stunden später nach Hause kam, rief ich erst ihre Social-Media-Kanäle auf und las dort ihre Beiträge. Doch natürlich würde sie Dinge, die sie störten oder bei denen sie sich angreifbar machen könnte, nicht posten. Dazu war sie zu schlau.

Im Anschluss las ich ihre E-Mail ein weiteres Mal, konnte jedoch immer noch nichts zwischen den Zeilen herauslesen.

Zu guter Letzt rief ich die Website ihres Escortservices auf. Auch hier fiel mir zuerst nichts Besonderes ins Auge, bis ich bemerkte, dass eine der Frauen nicht mehr zur Verfügung stand: Lisa. Ihr Profil war weg, als hätte es sie nie gegeben. Sogar bei der unverbindlichen Buchungsanfrage, bei der man per Drop-down-Menü die Frauen auswählen konnte, war sie nicht mehr gelistet. Das irritierte mich und ich überlegte, ob es irgendeinen Zusammenhang zu mir gab.

In dieser Nacht lag ich lange wach und versuchte, aus allem schlau zu werden. Und die Möglichkeiten, die mir in den Sinn kamen, waren allesamt keine, die mir gefielen …

27

Harper

Zugegeben, ich liebte es, wenn Adrian und ich uns im Büro neckten. Wenn wir die Finger nicht voneinander lassen konnten, kaum dass die Bürotür geschlossen und das Glas milchig war, oder wenn wir ganz allein auf dem Stockwerk waren. Was nicht hieß, dass es eine rein berufliche Romanze war. Letzte Woche ist er zweimal nach der Arbeit noch mit zu mir gekommen und einmal ist er sogar so lange geblieben, bis ich eingeschlafen war. Wir waren im Kino gewesen und er hatte mich zum Dinner ausgeführt.

Ich war bis über beide Ohren verliebt und freute mich jeden Tag aufs Neue darauf, ihn zu sehen. Ich liebte seinen Humor und sein weitreichendes Wissen in so vielen Bereichen, egal ob es den Bürgerkrieg oder die europäische und amerikanische Geschichte betraf. Er war kunstinteressiert und zudem von Motorsport fasziniert. Es machte Spaß, mit ihm über Bücher und Filme zu diskutieren. Ich liebte seine direkte Art, die jetzt gar nicht mehr mürrisch auf mich wirkte, sondern einfach sachlich und zielorientiert. Mir imponierte, dass er so konsequent seinen Arbeitsplan durchzog, dass er so ambitioniert war, noch vor allen anderen im Büro zu sein und oft als einer der Letzten das Stockwerk zu verlassen. Alles in allem genoss ich jede Minute mit ihm – egal ob im Büro oder in unserer Freizeit.

Alessa freute sich mit mir, als ich ihr von unserer Entwicklung erzählt hatte. Auch wie es jetzt im Büro mit uns weiterging, was meine Eltern zu ihm gesagt hatten und dass sich die Beziehung zwischen Adrian und mir nur weiter intensivierte.

Seit Neuestem machte er auch vor den anderen hier auf der Etage kein Geheimnis mehr daraus, dass wir zusammen waren, nachdem er am Wochenende alle aus der Geschäftsleitung eingeweiht hatte. Wir tauschten flüchtige Zärtlichkeiten im Flur und küssten uns zum Abschied, wenn einer von uns früher das Büro verließ, ungeachtet dessen, dass andere uns sehen konnten.

Donna, Summer und Joleen hatten diese Neuigkeit mit einem kleinen Nachmittagsplausch in der Teeküche zelebriert, bei dem sie erfahren wollten, wann und wie wir festgestellt hatten, dass da mehr zwischen uns war. Natürlich hatte ich die ganzen schlüpfrigen und privaten Details ausgespart. Ich hatte den Frauen nur verraten, dass schon vor Atlanta eine gewisse Anziehung zwischen Adrian und mir geherrscht hatte und diese Geschäftsreise dafür gesorgt hatte, dass wir uns endlich näherkamen.

Auch die anderen schienen die Neuigkeit durchwegs positiv aufgefasst zu haben, obwohl ich den Eindruck hatte, dass so manche Kollegen die Köpfe zusammensteckten, um zu tratschen. Aber das ließ sich wohl nicht vermeiden und ich war zu denen dann besonders freundlich, wenn sie ertappt auseinanderfuhren, sobald ich in ihrer Nähe auftauchte.

Es gab also nichts, was mich an der Ernsthaftigkeit seiner Gefühle für mich zweifeln ließ. Bis zu diesem Dienstagvormittag.

Gerade eben war auf Adrians Handy ein Anruf eingegangen, den er verpasst hatte, weil er auf der Toilette gewesen war. Noch verbuchte ich es als Zufall, dass gleich darauf das Telefon bei mir klingelte, doch als ich hörte, *wer* anrief, war ich mir dessen nicht mehr so sicher.

»Sylvie York, verbinden Sie mich mit Adrian.«

Kein *guten Tag*, kein *bitte* – auch ihr Befehlston stieß mir übel auf.

Ich biss mir auf die Zunge, zwitscherte ein freundliches »Natürlich« und drückte auf den Knopf für die Durchwahl ins Büro, wo Adrian sich in diesem Augenblick wieder an seinen Schreibtisch setzte.

Als er meinen Namen auf dem Display sah, schaute er zu mir und lächelte.

»Harper?«, fragte er mit seiner sexy tiefen Stimme, und wenn ich nicht wüsste, wer darauf wartete, mit ihm verbunden zu werden, hätte ich mich zu einem Flirt hinreißen lassen.

»Miss York ist in der Leitung. Ich glaube, sie hat eben schon auf deinem Handy angerufen?«

Er nahm das Smartphone in die Hand und ich konnte sehen, wie er mit den Augen rollte. »Ja, hat sie. Stell sie durch.«

Dass er genauso wenig begeistert war, mit ihr zu sprechen, freute mich. Doch dieses Hochgefühl verflog in den nächsten paar Minuten, als er auflegte und mich wieder anrief. »Sie ist in der Nähe und wird gleich vorbeikommen. Sei bitte nett zu ihr.«

Keine Ahnung, was der Nachsatz zu bedeuten hatte. Ich war – im Gegensatz zu ihr – immer freundlich und höflich gewesen. Womöglich hatte sie ihm weiß Gott was über mich erzählt. Vielleicht würde ich es bei Gelegenheit bei ihm ansprechen.

Aber dass sie gleich hier sein würde, gefiel mir nicht. In weiser Voraussicht rief ich Joleen an und bat sie, mich wieder an ihrer Hafermilch bedienen zu dürfen, falls Miss Bitchy erneut auf diesen speziellen Kaffee bestand.

Innerlich wappnete ich mich auf ihren Besuch und doch konnte mich nichts darauf vorbereiten, als sie wenig später mit Overknee-Stiefeln, knappem Lederrock und einer leicht durchsichtigen, schwarzen Bluse ohne BH darunter an mir vorbeistöckelte. Keine Ahnung, ob das zu ihrer normalen Aufmachung gehörte oder ob sie alles dafür tat, Adrians Aufmerksamkeit zu erlangen. Mit diesem Outfit hätte sie unter anderen Umständen wie eine aus dem horizontalen Gewerbe wirken können. Sie wog es jedoch mit ihrer Eleganz, den gewählten Accessoires sowie ihrer aufwändigen Frisur, die sie heute wie eine nordische Kriegerin aussehen ließ, wieder auf.

Neidlos musste ich zugeben, dass sie einfach verdammt sexy aussah. Doch das alles half nicht darüber hinweg, dass sie mich wieder einmal ignorierte, als ich sie begrüßte. Überhaupt stolzierte sie an mir vorbei, als wäre sie die Königin höchstpersönlich. Sie reagierte auch nicht, als ich sie bat, vor dem Büro zu warten. Adrian hatte die Trennwände in Milchglas verwandelt – ich vermutete, weil *er* bestimmen wollte, wann er Miss Bitchy empfing. Doch das war ihr völlig egal. Ja, wahrscheinlich dachte sie sogar, dass sie dadurch dafür sorgen konnte, dass ich im Ansehen bei Adrian sank, weil ich meinen Job nicht ordentlich ausführte.

Ich eilte ihr hinterher und betrat direkt nach ihr sein Büro. »Tut mir leid, Mister Price, sie hat mich nicht …«

»Adrian, wie schön, dich zu sehen«, übertönte sie mich, als wäre ich gar nicht da.

Innerlich kochte ich. Entschuldigend sah ich zu Adrian, der an seinem Schreibtisch saß und genervt von Miss York zu mir schaute. »Schon gut, Harper«, sagte er schließlich in mildem Ton.

Sie drehte sich um und musterte mich abfällig von oben bis unten. Zum Glück hatte ich heute Morgen das Etuikleid angezogen, das meine schlanke Taille und meine Oberweite betonte und mit seinem petrolfarbenen Stoff das Blau meiner Augen noch unterstrich. Ich wusste, dass ich verdammt gut darin aussah. Kompetent und elegant. Und mit meinen High Heels war ich fast genauso groß wie sie. »Ach, Sie sind auch hier? Ich habe Sie gar nicht bemerkt. Ich nehme einen Caramel Chai Latte.«

Was für eine Bestellung! Dafür würde ich in den Coffeeshop um die Ecke müssen und konnte nur beten, dass sie so ein Getränk hatten.

Unbeirrt überbrückte sie die paar Schritte zu Adrian, der aufgestanden war und sein Jackett demonstrativ zuknöpfte. Doch als sie bei ihm ankam, ihren Arm um seine Taille legte, die zweite Hand an seiner Brust, und ihn zur Begrüßung auf den Mund zu küssen versuchte, bebte ich vor Zorn. Dass er seinen Kopf deutlich abwandte und sie beharrlich von sich schob, gefiel mir jedoch umso mehr.

»Es gibt Kaffee. Groß, klein, mit Milch und Zucker oder ohne. Oder Harper bringt dir ein Glas Wasser.«

Seine klare Ansage ließ mich hinter ihrem Rücken grinsen. Keine Ahnung, was zwischen den beiden vorgefallen war, aber ich war erleichtert, dass er ihr Grenzen aufzeigte.

»Ach, wenn ich es mir genau überlege, brauche ich eigentlich gar keinen … Kaffee.« Sie sagte das letzte Wort seltsam betont, als würde es hier um einen Insider gehen, und lachte dann auch noch schallend.

Stirnrunzelnd schüttelte ich den Kopf und wandte mich dann an Adrian. »Espresso?«

»Danke, Harper. Vielleicht später.« Er sagte es weich und freundlich im krassen Gegensatz zu der Art, wie er mit Miss Bitchy redete. Und jetzt fiel mir auch auf, dass er mit ihr so sprach, wie er es früher mit mir getan hatte. Wie er es mit allen anderen hier auf dem Stockwerk tat. Er machte klare Ansagen, ohne zu lächeln oder die Schärfe aus seiner Stimme zu nehmen. Das tat er nur bei mir. Und bei seinen Kumpels, also bei den drei anderen Geschäftsführern.

Ein letztes Mal schaute ich unschlüssig zwischen den beiden hin und her, ehe ich das Büro wieder verließ und die Tür hinter mir zuzog, ohne sie ganz zu schließen.

Nur zur Sicherheit, redete ich mir ein.

Ich nahm an meinem Schreibtisch Platz und starrte gebannt auf das Milchglas des Büros, das einfach nicht durchsichtig werden wollte.

Vielleicht war es idiotisch, dass Eifersucht in mir brodelte – immerhin hatte er mir eben mehr als deutlich gezeigt, wie er für mich empfand und was er hingegen von ihr hielt. Trotzdem schaffte ich es nicht, tatenlos sitzen zu bleiben. Deshalb schnappte ich mir kurzerhand meinen Block und einen Stift zur Tarnung und ging zurück zur Tür. Ein Blick über meine Schulter verriet mir, dass der Flur leer war. Niemand würde bemerken, wenn ich lauschte … Und falls Adrian doch noch die Scheiben durchsichtig machen würde, hätte ich den Block in der Hand und würde mir aus dem Stegreif eine Ausrede einfallen lassen müssen, weshalb ich vor seiner Bürotür herumlungerte.

Mit angehaltenem Atem konzentrierte ich mich auf die Stimmen, die aus dem Inneren gedämpft herausdrangen. Erst verstand ich nur Wortfetzen, und die Art, wie sie dabei fast schon schnurrte, als sie mit ihm sprach, schürte meine Eifersucht noch mehr.

»Was willst du, Sylvie? Warum kommst du einfach hier reinspaziert und ignorierst nicht nur meine Assistentin, sondern auch meine Privatsphäre?«

»Du hast dich nicht auf meine E-Mail gemeldet. Ich wollte nicht, dass das Thema mit dem verpatzten Wochenende zwischen uns steht. Überhaupt sollst du wissen, dass ich von alldem erst im Nachhinein erfahren hatte. Dass Ashley diesen Unfall hatte, war schreckliches Pech, doch ich hätte dir noch Ersatz organisiert. Falls so was noch einmal vorkommt – was ich jedoch nicht hoffe, denn das sollten Ausnahmen bleiben, die mir äußerst unangenehm sind –, ruf bitte *mich* an. Zu jeder Tages- und Nachtzeit, Adrian. Ich hätte dir eine Frau besorgt, die …«

»Das ist alles schön und gut, Sylvie, aber es war nicht nötig. Harper hat das ausgezeichnet für mich gemanagt und mich schließlich kurzfristig auf meiner Geschäftsreise begleitet. Was rückblickend gesehen sicher die beste Entscheidung war.«

Es folgte ein Schweigen und mein Herz begann zu rasen. Da der Teppichboden die Schritte schluckte, konnte ich nicht hören, ob sich jemand auf die Tür zubewegte, weshalb ich selbst ein kleines Stück zurückwich – nur zur Sicherheit.

»Nun … dann … freut es mich für dich, dass du durch Ashleys Ausfall keine weiteren Umstände hattest. Trotzdem will ich, dass du weißt, dass ich dir nach wie vor eines meiner Mädchen für einen Abend kostenlos zur Verfügung stellen möchte. Als Wiedergutmachung, wie bereits in der E-Mail erwähnt.«

Am liebsten hätte ich die Tür aufgerissen, wäre ins Büro gestürmt und hätte dieser Hexe die Augen ausgekratzt. Wahlweise hätte ich sie auch an den Haaren aus dem Büro gezogen und mit dem Kopf voran in die Kloschüssel getunkt. Doch Adrians Stimme hielt mich davon ab.

»Gut, dann will ich Lisa. Diesen Freitag.«

Ich schwöre, mein Herz hatte in diesem Moment für mehrere Takte zu schlagen aufgehört, ehe es schmerzhaft in meiner Brust weiterrumpelte.

»Nun … es ist so, dass Lisa jetzt nicht mehr für mich arbeitet. Daran ist nicht zu rütteln, aber … ich habe da eine absolut besondere Frau für dich. Stephenie ist blond, hat lange Beine, schöne Brüste. Sie ist gebildet, humorvoll und soll unfassbar gut sein … wenn du verstehst, was ich meine.«

»Na, das klingt doch ausgezeichnet.«

Fassungslos stolperte ich ein paar Schritte zurück. Konnte nicht glauben, was ich da eben gehört hatte.

Tränen stiegen in mir hoch, die ich mühsam zurückkämpfte. Mit dem Oberschenkel stieß ich gegen meinen Tisch, auf den ich Block und Stift warf. Irgendwie zerrte ich meine Handtasche aus der Schublade und eilte damit davon in Richtung Toiletten.

Ich sperrte mich in einer der Kabinen ein und setzte mich auf den heruntergeklappten Toilettendeckel. Mit aller Kraft kämpfte ich dagegen an, zu weinen. Weil ich dieser Miss Bitchy ihren Erfolg nicht gönnte. Und weil ich einfach nicht fassen konnte, dass Adrian das wirklich getan hatte.

Mehrmals atmete ich tief durch, dann kramte ich mein Handy aus der Tasche und wählte Alessas Nummer – doch ich landete direkt auf ihrer Mobilbox. Fast hätte ich wieder aufgelegt, ehe ich beschloss, mein Herz kurzerhand auf Band auszuschütten. Sie würde es sicher in einer ihrer Pausen abhören können – spätestens beim Mittagessen – und mir dann schreiben. Oder anrufen. Was auch immer. Vielleicht schickte sie gleich ein Rettungskommando vorbei.

»Hey, tut mir leid, dass ich dir jetzt alles auf Band spreche. Eigentlich wollte ich deine Meinung dazu hören, weil du mir bestimmt sagen würdest, dass alles halb so schlimm sei. Dass ich übertreibe und Dinge hineininterpretiere, die nicht sind, aber … Gerade ist Miss Bitchy bei ihm und … Sie hat ihm eines ihrer Mädchen angeboten.« Trocken lachte ich auf. »Was heißt da, angeboten? Aufgedrängt. Angepriesen wie ein Stück Fleisch, das er, weil bei der letzten Buchung so viel schiefgelaufen ist, kostenlos haben kann. Einen ganzen Abend lang. Und jetzt rate mal, was er darauf gesagt hat …« Ich holte tief Luft, ehe ich aussprach, was ich immer noch nicht verstehen konnte. »Er hat ihr zugesagt und trifft sich am Freitag mit ihr … Gott, Alessa, ich weiß echt nicht, was ich davon halten soll. Was ich tun soll. Also vielleicht kannst du dich bei mir melden, sobald du die Nachricht gehört hast.« Meine Stimme bebte bei den letzten Worten.

Als ich aufgelegt hatte, zitterte ich und warf das Handy zurück in meine Tasche. Ich putzte mir die Nase, trocknete meine Wangen und verließ die Kabine, um mein Make-up im Spiegel zu prüfen. Zum Glück war nur wenig verschmiert – nichts, was man nicht mit einem Tuch, Wasser und etwas Puder wieder richten konnte.

Gerade suchte ich nach meiner Puderdose, als hinter mir die Spülung ging und ich erschrocken innehielt. Keine Ahnung, wer noch hier war und mit Sicherheit meine Mobilbox-Nachricht mitbekommen hatte. Doch egal, wer es war, das, was ich gesagt hatte, war nicht für fremde Ohren bestimmt gewesen.

Kurz war ich versucht, wieder zurück in die Kabine zu flüchten und dort auszuharren, bis die Person verschwunden war. Ich hatte immerhin keine Namen genannt bis auf Miss Bitchy. Was aber, wenn mich jemand belauscht hatte, der meine Stimme erkannt hatte? Womöglich würde diejenige weiterplaudern, was niemanden etwas anging. Allem voran, dass Adrian Price Escort-Girls buchte. Also gebucht hatte. Und jetzt immer noch … wie sagte man da? In Anspruch nahm? Und mich dabei bis auf die Knochen demütigte …

Die Tür ging auf und ich begegnete Donnas mitleidigem Blick. Sie trat neben mich, wusch sich die Hände und wandte sich mir schließlich zu, während ich mein Make-up ausbesserte und versuchte, sie zu ignorieren. Vielleicht würde sie sich ja als Illusion entpuppen, wenn ich ihre Anwesenheit ausblendete.

»Ach, Harper, es tut mir leid. Ich hab unfreiwillig dein Telefonat mitgehört und … du kannst dir sicher sein, dass ich natürlich niemandem davon erzählen werde.«

Beschämt wandte ich mich von ihr ab, verstaute wieder alles in meiner Tasche und wusch mir ebenfalls die Hände.

»Keine Ahnung, ob du darüber reden möchtest, aber wenn, dann … weißt du, wo du mich findest.«

Ich hob den Blick und begegnete ihrem über den Spiegel hinweg. »Danke.« Auf keinen Fall würde ich mich ihr anvertrauen, noch dazu, da ich sie kaum kannte. Auch wenn sie bisher einen netten Eindruck auf mich gemacht hatte.

»Wenn ich dir einen Tipp geben darf … so aus der Erfahrung

meines Lebens heraus … Rede mit ihm. Wenn dich verletzt, was er tut, dann sag ihm das. Völlig egal, worum es geht. Ob es nun … diese Sache ist oder ein anderes Thema.«

Meine Hände klammerten sich um den Griff der Handtasche. »Er hat keine Ahnung, dass ich es weiß. Ich habe gelauscht.«

Ein sanftes Lächeln bildete sich auf ihrem Gesicht. »Dann stelle es geschickt an. Nutze die Infos, die du hast, um ihn für dich zu gewinnen. Um ihn von dir zu überzeugen.«

28

Adrian

Dieses Miststück hatte doch tatsächlich gedacht, mir wieder auf die Pelle rücken zu können. Dass ich die Milchglasscheiben nicht deaktiviert hatte, weil sie mich mit ihrem Auftritt überrumpelt hatte, hatte sie schamlos ausgenutzt und sich an mich geschmissen, als wären wir beste Freunde. Oder mehr, denn mit Logan, Kilian und Mason ging ich nie dermaßen auf Tuchfühlung.

Nun war es aber so, dass ich herausfinden wollte, was sie im Schilde führte. Und dafür musste ich mitspielen und sie im Glauben lassen, sie hätte mich weiter in der Hand – auch wenn sich alles in mir sträubte. Deshalb ließ ich auch zu, dass sie sich auf der Couch direkt auf Anschlag neben mich setzte, eine Hand auf meinem Unterarm, den Rücken durchgestreckt, als würde sie ihre Brüste auf dem Präsentierteller vor sich hertragen. Vielleicht dachte sie, dass ich auf ihre billige Aufmache anspringen würde, doch ich fand ihren Aufzug einfach nur lächerlich, um nicht zu sagen peinlich. Und dass sie Harper so von oben herab behandelt hatte, war sowieso unter aller Sau.

Dass sie hergekommen war, um mich dazu zu drängen, ihr Angebot mit dem kostenlosen Abend anzunehmen, war mir schon vorher klar gewesen. Genauso, dass sie sich nicht abschütteln ließ. Doch auch ich hatte meinen Plan …

»Schade, dass Lisa nicht mehr für dich arbeitet. Sie hat mir gefallen.« Und das war nicht gelogen. Sie war eine attraktive Frau, selbst wenn ich heute wusste, dass sie nicht an Harper rankam. Lisa hatte jedoch einen starken Charakter und hatte mich beeindruckt, als sie das Hotel einfach so verlassen hatte, obwohl sie sich noch eine anständige Summe hätte dazuverdienen können, wenn sie geblieben wäre. Und dass sie vor dem Aufeinandertreffen mit Harper nicht abgeneigt gewesen war, hatte sie mir mehr als deutlich klar gemacht.

»Lisa ist hübsch, ja, aber die Zusammenarbeit mit ihr war nicht immer einfach. Sie hat manche Kundenwünsche nicht zu aller Zufriedenheit erfüllt.«

Ich kannte Sylvie gut genug, um zu wissen, dass in diesem Satz unterschwellige Informationen mitschwangen, die ich unbedingt decodieren wollte.

»Sie machte nicht den Eindruck auf mich, als wäre sie abgeneigt gewesen, die Wünsche der Kunden zu erfüllen.«

Ihre linke Augenbraue zuckte für einen Moment nach oben, ehe sie lachte. »Komm schon, wir beide wissen doch, wie euer Abend geendet hat.«

Ah, jetzt wurde es interessant. »Tun wir das?«

»Ich bitte dich … Sie hat dich abblitzen lassen und vorzeitig das Hotel verlassen.« Nun war ihre Stimme voller Hohn.

»Ich frage mich, woher du das wissen willst, wenn ich doch die ganze Nacht bis zum nächsten Vormittag bezahlt habe. Geschweige denn, in welcher Form das für dich von Belang sein sollte.«

Sie schnaubte auf und ich merkte, dass sie in einer Zwickmühle war. Denn den Lohn für körperliche Dienste durften die Mädchen immer selbst behalten.

»Oder hätte sie auch ihr *Trinkgeld für Extraleistungen* bei dir vorlegen müssen?«

Hatte sie Lisa tatsächlich dazu gedrängt, ihr *alles* von der

Nacht zu erzählen? Denn woher sollte sie sonst wissen, dass sie gegangen war, weil sie verhindern wollte, dass ich mich am nächsten Tag für Sex mit ihr hassen würde?

Da fiel mir ein, dass ich gar nicht mehr dazu gekommen war, mich bei Lisa dafür zu bedanken, mich zur Vernunft gebracht zu haben. Geschweige denn, mich für ihren finanziellen Verlust zu entschuldigen und die Differenz aufzuzahlen, denn für Sex hätte sie eben diesen Extraaufschlag erhalten, den sie gänzlich hätte behalten dürfen, ohne eine Abgabe an Sylvie leisten zu müssen.

»Ich hab keine Ahnung, wovon du sprichst, Adrian.« Die Lüge schwang in jedem ihrer Worte mit, das hätte sogar ein Tauber gehört.

»Sicher. Also … dann schicke ich dir die Adresse des Restaurants, in das ich Stephenie ausführe, damit du weißt, wo sie ist und sie passende Kleidung wählen kann. Brauchst du sonst noch was von mir?«

Ihr Blick glitt über meinen Oberkörper. »Wirst du sie danach noch mit zu dir nach Hause nehmen für ein bisschen … Zweisamkeit?« Ekelhaft, wie sie diese Worte gurrte.

»Keine dieser Frauen habe ich je mit zu mir genommen, Sylvie. Daran wird sich auch jetzt nichts ändern. Abgesehen davon wüsste ich nicht, was dich das anginge.«

Höhnisch lachte sie auf. »Seit wann bist du so prüde? Ich will halt einfach nur wissen, ob du dir nach dem Dinner noch eine schöne Zeit mit ihr machen wirst. Immerhin hab ich ihr von deinen Qualitäten vorgeschwärmt.«

Nun war das Fass voll. »Du solltest jetzt besser gehen, Sylvie.« Ich sagte die Worte scharf und drohend.

»Meine Güte, reg dich doch nicht so auf. Deine Leistung im Bett ist schließlich nichts, wofür du dich schämen musst. Abgesehen davon unterliegen die Mädchen, wie du weißt, einer Verschwiegenheitsklausel.«

»Die für dich wohl nicht zu gelten scheint.« Ich stand auf und ging zur Tür, die ich ihr aufhielt.

Kichernd kam sie auf mich zu. Ihre Hände landeten auf meiner Brust.

Meine Kiefer mahlten aufeinander, als ich ihre Handgelenke umfasste und sie von mir löste. Wenn nicht gerade wenige Meter von uns entfernt zwei Programmierer im Flur stünden und sich unterhielten, hätte ich sie mit Garantie nicht so freundlich behandelt. »Einen schönen Tag noch, Sylvie.«

Auf Wiedersehen konnte ich nicht sagen, weil ich nicht vorhatte, mich ein weiteres Mal mit ihr im selben Raum aufzuhalten, wenn es sich irgendwie vermeiden ließ. Und ein *leb wohl* war mir dann doch zu melodramatisch. Trotzdem war mir wichtig, dass sie verstand, dass ich sie einfach nur loswerden wollte. Am besten für immer.

»Viel Spaß am Freitag mit Stephenie und … tu nichts, was ich nicht auch tun würde.« Sie zwinkerte mir zu und stolzierte dann an Harper vorbei, die mit hochkonzentriertem Blick den Monitor fixierte. Dass sie sich diesmal keine Mühe machte, Sylvie zu verabschieden, konnte ich ihr nach deren Verhalten nicht einmal mehr übel nehmen.

Jetzt, wo sie endlich weg war, atmete ich tief durch. Bevor ich mit meiner Arbeit fortfahren konnte, musste der Gestank von Sylvies penetrantem Parfum aus meinem Büro verschwinden. Also ließ ich die Tür offen, ging zurück zu meinem Schreibtisch und deaktivierte das Milchglas, damit ich wieder freie Sicht auf Harper hatte, ehe ich die Lüftung zwei Stufen nach oben drehte. Dann reservierte ich einen Tisch für zwei im *Hillstone* für Freitagabend und schickte Sylvie die Adresse, zu der Stephenie kommen sollte.

Der restliche Arbeitstag fühlte sich seltsam an. Es war, als würde Sylvies Anwesenheit immer noch alles hier besudeln. Ich verstand nach wie vor nicht, warum sie Lisa nicht mehr für sich arbeiten ließ und wieso sie so sehr darauf pochte, dass ich dieses eine kostenlose Date in Anspruch nahm. Ich kannte sie aber gut genug, um zu wissen, dass sie, wenn sie sich was in den Kopf gesetzt hatte, das auch durchsetzen wollte. Um jeden Preis.

Am Abend hatte ich immer noch das Gefühl, ihr Parfum riechen zu können – als ob sie hier lauter Duftnoten verteilt hatte. Morgen würde ich Räucherstäbchen anzünden oder sonst einen Raumduft aufstellen – Harper würde bestimmt etwas besorgen. Vielleicht würde sie sogar Lilienduft kaufen, was mich an sie erinnerte. …

Als Harper am Abend mit ihrer Arbeit fertig war und zu mir ins Büro kam, blieb sie mit viel zu viel Abstand vor meinem Schreibtisch stehen. Irritiert bedeutete ich ihr, zu mir zu kommen, doch sie setzte sich nur langsam in Bewegung. Etwas lief hier falsch und ich fragte mich, ob ihr die Sache, wie Sylvie mit ihr umgesprungen war, immer noch im Magen lag. Oder war sie eifersüchtig, weil meine Ex wieder hier gewesen war?

»Alles okay?«

»Sicher.« Sie lächelte, oder zumindest deutete sie sowas in der Art an. »Ich bin müde und werde jetzt nach Hause gehen. Wenn du also nichts mehr brauchst, dann …«

»Da gibt es schon noch etwas, was du für mich tun könntest.« Grinsend wackelte ich mit den Augenbrauen und lockte sie mit dem Zeigefinger.

Zu meiner Überraschung gähnte Harper hinter vorgehaltener Hand. »Sorry, ich bin müde.«

»Weißt du, was? Ich höre auch für heute auf. Was hältst du davon, wenn wir zu dir fahren, auf dem Weg was zu essen mitnehmen, und ich bei dir bleibe?«

»Eigentlich … will ich nur noch ins Bett. Heute bin ich zu nichts mehr zu gebrauchen. Hab letzte Nacht nicht so gut geschlafen und … na ja …«

»Okay, dann … komm gut nach Hause.« Ihre Abfuhr kratzte an meinem Ego, doch ich wollte es mir nicht zu sehr zu Herzen nehmen. Man hatte nicht immer nur gute Tage und heute war wohl einer, an dem sie ihre Ruhe brauchte.

Sie nickte knapp, verabschiedete sich und ging aus dem Büro. In der Tür drehte sie sich jedoch noch einmal um. »Tut mir leid, dass es heute nicht passt. Aber ich würde das gern wiedergutmachen. Am Freitagabend. Ich koche für dich und … gehöre die ganze Nacht nur dir.«

Fuck, was für ein verlockendes Angebot!

Am liebsten hätte ich sofort zugesagt, doch in letzter Sekunde fiel mir ein, dass ich am Freitag nicht konnte. »Da hab ich leider schon was vor. Aber was hältst du davon, wenn wir es am Samstag nachholen? Du könntest auch zu mir kommen. Ich zeige dir endlich, wo ich wohne, und *ich* bekoche *dich*. Wie klingt das?«

Ich grinste verheißungsvoll, doch Harpers Gesichtsausdruck blieb unverändert. Wobei, nicht ganz. Sie sah mich mit einer Mischung aus Enttäuschung und Unglauben an. »Samstag kann ich nicht. Egal, vergiss es. Ich muss jetzt gehen.«

Ohne die Chance zu bekommen, darauf was zu erwidern, war sie schon verschwunden. Und mich ließ das Gefühl nicht los, dass mir hier etwas Grundlegendes entging.

29

Harper

»Und er hat dir tatsächlich abgesagt?« Alessa saß mir gegenüber, eine große Packung Eiscreme zwischen uns, aus der wir löffelten.

»Einfach so, ja. Als wäre er mit seinen Kumpels verabredet oder als hätte er da einen geschäftlichen Termin.«

Perplex schüttelte sie den Kopf. Meine Nachricht hatte sie leider erst auf dem Heimweg abgehört und sich dann schwerste Vorwürfe gemacht, weil sie sich nicht eher gemeldet hatte. Kaum dass sie zu Hause war, klingelte sie auch schon mit der Packung Eiscreme in der Hand und fiel mir um den Hals, um mich zu trösten.

»Unfassbar. Mir fehlen echt die Worte – und das will was heißen.«

Ich presste meine Lippen aufeinander und blinzelte kräftig, weil ich jetzt nicht auch noch heulen wollte, obwohl mir danach war.

Vielleicht hatte ich das Verhältnis zwischen Adrian und mir doch falsch interpretiert. Aber ich hatte wirklich gedacht, dass es um mehr als um Spaß im Bett ging. Dass es etwas Exklusives war, etwas, was uns beide verband und näherbrachte. Etwas Ernstes. Immerhin hatte alles darauf hingedeutet.

Offensichtlich sah Adrian das anders. Und dass ich so naiv

war, einfach zu vertrauen, dass er unserer Beziehung ebenfalls eine tiefere Bedeutung zumaß, ärgerte mich.

»Du solltest ihn zur Rede stellen«, meinte Alessa schließlich und durchdrang meine Überlegungen.

»Wie? Soll ich so lange nachfragen, was er am Freitag vorhat, bis er es mir sagt? Oder mir ins Gesicht lügt? Glaub mir, beides möchte ich nicht.«

»Und wenn du herausfindest, wo er sich mit ihr trifft? Dann kannst du ihn dort abfangen und behaupten, dass du halt ganz zufällig in der Nähe warst.«

Ich hob eine Augenbraue, um ihr zu zeigen, was ich davon hielt – doch ich musste auch zugeben, dass ihr Vorschlag etwas hatte. »Soll ich mich in seinen Computer hacken, während er auf der Toilette ist?«

»Wenn du das kannst ...«

Demonstrativ rollte ich mit den Augen und schaufelte Schokoladeneis nach.

»Oder du verführst ihn im Büro und sobald er im Bad verschwindet, schaust du schnell in den Kalender.«

»Falls er den Treffpunkt dort eingetragen hat.«

Eine unfassbare Müdigkeit, gepaart mit Hilflosigkeit, überschwemmte mich und ich stützte den Kopf in meine Hand. »Gott, wieso ...? Ich verstehe einfach nicht, warum er das tut. Bin ich ihm nicht gut genug? Ich dachte echt, es würde alles zwischen uns passen. Weshalb machen Männer so was?«

Alessa seufzte. »Ich weiß es leider nicht, Süße. Ich weiß es nicht ...«

Eine Lösung für mein kleines Problem flatterte jedoch schon am nächsten Morgen per E-Mail in mein Postfach. Sie kam direkt von der Escort-Agentur und enthielt alle Infos, die ich zu dem Ganzen benötigte. Die Adresse des Restaurants, die Uhrzeit, den Namen derjenigen, die ihn begleiten würde, mit Link auf die Escort-Website. Sofort klickte ich ihn an und gleich darauf öffneten sich Bilder einer attraktiven Blonden. Einer richtigen Sexbombe. Sie hätte die Tochter von Pamela Anderson und Heidi Klum sein können, würden die beiden aus ihrem Erbgut einen weiblichen Nachfahren kreieren.

Ich wusste, wie ich aussah, und war mir meiner Reize bewusst, aber gegen diese Frau fühlte ich mich wie ein Mauerblümchen. Und der Gedanke daran, Adrian würde mit ihr ausgehen, ließ nicht nur die Eifersucht in mir ansteigen, er bereitete mir Bauchschmerzen.

Unschlüssig schwankte ich zwischen Alessas Vorschlag, am Freitag einfach dort aufzukreuzen und ihm eine Szene zu machen, und der fixen Idee, ihn gleich zur Rede zu stellen. Immer wieder schaute ich durch die Glasscheiben zu ihm ins Büro. Als er nach dem *Grumpy-Boss*-Becher griff, den ich ihm jeden Morgen randvoll mit frischem Kaffee füllen ließ, zog sich alles in mir zusammen. Nein, ich konnte nicht länger warten, ich musste dieses Thema sofort bereinigen.

Entschlossen stand ich auf und betrat sein Büro. Die Tür schloss ich hinter mir, weil ich nicht wollte, dass uns jemand zuhörte. Die E-Mail der Agentur hatte ich ausgedruckt auf meinem Klemmbrett liegen, das ich Halt suchend umklammerte, als ich zu ihm ging.

Mir war übel und die Knie drohten unter mir wegzusacken.

Adrian bemerkte erst die geschlossene Tür und aktivierte das Milchglas mit einem frivolen Grinsen auf dem Gesicht, ehe er in meines schaute und ernst wurde. »Was ist passiert?«, wollte er in alarmiertem Ton wissen.

»Wo bist du am Freitagabend?«

»Bei einem Geschäftsessen.«

»Ich komme mit«, erklärte ich entschlossen, wohl wissend, ihn damit in die Enge zu treiben.

»Das geht nicht.«

»Und warum nicht?«

»Was soll das werden, Harper?«

Meine Finger zitterten, als ich nach dem Schreiben griff und es ihm auf den Tisch legte. »Das könnte ich dich genauso gut fragen. Geschäftsessen? Du enttäuschst mich …«

Er warf nur einen kurzen Blick auf die E-Mail, ehe er aufstöhnte und sich in den Stuhl zurücksinken ließ. Mit den Händen wischte er sich über das Gesicht und sah mich dann endlich wieder an. »Setz dich, Harper, ich werde dir alles erklären.«

»Danke, ich stehe hier ganz gut.«

Seufzend lenkte er ein. »In Ordnung. Also nachdem bei der Buchung am Atlanta-Wochenende so einiges schiefgelaufen ist, hat sich Sylvie für die Unannehmlichkeiten entschuldigt und mir angeboten, eines ihrer Mädchen für einen Abend kostenlos zur Verfügung zu stellen.«

»Und du hast sofort zugesagt.«

»Ich bitte dich, nein!«

Fassungslos klappte mein Mund auf. »Für wie blöd hältst du mich eigentlich, Adrian? Denkst du, nur weil ich eine Sekretärin und blond bin, kannst du mich für dumm verkaufen? Ich stand direkt vor der Tür und habe gehört, wie du ohne zu überlegen ihr Angebot angenommen hast!«

»Du hast gelauscht? Das hättest du nicht tun sollen.«

»Weil ich dann erst heute per E-Mail davon erfahren hätte, dass ich dir nicht so wichtig bin, wie ich gedacht hatte?«

Nun stand er auf und kam auf mich zu. »Nein, Harper. Weil du die Hintergründe nicht kennst. Sie hat es mir gestern nicht zum ersten Mal angeboten. Ich habe nur zugesagt, weil ich wusste, sie würde nicht aufhören, mich zu bedrängen.«

Naiv, wie ich war, flammte ein leiser Hoffnungsschimmer in mir auf. »Dann wirst du dich am Freitag also *nicht* mit dieser Stephenie treffen?«

»Doch.«

Diese Antwort kam sofort und die Entschlossenheit in seiner Stimme versetzte mir einen heftigen Schlag in die Magengrube. »Aber ich werde mit dieser Frau *nur* Essen gehen, Harper. Um dieses Thema mit den offenen Gefälligkeiten seitens der Agentur endlich abschließen zu können. Ich wollte schon nach Atlanta einen Schlussstrich ziehen, doch Sylvie ist sehr … hartnäckig, wenn sie sich was in den Kopf gesetzt hat.«

»Du *musst* ein kostenloses Angebot annehmen, um eine Sache zu beenden, die du gar nicht mehr willst? Tut mir leid, aber das verstehe ich nicht. Wenn du nein sagst, heißt es nein. Oder ist das seit Neuestem anders?«

Er seufzte. »Das Ganze ist kompliziert. Sylvie ist meine Ex-Freundin und ich kenne sie leider – beziehungsweise zum Glück – so gut, um zu wissen, dass sie das Ganze nicht ohne Grund macht. Ich bin mir nicht sicher, was es ist, habe jedoch vor, es herauszufinden. Aber dafür muss ich mit dieser Stephenie reden.«

»Und wenn du dich täuschst? Wie oft musst du dich dann noch mit deiner Ex oder den Escorts treffen, um *abzuschließen*?« Inzwischen hatte ich mich in Rage geredet.

»Ich irre mich selten. Und du musst mir glauben, Harper, wenn ich dir sage, dass nur du mir wichtig bist.« Seine Tonlage war immer noch ruhig und besänftigend. Währenddessen hatte er sich mir langsam genähert und legte nun beide Hände an meine Wangen. Sanft zwang er mich, ihn anzusehen, obwohl ich am liebsten seinem Blick ausgewichen wäre, weil er so weich war. Und ich wollte ihm wirklich glauben, aber da war immer noch diese kleine Stimme in mir, die mich zur Vorsicht rief.

Meine Augen brannten von den bösen Tränen, die nach oben drückten, die ich ihm jedoch nicht zeigen wollte. »Bitte … lass mich gehen«, bat ich ihn mit bebender Stimme und machte einen Schritt von ihm zurück. »Ich brauche Zeit, um darüber nachzudenken.«

»Harper, bitte, mach kein Drama draus, wo keines ist. Ich gehe mit dieser Frau essen, erfülle somit Sylvies Wunsch und dann ist dieses Thema endlich vom Tisch.«

Die Art, wie er mich fast schon genervt zu überreden versuchte, seine Entscheidung zu akzeptieren, stieß mir übel auf. Und doch nickte ich nur, um endlich von ihm loszukommen. Weil ich wusste, dass ich sonst vor ihm zusammenbrechen würde, und ich wollte nicht, dass er mich so schwach sah …

Ich tat alles, um Abstand zu wahren, was nicht einfach war. Immer wieder ertappte ich mich dabei, wie ich ihn während der Arbeit gedankenversunken anschaute, wie ich mich an die schöne gemeinsame Zeit erinnerte. Und mir wurde klar, dass ich immer mehr Details von ihm vermisste: Seine entschlossene Art und wie seine Augen strahlten, wenn er lächelte. Wie seine Stimme vibrierte, wenn er meinen Namen sagte und wie süß er mit meinen Nichten und Neffen gespielt hatte. Ich mochte die Art, die er mir in Atlanta und in Woods Valley bei meinen Eltern gezeigt hatte, die so gar nichts mit dieser strengen, dominanten Seite zu tun hatte, die er als Anwalt zeigte. Die gemütlichen Stunden bei mir zu Hause nach einem anstrengenden Arbeitstag und die heißen Nächte danach. Ich liebte seinen Humor und wie er roch. Wie er mich küsste und mir heimlich Blicke zuwarf, wenn er dachte, ich würde es nicht merken …

Adrian machte es mir jedoch nicht leicht – als würde er dagegen ankämpfen, dass ich mich von ihm distanzierte. Es kam mir vor, als würde er mich öfter als sonst in sein Büro zitieren und mit Arbeiten auf mich warten, die er auch selbst hätte erledigen können. Und er trank mehr Kaffee als üblich – den selbstverständlich ich ihm servieren musste.

Daran hatte sich auch nichts geändert, als er mich am Donnerstagmorgen in sein Büro bat. »Nimm dir für heute Abend nichts vor, wir gehen essen.« Sein Blick war so feurig und verheißungsvoll, dass ich fast Ja gesagt hätte, bis mir wieder einfiel, dass ich mich wegen seines Treffens mit dieser Stephenie morgen Abend auf keinen Fall mit ihm verabreden würde.

»*Du* kannst ja gerne heute ausgehen, aber ich werde es mir zu Hause gemütlich machen.«

Stirnrunzelnd verschränkte er die Finger ineinander. »Harper, das wird kein Date. Ich habe einen Geschäftstermin, bei dem ich dich als meine Assistentin dabeihaben will.«

Wut, gepaart mit Hilflosigkeit brodelte in mir hoch. Dieser verdammte Schuft! Bei so einer Anweisung konnte ich natürlich nicht absagen, wenn ich meinen Job nicht riskieren wollte.

»Mit wem treffen wir uns?«

»Mit Mister Meyers, einem potenziellen Geschäftspartner. Wir wollen die Verträge durchgehen, die *Cunningham Solutions Inc.* in solchen Fällen normalerweise abschließt. Ich vermute, dass er ein schwerer Brocken sein wird, erhoffe mir ehrlicherweise jedoch, dass er sich leichter dorthin verbiegen lässt, wo ich ihn haben will, wenn du dabei bist.«

»Echt jetzt? Du benutzt mich, indem du mich als Schöne-Frau-Bonus einsetzt?« Entrüstet schaute ich ihn an und ärgerte mich, dass ich gegen ein Grinsen ankämpfen musste, als ich sah, wie seine Mundwinkel zuckten und sich dieses unglaublich süße Lächeln auf seinem Gesicht ausbreitete.

Verdammt, ich wollte doch standhaft bleiben!

»Schuldig im Sinne der Anklage.« Sein Schmunzeln machte mich fertig. Wieso musste dieser Kerl in seinem Anzug auch dermaßen sexy aussehen?

Alles in mir sträubte sich, ihm zuzusagen, aber ich wusste, ich hatte keine andere Wahl. »Wann fahren wir los?«, fragte ich deshalb.

Das war der Moment, in dem mir klar wurde, dass ich mir die Chance verbaut hatte, unabhängig von Adrian zu dem Geschäftsessen zu gelangen. Denn wir würden in einem Wagen sitzen und ich wäre viel zu nahe neben ihm, im Dunkeln, auf dem Weg zu einem Restaurant, das ganz bestimmt nicht um die Ecke sein würde.

Mir stand also ein verdammt herausfordernder Abend bevor …

30

Adrian

Dass es ein genialer Schachzug von mir war, Harper zu fragen, ob sie mich zu den Verhandlungen begleitete, wurde mir in dem Moment bewusst, als wir beide in die Limousine stiegen, die ich extra für die Fahrt dorthin bestellt hatte. Es war keine dieser Stretch-Limos gewesen, in denen die Promis zu ihren Galaabenden fuhren, aber sie war äußerst geräumig und hatte verdunkelte Scheiben, damit man von außen nicht ins Innere sehen konnte. *Und* es gab eine Trennscheibe zwischen der Fahrerkabine und uns, die ich demonstrativ hochfahren ließ, kaum dass unser Chauffeur die Tür hinter Harper geschlossen hatte.

»Kannst du mir sagen, was das wird?«, fragte sie und deutete mit dem Kopf zu dem schwarzen Glas, das es dem Fahrer nun unmöglich machte, zu uns zu schauen.

»Ich will noch ein paar Dinge bezüglich des Vertrages mit dir besprechen, die nicht für fremde Ohren bestimmt sind.« Das war natürlich nur ein Vorwand, aber ich hatte vor, mit Harpers Karten zu spielen. Mich nervte, dass sie so stur und eifersüchtig war, obwohl ich ihr gesagt hatte, weshalb ich dieses Treffen mit Stephenie hinter mich bringen wollte – und vor allem, auf welche Weise. Wenn es mich nicht so verletzen würde, dass sie mir nicht vertraute und mich auf Abstand hielt, hätte es mich amüsieren können – denn ich konnte ihr ansehen, wie sehr sie mich wollte. Ich wusste, sie brauchte nur den nötigen Schubs in die richtige Richtung und sie würde vergessen, dass sie eigentlich sauer auf mich sein wollte.

Und da die Zeit hier drin kostbar war, fing ich gleich damit an, sie an ihr Verlangen nach mir zu erinnern. Oder hatte es bereits, bevor wir das Büro verlassen hatten, denn ich war noch einmal im Badezimmer gewesen, um mich frischzumachen und Parfum nachzulegen. Ich öffnete meine Schenkel ein kleines bisschen weiter, so, als würde ich mich bequemer hinsetzen wollen. Sie bemerkte diese Bewegung und schaute auf meine Knie. Ihr Blick wanderte zu meinem Schritt, ehe ihr bewusst wurde, was sie tat, und sie schnell den Kopf abwandte.

Der Wagen fuhr los und bog auch gleich an der nächsten Kreuzung ab, was dafür sorgte, dass Harper auf dem glatten Leder sanft in meine Richtung rutschte.

»Bezüglich der Verhandlungen …«, begann ich, und sie wandte den Kopf zu mir, »ich werde ganz klar auf dem beharren, was im Vertrag steht. Mister Meyers wird vermutlich nicht sofort einlenken wollen, aber mein Plan sieht vor, dass du ihn mit deinem Charme überzeugst.«

Überrascht schaute sie mich an. »Ich glaube, du überschätzt meine Fähigkeiten, Adrian. Ich kenne den Vertrag nicht auswendig, weiß nicht, in welchem Rahmen ich mich bewegen kann und …«

»Das musst du auch nicht«, fiel ich ihr ins Wort. »Es genügt, wenn du lächelst.«

Sie blickte mich an, als wäre ich nicht ganz dicht. »Das meinst du jetzt nicht wirklich ernst, oder? Ich soll mit ihm flirten?«

»Auf keinen Fall«, knurrte ich. Dass sie von mir dachte, ich würde von ihr verlangen, dass sie einem Geschäftspartner schöne Augen machen sollte, machte mich wütend. Denn so einer war ich nicht und würde ich auch nie sein. »Sei einfach … freundlich und lächle.«

Ich sah ihr in die Augen, ganz tief, während ich mir ins Gedächtnis rief, wie es war, in ihr zu sein. Sie zum Keuchen zu bringen. Wie sie roch und schmeckte …

»Okay.«

Sofort ließ ich meinen Blick von ihrem Gesicht über den Hals zum Dekolleté sinken. Bewusst schaute ich weg und räusperte mich. Drückte mein Becken hoch und zog am Hosenbein, um die Hose etwas zu lockern.

Mir war klar, dass sie mir erneut auf den Schritt schielte, in dem mein Schwanz sich aufrichtete.

Wenn ich Pech hatte und mein Plan nicht aufging, würde ich mit einer gewaltigen Latte aussteigen müssen, aber die Fahrt dauerte mindestens vierzig Minuten, Staus nicht mit eingerechnet. Ich hatte extra ein Restaurant in der Nähe des Büros von Mister Meyers Unternehmen gewählt – nicht nur, um ihm ein Entgegenkommen unsererseits zu symbolisieren, sondern auch, um möglichst lange mit Harper im Wagen zu verbringen.

Langsam lockerte ich meine Krawatte und ließ meinen Blick wieder über sie gleiten. Von den sexy Beinen in diesen heißen High Heels, hoch bis zu der Stelle ihres nicht einmal knielangen Rocks, wo sich die Spitzen ihrer Strümpfe fast unmerklich abzeichneten. Genüsslich leckte ich mir über die Lippen und stellte mir vor, wie es wäre, jetzt hier zwischen ihren Schenkeln zu versinken und sie mit meiner Zunge zu verwöhnen.

Ein unterdrücktes Stöhnen drang aus meiner Kehle, und Harper keuchte leise auf. Sie ballte ihre Hand um den Saum ihres Rockes und ihre Beine glitten ein bisschen weiter auseinander.

Es schien, als wäre ich erfolgreich mit meiner Taktik.

»Irgendwie ist es heiß hier drin, findest du nicht?« Ein weiteres Mal rückte ich den Knoten der Krawatte zurecht, die Reaktionen ihres Körpers beobachtend. Leider trug sie wieder ihren Trenchcoat, den sie zwar nicht zugeknöpft hatte, mir aber den Blick auf ihre Nippel verwehrte. Trotzdem war ich mir sicher, dass sie sich bereits zu kleinen festen Perlen zusammengezogen hatten.

»Was soll das werden, Adrian?« Ihre Stimme klang dünn, fast hilflos. Ich hatte sie am Haken.

»Ich weiß nicht, was du meinst«, antwortete ich mit diesem Ton der gespielten Unschuld, der ganz eindeutig das Gegenteil verriet.

Stöhnend schloss sie die Augen und murmelte ein »Ich hasse dich«. Wobei ich mir sicher war, dass sie *ich hasse mich* sagen wollte, weil sie sich bestimmt dafür verfluchte, dass sie es nicht geschafft hatte, ihren Prinzipien treu zu bleiben. Denn sie beugte sich zu mir und drückte ihre Lippen auf meine.

Ohne zu zögern packte ich sie an den Hüften und hob sie auf meinen Schoß, bis sie rittlings auf mir saß.

Erstickt seufzte sie in meinen Mund, als unsere Zungen sich gierig aneinander rieben, sich neckten und mich wie bestimmt auch sie zur Verzweiflung brachten.

Sie kippte ihr Becken, presste sich an mich und keuchte auf, als sie meine Erregung durch den Stoff spürte.

Unnachgiebig streichelte ich über ihre Oberschenkel, bis ich die Spitze der Strümpfe passierte, umfasste dann fest ihren Hintern und drückte sie an mich, kam ihr mit meinen Lenden entgegen. Mit einer Hand glitt ich zwischen ihre Beine, rieb erst über ihren Slip und schob schließlich einen Finger darunter, um sie zu reiben und zu reizen.

Ein Wimmern drang aus ihr hervor, als sie den Kopf in den Nacken warf, dann öffnete sie den Gürtel meiner Hose sowie Knopf und Reißverschluss. Ich half ihr, sie ein Stück nach unten zu schieben, und knurrte, als sie ihre Hand um meinen Schwanz legte und ihn rieb.

»Das ist ein äußerst ungünstiger Ort für Sex«, raunte sie in mein Ohr. Daraufhin sank sie zu Boden und leckte über meine Eier, während sie mich immer mehr massierte.

»Ich finde, das ist ein verdammt guter Ort dafür, wenn man bedenkt, dass du mir im Büro und auch sonst aus dem Weg gehst.«

»Nicht ohne Grund«, zischte sie und ließ mich ihre Zähne an meiner Eichel spüren.

»Biest!« Mit festem Griff zog ich sie hoch und drückte sie mit den Knien auf die Sitzbank, wo sie mit den Händen Halt suchte. Als ich ihren Rock hochschob, keuchte sie auf. Und noch einmal, als ich ihren Slip zerriss.

»Verdammt, der war teuer!«

»Ich kauf dir einen neuen.« Besitzergreifend schob ich zwei Finger gleichzeitig in sie.

O fuck, sie war so feucht, so bereit für mich.

Ich benetzte ihren Eingang, dann positionierte ich mich hinter ihr und drang kraftvoll in sie ein. Lustvoll stöhnte sie auf, als ich immer wieder in sie stieß. Der Druck in mir baute sich schnell auf, doch ich würde dafür sorgen, dass Harper nicht kam. Ich packte einen Arm und hielt ihn an ihrem Rücken fest. Mit dem zweiten musste sie zusehen, während der Fahrt das Gleichgewicht zu halten, weshalb sie keine Chance hatte, selbst nachzuhelfen.

Sie so zu dominieren, machte mich nur noch mehr an.

»Fuck, ich bin gleich so weit!« Bevor ich kommen konnte, zog ich mich aus ihr zurück, setzte mich auf die Bank und drehte sie zu mir um. »Mund auf!«

Harper schaute mich wütend an, doch ich wollte nicht länger warten und dirigierte sie zu meinem Schwanz. Brav legte sie die Lippen um ihn, nahm ihn tief auf. Sie ließ mich ihre Zunge spüren und sog daran, bis der Druck in mir schnell wieder mehr wurde, sich in mir aufstaute, bis ich in ihr explodierte.

Welle um Welle schluckte sie und leckte mich anschließend sauber.

Als ich meinen Schwanz verstaute und die Hose schloss, war ich immer noch etwas außer Atem.

»Jetzt bin ich dran«, sagte sie, doch ich schüttelte den Kopf und zog ihren Rock nach unten.

»Wir sind gleich da.« Schmunzelnd griff ich nach ihrem zerrissenen Slip, roch daran und steckte ihn schließlich in die Hosentasche.

»Das ist nicht dein Ernst, oder?« Wut loderte in ihren Augen und ich war mir sicher, dass sie kurz davor war, Feuer auf mich zu schießen.

»Doch. Übrigens: Richte deine Haare. Du siehst aus, als hättest du Sex gehabt.«

»Du bist ein Arsch.«

»Ich weiß. Aber diese Art liebst du an mir genauso wie meine sanfte Ader. Und jetzt schwing deinen heißen Hintern aus dem Wagen, wir müssen …«

»*Ich* werde gar nichts mehr tun, Adrian, wenn du mir nicht sagst, was das Ganze soll!« Sie verschränkte ihre Arme vor der Brust und funkelte mich wütend an.

Nun war es auch mit meiner Geduld am Ende. »Hör auf, auf mich sauer zu sein, Harper, denn du hast keinen Grund dazu! Ich hab dir nichts getan und daran wird sich auch nichts ändern.«

»Du hast mir gerade einen Orgasmus verweigert!«

»Da hast du allerdings recht. Wobei, nicht ganz. Du bekommst ihn, wenn du aufhörst, an mir und meiner Ehrlichkeit zu zweifeln.«

»Du bist ein Arsch!«

»Und du wiederholst dich. Na los jetzt, wir haben einen Job zu erledigen.«

31

Harper

Mister Meyers war ein Mann Mitte vierzig, der auf mich den Eindruck machte, als wüsste er, was er wollte. Er hatte eine ähnlich beeindruckende, dominante Art wie Adrian, war aber bei Weitem nicht so attraktiv wie er.

Gut, ich war durch Adrian sicher voreingenommen, was das betraf.

Trotzdem, oder vielleicht gerade deshalb, bekam ich von den Vertragsverhandlungen nicht viel mit. Zu sehr ärgerte ich mich über mich selbst, weil ich so berechenbar war und Adrian genau gewusst hatte, wie er mich von sich überzeugen konnte. Und ich war ihm sowas von direkt in die Falle gelaufen.

Noch mehr ärgerte mich, dass er mich erst scharfgemacht hatte, nur um mir dann nicht zu geben, was er von mir jedoch eingefordert hatte. Nun saß ich da, ohne Höschen, und war mir dessen nur zu sehr bewusst. Ganz davon abgesehen, dass meine Mitte immer noch pochte und sich nach Erlösung sehnte.

Irgendwann während der Vertragsverhandlung stand ich auf. »Bitte entschuldigen Sie mich«, sagte ich, freundlich lächelnd, mit einem kurzen Seitenblick zu Adrian.

Seine Augenbrauen schoben sich unmerklich zusammen, doch ich konnte unmöglich länger seinem Blick standhalten. Ich hätte mich sonst verraten.

Schnellen Schrittes eilte ich auf die Toiletten zu, die genau wie das Restaurant luxuriös waren. Sie schienen auf den ersten Blick sauber und alle Kabinen waren leer. Ein leichter Blumenduft lag in der Luft, was ich nur zusätzlich begrüßte. Ich sperrte mich in einer ein, fest entschlossen, nicht zu warten, bis Adrian mir die Erlösung *gewähren* würde. Diese Kontrolle über mich wollte ich ihm nicht zugestehen. Wenn Adrian einen Orgasmus bekam, stand mir auch einer zu. Besonders nach dieser arschigen Aktion von ihm auf der Fahrt hierher, wo er ganz bewusst mit meinen Schwächen gespielt hatte. Also raffte ich den Rock nach oben und benetzte meine Finger mit Speichel.

Ohne zu zögern begann ich, mich zu reiben, und rief mir dabei in Erinnerung, wie er mich vorhin im Auto angesehen hatte. Wie angeturnt er war und wie er mich schließlich genommen hatte. Wie er tief in mir war und mich dominiert hatte. Wie er wollte, dass er in meinem Mund kam …

Fast bildete ich mir ein, mich selbst und ihn wieder auf meiner Zunge zu schmecken, als ich mich innerhalb kürzester Zeit nach oben gepeitscht hatte. Ich grub meine Zähne in die Unterlippe, um mich daran zu hindern, laut aufzustöhnen, als mich die Welle erfasste und mich in sanften Schüben über die Klippe trug.

Mit der freien Hand stützte ich mich an der Kabinenwand ab, während die Bewegungen der anderen langsamer wurden.

Mein Atem ging schnell, mein Herz raste und ich verspürte Genugtuung. Adrian hatte mir zwar im Wagen den Höhepunkt verweigert, aber er hatte nichts dagegen tun können, dass ich es mir jetzt selbst besorgt hatte.

Ich richtete den Rock, drückte die Spülung und wusch mir schließlich die Hände.

Ein kurzer Blick in den Spiegel bestätigte, was ich bereits befürchtet hatte: Meine Wangen waren gerötet, genau wie meine Unterlippe, in die ich die Zähne vergraben hatte. Vermutlich würde Adrian merken, was ich eben getan hatte, doch das war mir nur recht.

Erhobenen Hauptes stolzierte ich zurück an den Tisch. Ich spürte Adrians Blick auf mir und als ich ihn anschaute, hatte ich Mühe, mein Grinsen zurückzuhalten. Er wusste ganz genau, was ich eben getan hatte, aber in Anwesenheit von Mister Meyers konnte er mich natürlich nicht darauf ansprechen.

Eine Weile lauschte ich noch den Verhandlungen, aß meinen Surf-and-Turf-Salat, lächelte und war freundlich, wie aufgetragen.

Irgendwann hatte Mister Meyers schließlich eingelenkt und den Vertrag unterschrieben, den Adrian mitgenommen hatte. Er schüttelte uns die Hände, wobei er meine einen Tick zu lange festgehalten hatte, ehe ich sie ihm entziehen konnte.

Beschwingt folgte ich Adrian zurück in den Wagen.

Kaum dass die Tür hinter uns geschlossen war, lehnte er sich drohend zu mir. »Du hast es dir selbst besorgt.« Das war keine Frage.

»Ich wäre ja gern durch dich gekommen, aber das hast du mir auf der Fahrt hierher schließlich verwehrt.«

Adrian schnaubte nur und bestrafte mich mit Schweigen, während ich meinen Triumph genoss …

Irgendwann fiel mir auf, dass wir nicht zurück zur Arbeit fuhren. Wir peilten auch nicht mein Apartment an, weshalb ich die Stille nun doch durchbrechen musste. »Wo fahren wir hin?«

»Zu mir.«

Überrascht blickte ich ihn an. War das nun ein weiterer Versöhnungsversuch von ihm? Da hatte er sich jedoch geschnitten. Zu sehr lag mir im Magen, dass er sich morgen unbedingt mit dieser Frau treffen wollte.

Vielleicht war es übertrieben zickig von mir, ihn auf Abstand zu halten, aber ich dachte eigentlich, dass unsere Beziehung exklusiv sei. So genau hatten wir es nicht besprochen gehabt, aber ein Treffen mit einem Escort-Girl – egal aus welchem Grund – war ein absolutes No-Go für mich.

Auch wenn es nicht offiziell als Prostitution betitelt wurde, sondern ein Begleitservice war, ließ sich daran nichts beschönigen, dass sie diese Dienste ebenfalls anboten. Und ganz ehrlich, bei diesen attraktiven Frauen konnte mir kein Mann erzählen, dass es ihm leichtfiel, nein zu sagen …

Adrian wohnte in einem Wolkenkratzer im vierundfünfzigsten Stockwerk an der Upper East Side. Alles hier war luxuriös und mir wurde klar, dass er entweder Unsummen verdienen musste oder zumindest aus reichem Elternhaus kam.

Oder beides.

O Gott, es gab so vieles, was ich noch nicht von ihm wusste, das wurde mir in dem Moment klar.

Seine Wohnung erstreckte sich über die halbe Etage. Das Wohnzimmer war hell und bei Tageslicht bestimmt beeindruckend mit den deckenhohen Fenstern. Am meisten faszinierte mich jedoch der schwarze Flügel, der in der Mitte stand. »Du spielst Klavier?«, fragte ich überrascht.

Ein Grinsen schob sich auf sein Gesicht. »Nein, es war schon hier, als ich eingezogen bin. Und du musst zugeben, es sieht sehr beeindruckend aus, oder nicht?« Er zwinkerte mir zu. »Was möchtest du trinken?«, fragte er und öffnete den Kühlschrank in der großen offenen Küche, die in Grau- und Brauntönen gehalten war und weiße Klavierlack-Akzente hatte.

»Einfach nur ein Wasser, bitte.«

Er schenkte zwei Gläser ein und kam damit zu mir. »Möchtest du eine Führung?«

Zu gern wollte ich mehr sehen, doch etwas anderes war mir gerade noch viel wichtiger. »Nein, Adrian, ich will wissen, warum wir hier sind.« Verbissen verschränkte ich die Arme vor der Brust.

Stirnrunzelnd stellte er die Gläser auf den Tresen neben uns. Sanft nahm er mich am Handgelenk und zog mich an sich, bis er einen Arm um meine Taille schlingen konnte. »Ich will dir mehr von mir zeigen, Harper, will dich in meinem Leben wissen, will, dass du ein Teil davon wirst.«

Seine Worte berührten mich tief und ein Kloß bildete sich in meinem Hals. Es war genau das, was ich hören sollte, und trotzdem war da noch immer die Angst, verletzt zu werden. Doch ich wollte nicht schon wieder auf dem morgigen Date herumreiten. Ich war es leid.

Dass ich nicht die Reaktionen zeigte, die er vielleicht erwartete, verunsicherte ihn. Fragend sah er mich an, fast flehend. »Willst du das denn nicht?«

»Keine Ahnung, Adrian. Ja, im Grunde wünsche ich mir nichts sehnlicher, aber …« Ich stockte, ließ den Rest unausgesprochen im Raum schweben.

»Es geht um morgen.«

Nickend wich ich seinem Blick aus.

»Was kann ich tun, um dich zu überzeugen, dass es mir ernst mit dir ist?«

»Geh morgen nicht zu dem Treffen.«

»Das geht nicht!« Aufgebracht warf er die Arme in die Luft und ließ sie wieder an seine Seiten sinken. »Mir ist schon klar, dass du es nicht verstehen kannst, aber ich schwöre dir beim Grab meiner Grandma, dass ich mit ihr nur in dieses Restaurant fahre. Mehr nicht. Weil ich etwas von dieser Frau erfahren muss. Doch das bedeutet nicht, dass ich *sie* will. Ich will nur dich!«

»Dann geh nicht hin.« Mir war bewusst, wie kindisch mein Verhalten war und wie bockig ich klang. Aber ich verstand nicht, was ihm an diesem Treffen so wichtig war. Wenn er hinging, konnte ihm nicht so viel an mir liegen, wie er behauptete …

Tief seufzend lehnte er sich an die Säule neben ihm. »Harper … Ich werde nicht länger mit dir darüber diskutieren. Vertrau mir bitte einfach.«

Vertrau mir bitte einfach. Diesen Spruch hatte ich schon einmal gehört und es anschließend bitter bereut.

Es tat so weh, dass Adrian an diesem Treffen festhielt. Als würden sich Eisenketten um mein Herz legen. Enttäuscht wandte ich mich ab und ging am Flügel vorbei zu einem der Fenster im Wohnzimmer.

»Ich *kann* dir nicht vertrauen, Adrian. Als ich das das letzte Mal getan habe, hab ich meinen Ex in flagranti mit einer Frau erwischt, die er aus dem Fitnessstudio kannte. Er hat mir mehrfach beteuert, dass da nichts zwischen ihnen liefe, bis ich das Gegenteil herausgefunden hatte.«

Durch die Spiegelung im Glas und die schwache Beleuchtung in der Küche konnte ich ihn an die Säule gelehnt erkennen. Nach einigen Augenblicken drückte er sich von ihr ab, bewegte sich langsam auf mich zu und blieb hinter mir stehen. »Tut mir leid, dass du diese beschissene Erfahrung machen musstest, Harper.« Seine Stimme klang gepresst und ich merkte, dass er wütend war. »Aber ich bin nicht wie dein Ex. Ich würde nie etwas tun, was dich verletzen könnte. Im Gegenteil … ich will, dass es dir gut geht, dass du glücklich bist.« Er berührte mich nicht und doch war ich mir seiner Nähe deutlich bewusst. Wie eine unsichtbare Verbindung, als würde die Luft zwischen uns vibrieren.

Als wollte er seine Worte unterstreichen, schob er meine Haare zärtlich zur Seite. »Vertrau mir. Bitte!«, flehte er verzweifelt.

Leise seufzte ich und merkte, wie mein Widerstand langsam bröckelte. Denn ja, er hatte nicht viel mit meinem Ex gemeinsam, außer vielleicht seine Vorliebe für Sport, Sex und schöne Frauen. Trotzdem wäre es unfair, ihn in dieselbe Schublade zu stecken.

»Ich will nur dich, Harper. Nur dich!«, raunte er an meiner Haut. Dann spürte ich seine Lippen an meinem Nacken.

»Komm schon, hör auf damit! Ich bin immer noch sauer auf dich, Adrian.« Ich klang nicht mehr wirklich überzeugend.

»Weil ich dich nicht hab kommen lassen?« Sanft küsste er meine Haut, während seine Hände an meiner Taille nach vorne glitten und den Knoten des Trenchcoats öffneten.

Ich schnaubte auf. »Unter anderem, ja. Aber du weißt, ich hab es mir selbst besorgt.«

»Aber dir wäre es lieber gewesen, wenn du durch mich gekommen wärst. Mit meiner Zunge auf deiner Pussy oder mit meinem Schwanz tief in dir.«

O Gott, mit jedem seiner Worte stieg mein Verlangen und ich merkte, dass ich bald keine Chance mehr hatte, stark zu bleiben, ohne ihm zu verfallen.

Eine prickelnde Gänsehaut breitete sich auf mir aus. Gleichzeitig zog er mir den Trenchcoat von den Schultern und neckte dort weiter meine Haut.

Eine Flut an Emotionen jagte durch mich hindurch und ich seufzte auf. Ein leises »Ja« verließ meine Lippen und das Beben in meiner Stimme verriet mich zusätzlich. Dabei wäre es besser, ihm noch einmal klar zu sagen, dass er das nicht tun sollte, solange er an dem Date morgen festhielt.

Doch ich konnte nicht. Weil ich mich so sehr nach seinen Berührungen verzehrte, weil ich sie *brauchte*. Und weil ich hoffte, dass er mir die Wahrheit gesagt hatte. In allen Punkten. Weil ich ihm vertrauen *wollte*.

Also gab ich meinen letzten Widerstand auf und versuchte gleichzeitig, mein Herz zu schützen, indem ich seine Zärtlichkeiten nicht erwiderte. Er drehte mich in seinen Armen um, um mich anzusehen, und drückte mich mit dem Rücken gegen die Scheibe. Das kühle Glas stand im starken Kontrast zu der Hitze, die in mir loderte.

Adrian beugte sich zu mir, glitt mit den Lippen über meine Stirn, meine Wange … Aber als er meinen Mund berühren wollte, wandte ich mich ab. Unmöglich konnte ich ihn küssen.

Vielleicht irritierte es ihn erst noch, denn er stockte kurz.

Doch schließlich schien er es zu akzeptieren und liebkoste die empfindliche Haut am Hals, glitt tiefer zum Dekolleté.

Verdammt, ich konnte mich nicht länger gegen ihn wehren …

Er knöpfte meine Bluse auf, meinen Rock. Beides fiel zu Boden und er half mir, herauszusteigen. Dass sich mein Slip in seiner Hosentasche befand, wurde mir wieder bewusst, als er vor mir niedersank, um meine High Heels abzustreifen und die Strümpfe hinabzurollen. Er kam mir dabei so nahe, dass sein Atem meine nackte Haut streifte …

Als er sich aufrichtete, öffnete er den BH und widmete sich hingebungsvoll meinen Brüsten. Er knetete sie, leckte über die Spitzen und sog daran, bis ich mich an ihm festklammerte und ihm entgegenreckte.

Als er sich schließlich weiter nach unten küsste, erschauderte ich. Erneut ging er vor mir in die Knie und legte sich diesmal mein linkes Bein über seine Schulter.

Meine Hände presste ich gegen das kalte Glas, um Halt zu finden. Doch schon als er das erste Mal über meine Mitte leckte, schickte er ein Beben durch meinen Körper und ich vergrub die Finger in seinen Haaren.

Wieder und wieder massierte er mich mit seiner Zunge, ließ mich seinen Bart spüren und stimulierte mich mit Lecken und Saugen, bis ich so gewaltig kam, dass ich mich nicht länger aufrecht halten konnte. Doch Adrian fing mich auf, legte mich auf den Boden und machte es sich neben mir gemütlich.

Heftig atmend fühlte ich die sanften Nachbeben und wünschte mir nichts sehnlicher, als dass er mich in die Arme nahm und nie wieder losließ.

Zärtlich streichelte er über die Gänsehaut, die sich auf meinem Körper bildete, weil die Hitze in mir auf die Kühle des Raumes traf.

»Bleib bei mir, Harper.« Seine Stimme war sanft und rau zugleich. Flehend, bittend, hoffnungsvoll.

Keine Ahnung, ob er von heute Nacht sprach oder vom Rest unseres Lebens. Doch egal, ob es das eine oder das andere war, ich konnte ihm nichts versprechen.

Unmöglich konnte ich meine Zweifel und Ängste einfach so ausschalten. Und nachdem ich nicht wusste, was der morgige Tag bringen würde, gab es für mich nur eine Möglichkeit: Ich musste von hier weg, bevor ich ihn weiter in mein Herz ließ.

»Mir ist kalt«, sagte ich und meinte es wortwörtlich und metaphorisch gesprochen.

Adrian half mir, mich wieder anzuziehen und führte mich zur Couch, wo er mich in eine flauschige Decke einwickelte. Er setzte sich zu mir und nahm mich in seine Arme.

Eigentlich hätte ich glücklich sein sollen, aber die Blockade in meinem Inneren verbot es mir.

»Wie lange lebst du schon hier?«

»Seit vier Jahren ungefähr. Wieso fragst du?«

Verlegen schüttelte ich den Kopf. »Nur weil … die Wohnung sehr groß ist und sicher ein Vermögen kostet.«

»Sie gehört mir, sie ist abbezahlt.«

Überrascht starrte ich ihn an, was ihn zum Lachen brachte.

»Meine Eltern haben einen großen Teil dazu beigetragen, sowie das Erbe meiner Grandma. Und mein Job.«

»Wow …«

»Ich möchte dich ihnen vorstellen«, sagte er und wirkte dabei fast ein bisschen nervös.

»Deinen Eltern?«

Er nickte. »Sag mir, wann du bereit dazu bist, dann werde ich uns bei ihnen ankündigen.«

Mein Mund klappte auf und ich schloss ihn wieder.

»Bitte.«

Dass er wollte, dass ich seine Eltern kennenlernte, bedeutete etwas. Er bat mich und es war ihm wichtig. Und doch konnte ich ihm nichts versprechen.

»Ich denke darüber nach«, sagte ich deshalb mit einem Lächeln auf den Lippen.

Morgen würde sich alles entscheiden … Und das Gefühl, dass unsere Beziehung in Gefahr war, wollte trotz seiner lieben Gesten und Worte nicht verschwinden …

»Ich möchte jetzt bitte nach Hause fahren«, sagte ich, und die Enttäuschung, die sich in seinem Gesicht widerspiegelte, traf mich mitten ins Herz.

32

Adrian

Als ich Harper gestern nach Hause gefahren und sie noch bis zu ihrer Haustür begleitet hatte, wäre ich am liebsten bei ihr geblieben. Dass sie so an uns zweifelte, wollte ich nicht und doch hatte ich es mir selbst zuzuschreiben. Klar hätte ich auch einfach sagen können, was ich im Bezug auf Sylvie vermutete, wollte jedoch erst selbst Gewissheit haben. Dass ich dadurch unsere Beziehung riskierte, war mir klar, aber nichts lag mir ferner, als mit meinen Vermutungen falschzuliegen und vor Harper in Erklärungsnot zu gelangen. Denn *dann* würde sie vielleicht keinen Grund mehr sehen, noch länger Geduld mit mir zu haben.

Ich wusste, es war ein riskantes Spiel, aber es waren nur noch wenige Stunden, bis ich Sicherheit haben würde …

Am Vormittag erreichte mich eine Nachricht von Logan, in der er fragte, ob wir gemeinsam zu Mittag essen würden. Nach einem Blick in meinen Kalender sagte ich zu. Dass ich jedoch wirklich nur mit ihm im Restaurant sitzen würde, überraschte mich. Ehrlich gesagt hatte ich damit gerechnet, dass auch Kilian und Mason dabei sein würden.

»Ich nehme an, es geht nicht ums Geschäft«, schlussfolgerte ich, nachdem wir unsere Bestellung aufgegeben hatten.

Logan lehnte sich lässig im Stuhl zurück. »Was genau ist mit dir und Miss Mackenzie los?«

»Was meinst du?«, fragte ich vorsichtig.

»Komm schon, ich bin ja nicht blöd. Sie läuft hier rum wie sieben Tage Regenwetter. So hat sie noch nie ausgesehen, seit sie hier arbeitet. Und als ich sie gefragt habe, ob denn alles in Ordnung sei, hat sie sich ein Lächeln abgerungen und gemeint, dass alles gut wäre. Also … was ist los?«

Stirnrunzelnd spielte ich mit dem Besteck in meinen Fingern. »Und wie kommst du darauf, dass es mit mir zu tun hat?«

Er zuckte mit den Schultern und grinste schief. »Nur so eine Vermutung.«

Seufzend griff ich nach dem Wasser, das uns eben serviert worden war, und trank einen Schluck. »Ich treffe mich heute Abend mit einem Escort-Girl.«

Logan stieß zischend Luft zwischen den Zähnen hindurch. »Wow. Okay, das erklärt alles.«

»Und doch verstehst du genau wie sie nicht meine Hintergründe. Aber ich hoffe, du wirst mir eher glauben, wenn ich dir versichere, dass ich mit ihr nur essen gehe. Ich will mit ihr reden und sie nicht flachlegen.«

»Na, wenn du das sagst …«

Genervt wich ich seinem Blick aus.

»Mann, ich glaube dir ja. Aber es ist echt scheiße, wenn sie dir nicht vertraut. Und ich kann es ihr nicht einmal übel nehmen.«

Dagegen konnte ich nichts sagen.

»Kannst du mir verraten, was deine Gründe für das Treffen sind?«

Zurückhaltend schüttelte ich den Kopf. »Noch nicht. Aber morgen. Drück mir die Daumen, dass heute alles so verläuft, wie ich es geplant habe.«

Logan zögerte, dann nickte er. »Mach ich. Und wenn was ist, weißt du, wie du mich erreichen kannst. Jederzeit.«

Ich presste meine Lippen aufeinander. »Danke, das weiß ich zu schätzen. Wie läuft es denn eigentlich bei dir und Helene?«

Erst kürzlich hatte ich wieder mitbekommen, dass sie gestritten hatten und sie aus der gemeinsamen Wohnung zu ihren Eltern gezogen war. Bestimmt zum fünften oder sechsten Mal, seit die beiden vor sieben Jahren oder so ein Paar wurden.

Er rang sich ein schweres Seufzen über seine Lippen. »Frag nicht … Es ist übel. Sie hat mir vorgehalten, dass ich zu wenig Zeit für sie habe. Die alte Leier halt, aber ich lebe für diese Firma und sie kennt mich nicht anders. Ich habe immer schon gern gearbeitet, und so viele Stunden bin ich dann auch wieder nicht in der Arbeit.«

Da hatte er recht, ich arbeitete definitiv länger als er.

»Jedenfalls ist sie erst ausgezogen, ruft jetzt aber täglich an. Schreibt mir Nachrichten. Gestern ist sie sogar in meinem Büro aufgetaucht …«

»Will sie zu dir zurück oder weshalb macht sie das?«

Er zuckte mit den Schultern. »Keine Ahnung. Ich denke, sie kann nicht mit mir, aber genauso wenig ohne mich.« Logan klang wirklich bedrückt und er tat mir leid.

Helene war eine impulsive, temperamentvolle Frau, was vielleicht auch an ihren südländischen Wurzeln lag. Im Grunde kam ich gut mit ihr klar, sie war sehr gesellig und konnte einen ganzen Tisch mit ihren Geschichten unterhalten. Doch ich war nicht mit ihr zusammen und konnte mir gut vorstellen, dass es Logan nicht immer leicht mit ihr hatte. Vor allem wenn sie so oft stritten.

»Und was ist mit dir? Willst du sie zurückhaben?«

Er seufzte tief und stützte seinen Kopf in die Hände. »Fuck ja, aber das mit uns ist … toxisch. Wir können irgendwie nicht miteinander, doch ohne den anderen fehlt ein großer, wichtiger Teil.«

Mit Sicherheit war Logans und Helenes Beziehung auch ein Grund gewesen, warum ich nach Sylvie lange Zeit mein Singleleben genossen hatte. Entweder waren die Frauen von sich aus nach einer heißen Nacht aus meinem Leben verschwunden, was mich manchmal schon an meinen Qualitäten hatte zweifeln lassen, oder sie hatten eine Art an sich, die mich nicht ansprach. Wo ich einfach gemerkt hatte, dass wir niemals längerfristig auf einer Wellenlänge sein würden. Bis Harper in mein Leben gestolpert war …

Auf gewisse Weise konnte ich Helene sogar verstehen – was ich aber Logan nicht sagen konnte. Doch mit Sylvie war es mir damals genauso gegangen, wobei ich mir bei meinem Kumpel nicht vorstellen konnte, dass er seine Arbeit wie sie dermaßen in den Vordergrund stellte.

»Angenommen, du hättest die ganz klare Wahl: Helene oder eine neue, glückliche Beziehung mit einer völlig anderen Frau – wofür würdest du dich entscheiden?«

Dass er darauf nicht gleich etwas erwidern konnte, war Antwort genug für mich. Und vermutlich auch für ihn …

Als ich mich am Abend auf den Weg zum Restaurant machte, waren meine Zweifel gestiegen, ob es richtig war, niemanden in alles einzuweihen. Wenigstens Logan hätte ich mich anvertrauen sollen. Falls ich doch auf dem Holzweg war, was Sylvie betraf, hätte er es mir sagen können … Oder er hätte mir zumindest helfen können, Harper davon zu überzeugen, dass ich alles, was ich gesagt hatte, auch wirklich ernst gemeint hatte. Dafür war es jetzt jedoch zu spät und ich konnte nur hoffen, dass trotzdem alles nach Plan lief.

Das Uber hielt vor dem Restaurant und ich stieg aus. Stephenie würde selbst herkommen. Zwar würde ich sie unter anderen Umständen von einem vereinbarten Treffpunkt in der Nähe ihres Zuhauses abholen, aber solange ich nicht wusste, wie dieses Gespräch verlaufen würde, war es sicher die weiseste Entscheidung, weitestgehend Distanz zu wahren. Nicht dass sie meine Intention für dieses Treffen falsch verstand und die Enge des Autos ausnutzte, um meine Grenzen zu überschreiten.

Der Gedanke daran, was ich mit Harper bei unserer gestrigen gemeinsamen Fahrt angestellt hatte, trieb mir ein Lächeln auf die Lippen und schickte Blut in die unteren Regionen. Und doch spürte ich diesen fiesen Druck in meiner Brust, da ich nicht wusste, wie es nach dem heutigen Abend für uns weitergehen würde. Bis auf die Tatsache, ihr den Grund für dieses Treffen heute zu verraten, hatte ich alles versucht und würde nicht aufgeben, um sie zu kämpfen. Aber die Angst, sie trotzdem bereits verloren zu haben, saß tief …

Mir fiel eine blonde Frau auf, die aus dem Wagen vor mir stieg. Es war Stephenie, und ich ging zu ihr, um sie zu begrüßen. Bestimmt hatte Sylvie ihr auch schon ein Foto von mir gezeigt.

»Stephenie, schön, dass du da bist«, begrüßte ich sie mit einem Lächeln, das ich nur aufsetzte, um meine Rolle zu spielen.

Sie reichte mir die Hand und kam näher. Viel zu nahe. »Adrian, es freut mich, dich kennenzulernen.« Ihre Lippen berührten fast meine Wangen. Dabei konnte ich ihren Atem auf der Haut spüren und ihr Parfum riechen. Es war fruchtig und süß, aber nicht nach meinem Geschmack. Überhaupt roch nichts so gut wie Harper …

Zuvorkommend hielt ich ihr die Tür auf und rückte ihr den Stuhl zurecht, als wir an unseren Tisch gebracht wurden. Keine Ahnung, was Sylvie ihr über mich gesagt hatte oder was sie erwartete, aber sie würde bald merken, dass die Realität völlig von ihrer Vorstellung abwich.

Wir führten etwas Small Talk – über das Wetter, den Verkehr auf der Fahrt hierher und über italienisches Essen –, bis die Bedienung unsere Bestellung aufgenommen hatte. Doch als wir wieder allein waren, war es an mir, den ersten Speer loszuschießen.

»Wie lange arbeitest du schon für Sylvie?«

»Erst seit Kurzem. Aber der Job macht Spaß … Ich bin gern unter Menschen.«

Die Zweideutigkeit des Satzes ignorierte ich. »Und woher kennst du sie?«

»Ah, ich hab sie vor … vielleicht zwei Jahren kennengelernt und seitdem sind wir immer wieder in Kontakt gewesen. Sie hat des Öfteren versucht, mich für ihr Geschäft zu gewinnen. Nun, was soll ich sagen, sie war erfolgreich.« Sie lachte.

Schmunzelnd wartete ich, als wir unsere Getränke serviert bekamen, ehe ich weitersprach. »Und mit welcher Intention hat Sylvie dich zu mir geschickt?«

Irritiert schaute sie mich an, öffnete ihren Mund, doch ich ließ sie gar nicht erst zu Wort kommen.

»Denn ich frage mich, wie es sein kann, dass sie, um zwei verpatzte Buchungen wiedergutzumachen, eine Frau zu diesem Treffen schickt, die völlig neu in der Branche ist. Woher nimmt sie das Vertrauen in dich? Und vor allem … welches Ziel verfolgt sie damit?«

»Ich verstehe nicht …«

»Oh, ich glaube, du verstehst sehr gut, worauf ich hinauswill. Weil im Hintergrund nämlich viel mehr passiert ist, als offiziell nach außen dringen darf. Was ich jedoch nicht weiß, ist, ob dir klar ist, wen du vor dir hast.« Ich beugte mich nach vorn, damit sie auch wirklich jedes Wort verstand, das ich ihr gleich sagen würde. »Ich bin Adrian Price. Und wenn dir Sylvie so viel von mir erzählt hat, wie ich denke, dass du über mich weißt, dann sollte dir bewusst sein, dass man sich nicht mit mir anlegt. Also, liebe Stephenie … es liegt nun an dir, mir alles zu erzählen, was der *eigentliche* Grund für dieses Treffen ist. Ich will wissen, was Sylvie im Schilde führt.«

Beleidigt presste sie ihre vollen Lippen aufeinander. »Ich bin nicht befugt, über agenturinterne Abläufe zu sprechen.«

»Das solltest du dir aber noch einmal genau überlegen, *Frances Stephenie Carter*. Denn dein Vater wäre bestimmt nicht erfreut zu erfahren, dass seine Tochter für einen Escortservice arbeitet.

Ganz zu schweigen von der Presse, die sich wie die Geier darauf stürzten, wenn sie davon Wind bekommen würden, mit welcher Arbeit sich die Enkelin des Senators aus erster Ehe ein Taschengeld dazuverdient.«

Überrumpelt schnappte sie nach Luft und ich sah, wie Tränen in ihre Augen stiegen. Schnell schaute sie sich um, ob jemand davon mitbekommen hatte, doch ich war extra leise gewesen und der allgemeine Geräuschpegel des Restaurants hatte meine Worte ganz sicher verschluckt.

Als ich Sylvie zu diesem Treffen zugesagt hatte, war meine Hoffnung groß, irgendein schmutziges Geheimnis zum Escort an die Oberfläche befördern zu können. Tatsächlich hatte ich bei ihr Glück. Auf den Fotos auf der Website war zwar kein Gesicht zu sehen, dafür aber eine auffällige Tätowierung an ihrer Hüfte, die nicht völlig verpixelt gewesen war. Ich musste nur ein wenig herumfragen und meine Kontakte walten lassen, bis ich erfuhr, wessen Handschrift diese Orchidee sein könnte. Und da dieser Tätowierer eine gefälschte Zulassung hatte, hatte ich ein Mittel, um den Namen der Trägerin des kleinen Kunstwerks in Erfahrung zu bringen.

Hier bewahrheitete sich dann wieder eine Weisheit, die schon unser Professor an der Uni gepredigt hatte: *Jeder hat irgendwelche Leichen im Keller versteckt, die man als Druckmittel verwenden kann. Man muss sie nur finden.* Und ich hatte ihn mit Frances' familiären Hintergrund gefunden …

»Ich … was willst du von mir?«

»Ich möchte, dass du mir alles sagst. Jedes Detail, das Sylvie sich ausgedacht hat, jede Einzelheit, die ihr ausgeheckt und für diesen Abend geplant habt. Ich will wissen, warum Lisa nicht mehr für Sylvie arbeitet. Vor allem aber, weshalb meine Ex so scharf darauf ist, mich unbedingt mit ihren Mädchen zusammenzubringen.«

»Ich … kann nicht«, stammelte sie.

»Doch, du kannst.« Ich zog mein Diktiergerät aus der Sakkotasche. Das Display leuchtete schwach und zeigte an, dass es seit einer knappen Viertelstunde aufnahm. Genaugenommen, seit ich aus dem Uber gestiegen war. Und während sie geschockt darauf starrte, hob ich mein Handy hoch und machte ein Foto von ihr, noch bevor sie ihr Gesicht hinter den Händen hätte verbergen können. »Du hast keine andere Wahl, Frances. Also, raus mit der Sprache. Was für eine Art Spiel spielt ihr mit mir?«

Sie atmete tief durch. »Bitte versprich mir, dass nichts davon an die Presse oder an meine Familie gelangt. Ich werde alles erzählen, aber es darf nichts von diesem Gespräch oder von meiner … Tätigkeit nach außen dringen.«

»Das liegt nur in deiner Hand. Und jetzt verschwende nicht länger meine Zeit, ich hab noch Pläne für heute Abend.« Mit meiner Freundlichkeit war es nun endgültig vorbei, und ich war mehr als gespannt, was dieses Täubchen so vom Dach des Escortservice gurren würde …

33

Harper

Heute Abend würde sich alles entscheiden: Ob es für Adrian und mich noch eine Zukunft gab oder ob ich aus Selbstschutz die Sache beenden würde.

Nach reiflicher Überlegung hatte ich beschlossen, ihm zwar zu glauben, dass er nur zum Abendessen mit dieser Frau verabredet war, jedoch wollte ich mich selbst davon überzeugen. Frei nach dem Motto: *Vertrauen ist gut, Kontrolle ist besser.*

Trotzdem fühlte ich mich schäbig und hatte Herzrasen, als ich in dem Café gegenüber des Restaurants saß und vorgab, zu lesen, während ich die ganze Zeit den Eingang im Blick hatte. Mein Magen verknotete sich, als ich schließlich sah, wie Adrian aus einem Uber stieg und auf eine blonde Frau zuging, die ich als diese Stephenie erkannte. Sie begrüßten sich – für mich eine Spur zu vertraut – und betraten das Lokal.

Ab sofort hieß es abwarten und ausharren, bis die beiden es wieder verließen …

Um nicht einfach nur den Tisch zu besetzen und tatenlos auszuharren, bestellte ich mir einen Muffin und einen weiteren Kaffee. Ich überlegte sogar, Alessa anzurufen und sie um Beistand zu bitten, tat es dann jedoch nicht. Sie würde womöglich das Restaurant stürmen und ihm neben allen anderen Gästen eine Szene machen. Doch das wollte ich nicht.

Trotzdem zerfraß mich die Eifersucht. Erfolglos versuchte ich, die Bilder zu verjagen, die in meinem Kopf wie nervige Pop-ups aufploppten, auf denen ich mir ausmalte, was Adrian mit dieser Frau hinter den Türen des Lokals tat. Mit seiner Hand unter dem Tischtuch oder auf der Toilette. Oder was sie mit ihm tat. Mit ihrem Fuß unter dem Tisch. Oder danach, falls sie das Restaurant gemeinsam verließen …

Mir war klar, dass ich mich irrational verhielt.

Meine innere Stimme riet mir, ihm zu vertrauen. Und dennoch sagte mir mein Bauchgefühl, dass er mir nicht die ganze Wahrheit gesagt hatte. Und das zerrte an meinen Nerven.

Kaffee Nummer drei hatte ich fast leergetrunken, als ich im Schein der Straßenlaterne einen Mann und eine Frau das Restaurant verlassen sah. Und ich hatte keinen Zweifel, dass es Adrian und diese Stephenie waren. Sie liefen auf einen schwarzen Wagen zu, der kurz zuvor gehalten hatte, und stiegen ein. Beide.

Die Erkenntnis packte mich hart und erbarmungslos: Er hatte ihnen ein Uber bestellt, mit dem sie ihr Date nun an einen anderen Ort verlegten …

Gott, ich fühlte mich, als hätte mich ein Panzer gerammt.

Übelkeit kroch in mir hoch, und ich bereute es, den süßen Muffin gegessen zu haben. Noch mehr verteufelte ich mich dafür, um diese Uhrzeit drei Kaffee in mich gekippt zu haben. Nicht nur, dass mein Herz noch schlimmer in meiner Brust polterte als ohne das viele Koffein, ich würde zudem die ganze Nacht wach liegen und die eben erlebte Situation in Endlosschleife in meinem Kopf durchleben müssen.

Gegen die Tränen ankämpfend, eilte ich zu meinem Auto, das ich ein paar Straßen weiter in einem Parkhaus abgestellt hatte. Erst als ich den Motor gestartet hatte, ließ ich ihnen freien Lauf. Dass ich keinen Unfall baute, grenzte wohl an ein Wunder …

Zu Hause angekommen, klingelte ich bei Alessa, doch

niemand öffnete mir. Verdammt, ich brauchte jetzt unbedingt meine beste Freundin!

Auf dem Weg zu meinem Apartment rief ich sie an. Ich machte mir schon Sorgen, als sie endlich nach dem siebten Klingeln ranging.

»Wo bist du? Ich war vor deiner Tür, du hast jedoch nicht aufgemacht.«

»Ich hab ein Date, aber … Harper, alles okay? Wenn nicht, komme ich sofort nach Hause!«

Sie musste wohl an meiner Stimme gehört haben, wie aufgelöst ich war. »Nein! Um Gottes willen, ich … will dir den Abend nicht verderben.«

»Das tust du nicht. Kann ich irgendwas für dich tun?«

Einen Moment zögerte ich, doch schließlich entschied ich mich, es ihr in zwei Sätzen zu erzählen, weil ich sonst das Gefühl hatte, gleich zu platzen. »Ich war dort. Beim Restaurant.«

Erst sagte sie nichts, dann hörte ich ein verzagtes »Oh, Süße! Was hast du gesehen?«.

»Er war mit ihr essen und danach sind sie in ein Auto gestiegen.«

Sie seufzte. »Aber das muss nichts heißen, oder?«

»Alessa, ganz ehrlich … Ich schätze deinen ewigen Optimismus, doch was soll ich denn davon halten, wenn die beiden getrennt ankommen und gemeinsam wieder fahren?«

»Dass … sie sich gut unterhalten haben?«, schlug sie vor.

»Folgende Situation: Ein attraktiver Mann und eine Sexbombe mit einschlägigem Beruf sind verabredet. Nach dem Abendessen steigen beide in ein Uber, das sie vom schicken Restaurant wegbringt. Was werden sie wohl in dieser Zweisamkeit tun?«

Ich lauschte ihrem Schweigen, ehe sie mir doch antwortete. »Okay, du hast recht. Soll ich nach Hause kommen, um dir beizustehen?«

»Nein! Bitte, bleib und genieße dein Date. Tut mir leid, ich hätte dir das jetzt alles gar nicht erzählen sollen. Du sollst … Spaß haben. Und morgen will ich einen detaillierten Bericht.«

»Ich kann aber wirklich kommen, wenn du möchtest. Ich hab ein total schlechtes Gewissen, weil du so leidest und ich mich hier amüsiere.«

»Schon gut. Ich glaube, ich muss eine Weile allein sein und über alles nachdenken. Und eine Kündigung schreiben.«

»Ach, Süße …«

»Es ist einfach besser so. Ich kann nicht zurück in dieses Büro und tun, als sei alles in Ordnung. Verstehst du? Dafür … mag ich ihn zu sehr.«

»Dich hat es voll erwischt, oder?«, fragte sie mit traurigem Unterton.

»Ja. Aber das ändert auch nichts an der Situation. Also … Wir sehen uns morgen.«

»Okay, gut, ich komme. Dann bis gleich …«

Blinzelnd starrte ich das Telefon an, nachdem ich aufgelegt hatte. Hatte sie nicht verstanden, dass ich lieber allein war? Sie würde doch jetzt nicht wirklich meinetwegen von ihrem Date wegfahren, oder?

Aufgewühlt tigerte ich in meiner Wohnung auf und ab, ehe ich meinen Laptop aufklappte und das Schreibprogramm startete. Mit jedem Wort, mit dem ich die Kündigung verfasste, wurde mein Herz schwerer. Ich hatte die Arbeit wirklich gern gemacht. Sie war abwechslungsreich und herausfordernd. Außerdem verstand ich mich gut mit Joleen, Donna und Summer. Sogar die anderen Leute waren weitestgehend nett, soweit ich sie bisher kennengelernt hatte. Und mein Chef … Nun, in den hatte ich mich verliebt. Und exakt da lag das Problem.

Eine Textnachricht ging ein und als ich sie las, musste ich schmunzeln.

Alessa: Ich bin dir ja wirklich dankbar für deinen Anruf genau zur richtigen Zeit, aber du hast die Signale nicht verstanden, die ich dir geschickt habe.

In dem Moment, in dem ich ihr drei Fragezeichen zurückschickte, dämmerte mir, was sie meinte.

Harper: Ist dein Date so schlecht?

Alessa: Der Kerl redet die ganze Zeit nur über Käse!

Harper: Käse?

Alessa: Käse!

Harper: Gut, dass du die Flucht ergriffen hast!

Alessa: Soll ich trotzdem noch zu dir?

Harper: Nein, ich bin wirklich gerade lieber allein. Aber lass uns morgen quatschen. Dann musst du mir erzählen, was es mit dem Käsemann auf sich hat.

Ein Zunge zeigender Smiley kam bei mir an, und tatsächlich spürte ich, wie sich meine Mundwinkel für einen Moment nach oben bewegten. Doch als ich den Blick auf mein Kündigungsschreiben richtete, verschwamm es wieder vor meinen Augen.

Es kostete mich all meine Überwindung, es fertig zu schreiben. Im Anschluss speicherte ich es in meinem privaten Mailaccount, um es am Montag im Büro auszudrucken, da ich keinen Drucker in meinem Apartment hatte.

Weil ich mir selbst nicht traute und befürchtete, ich könnte es mir übers Wochenende wieder anders überlegen, beschloss ich, auch gleich die E-Mail an Adrian zu verfassen.

An: Adrian Price
Von: Harper Mackenzie
Betreff: Kündigung

Lieber Adrian,
leider muss ich dir im Anhang meine Kündigung schicken. Ich fürchte, dass ich zu große Gefühle für dich habe, als dass

ich länger diese Spiele rund um diese Escort-Sache ertragen kann. Dass du heute dieses Date durchgezogen hast, hat mich unglaublich enttäuscht und verletzt.
Abgesehen davon finde ich, dass du wirklich ein wunderbarer Mensch bist. In einem anderen Leben könntest du der perfekte Mann an meiner Seite sein. Nur in diesem kann ich nicht auf diese Weise mit dir glücklich werden.
Du bekommst die Kündigung am Montag auch noch in ausgedruckter Form von mir.
Wenn du es wünschst, werde ich so lange bleiben, bis du eine Nachfolgerin gefunden hast und ich sie angelernt habe.
Alles Gute für deine Zukunft,
Harper

Schweren Herzens hängte ich das Kündigungsschreiben an und klickte auf Senden. Dann öffnete ich mir eine Flasche Rotwein und trank das erste Glas fast auf ex aus. Für das zweite nahm ich mir vor, mir mehr Zeit zu lassen. Ich wartete auf das weiche, betäubende Gefühl des Alkohols und hoffte, dass er mir half, den Kampf gegen das Koffein zu gewinnen, sodass ich heute doch noch irgendwann einschlafen können würde.

Um nicht tatenlos in die Luft zu starren, schaltete ich Netflix ein und startete *The Big Bang Theory*. Nichts, was mich irgendwie daran erinnern könnte, dass mein Herz mehr und mehr von Rissen durchzogen war und jeden Moment zerbrechen könnte. Unter normalen Umständen hätte ich mich bei dieser Folge köstlich amüsiert, aber ich starrte nur stumpf in den Fernseher, während ich kaum ein Wort wahrnahm, was gesprochen wurde. Dafür stieg mein Wunsch nach fettigem chinesischem Essen. Vielleicht sollte ich mir was bestellen …

Doch als ich die App auf meinem Handy öffnete, klingelte es an der Tür.

Mühsam rappelte ich mich auf und schwankte.

Okay, der Alkohol tat schon fleißig seine Wirkung.

Gut so.

»Ich hab dir doch gesagt, du musst nicht mehr …«, setzte ich an, aber ich stockte mitten im Satz, als nicht Alessa vor mir stand, sondern Adrian.

Im Affekt schmiss ich die Tür wieder zu. Sie donnerte ins Schloss, bevor er überhaupt ein *Hi* über die Lippen gebracht hätte.

Mein Herz raste und erneut stiegen Tränen in meine Augen, die ich kräftig wegblinzelte, als er noch einmal klingelte.

Zögernd öffnete ich wieder und sofort trat er ein, damit ich ihn nicht ein weiteres Mal ausschließen konnte.

»Was war das denn eben?«, fragte er mit einem amüsierten Lächeln auf den Lippen – ein Lächeln, das mich verwirrte.

»Was machst du hier?«, wich ich seiner Frage aus.

»Ich bin hier, weil ich dich sehen wollte.« Er streckte die Arme nach mir aus, um mich an sich zu ziehen, doch ich machte einen Schritt zurück.

»Was …?«

»Du hast meine E-Mail noch nicht gelesen, oder?«

Irritiert holte er sein Telefon aus der Sakkotasche. Schweigend schaute ich ihm zu, wie er sie öffnete und las. Als er mich wieder anschaute, lag Schmerz in seinem Blick, vermischt mit Entschlossenheit.

»Ich akzeptiere deine Kündigung«, sagte er mit ernstem Ton, »aber nur unter einer Bedingung.«

34

Adrian

Es war ein gewagtes Spiel, das ich da spielte, doch es war meine einzige Chance, Harper zu überzeugen. Sicher war das nicht die fairste Art, aber ihre voreingenommene Meinung und die übereilte Kündigung waren das auch nicht. Nicht, nachdem sie meine Bitte nicht erhört und gewartet hatte, bis ich ihr nach dem Treffen alles erzählen konnte.

»Unter welcher Bedingung?« Harpers Stimme krächzte.

Hatte sie Angst davor, dass ich sie nicht überzeugen konnte … oder dass es mir gelingen würde?

»Ich will, dass du dir erst den Grund anhörst, warum ich mich unbedingt mit dieser Frau treffen wollte. Und ich will, dass ich dir erzählen darf, was ich heute herausgefunden habe. Wenn du danach noch immer davon überzeugt bist, dass es für uns beide keine Zukunft gibt, werde ich dich nicht aufhalten. Denn dann sehe ich es wie du.«

Sie zögerte, schien alle Optionen abzuwägen. »Okay«, sagte sie schließlich und ging in die Küche, wo sie sich an die Schränke anlehnte, die Arme vor der Brust verschränkt.

Ich gab ihr den geforderten Abstand und stützte mich ihr gegenüber an den Tresen. »Du weißt, dass Sylvie meine Ex ist, richtig?«, begann ich ohne Umschweife. Jetzt war nicht die Zeit, um lang um den heißen Brei herumzureden.

Harper verzog das Gesicht und nickte. Dass sie Sylvie aus mehreren Gründen nicht ausstehen konnte, konnte ich ihr nicht verübeln. Und dieser Umstand würde sich mit diesem Gespräch weiter verstärken, da war ich mir sicher.

»Dass sie etwas im Schilde führt, hab ich schon geahnt, als sie sich vor ein paar Wochen wieder öfter gemeldet hatte. Was genau es war, wusste ich nicht, aber mir kam es seltsam vor, dass sie auf einmal wieder vermehrt Kontakt zu mir suchte und mir vor allem ständig ihre Mädchen schmackhaft machen wollte. Mir erschloss sich einfach nicht, welches Ziel sie damit verfolgte. Ich meine, reine Kundenakquise konnte es nicht sein. Meine Kumpels kannten sie auch, hatten ebenfalls das ein oder andere Mal Gebrauch vom angebotenen Begleitservice gemacht, aber wurden nicht regelmäßig dermaßen von ihr bezirzt. Mal ganz davon abgesehen, dass ich ihr Ex war.«

Sie hob eine Augenbraue. Vermutlich war ihr auch schon aufgefallen, wie reichlich seltsam das war.

»Als sie darauf beharrt hatte, dass sie mir diesen kostenlosen Abend anbot, wurde ich stutzig. Noch mehr, als ich erfahren habe, dass sie Lisa entlassen hatte. Ich fragte mich, ob es daran lag, dass wir nach der Gala nicht miteinander geschlafen hatten. Oder besser gesagt, dass sie mich zur Vernunft rief, weil sie ahnte, dass ich eigentlich *dich* wollte und sie mich nur über deine Abfuhr hinwegtrösten sollte, weil sie dir ähnlich sah.«

Sie blinzelte irritiert. »Du wolltest was …?«

Ihre Überraschung löste ein Schmunzeln in mir aus. »Ich dachte, ich könnte dich mit einer Nacht mit Lisa aus dem Kopf bekommen. Lisa hatte erkannt, was ich vorgehabt hatte, und mir klar gemacht, dass ich mich am nächsten Tag dafür gehasst hätte. Sie hat ihren Koffer geschnappt und mich sitzenlassen.«

Tausend Gefühlsregungen huschten über Harpers Gesicht. Zu gern hätte ich sie jetzt in die Arme genommen, aber ich war mir nicht sicher, ob das gerade die richtige Reaktion von mir gewesen wäre. Geräuschvoll atmete ich aus. »Jedenfalls wollte ich herausfinden, warum sie nicht mehr für Sylvie arbeiten durfte. Zudem hat es mich irritiert, dass meine Ex mir für das heutige Date diese Stephenie so penetrant eingeredet hatte. Ein Abend, der die beiden vorherigen Fehler der Agentur hätte wieder gut machen sollen, mit einer völlig neuen, unerfahrenen Escort.«

Harper runzelte die Stirn. »Normalerweise würde man eine Frau schicken, die erfahren ist und bei der man weiß, dass die Kunden bei ihr zufrieden sind.«

»Richtig! Deshalb hab ich nachgeforscht und … nun ja … einige Dinge über sie herausgefunden, die ich als Druckmittel verwenden konnte. Ich hab sie dazu gebracht, mir Sylvies Absichten zu gestehen.«

Ich legte eine kleine Pause ein, nicht nur, um mich zu sammeln, da ich es immer noch unfassbar fand, was diese Frau getan hatte, sondern auch, um die Spannung zu steigern.

»Und was wollte sie damit bezwecken?« Harper klang immer noch reserviert, aber auch neugierig. Ich wusste, sie hing an meinen Lippen und wollte erfahren, was der wirkliche Grund war.

»Damals habe ich mich von Sylvie getrennt, weil ihr Business über alles ging. Es gab keine Gespräche mehr, die sich nicht um ihre Begleitagentur gedreht haben. Sie hat mich regelmäßig für ihre Arbeit versetzt und mich immer wieder wissen lassen, dass ich an zweiter Stelle nach dem Escortservice stand.«

»Das tut mir leid für dich«, sagte sie leise, und es lag echtes Bedauern in ihrer Stimme. »Niemand hat es verdient, so aufs Abstellgleis geschoben zu werden. Da verstehe ich total, warum du einen Schlussstrich ziehen musstest.«

Dankbar nickte ich und fuhr dann fort. »Durch die emotionale Distanz, die sie zu mir aufgebaut hatte, haben sich meine Gefühle für sie nach und nach verflüchtigt. Ich wollte wieder frei sein, mich neu verlieben können. Oder einfach Sex haben, denn ich betrüge meine Freundin nicht, egal, wie schief es gerade läuft. Jedenfalls hat Sylvie die Trennung offensichtlich nie wirklich verkraftet. Ich war für sie immer noch die große Liebe neben ihrem Business, nur hat sie das nie offen zugegeben. Nicht mir gegenüber. Und weil sie nicht wollte, dass jemand anderes diesen Platz einnahm, der ihr ihrer Meinung nach immer noch zustand, hatte sie ganz bewusst Frauen auf mich angesetzt, die zwar offen für Sex waren, jedoch keine Beziehung eingehen wollten.« Ich schüttelte den Kopf ob der Unfassbarkeit der Dinge, die ich heute Abend erfahren hatte. »Stell dir vor, die ganzen vier letzten Jahre hatte ich wohl größtenteils mit Frauen geschlafen, die von ihr auf mich angesetzt worden waren …« Einfach unfassbar, wie sehr sie mich kontrolliert hatte, ohne dass es mir bewusst war. »Sie wusste, in welche Bars ich gerne ging, und hat ihre Freundinnen dorthin geschickt, um mit mir zu flirten, mit einem One-Night-Stand als Ziel.«

»Aber … was hatte sie davon, wenn du mit anderen Frauen im Bett warst, obwohl sie dich zurückhaben wollte?«

»Sie dachte, damit sicherzustellen, dass ich mich nicht verliebte. Und irgendwann würde ich wieder zu ihr zurückkommen, weil ich mich doch nach Liebe sehnte und vermissen würde, was ich mit ihr hatte.«

Harpers Mund klappte auf. »Mir fehlen die Worte …«

Zustimmend nickte ich. »Mir auch, wenn ich ehrlich bin. Sogar diese Stephenie hatte sie auf mich angesetzt. Diesmal mit dem zusätzlichen Hintergrund, weil Sylvie wohl mitbekommen hat, dass ich mehr für dich empfinde. Sie wollte dich mit Stephenie eifersüchtig machen und ein Ende unserer Beziehung herbeiführen.«

»Deshalb bist du zu dem Treffen … Weil du wusstest, dass Miss Bitchy etwas im Schilde führt und du gewusst hast, dass diese Stephenie plaudern würde, wenn du sie unter Druck setzt.«

»Ich wusste es nicht, ich habe es jedoch gehofft, ja. Ich hab alles auf Band.« Kurzentschlossen holte ich das Diktiergerät aus der Innentasche meines Sakkos und hielt es zum Beweis hoch. Auf der Fahrt hierher hatte ich mir über Kopfhörer das Geständnis noch einmal angehört und eine Stelle gesucht, die ich ihr, falls Harper immer noch an der Richtigkeit zweifeln würde, vorspielen würde. Doch das schien wohl nicht nötig zu sein.

»Dann wolltest du wirklich nie was von dieser Frau …«, schlussfolgerte sie erleichtert und ich merkte, wie sie mir langsam, aber sicher zu glauben und zu vertrauen schien.

Keine Sekunde länger hielt ich es aus, so viel Abstand zu ihr zu halten. Ich ging zu ihr und zog sie an mich. Ihren Kopf legte sie an meine Brust und ich streichelte über ihren Rücken und vergrub meine Finger in ihren Haaren. »Nein, ich wollte immer nur dich, Harper.«

Sie schaute zu mir auf und lächelte entschuldigend. »Es tut mir so leid, dass ich an dir gezweifelt habe. Daran, wie ernst es dir mit mir ist.«

Sanft küsste ich sie auf die Lippen. »Du warst nur vorsichtig und hast dein Herz geschützt«, sagte ich traurig und voller Verständnis.

»Also verzeihst du mir?«

»Wenn du mir ebenfalls vergeben kannst«, antwortete ich hoffnungsvoll.

Leise lachte sie. »Natürlich tue ich das. Ich liebe dich doch!«

Mein Herz setzte einen Schlag aus. »Ich liebe dich auch, Harper.« Es fühlte sich so richtig an, diese Worte auszusprechen. Ich besiegelte sie mit einem Kuss, in den ich all die Gefühle, die ich für sie empfand, noch einmal zum Ausdruck brachte.

Als ich mich von ihr löste, atmete sie heftig und ich konnte an ihrem Gesicht ablesen, dass sie mehr wollte. Doch erst musste ich etwas klären. »Was mache ich jetzt mit deiner Kündigung? Soll ich die E-Mail löschen und so tun, als hättest du sie mir nie geschickt? Oder willst du dich trotzdem nach einem anderen Job umsehen?«

»Warum sollte ich das tun wollen?«

»Keine Ahnung. Vielleicht, damit wir uns nicht den ganzen Tag sehen und am Abend … scharf aufeinander sind und übereinander herfallen, wenn wir zu Hause sind?«, schlug ich schulterzuckend vor.

Harper schaute mich mit großen Augen an. »Und auf den heißen Bürosex verzichten?«

Ich lachte. »Du hast recht, das war eine blöde Idee.«

Sofort schmiegte sie sich wieder an mich. »Bitte lösche die E-Mail. Ich will auch weiterhin deine Assistentin sein.«

»Das mache ich mit Vergnügen.« Ohne darüber nachzudenken nahm ich mein Smartphone zur Hand, öffnete das Mailprogramm und beförderte ihre E-Mail in den virtuellen Papierkorb.

»Danke. Ich würde übrigens wirklich gern deine Eltern kennenlernen, Adrian. Vorausgesetzt, du willst mich ihnen immer noch vorstellen.«

»Wir sind am Sonntag zum Mittagessen eingeladen. Ich hoffe, du hast Zeit.«

Gespielt entrüstet schlug sie gegen meine Brust. »Du hast das vereinbart, obwohl du nicht wusstest, wie ich nach deinem Treffen mit dieser Stephenie reagieren würde? Was, wenn ich die Beziehung beendet hätte?«

»Hast du ja nicht«, sagte ich selbstbewusst und hoffte, damit darüber hinwegzutäuschen, dass ich bis zuletzt so meine Sorgen hatte, ob sie überhaupt noch ein Wort mit mir reden würde.

Harper lächelte. »Ich habe nichts vor und würde wirklich gern mitkommen. Aber sag mir bitte, was deine Eltern mögen, ich will nicht mit leeren Händen aufkreuzen.«

»Blumen und … Schleifpapier.«

Über das große Fragezeichen, das auf ihrem Gesicht auftauchte, musste ich lachen. »Ich erkläre es dir später. Oder noch besser, ich begleite dich morgen beim Einkaufen.«

»Oookay.« Sie grinste, doch schnell wurde sie wieder ernst. »Was wirst du jetzt eigentlich wegen Miss Bitchy unternehmen?«

Dass sie Sylvie so nannte, amüsierte mich. »Da habe ich schon einen Plan.« Verheißungsvoll wackelte ich mit den Augenbrauen.

»Und wirst du ihn mir verraten oder bin ich wieder die Letzte, die du von deinem Vorhaben erfährt?«

»Hey, du warst auch diesmal die Erste. Du wirst immer die Erste sein«, raunte ich und küsste sie erneut. Ich war so erleichtert, dass nun nichts mehr zwischen uns stand. »Also ja, ich werde dich einweihen. Bald. Aber jetzt will ich ehrlich gesagt nicht mehr über meine Ex reden.« Ein tiefes Knurren kam über meine Lippen, als ich mein Becken an ihr rieb. »Hast du es schon einmal in deiner Küche getrieben?«, fragte ich stattdessen. Und noch bevor Harper mir antwortete, öffnete ich den Knoten ihres Wickelkleides, schob es ihr über die Schultern und genoss ihren Anblick, als es zu Boden fiel.

35

Harper

Diese Nacht mit Adrian war anders. Dass nichts mehr zwischen uns stand und dass wir uns liebten, war in jeder unserer Berührungen spürbar. Außerdem hatte er bei mir übernachtet. Ich liebte es, in seinen Armen einzuschlafen und am nächsten Morgen genau dort wieder wach zu werden.

Rückblickend gesehen war ich heilfroh, dass er gestern zu mir gekommen war, um alles aufzuklären. Noch unglaublicher jedoch fand ich, dass er mir gesagt hatte, was er für mich empfand. Dass ich ihm wichtig war, hatte ich bereits vermutet. Aber dass er mich nicht nur mochte, sondern liebte, berührte mich zutiefst.

Was ich über dem ganzen Gefühlschaos jedoch völlig vergessen hatte, war, dass Alessa zu mir kommen wollte, um mir von ihrem Date zu erzählen, vor allem aber, um mich zu trösten.

Als ich ihr um halb zehn Uhr morgens frisch gevögelt und im Morgenmantel die Tür öffnete, runzelte sie überrascht die Stirn. »Whow, damit hab ich jetzt nicht gerechnet.« Dass sie bei diesen Worten an mir vorbeischaute, irritierte mich. Ich folgte ihrem Blick, indem ich mich umdrehte, und sah Adrian in Boxershorts hinter mir in die Küche marschieren.

Sein Anblick war äußerst lecker und kurz war ich abgelenkt, bis mir einfiel, dass ja noch meine beste Freundin in der offenen

Wohnungstür stand. »Ach so … ähm … also … Adrian kennst du ja schon …«

»Also ich … schaue vielleicht später noch einmal vorbei.« Verlegen grinsend machte Alessa ein paar Schritte zurück. »Ruf einfach kurz an, wenn du … Zeit hast.« Sie zwinkerte mir zu, drehte sich auf dem Absatz um und verschwand im Flur.

»Tut mir leid, dass ich deine Freundin verjagt habe. Ich bin auch gleich weg, fahre nach Hause, dusche, ziehe mich um und hole dich später ab, um dich wie versprochen zum Einkaufen zu begleiten.«

Nachdenklich legte ich den Kopf schräg, ehe es mir wieder einfiel. »Ah ja, das Schleifpapier.«

»Richtig. Aber zuerst …« Er kam zu mir und zog mich in eine Umarmung. Seine Lippen kitzelten an meinem Hals und sofort stieg erneut dieses Verlangen in mir hoch, das ich in seinen Armen immer verspürte. »Vorher solltest du unbedingt mit deiner Freundin reden. Und ich rufe Logan, Mason und Kilian an, um sie vorzuwarnen. Ich traue Sylvie zu, dass sie nun den Weg über die drei sucht, um mir weiter zu schaden.«

Ich schluckte und nickte. »Mach das. Diese Frau weckt Aggressionen in mir.«

Sein Blick verfinsterte sich. »Nicht nur in dir.«

Eine gute halbe Stunde später saß ich Alessa frisch geduscht auf meiner Couch gegenüber. Sie war immer noch skeptisch gewesen, als sie meine Wohnung betreten hatte, nachdem Adrian weggewesen war. Als ich sie jedoch auf den neuesten Stand gebracht hatte, freute sie sich für mich, dass sich alles zum Guten gewendet hatte.

»Aber diese Miss Bitchy ist echt das Letzte. Weißt du schon, was er unternehmen wird, um ihr klarzumachen, dass sie sich von ihm fernhalten soll?«, wollte sie von mir wissen.

»Nein. Ich vermute mal, dass er sich erst noch mit den drei

anderen Geschäftsführern absprechen wird. Aber ich werde es auf jeden Fall erfahren und dir berichten.«

Alessa nickte, dann griff sie nach meinen Händen. »Ich bin jedenfalls froh, dass sich das alles noch so positiv für dich entwickelt hat. Zwischenzeitlich hab ich mir echt Sorgen gemacht, er könnte dir dein Herz brechen.«

Lächelnd drückte ich ihre Hände. »Keine Angst, mir geht es gut und … er liebt mich. Und ich ihn.«

»Awww!« Ich war mir sicher, Herzchen in Alessas Augen zu erkennen.

»Aber jetzt erzähl mal, was gestern bei deinem Date los war. Vor allem, wieso wusste ich nichts davon?«

Mit einem tiefen Seufzer ließ sie sich zurücksacken. »Ach, das war eine spontane Aktion. Ich hab den Kerl auf Tinder kennengelernt und dachte, dass er ein Jackpot wäre. Heiß, witzig und ein Schmeichler. Aber als er dann anfing, über Käse zu reden … Bah, echt, da war es für mich vorbei.«

Ich lachte auf. »Das kann ich mir vorstellen.« Noch dazu, da Alessa Käse hasste. »Was ist eigentlich aus Daniel, dem Investmentbanker, geworden, der uns in der Bar gerettet hat?«

Alessa stieß geräuschvoll Luft zwischen den Lippen hervor und verdrehte die Augen. »Kurz nach dem Abend hab ich mich mit dem noch einmal getroffen. Wir waren im Kino, aber der Kerl hatte erstens total schwitzige Hände und zweitens hat er unfassbar schlecht geküsst. Der hat nur mit seiner Zunge in meinem Mund herumgestochert und … bah, das war so ekelig. Unmöglich hätten wir eine gemeinsame Zukunft gehabt.«

»O nein! Davon hast du mir noch gar nichts erzählt! Aber gib nicht auf, Süße, irgendwann wirst auch du dem Richtigen begegnen.«

»Ich hoffe es … Bis es jedoch so weit ist, muss weiterhin Tinder herhalten.« Verzweifelt verzog sie das Gesicht zu einer Grimasse.

Für ihre Suche nach dem Richtigen wünschte ich ihr alles Glück, das sie dafür gebrauchen konnte.

Meine Nervosität hatte einen neuen Höhepunkt erreicht, als Adrian seinen Wagen am Sonntag gegen Mittag in einer Einfahrt parkte. Das Haus war eigentlich eine Villa und diese Erkenntnis erinnerte mich daran, dass seine Eltern reich sein mussten.

Sogleich fragte ich mich, ob ich überhaupt ihren Ansprüchen entsprechen würde. Immerhin stammte ich aus einer einfachen Farmerfamilie, und auch wenn man es mir nicht auf den ersten Blick ansehen konnte, steckte immer noch das Landmädchen in mir.

»Was, wenn sie mich nicht mögen?«, fragte ich sofort panisch. Ich wollte ungern, dass unsere Beziehung erneut vor einer Prüfung stand, weil ich seinen Eltern nicht genügte.

Adrian lachte auf. »Warum sollten sie dich nicht mögen? Du bist bezaubernd. Wunderschön, intelligent, humorvoll, gebildet und bisher hast du noch jeden um deinen Finger gewickelt. Allen voran mich.«

»Ich bin ein einfaches Mädchen vom Lande«, antwortete ich leise und schämte mich mit einem Mal dafür.

»Und genau das macht dich so vielschichtig und großartig. Du hast schon so viel gesehen, so viel erlebt. Abgesehen davon, dass sich meine Eltern nie zwischen mich und eine Frau drängen würden. Du wirst sehen, sie lieben dich. Und du wirst sie bestimmt auch mögen.« Er zwinkerte mir zu und stieg aus.

Trotz seiner Worte verharrte ich im Wagen, in der Hoffnung, er würde mich einfach sitzenlassen und ich könnte hier warten, bis wir in ein paar Stunden wieder nach Hause fahren würden. Doch natürlich kam er an meine Seite und öffnete mir schließlich die Tür, um mir beim Aussteigen zu helfen.

Mit Blumen in der einen Hand und einer kleinen Geschenktüte in der anderen folgte ich ihm zum Eingang. Die Tür wurde von einer Frau Mitte fünfzig geöffnet, die dieselben graublauen Augen hatte wie Adrian.

»Wie schön, dass ihr hier seid!« Sie zog ihn in eine liebevolle Umarmung und küsste ihren Sohn auf die Wange. Dann wandte sie sich mir zu. »Freut mich so sehr, dich kennenlernen zu dürfen, Harper.« Mich umarmte sie ebenfalls, wenn auch ein kleines bisschen reservierter, aber nicht weniger freundlich.

»Kommt rein.«

Wir folgten ihr in den großen Eingangsbereich, in dem Kirschholz und impressionistische Gemälde in Rosé- und Grüntönen vorherrschten.

»Ich freue mich auch sehr, Misses Price. Und wie ich sehe, habe ich mit dem blassrosa Blumenstrauß genau die richtige Wahl getroffen.« Ich hatte mich für meine Lieblingsblumen entschieden und hoffte, dass sie auch Misses Price gefielen.

»Ach, bitte, sag Melissa zu mir. Und wie aufmerksam von dir, danke! Du hättest nichts mitbringen müssen. Aber wie schön der Strauß ist! Ich liebe Pfingstrosen. Und stimmt, er passt perfekt hierher. Ich werde ihn gleich in eine Vase geben.« Ihr Lächeln war echt, genau wie die Freude in ihrem Gesicht. »Adrian, magst du mit Harper schon mal ins Wohnzimmer gehen? Dein Vater liest gerade noch Zeitung.«

Adrian nickte und verschränkte unsere Finger ineinander. »Siehst du? Sie liebt dich. Und meinen Dad hast du auch gleich für dich gewonnen, du wirst sehen.«

Meine Aufregung war zwar schon ein klein wenig gemildert, trotzdem spürte ich mein Herz wie verrückt pochen, als mich Adrian in einen angrenzenden Raum führte. Das Wohnzimmer war vermutlich doppelt so groß wie mein gesamtes Apartment – wenn nicht noch größer. Alles wirkte edel und teuer und dennoch gemütlich. Auch hier hingen schöne Ölgemälde an den Wänden, die jedoch den Wohnraum in einen sanften blaugrünen Ton tauchten.

Ich fühlte mich sofort wohl, doch ich fragte mich auch, was Adrian über mein chaotisches Elternhaus gedacht haben musste, in dem es unordentlich und laut war – das komplette Gegenteil von seinem.

»Dad? Darf ich dir meine Freundin vorstellen? Harper, das ist mein Vater, George Price.«

Der Mann sah aus wie eine ältere Version von Adrian. Mit schlankem Körperbau und grauen Haaren, doch ansonsten hatte er die gleiche beeindruckend sympathische Ausstrahlung wie sein Sohn.

»Ich freue mich sehr, Mister Price.«

»Harper, schön, dass wir dich kennenlernen dürfen.« Auch er sagte es so, als sei es wohl etwas Besonderes – und weil ich jetzt schlecht nachfragen konnte, ohne Adrian in Verlegenheit zu bringen, beließ ich es vorerst dabei.

»Die Freude ist ganz meinerseits. Ich habe Ihnen eine Kleinigkeit mitgebracht. Adrian hat gemeint, dass es genau das Richtige für Sie sein würde. Er hat mir auch gesagt, wofür Sie es brauchen. Weil ich jedoch ungern was verschenke, was Arbeit macht, dachte ich, ich lege noch etwas dazu, was Sie … nun ja … als Belohnung danach sehen können.«

Stirnrunzelnd nahm er die Geschenktüte entgegen. »Aber das wäre doch nicht …« als er einen Blick hineinwarf, unterbrach er sich und lachte laut auf. »Schleifpapier?«

»Adrian meinte, Sie würden gerade einen alten Buick restaurieren und vor Ihnen würde noch eine Menge an Schleifarbeit liegen.«

»Da hat er allerdings recht.« Immer noch lachend holte er die Rolle heraus, um den restlichen Inhalt zu begutachten. »Meine Lieblingspralinen! Ich muss sagen, du gefällst mir, Harper.« Er zog mich in eine halbe Umarmung – und seinen Sohn gleich mit dazu. »Vielen Dank euch beiden. Und sag bitte George zu mir, ich sehe schon alt aus, ich will mich nicht auch noch so fühlen.«

Er zwinkerte mir zu, dann begleitete er uns in ein großes Esszimmer, in dem für vier Personen gedeckt war. Der Duft von leckerem Essen lag in der Luft und mein Magen knurrte leise.

Melissa eilte mit einem Lächeln auf den Lippen an uns vorbei, die Vase mit den Blumen in den Händen, die sie auf die Kommode zwischen zwei großen Fenstern stellte. »Setzt euch doch schon mal, ich bin gleich da, dann können wir essen.«

»Mom, du machst dir viel zu viel Stress. Wir helfen dir!«

Ihre Widerrede war zwecklos. Ich folgte Adrian in die Küche, wo er sofort begann, Essen in die vorbereiteten Schüsseln zu füllen. Am Tresen entdeckte ich eine Flasche Weißwein, die ich entkorkte und gemeinsam mit der Sauciere ins Esszimmer trug. Auf dem Weg kam mir George entgegen, der immer noch ein breites Grinsen auf den Lippen hatte. »Ich freue mich so für Adrian, dass er dich gefunden hat«, raunte er mir zu. »Ich sehe, wie sehr mein Junge aufblüht. So hab ich ihn seit Jahren nicht gesehen. Du machst ihn glücklich, und wenn ich dein Lächeln richtig interpretiere, dann er dich auch.«

»Das tut er«, sagte ich sofort, ohne zu überlegen.

Er nickte zufrieden. »Die Liebe ist ein Geschenk, das man erst dann als solches erkennt, wenn man es annimmt.«

Irritiert schaute ich ihm hinterher.

»Er ist und bleibt ein Romantiker, mein George«, sagte Melissa mit einem Lächeln auf den Lippen. »Und ich kann ihm nur zustimmen. So schön, dass ihr euch gefunden habt. Herzlich willkommen in unserer Familie, Liebes.«

Ich erfuhr, dass George ein Händchen für Aktien hatte. Bereits während seines Studiums hatte er sich intensiv damit auseinandergesetzt und verbrachte inzwischen ein Leben auf Reisen, im Yacht- abwechselnd im Golfclub. Melissa war gelernte Krankenschwester, hatte jedoch ihren Beruf nach Georges Unfall aufgegeben, um für ihn da sein zu können. Als er wieder genesen war, war sie nicht mehr in ihren Job zurückgekehrt, mal abgesehen davon, dass sie es finanziell sowieso nicht nötig gehabt hätten.

Spätestens beim Dessert war sämtliche Nervosität verflogen. Adrians Eltern waren unglaublich nett und hatten mich herzlich und freundlich aufgenommen. Ich fühlte mich total wohl und lernte Adrian noch einmal auf eine neue Art kennen. Wie er mit seinen Eltern redete, gefiel mir. Ihr Umgang war respektvoll und trotzdem nicht überheblich oder versnobt, wie ich anfangs befürchtet hatte.

Nach dem Essen halfen wir wieder alle, das Geschirr weg- und die Küche aufzuräumen. Mir gefiel, dass hier alle zusammenhalfen und dass es wohl in der Familie dazugehörte, sich auch im Haushalt gegenseitig zu unterstützen. Bei mir zu Hause war das alles anders verteilt. Gut, die Männer waren meistens mit der Arbeit draußen beschäftigt, während die Frauen Küche, Kinder und Haushalt als Aufgabe hatten.

»Du willst bestimmt mein altes Zimmer sehen, oder?«, raunte mir Adrian ins Ohr, nachdem wir mit dem Aufräumen fertig waren.

»Das wäre tatsächlich reizvoll. Ich sauge immerhin jede Information über dich auf – und wenn ich nur in Erfahrung bringe, welche Poster in deinem ehemaligen Zimmer hängen.«

Schmunzelnd führte er mich von seinen Eltern weg, die uns mit einem glücklichen Lächeln auf den Lippen hinterherschauten.

»Du hast doch jetzt nichts Unanständiges vor, oder?«, wollte ich wissen, als ich ihm die Treppen nach oben folgte.

»Etwa wie dich über die Schulter zu werfen?«

Noch ehe ich realisieren konnte, was passierte, hatte er mich tatsächlich hochgehoben und wie seine Beute geschultert. Ich kreischte auf und lachte, was ihn völlig unbeeindruckt ließ. Stattdessen klopfte er auf meinen Hintern und trug mich das letzte Stück hinauf.

»Gott, lass mich wieder runter, Adrian«, brachte ich mühsam und unter Lachen hervor. So kurz nach dem Essen in dieser Position getragen zu werden, übte sich nicht gerade optimal auf meinen Magen aus.

Er ging den Flur entlang und erst als er durch eine Tür trat, ließ er mich vor sich wieder hinabgleiten.

Ganz sicher sah ich völlig derangiert aus mit den zerzausten Haaren und dem bestimmt hochroten Kopf, doch er strahlte mich an wie einen wertvollen Schatz.

Sanft strich er mir eine Haarsträhne aus dem Gesicht, dann küsste er mich auf die Lippen. »Willkommen in meinem alten Kinderzimmer.« Irgendwie wirkte er verlegen, als er das sagte.

Ich drehte mich um und ließ meinen Blick durch den großen Raum schweifen, in dem nicht nur ein breites Bett und ein riesiger Schreibtisch standen, sondern auch ein Bücherregal, eine Couch und ein teuer wirkender Fernseher.

Fast war ich enttäuscht, dass ich keine Filmposter an der Wand entdecken konnte. Dafür fiel mein Blick auf die Zauberstabsammlung von Harry Potter und einen Darth Vader, der auf seiner Brust die Uhrzeit anzeigte. Und ich entdeckte mehrere Bilderrahmen im Regal.

Sofort ging ich hin und musste grinsen, als ich auf mehreren Fotos die um zehn bis zwanzig Jahre jüngeren Geschäftsführer von *Cunningham Solutions Inc.* erkennen konnte. »O Gott, wie lustig!« Ich griff nach einem Bild, auf dem alle vier mit auf den Hüften sitzenden Jeans auf der Straße standen, jeder ein Skateboard in den Händen. Logan Cunningham trug eine Wollmütze, doch es musste definitiv Sommer sein, da alle anderen T-Shirts trugen und die Augen vor der Sonne zusammenkniffen. Mason streckte die Zunge heraus, während Adrian ihn anschaute und lachte. Kilian Cunninghams Arm lag auf seiner Schulter und man konnte sogar auf diesem Foto den Zusammenhalt der damals vielleicht erst fünfzehn Jahre alten Jungs erkennen.

»Wie schön, dass euch eine so enge Freundschaft verbindet«, sagte ich ehrfurchtsvoll. Mir war bewusst, dass das eine Seltenheit war – vor allem, weil sie die Kindheit, Pubertät und College überstanden hatte, ohne zu zerbrechen.

»Die besten Freunde, die man sich wünschen kann«, sagte Adrian hinter mir, und seine Stimme war gerührt und ehrfürchtig.

»O Gott, ist das …« Ich griff nach einem anderen Bilderrahmen und nahm ihn aus dem Regal, um mir das Foto genauer anschauen zu können.

»Wir vier mit Peter Baker, ja.« Adrian schmunzelte.

»Wie lustig!« Mir war klar, dass ich mich wiederholte, aber die Geschäftsführer im Alter von vielleicht zehn oder zwölf Jahren zu sehen, wie sie, alle im Anzug, an den Lippen von Mister Baker hingen, der ihnen gerade etwas zu erzählen schien, war einfach zu witzig. Und beeindruckend. Immerhin wusste ich, dass seine Vorträge den Grundstein für meinen heutigen Arbeitgeber gelegt hatten.

»Alles, was wir über das Geschäftswesen wissen, haben wir von ihm.«

Daran zweifelte ich nicht. Nicht nach diesem Beweisfoto.

»Warte … dann sind wir gerade in der Nähe von ihm, richtig?« Ich erinnerte mich daran, dass er mal erwähnt hatte, dass er der Nachbar der Cunninghams war – was bedeutete, dass die Eltern von Kilian und Logan Cunningham ebenfalls hier in der Nähe wohnen mussten, wenn die vier als Kinder gemeinsam auf der Straße gespielt hatten.

»Ja. Willst du ihm einen Besuch abstatten? Bestimmt freut er sich, zu hören, welche Auswirkungen seine Jobvermittlung hatte.«

Verlegen schlug ich meine Hände vors Gesicht. »Ich weiß nicht. Ich meine, er war mein Boss … und es ist Wochenende.«

Doch Adrian schien das nicht zu überzeugen. »Wir klingeln einfach und falls er zu Hause ist und Zeit hat, macht er auf. Wenn nicht, dann fahren wir wieder.«

Dagegen fielen mir leider keine weiteren Argumente ein, weshalb ich schließlich nickte.

Wenig später verabschiedeten wir uns von Melissa und George. »Vielen Dank für die Einladung. Es hat mich so gefreut, euch kennenzulernen. Und danke für das leckere Essen.«

»Du musst uns unbedingt bald wieder besuchen kommen, Harper. Und bring Adrian mit. Er lässt sich viel zu selten blicken.« Melissa zwinkerte ihrem Sohn zu und umarmte uns schließlich.

Auch George drückte mich an sich. »Du kannst mir gerne mal beim Schleifen helfen. Du wirst staunen, wie entspannend diese Arbeit ist. Besser als jede Meditation. Die beste Entschleunigung.«

»Ah, jetzt verstehe ich den Grund, weshalb du schon seit Wochen an der Karosserie herumschleifst«, meinte Melissa belustigt. »Du musst wissen, im Yachtclub findet die große 175-Jahr-Feier statt, bei der George einige Aufgaben zugeteilt bekommen hat.«

George schüttelte bei Melissas Erklärung nur den Kopf. »Ich habe dort eine sehr wichtige Position. Immerhin muss ich mich um die Caterer kümmern. Was wäre eine Party ohne Essen und Getränke?«

»Eine schlechte Party«, stimmte ich lachend zu.

Er nickte zufrieden. »Ganz genau. Abgesehen davon schleife ich alles per Hand. In Ruhe, mit Bedacht. Nur so erhält man das beste Ergebnis.«

»Das klingt interessant. Und ich komme natürlich gerne bald wieder. Mit Arbeitsklamotten. Ich bin schon sehr gespannt, wie man einem Buick eine Rückenmassage verpasst.«

Die drei lachten und Adrians Eltern begleiteten uns noch bis zum Auto.

Als er die Einfahrt zurücksetzte, verschränkte er seine Finger mit meinen und hob unsere Hände an seinen Mund. Sanft küsste er meine Knöchel. »Danke.«

»Wofür?«

»Dass du so bist, wie du bist. Sie lieben dich und … Sylvie haben sie nie gebeten, sie bald wieder besuchen zu kommen.«

»Oh, wow. Okay, ich glaube, dann hab ich alles richtig gemacht.«

»Definitiv.« Er grinste breit.

»Übrigens soll ich dir liebe Grüße von meiner Familie ausrichten. Mit ihnen habe ich heute Morgen telefoniert und … du sollst auch unbedingt bei meinem nächsten Besuch wieder mitkommen.«

Adrian lachte. »Das mache ich wirklich gern.« Seine Augen strahlten dabei und ich glaubte ihm.

Ich konnte nicht fassen, wie unglaublich glücklich ich war. Nie hätte ich bei meinem Vorstellungsgespräch gedacht, dass sich alles so entwickeln würde; dass dieser *Grumpy Boss* sich als Prinz entpuppen und mein Herz im Sturm erobern würde. Und doch wollte ich mich nicht zu früh freuen, denn die Sache mit Sylvie war noch nicht durchgestanden …

36

Adrian

Als wir wenig später vor Peters Einfahrt hielten, hatte ich ein breites Grinsen im Gesicht. Bestimmt würden ihm die Augen aus dem Kopf fallen, wenn er sah, dass meine Finger mit Harpers verschlungen sein würden.

»Bist du aufgeregt?«, wollte sie wissen und hatte ebenfalls ein Lächeln auf den Lippen.

»Nein. Oder doch, ein wenig vielleicht. Peters Meinung war mir schon immer sehr wichtig.«

Sie nickte, dann stiegen wir aus und gingen auf die Tür zu, die sich öffnete, noch bevor ich den Klingelknopf hätte drücken können. »Da seid ihr ja endlich. Ich hab mich schon gefragt, wann ihr hier auftauchen würdet.«

Fragend schaute ich Harper an, die ebenfalls überrascht wirkte. »Guten Tag, Mister Baker.«

»Ach, bitte, lassen wir diese Förmlichkeiten. Du arbeitest nicht mehr für mich, da wäre es seltsam, wenn du nicht Peter zu mir sagst, Harper.« Er schenkte ihr ein freundliches Lächeln, das sie mit einem leisen »Danke« erwiderte.

»Hey, Peter! Du wusstest, dass wir dich besuchen kommen würden?«, fragte ich, als er uns die Tür weiter öffnete, damit wir eintreten konnten.

Hier sah es immer noch so aus wie früher, was mich freute.

»Zumindest hatte ich es gehofft. Kommt, setzen wir uns ins Wohnzimmer. Was darf ich euch zu trinken bringen?«

Wenig später saßen wir auf seiner Couch und ich beobachtete Harper, die nervös und verunsichert wirkte, als sie ihren Blick durch den Raum schweifen ließ. Meine Finger hatte ich mit ihren verschränkt und streichelte mit dem Daumen über ihre Handinnenfläche.

Endlich schien sich ihre Anspannung zu lösen, denn sie atmete tief durch und lächelte.

»Kilian war vor Kurzem hier«, begann Peter, der uns gegenüber auf einem Sessel saß. »Er hat mich ein wenig in das jüngste Geschehen eingeweiht …« Schmunzelnd senkte er seinen Blick auf unsere Hände.

Ich schnaubte auf und wollte schon protestieren, doch Peter schüttelte beruhigend den Kopf.

»Kein Grund zur Aufregung, Adrian. Er hat sich einfach Sorgen gemacht und hatte jemanden gebraucht, mit dem er darüber reden kann. Du darfst nicht vergessen, die Firma ist sein Baby. Er lebt für das Unternehmen. Und du bist einer seiner besten Freunde. Wenn ihr euch streitet, nimmt ihn das mit. Ich erinnere mich noch, wie enttäuscht er war, als du nach deinem Abschluss sein Angebot, bei ihm einzusteigen, abgelehnt hast. Das hat ihn ehrlich gekränkt. Ich glaube, er hat das ziemlich persönlich genommen.«

Schmunzelnd lehnte ich mich zurück. »Ja, es hat eine Weile gedauert, bis er den ersten Schock darüber hatte wegstecken können. Aber er hat auch nie aufgegeben, mich zu bearbeiten.«

»Und wie wir alle wissen, war er erfolgreich«, meinte Peter und sah schließlich kurz zu Harper. »Dass er nun befürchtet hatte, es könnte wieder alles anders kommen, kannst du ihm nicht übel nehmen. Du kennst seine Geschichte.«

Bestätigend nickte ich. »Natürlich! Ich hab ihm aber auch gesagt, dass es bei mir nicht so ist wie bei ihm.«

»Nun, im Grunde kannst du nie wissen, wohin eine Beziehung führt. Doch erstens kenne ich Harper und kann mir nicht vorstellen, dass sie auch nur annähernde Charakterzüge wie Rebecca hat.« Er schaute meine Freundin an, die einfach nur ein großes Fragezeichen im Gesicht stehen hatte.

»Bei Gelegenheit erzähle ich dir seine Geschichte«, raunte ich ihr zu, was sie mit einem Nicken beantwortete.

»Und zweitens ist das bei euch ja sowieso eine völlig andere Ausgangssituation. Ich hab Kilian also gesagt, er soll aufhören, so ein Theater zu machen, und sich verdammt noch mal für seinen Kumpel freuen, dass er glücklich und verliebt ist.«

Diese Aussage brachte mich zum Lachen. Ich konnte förmlich vor mir sehen, wie Peter Kilian diesen Vortrag hielt. »Danke, dass du ihn zur Vernunft gebracht hast.« Mir war schon eine leichte Wandlung aufgefallen in den letzten Nachrichten und Gesprächen, war mir aber nicht sicher, was der Grund für seine bessere Laune war.

»Kein Ding. Ich freue mich, wenn alles wieder im Lot ist. Harmonie ist so wichtig. Für die Freundschaft, für den Erfolg eines Unternehmens und sowieso für eine Beziehung«, sagte er und wandte sich schließlich an Harper. »Ich hoffe, du verzeihst mir, dass ich im Hintergrund die Fäden gezogen habe, als es darum ging, dass du einen Job bekommst. Ich hätte dich wirklich gerne behalten, aber da Adrian sowieso jemanden gesucht hat und ich Emma den Platz nicht wegnehmen konnte, hat sich alles gut gefügt. Und ganz offensichtlich bist du ja nicht unglücklich mit deinem neuen Arbeitgeber.«

»Definitiv nicht«, meinte sie und schaute mir dabei tief in die Augen. »Wobei ich zugeben muss, dass ich im ersten Moment an meinen Fähigkeiten gezweifelt habe, als ich mitbekommen hab, dass ich nur aufgrund deiner Empfehlung aufgenommen wurde.«

Peter schmunzelte. »Ich vermute ja, dass es diese gar nicht gebraucht hätte. Hab ich recht, Adrian?«

Harpers Kopf schnellte zu mir. »Zugegeben, ich war ziemlich angepisst, als du mir am Tag deines Vorstellungsgesprächs den Parkplatz vor der Nase weggeschnappt hast«, gestand ich, was Peter zum Lachen brachte.

»Was? Diese Geschichte kenne ich noch gar nicht, die müsst ihr mir später erzählen.«

»Machen wir«, sagte ich an ihn gewandt. Dann schaute ich wieder Harper an. »Aber der Reiz war groß, und ich denke auch, wenn ich dich nicht empfohlen bekommen hätte, würdest du heute für mich arbeiten. Du hast den Mund sehr voll genommen und ich wollte herausfinden, ob du das auch halten kannst.«

»Und bist du zufrieden?«, fragte sie doch allen Ernstes und schien das auch noch so zu meinen.

»Mehr als das«, raunte ich und küsste sie, völlig egal, dass Peter uns gegenübersaß.

Zugegeben, ich war ziemlich angespannt, als ich am Montagvormittag darauf wartete, dass Sylvie hier auftauchte. Unkonzentriert drehte ich den *Grumpy-Boss*-Becher zwischen meinen Fingern und ertappte mich dabei, wie ich immer wieder in Richtung Aufzug schielte.

Am Sonntagnachmittag hatte ich ihr noch eine Nachricht geschickt und sie gefragt, ob sie denn nicht Lust hätte, mich am Montag im Büro zu besuchen.

Zu meinem Glück hatte sie sofort zugesagt.

Mit der gewohnten Überheblichkeit und Selbstsicherheit kam sie pünktlich in mein Büro stolziert. Ihr Lächeln war siegessicher, was mir zeigte, dass Stephenie sich an unsere Abmachung gehalten und Sylvie von unserem Date das erzählt hatte, was meine Ex vermutlich davon erwartet hatte.

Ohne Harper auch nur einen Funken Aufmerksamkeit zu widmen, ging sie erhobenen Hauptes an ihr vorbei und betrat mein Büro.

»Adrian, du siehst großartig aus! Was es ausmacht, wenn man sich von der stressigen Arbeitswoche ausgiebig erholen kann.«

Stephenie hatte von ihr den Auftrag bekommen, mich zu verführen und das ganze Wochenende mit mir im Bett zu verbringen. Das hatte sie ihr offensichtlich auch berichtet …

»Da hast du recht.« Noch spielte ich ihr Freundlichkeit vor, während ich mich am Riemen reißen musste, um sie nicht sofort von mir zu stoßen, als sie mich mit ihrem Getätschel und den Küsschen begrüßte.

Doch so wie sie die ganzen Jahre über mit mir gespielt hatte, würde ich es heute mit ihr machen. Ich drückte auf den Knopf für die Milchglasscheiben, um ihr vorzugaukeln, mit ihr ungestört sein zu wollen. Und natürlich nutzte sie diese Aktion sofort, um erneut Körperkontakt zu mir zu suchen. Das Geräusch der sich schließenden Tür hinter ihr ließ sie jedoch herumfahren.

Harper stand im Raum und sie sah fabelhaft aus. Wie immer, aber heute strahlte sie noch mehr als sonst, was bestimmt daran lag, dass sie sich jetzt sicher sein konnte, wie die Karten verteilt waren.

»Ich nehme heute einen koffeinfreien Latte macchiato mit Kokosmilch«, sagte sie, ohne Harper groß zu beachten. Deshalb fiel Sylvie auch nicht auf, dass meine Freundin sich auf der Couch niederließ und gespannt die Situation verfolgte.

»Setz dich«, wies ich meine Ex an, ohne ihre freche Art zu kommentieren.

Sie wollte schon die Couch ansteuern, doch als sie sah, dass diese bereits besetzt war, wirbelte sie zu mir herum. »Was soll das, Adrian? Wieso macht es sich deine Assistentin hier bequem, statt mir meinen Kaffee zu bringen?«

»Du bist nicht in der Position, meiner Assistentin *und Freundin* Befehle zu erteilen, Sylvie.«

Ihre Augen weiteten sich, als ich das Verhältnis zwischen Harper und mir klarstellte.

»*Setz dich*«, befahl ich erneut und deutete auf den Stuhl vor meinem Schreibtisch, diesmal mit schärferem Ton.

Endlich gehorchte sie und nahm Platz. Auch wenn sie nach außen die Souveräne spielte, konnte ich ihr ansehen, dass sie sich reichlich unwohl fühlte.

»Ich werde dir jetzt etwas sagen, Sylvie, und du wirst dir das alles zu Herzen nehmen.«

Trotzig presste Sie ihre Lippen aufeinander, doch ich ging nicht darauf ein.

»Ich weiß von deinem falschen Spiel, bei dem du viel zu lange tun und lassen konntest, was du wolltest.«

»Keine Ahnung, wovon du sprichst, Adrian.«

»O doch, das weißt du ganz genau. Frances hat mir alles erzählt.« Als ich Stephenies ersten Vornamen nannte, zuckte sie zusammen und ihre Augen weiteten sich. »Angefangen von den Frauen, die Interesse an mir vorheucheln sollten, damit ich mit ihnen die Nacht verbringe, die sich jedoch gleichzeitig so reserviert geben sollen, dass nicht der Hauch einer Chance besteht, mich in sie verlieben zu können. Bis hin zu deinem Plan, mir Frances vorzustellen und Harper eifersüchtig zu machen, damit ich sie verliere. Bist du wirklich so naiv und von dir selbst eingenommen, dass du denkst, ich würde bei dir angekrochen kommen und dich anflehen, mich wieder zurückzunehmen?«

Ihr Mund klappte auf, erst vor Entsetzen, dann um etwas zu erwidern, doch ich ließ sie gar nicht zu Wort kommen.

»Dass du ein besessenes, falsches Weibsstück bist, wusste ich schon lange, Sylvie, aber mit dieser letzten Aktion hast du es eindeutig übertrieben. Nur, falls du nicht verstanden hast, was ich damit sagen will: Es ist aus zwischen uns. Schon seit Jahren. Und daran wird sich auch nichts ändern. Nie.«

Schnaubend wollte sie erneut protestieren, doch ich redete einfach weiter.

»Du wirst jetzt dieses Büro verlassen und mich ein für alle Mal in Ruhe lassen.« Als die Bürotür aufging und Logan, Mason und Kilian hereinkamen, wirbelte sie herum. Ich hatte sie gebeten, bei diesem Gespräch ebenfalls dabei zu sein, damit Sylvie klar wurde, dass sie alle hinter mir standen und sie auch nicht über einen von ihnen einen neuen Weg zu mir zu suchen brauchte. »Du wirst auch meine Freunde nicht mehr kontaktieren. Vor allem aber wirst du Harper in Ruhe lassen.« Das war ihr Stichwort. Meine Freundin kam zu mir und stellte sich neben mich. Als ich ihre Hand an meiner Schulter spürte, legte ich einen Arm um ihre Taille und drückte sie zärtlich an mich. Ich schenkte ihr ein Lächeln, dann wandte ich mich wieder an Sylvie, die vor Wut zu kochen schien. »Solltest du dich nicht daran halten, schwöre ich dir bei Gott, dass ich dich mitsamt deiner Begleitagentur vernichten werde.«

»Das kannst du nicht machen«, hauchte sie bebend.

»Ich kann es, und ich werde es tun. Und jetzt verschwinde aus meinem Büro und aus dem Gebäude. Du bist hier nicht länger erwünscht und wirst auch keinen Zutritt mehr bekommen.« Erneut öffnete sich die Tür und drei Sicherheitsmänner kamen herein.

Fluchend erhob sie sich. »Das wirst du bereuen, Adrian Price.«

»Oh, das denke ich nicht.«

Ich machte mit dem Kopf eine kleine Bewegung und zwei der Sicherheitsleute kamen zu ihr. Sie packten sie an den Oberarmen, doch sie entriss sich ihren Griffen. »Ich finde selbst hinaus!«, keifte sie und reckte ihr Kinn in die Höhe. Mit wütendem Blick, der uns vermutlich in Flammen aufgehen lassen sollte, sah sie jeden im Raum an. Dann stolzierte sie aus dem Büro, flankiert von den Securitys, die den Auftrag bekommen hatten, sie bis vor die Tür zu begleiten.

Als sie außer Hörweite war, atmete Harper erleichtert durch.

»Puh, für einen Moment hab ich gedacht, ihr wachsen Hörner oder ihre Haare würden sich in Schlangen verwandeln, die uns dann nacheinander oder gleichzeitig verschlingen würden.«

Mason lachte. »Geil, das wäre eine Show gewesen.«

»Denk an die Sauerei hier. Wer hätte denn dann aufgeräumt?«, wandte Logan trocken ein.

»Gut, dass das endlich erledigt ist. Mir war die Frau schon immer suspekt.« Kilian klopfte mir auf die Schulter. »Warum du je mit ihr zusammen warst, hab ich nie verstanden. Zum Glück hast du jetzt eine bessere Wahl getroffen.«

»Die beste«, wandte ich ein, zog Harper auf meinen Schoß und küsste sie.

Genervt schnaubte Mason auf. »Könnt ihr nicht wenigstens wieder bis zum Abend warten, wenn ihr glaubt, ihr seid allein auf dem Stockwerk?«

»O Gott!« Harper schlug die Hände vor ihr Gesicht und drückte sich gegen meine Brust, während ich nur sprachlos zu den Jungs schaute, die sich laut lachend aus dem Büro zurückzogen.

»Sie wissen davon!« Harper lehnte immer noch an meinem Oberkörper.

»Mir egal«, raunte ich und küsste sie erneut. Jetzt, wo ich wusste, dass zumindest Mason was von unseren heißen Stunden hinter der Milchglaswand mitbekommen hatte, gab es keinen Grund mehr, mich in irgendeiner Weise zurückzuhalten.

Dass auch Kilian sich inzwischen damit arrangiert hatte, dass Harper und ich zusammen waren, war gut zu wissen. Als ich am Samstagvormittag die spontane Videokonferenz einberufen und den dreien von Sylvies Vorhaben erzählt hatte, war er derjenige gewesen, der vorgeschlagen hatte, sie im Beisein von Harper vorzuführen, damit meiner Ex endgültig klar wurde, dass das zwischen ihr und mir für immer Geschichte war. Damals hatte ich mich noch darüber gewundert, doch seit dem Gespräch gestern mit Peter kannte ich den Grund seiner geänderten Einstellung.

»Du bist verrückt, Adrian Price«, lachte Harper, als ich meine Hand unter ihren Rock wandern ließ.

»Verrückt nach dir«, raunte ich an ihren Lippen. Und das war ich tatsächlich …

Du willst noch mehr von Harper und Adrian lesen?

Hol dir den Bonus-Epilog hier:
www.sarahsaxx.com/bonus-boss1

Danke

Manche Geschichten begeistern mich ab der ersten Idee und ziehen mich durch die Handlung hindurch, als wäre ich in ihrem Rausch gefangen. Genau so ist es mir bei »Don't play with your Boss« ergangen.

Jedoch wäre die Geschichte nicht so geworden, wie du sie gelesen hast, hätte ich nicht so viele großartige Menschen in meinem Umfeld gehabt, die mich inspiriert und unterstützt haben.

Nadine (@herzbluts_leben), ohne deinen »Warnhinweis« für die erste Seite hätte ich mir vermutlich nie eine passende Story überlegt, die zu diesem Spruch passt. Vielen Dank für diesen sehr amüsanten und treffenden Gedankenanstoß.

Danke an Emily Key und die #frühschreiben-Crew – ihr sorgt immer wieder dafür, dass ich mich trotz verschobenem Tagesablauf mit Homeschooling & Co. frühmorgens an den Computer setze, um zu schreiben. Vermutlich würde diese Geschichte erst im Herbst 2021 erscheinen, wenn ich euch nicht hätte.

Steffi Köhn, danke für die lustigen WhatsApp-Unterhaltungen und den Ideen- und Fotoaustausch, der auch diesmal für eine ganz spezielle Szene im Roman gesorgt hat. Ich liebe unsere Gesprächsthemen einfach.

Danke an meine wunderbaren Testleser Andra, Franzi, Lalu, Kate F. und Patrick. Euer Feedback hat mich motiviert und mir geholfen, den richtigen Weg zu finden. Ganz besonders möchte ich meiner Kollegin Kate Corell danken – du bist meine Heldin.

Sabrina Cremer, dank dir wurde die Geschichte erst so richtig rund und stimmig.

Danke auch an Anne und Astrid, dafür, dass ihr alles auf letzte Fehler durchsucht habt.

Außerdem möchte ich meiner Familie danken. Ohne eure Liebe und Unterstützung wäre das alles nicht möglich. Ich liebe euch.

Doch am wertvollsten ist für mich die Liebe und Begeisterung meiner Leser und Blogger. Ihr seid meine Cheerleader, meine Motivatoren, mein Antrieb, an weiteren Geschichten zu schreiben, die hoffentlich auch wieder eure Herzen berühren können.

Über Sarah Saxx

Ihre Liebe zu romantischen Romanen brachte Sarah Saxx vor Jahren zum Schreiben. Seither hat die 1982 geborene Tagträumerin erfolgreich eine Vielzahl an Geschichten veröffentlicht, die tief im Herzen berühren und dieses gewisse Kribbeln auslösen. Sarah schreibt, liebt und lebt in Oberösterreich und verbringt ihre freie Zeit am liebsten mit ihrem Mann, ihren beiden Töchtern und Labrador Buddy.

Mehr Sarah Saxx:

Website:	www.sarahsaxx.com
E-Mail:	buch@sarahsaxx.com
Instagram:	www.instagram.com/sarahsaxx
Facebook:	www.facebook.com/Sarah.Saxx.Autorin

Mehr Sarah Saxx:

Don't play with your Boss
Don't kiss your Boss (voraussichtlich Sommer bis Herbst 2021)

Speed me up (Supercross Love 1) – ab 23. März 2021
Speed my heart (Supercross Love 2) – ab 15. Juni 2021

Liebe, als wäre dein Herz nie gebrochen (Vancouver Island Kisses 1)

Plötzlich geküsst (Greenwater Hill 1)
Ein bisschen mehr als Liebe (Greenwater Hill 2)
Ein Kuss für Clara (Greenwater Hill 3)
Zweimal mitten ins Herz (Greenwater Hill 4)
Außergewöhnlich verliebt (Greenwater Hill 5)
Küssen verboten, lieben erlaubt (Greenwater Hill 6)
Harte Schale, weiches Herz (Greenwater Hill 7)
Love Him: Verbotene Liebe (Greenwater Hill 8)
Kuss ins Glück (Greenwater Hill 9 – Novella)
Unerwartet geliebt (Greenwater Hill 10)

Greenwater Hill: Sammelband 1
Greenwater Hill: Sammelband 2

Dangerous gift

DIRTY Neighbor

EXTENDED trust (EXTENDED-Reihe 1)
EXTENDED hope (EXTENDED-Reihe 2)
EXTENDED love (EXTENDED-Reihe 3)

Das Licht in meiner Dämmerung

DIRTY – In seiner Gewalt (Dirty, Rich & Thug 1)
RICH – In seinem Bann (Dirty, Rich & Thug 2)
THUG – In seinen Fängen (Dirty, Rich & Thug 3)

KING of Chicago – Verliebt in einen Millionär (KINGs of Hearts 1)
KING of Los Angeles – Verliebt in einen Rockstar (KINGs of Hearts 2)

Threesome: Wo die Liebe hinfällt

Das Leben und sein hinterhältiger Plan

Auf Umwegen ins Herz (Auf Umwegen 1)
Mit Verzögerung ins Glück (Auf Umwegen 2)
Auf Irrwegen zu Dir (Auf Umwegen 3)

Ein kleiner Funken Hoffnung

* * *

Alle Romane der Autorin können unabhängig
voneinander gelesen werden.

Weitere Storys befinden sich bereits in Planung.

Keine Neuerscheinung verpassen?
Abonniere Sarahs Post für Leser, folge ihr auf ihren Kanälen, lies und bewerte ihre Bücher. Damit unterstützt du deine Autorin und ermöglichst, dass sie dich auch weiterhin mit bewegenden Geschichten versorgen kann.

www.sarahsaxx.com/newsletter/

Kennen Sie schon...

»Speed me up«:

Über das Buch:

Die 22-jährige Brooke Ferguson ist Supercross-Fahrerin und als eine der wenigen Frauen in diesem Sport äußerst erfolgreich. Während eines Rennens trifft sie auf Matthew Carr, ihren besten Freund aus der Kindheit. Als sie sich nun nach so langer Zeit wiedersehen, knistert es zwischen den beiden. Doch der Gedanke an eine Beziehung macht Brooke nervös, und statt Matt in ihr Leben zu lassen, stößt sie ihn von sich fort und verletzt ihn damit zutiefst. Als dann jedoch ein paar Monate später ein verleumderischer Artikel über Brooke erscheint, gibt es nur einen, der ihr helfen kann: Matt. Kann Brooke ihre Angst überwinden und sich der Liebe öffnen?

Zum Buch: https://bit.ly/SMU-SarahSaxx

Ab 23. März 2021 überall erhältlich.

Kennen Sie schon…

»Speed my heart«:

Über das Buch:

Mae Headrick trifft auf einem Supercross-Event auf Eric Guyette, den heimlichen Favoriten der Meisterschaft. Dieser will sie erst nur in sein Bett bekommen, um eine Wette gegen seinen Kontrahenten Domenic Ramos zu gewinnen. Doch als Eric merkt, dass Mae sich nicht seines Erfolges wegen zu ihm hingezogen fühlt, ist die Wette für ihn Geschichte – bis Mae von der Abmachung erfährt. Dabei ist Erics Grund dafür äußerst ehrenwert: Geld für die Operationen und Reha seines Bruders zu verdienen, der einen schlimmen Surfunfall hinter sich hat. Schafft Eric es, Maes Vertrauen zurückzugewinnen, oder hat er auf einen Schlag alles verloren?

Zum Buch: https://bit.ly/SMH-SarahSaxx

Ab 15. Juni 2021 überall erhältlich.

Kennen Sie schon...

»EXTENDED trust: Charlotte & Trenton«:

Über das Buch:

Allein die Vorstellung, mit Männern intim zu werden, löst bei Charlotte Young seit Jahren Panik aus. Um sich endlich von dieser zu befreien, wählt sie eine ungewöhnliche Selbsttherapie, die sie geradewegs ins Extended führt – einen exklusiven Club, der sich ausschließlich um die sexuellen Bedürfnisse von Frauen kümmert.

Hier trifft sie auf Trenton Parker: Clubbesitzer, Barkeeper und Callboy. Bei Charlotte spürt er sofort, dass sie keine gewöhnliche Kundin ist. Denn obwohl sie den Vertrag für Mitglieder unterschreibt, weist sie ihn zurück, was nicht nur einen ungeahnten Reiz auslöst, sondern Gefühle in ihm weckt, mit denen er nicht gerechnet hätte …

Er setzt alles daran, aus Charlottes widersprüchlichem Verhalten schlau zu werden und ihr Vertrauen zu gewinnen. Und auch sie sucht immer wieder seine Nähe. Doch was, wenn ihre seelischen Wunden tiefer reichen, als er erahnen kann?

Zum Buch: http://bit.ly/Et-TB

Kennen Sie schon…

»DIRTY Neighbor«:

Über das Buch:

Jaimes neue Wohnung ist perfekt, ihr heißer Nachbar die Kirsche auf der Sahne. So fühlt sich der Neustart in New York doch großartig an! Vor allem, als sie mit dem sexy Kerl von gegenüber durch die Scheiben hindurch flirtet und bei beiden erste Kleidungsstücke fallen.
Nach kurzem Zögern lässt sich Ralph auf das prickelnde Abenteuer ein, schließlich könnte er dadurch endlich mit seiner Ex abschließen.
Was beide jedoch nicht ahnen: Es ist nicht nur die Nachbarschaft, die sie verbindet. Und das verkompliziert alles zwischen ihnen.

Zum Buch: http://bit.ly/DN-eB